U0458438

记录者

宋远升 著

上海三联书店

目　录

第一章　　书记员 ……………………………………………… 001

第二章　　宾馆的老板娘 ……………………………………… 018

第三章　　他是一个中学老师 ………………………………… 034

第四章　　漂泊的人 …………………………………………… 059

第五章　　他是一个无赖 ……………………………………… 080

第六章　　他是一个作家 ……………………………………… 101

第七章　　地方实力派 ………………………………………… 123

第八章　　她有两个姨 ………………………………………… 140

第九章　　滨海的回音 ………………………………………… 157

第十章　　她是一个律师 ……………………………………… 182

第十一章　悬挂在视线中的小泊 ……………………………… 203

第十二章　纠结 ………………………………………………… 230

第十三章　两代人和一个人 …………………………………… 250

第十四章　窥视与被窥视 ……………………………………… 270

第十五章　山村上建造寺庙 …………………………………… 290

第十六章　人是自己的监狱 …………………………………… 311

第十七章　落日宾馆 …………………………………………… 325

第一章

书记员

一

　　她是一个法院的书记员，她的名字叫密桃。她感觉自己在经手的刑事案件中的工作，其实就是将那些犯罪的人的犯罪经过记录下来。当然，也有经她的手最后查明没有犯罪的，但是，这就像是买彩票中了大奖。不管这些，她的任务只是记录。

　　记录是她对自己工作的第一定位，却不是如同记日记本一样。书记员是记录别人，记日记是记录自己。她本来有记日记的习惯，不过现在的主要日常时间都被法庭审判记录占据了。她每天如同辛勤的蜜蜂一样采集花粉，然后到法院大楼裙楼的书记员办公室，在那间蜂巢一样的房子里整理、归档。周围都是嗡嗡地飞舞着的其他的书记员蜜蜂。她们大多是女性，即使有几个是男的，这也只是性别不同，本质上也没有什么差别，都是做这种反复、枯燥的为他人作嫁衣裳的工作。之所以这么说，是因为这些书记员除非是发生了大的职业生涯轨迹的转折，基本上终生都是书记员，只是从年轻书记员到年老书记员的区别。

她想到她的工作就是记法律日记,只是将对象改变了,再说还有工资可拿,哪有这么好的事情,想到这里,她的心就舒服了很多。如同满是皱褶的衣服,拿到裁缝店里熨烫了一下,就平整顺滑了很多。每个人都得找点理由活下去,何况,这份工作让她活下去的乐趣还有很多。至少每天从法院下班,身边的法院警车闪着红灯可能会和她一起出法院的大门,大门附近的人或者车辆都会纷纷躲闪,有的人也会侧着身子观看一会,鸡在观看一群从河里戏水回来的鹅也是用这种目光,这也会让她的内心有了一种平衡。当然,做书记员也有很多其他好处,从事这份工作可以让家人获得金钱以外的荣耀,即使这种荣耀有些虚无缥缈。

她之所以到这个建在山脚下的县法院上班,具有一定的偶然性。她本来是在本省一个一般的法律院校读书。大家都知道,在这个地方甚至是全国,十几年前都没有分配工作之说了。因此,让她找一个与法律相关的工作,还是有一定难度的。

她到这个法院做书记员甚至还有一种回家的感觉。因为这座刚竣工不久的法院的主体的一部分就是建在她家旧址之上的。她从第一天上班时,就能明确地知道这座大楼的裙楼就是她家的院子所在地。她家院子里当时种着一棵桃树。她经常从睡觉房间的窗户向外望过去,尽管玻璃上有一些灰尘,如同她在高中、大学时的内心一样,但是,主体上都是透明的。

那棵桃树开花的时候,花朵将整座小院染得云蒸霞蔚。她不是诗人,这是后来她从姨姐的男朋友那里听到的这种类似的话。对于她而言,在逐渐开始长大后,并没有感觉到这棵桃树有什么诗意,相反,她却感觉到它开花的时候有种情欲的感觉。它开得太茂盛了,有可能把山那边几十里路的蜜蜂都勾引来了。

整个县法院就是拆迁密桃家所在村庄的一部分建成的。那个村庄的边缘是一个当地的看守所。这座看守所紧靠着山体。然而,山体不再是山最初的模样,因为最近几年县城大搞房产、基建,那座山的一边已经被挖得险峻无比。特别是夜晚密桃回家时,就能够感觉到那片被削得几乎垂直的山体闪着寒光。当然,也可能是附近看守所里传来的杀气。凡是到过看守所的都知道,即使不用进去,也能感受到一片肃杀之气。当然,一般谁也不愿意进去。看守所高大的院墙把近距离的农家院子压抑得不成样子。高墙上还有那些带倒刺或者钩的铁丝网,据说一些灵巧的猫在夜间也不敢轻易爬上这种高墙,它们只有在白天实在饿极了到处找东西吃时,才会看着高墙上四角岗楼里哨兵的脸色,小心翼翼地翻过高墙,卑微的样子和农村穷亲戚到你们家借钱没有什么区别。在夜里,听村里人说,几次有飞行失灵的猫头鹰也被挂在高墙的铁丝网上,这让那些看守所里被关的嫌疑犯根本上就绝了逃走的念头。

　　由于这座法院建造时占了密桃家的地方,因此,法院不得不给她安排了一个在法院当书记员的工作。当然,那个村有十几户都因建法院被拆迁,其他家的孩子却没有被安置到法院,一部分是因为这些家没有孩子是学习法律专业的。不过这还不是最关键的,最关键的是她妈坚决不同意拆迁。之所以不同意拆迁,是因为她妈曾经因为诈骗被这家县法院判过刑。因此,在法院商议让她们家拆迁时,她妈就像是一位执法严格的真正法官,坚守在自己的家里,绝对不搬迁。后来法院实在没有办法,就同意把密桃安置到了这个县法院做书记员。因此,对于密桃而言,去法院上班和回家一样心理上变化不大。当然,如果你不是这里的人,可能会不相信,怎么拆迁户拒绝拆迁就可以让子女进入到法院工作。如果你了解这里的社会的话,就会懂了。这个法院前段时间还发生了另外一起更让你们不相信的事情。有一个拆迁钉子户,为了让犯了抢夺罪的儿子不判刑,要死要活坚决不拆迁,结果当地政府领导拍板,还真让法院把抢夺罪给免了。不过这也难不倒那个院领导,因为他不是学法律的,不学法律的好处就是任何事情都可以变通。那个院领导还经常骂手下"大姑娘要饭死心眼"。当然,他也是被政府领导骂了以后才会有这么大的火气。后来那个院领导硬压着承办法官,让把案子退回去,真的没让那个拆迁户的儿子吃官司。

密桃上班的时候,如果偶尔不忙碌,她就会感觉是坐在自家的小院子里,看着阳光从院外翻墙而过,院子里的阳光将树和草之间的空隙编织得有些迷离,上面有蝴蝶在扇动着无辜的翅膀。一只小个的蜜蜂不去采蜜,而是翅膀悬停在半空中表演着杂技。只是那棵让人产生放荡感觉的桃树不在了。不过,在这棵桃树的死亡之地建造的裙楼,也就是书记员办公室所在地,那种时隐时现的放荡灵魂还没有死。

二

密桃的妈是一位附近有些名气的神婆。密桃在上小学的时候,曾经亲眼看到妈妈是如何给村里的孩子叫魂的。那个孩子可能是被谁带着到看守所上面的那座山上玩,不知冲撞到什么邪气,回家就神情恍惚,一直在哭,怎么也哄不好。到了村里的卫生室找村医看,打针吃药都不见效,就找到了密桃的妈看。密桃的妈让大人把孩子抱好,仔细端详了几分钟,说人都是有三魂七魄的,这孩子被什么吓着了,三魂走了两魂。不过不要紧,听她的。她让孩子的家人准备好一沓祭奠用的黄纸,又亲自扎了个纸人,然后让大人抱着孩子回到山上孩子受惊吓的地方。密桃的妈点燃黄纸后,冲上磕头便拜,口中念念有词说:这里不是你的家,赶紧回家吧。起先密桃听她妈的声音还算勉强能听见,后来越来越小,好似泉水在狭窄的泉眼中呜咽。等到拜完后,一行人赶紧回到孩子家里,密桃看到她妈用手在天上抓了一把,孩子哭声忽然好像小了一些。随着她看到妈妈在空中虚空抓了九次,到第九次时,孩子的哭声渐停,然后在孩子头上抚摸了一下,轻拍九下后,孩子的哭声如同一辆车慢慢刹住,竟然还露出一点笑容。看到这里,孩子的家长千恩万谢,在那个经济条件普遍不太好的年代,也是好好地感谢了一下密桃的妈。

密桃的妈为姑娘的时候并未显示出就是神婆,后来成为神婆可能和姥爷有些关系,她也会像姥爷那样通过下银针给人治病。密桃后来逐渐长大后回忆,姥爷似乎在农村也有一些异于一般农民之处,那就是会下银针。特别是当时农村医疗条件比较差,姥爷在村里也算是半个土医生。她问姥爷是从哪里学来的这门手艺,姥爷说自己也好像是天生就会似的。姥爷在给村里的人扎针时,密桃的妈可能在旁边看多了学会的,并不是专门学的。密桃知道妈在这方面有天赋。其实,对于天赋这个东西,你不服就是不行。天赋如同可燃的物品,只有具有天赋,才能够点燃,否则,只能是竹篮打水一场空。密桃在学校读书时,很长时间终于认识到自己没有读书的天赋,为何同样的一本书,同样的老师,有的同学还用了更少的时间,自己整天屁股粘在板凳上,无论如何却学不过那些考试厉害的人。

虽然密桃知道她妈从姥爷那里学会了下银针,却知道妈并不是一开始就会下神,会算命,会看阴阳宅。那是在一场事故后发生的变化。密桃的妈原来是县里一个中学食堂的职工,但不是正式的。这是她爸爸当中学校长时安排进去的。后来爸爸因病提前退休,妈妈的工作也到此为止。

密桃的妈下岗后,在妯娌中的地位无形中发生了变化,经常受到欺负。一次在和密桃大伯的老婆激烈争吵后气晕,连续三天靠在县医院打点滴维持,最终醒来后就开始有些胡言乱语。密桃的爸爸看到妻子这种情形也不知发生了什么事情,没有想到妻子自此后声称有了灵异功能,可以算命打卦,并且还比较灵验,自此在附近城乡有了一点小名气。

除了这些忽然附体的功能外,密桃清楚地记得妈还有一个变化,就是自此不再吃动物油,一吃就吐。特别是吃猪肉猪油时更是如此。一家人不能再吃一锅饭,得专门为妈用素油做另外的饭菜。密桃的大姨不相信自己妹妹的这种变化,在妹妹到自己家做客时,偷偷用猪油炒菜,实验一下到底真假。结果妹妹呕吐不止,还专门去了医院治疗,这样全家才终于承认了这个现实。

如果现在的人迷信的话,大多是迷信科学了。然而,世上确实有一些东西是说不清的。密桃的姑父也是乡镇医院的医生,她几次专门问他农村这些玄虚的事情到底有没有科学依据,姑父也说不出什么所以然。他告诉密桃,你姥姥从小也遇到过一些不同寻常的事,当时你姥姥一家主要是靠卖豆腐为生,那时候她家孩子多,她都是凌晨两三点就出去卖豆腐,先到远的地方,再到近的地方,那时候人起床都早,卖着卖着回程时就天明了。

那时你姥姥的村子不像是现在,都快和县城连接到一起了。那时那个村子后面的山还没有炸药轰炸过的痕迹,最多是附近的村民用凿子、錾子、铁镐等开采一些石头造房。那时的半山腰还有一棵巨大的栗子树,树冠在夏天长树叶的时候又大又密,估计在上面躺着都掉不下去。大栗树下面是一片荒草,特别是夏秋季节,这些荒草甚至能掩盖附近大大小小的不少坟堆。你姥姥到更远处村庄卖豆腐,就是走荒草中牛和人走出来的那条山道。那时人相对稀少,连猫头鹰也有些邪乎,只要谁家死了人,猫头鹰就可能会飞到那家附近的大树上半夜鸣叫,那种叫声也像是冰凉的银针,直接刺到肉里去。

你姥姥和你二姨一样身材都不高,但是,她推着胶皮轱辘车去卖豆腐时,经常一个人凌晨两三点把车推到山顶,却无论如何也找不到路下来,直到天明后,她才知道花了半夜时间一直在山顶附近打转。但是,她能在乌漆麻黑的半夜把车子推上去,天明让她一个妇女就推不下来了。村里人知道后就帮着把胶皮轱辘车推回你姥姥家。你姥姥回家后就像是中邪一样,意识不清,浑身扭曲得像是被火烤的蛇。这时你姥爷就拿出银针,五十公分那么长,直接就从你姥姥的人中扎进去。你姥爷使用的那些银针,我作为一个专业医生都不敢用。直到被银针刺后,你姥姥才慢悠悠地明白过来。你妈可能遗传了你姥姥的灵异,也继承了你姥爷的银针技术,现在才有了一些不同常人之处。

密桃有时候会羡慕妈妈,凭空从哪里获得了这么一项技能。即使她从中学食堂下岗后,后来大多数人的文化意识也提高了,然而,相信算命打卦的人却没有减少,反而有些增多了。甚至有中年妇女带着礼物从市里或者其他县来找妈妈看病。妈说这些人都是"糠骨人",容易中邪。其实有不少次密桃自己都感觉并不是她说的那样,有的妇女就是因为老公有了外遇,气得大脑发昏,让妈妈三说两说,进行心理疏导后,使人家变得心里舒畅,心理正常,因此,愿意掏钱买一些礼物。

三

暴雨马上就要来了,只有身处其中的人感受得最深。这时能看到乌云在远处翻腾聚集,如同一群巨大的青鱼正在猛烈游动。这些青鱼后来长出了翅膀,以肉眼看得见的速度向着法院这边飞行。这片土地和山似乎正在等待着什么。在县城,有经验的人能够感觉到暴雨正在以千军万马之势赶来,能够听见远处田地里已经长成的玉米叶子被风拨弄得像是乱弹琵琶一样,也能够闻到暴雨打在干旱的土地上溅起的土腥味道。在县法院附近,周围市场摊位丢的菜叶子以及树叶被风发疯似的吹到一起,又迅速地被吹开。法院门口的一家律所招牌在狂风中颤抖着。一个高高瘦瘦的律师戴着眼镜,好像差点被风吹倒,连忙跑到律所门里面。他忽然又想起今天有案件开庭,赶紧准备一下材料,夹着包一溜烟跑进法院大门。旁边一家法律服务所的招牌质量差一些,正在等待自己摇摇欲坠的命运。特别是在小地方,律所或者法律服务所都会开在法院门口,听说上面有规定禁止这种做法,但是,在这个相信人熟地熟好办事的地方,认识一个领导就可能认识大部分的人,谁会这么认真跟自己的人过不去呢? 何况法院门口的律所和法律服务所租赁的房子本身就是法院的产业。

虽然这个案件是轰动本县的一个大的刑事案件,但是,书记员密桃也不是最先到场的,最先到场的是律师。她也不是最后一个到场的,最后到场的是法官。密桃一般都是在律师到庭以后,才迈着快步走到书记员的桌子前,开始整理材料。这是一座新的法院,大多数物件都是新的,除了本院的一些老法官外,这里最老的就是书记员记录用的桌子。可能是由于法院刚盖好,还没有来得及配好桌子,就好比一匹年轻而有力量的马,却拖着一辆破车,显得有些不协调。此外,密桃本身长得漂亮,身材较高,给人一种很健美的感觉,这也让她在庭审记录桌子面前显得有些格格不入。不过,密桃并没有考虑到不协调的问题。这是坐在庭审席上院领导考虑的问题。本来这个案子并不需要院领导审理,但是,由于它在本县影响比较大,因此,至少需要领导坐在审判席的正中,压一下阵脚。

书记员密桃面前的桌子整体给人以粗重的感觉,这也是几十年前国家机关办公设备通用的风格。桌子是硬木材质,好像是橡树之类的东西,黝黑一片。即使看不见上面有写下的字迹,但是,这张桌子可能不知被多少个书记员的双手抚摸过,也见识过无数的涉嫌犯罪者,这些人用或是瘦削狡诈的手,或是肥大笨拙的手,或是轻佻狂妄的手,或是胆怯猥琐的手按在上面,在庭审笔录上签过字。

书记员密桃在第一天正式上岗庭审记录时,就会不由自主地想到,这张桌子是不是自己的妈妈多年前被判刑时用的那张。即使不是,也几乎没有什么区别,这些桌子都代表了一种威压和冷漠。当年密桃的妈妈也是被法警押解到书记员记录桌子前的被告人座椅上审判的,也是在记录的桌子上签字的。

四

其实，密桃以前对法院并没有多少好感，这种感觉如同一个孩子年幼的时候不愿去医院或者诊所一样。密桃去乡村诊所时就会闻到一种让人恐惧的消毒水的味道。即使里面有人，却感觉不到人的气息。那次密桃的妈妈因为诈骗被带到老县法院审判时，她也是这种感觉，感觉里面的人都长得一个模样，然而，无论男女都感觉不到任何温暖，都冷冰冰的像是一台台机器。好像这里的人和农村的人是来自不同的世界，和妈妈以前工作过的学校食堂的人也是截然不同。这种感觉只有等密桃自己在法院上班后才彻底改变。不要认为法院都是一座方方正正高大的建筑，其实，这些建筑也是有思想的，是有眼睛的，是有手脚的，只是不是内部的人感觉不到而已。无论多么宏大严肃的建筑，只要你是内部的一分子，它马上就会容纳你。自从密桃在这个法院上班后，她感觉到这座四方的高大建筑的笔直棱角开始变得柔和起来，森严冰冷的大楼开始变得温暖起来。

密桃现在还记得妈妈被审判的那个冬天特别寒冷，甚至她的那段记忆在一生都被那一天的寒冷所冻僵固定，至今还没有解冻。在妈妈出事后，密桃有一段时间没有见过她。密桃问爸爸，妈妈去哪里了，爸爸说出去给别人算命赚钱了，她当时也没有多想。只有到了妈妈被审判那天，爸爸才告诉她真相，说要带她去看一下妈妈，说不定很长时间见不到了。

那时法院的院子和房子更加矮小，最高只有三层小楼，但是，已经是这座县城当时最高的建筑之一了。即使那时打官司的人没有现在那么多，然而，不少人在这么逼仄的楼梯和院子里来回乱窜，几次差点将密桃撞倒，这让她又怕又烦。早些年的人穿得不像是现在那么厚实，房间里也没有暖气，三九寒冬的北方更是滴水成冰。不过那么多人来往穿梭,似乎审判法庭门口的冰处于随冻随化的状态。说实话,密桃有种是别人妈妈被审判的感觉,而不是自己的妈妈。她一时懵懵懂懂,还不能理解自己的妈妈犯了诈骗罪。她感觉诈骗不是附近那些最坏的人做的事情吗?譬如村里就有一个,家里穷得要死,却生了不少女儿。整天东骗西骗,在没有生出儿子之前,有的女儿在刚出生不久就卖掉了。大女儿刚满十五岁就嫁给了一个三十多岁的光棍,只是为了图别人家的彩礼来挡自己的饥荒。

好像妈妈被藏在一个隐秘的地方,忽然一个神秘的边门开了,两位高大的法警把妈妈押出来。可能是审判那天天气太冷的原因,这让妈妈看上去收缩得更小。也许是法警身材高大的原因,密桃看到妈妈的身材比平时显得小多了。当然,也许是怕看到熟人不好意思,她有意地在隐藏自己。然而,等看到女儿后,妈妈还是让身材努力大了一些,远远地喊了一声女儿的名字:"桃桃!"旁边的法警呵斥说:不准大声叫喊,你以为这里是你家,还是在接女儿放学?法警的声音比外边的寒风更加冰冷,比楼顶悬挂下的冰溜子更加坚硬,让密桃本来想喊妈妈的声音硬生生地冻住了。

可能那时开庭不像是现在这么正规,也可能密桃那时年龄还小,很多事情就被淹没在那种窒息的整体青黑色的审判大厅中,当时法官怎么审判妈妈的情节有些模糊了。只记得检察官好像没有现在那样对被告人这么有敌意,或许认为妈妈是被抓到笼子里的鸟了,已经没有逃脱的可能,那位有些和蔼像是中学老师一样的检察官倒是没有说太多。法官当时有着一头少白头,长着一张烧饼似的大脸,只不过这张烧饼放了几天,颜色有些暗淡。但是,法官却比检察官严厉很多,当时感觉他就像是密桃高中班上的学习委员那样,故意炫耀自己的学习成绩,对着密桃的妈妈咄咄逼人地审问。

法官说:被告人,你说自己不是诈骗,你自己回答,你收那些找你算命的人的钱财了吗?

回答:收了,但是,这都是那些人自愿给我的,也不多,我也替那些人办事情了。我也耗费精力了。

法官如同被火钳烫了一下似的,连忙制止:不用说了。你承认收钱就可以了。然后他喝了一口茶水,接着问:你说没有骗钱。那么,你虚构事实了吗? 你说找到观音菩萨替人招魂,观音菩萨在哪里? 你现在找来我看看。

妈妈似乎有些着急地说:这些神鬼的事情,一般人是看不到的。看不到你们就不能说没有吧。

法官厉声说:你拿不出证据,那就证明你是诈骗了。

五

暴雨还没有真正落下来,审判席上的院领导和审判长偶尔看一下案卷后交流两句,间或用眼睛的余光向着书记员密桃这边扫一下。整个审判大厅有些乱糟糟的,可能没有人察觉到这一点。但是,只有真正触摸水的人,才知道温度到底如何。那个高瘦的律师是本地的,一边紧张地翻着案卷,一边拿下眼镜擦拭着。另外一位律师好像不是本县的,是家属从外地大城市请的,更加瘦小,却显得很是精干,眼睛明晃晃地闪着光。这种光好似男人追求爱情时的光,但是,只能说是力度或者是外形像,也可能是一种求胜的力量,或者是对律师费用的追求力量。书记员密桃知道,即使是同一个案子聘请的律师,不同律师的律师费差别也是很大。大城市来的律师可能是本县律师收费的十几倍甚至是几十倍。当然,还得说外地的律师素质高一些,打电话询问开庭事宜的时候,都是管书记员密桃叫密法官。其实,密桃也知道因为妈妈的诈骗案底,自己永远成不了法官了。然而,听到别人这么叫时,内心还是有些不一样的感受。

因为这起案件在本县影响较大,由于怕出差错,书记员密桃提前就看了一下案卷。一般她的琐碎工作那么多,是不可能提前看一下的。这个案子是一个杀人案件,因为密桃也没有兴趣和时间,只是看了一下案情大致,加上审判法官平时聊天会谈一些,了解到这个案件的大致情况是:涉嫌杀人的是一对父子,儿子是一个村的村主任,被杀的是这个村的前任村主任。几年前由于前任村主任故意伤害罪被判刑一年,就让现在这位正接受审判的年轻男子接手村主任,说好了自己出狱后再让给他。其实,前任主任和现任主任属于村里的两个派别,现任主任也是村里选举产生的。同时,谁都知道权力是一种好东西,即使村主任在农村也是一种不小的诱惑。可以想想,上千人口的村庄,只要你当上村主任,包括承包、扶贫、救济这些优惠政策村主任都有权决定。即使不是这种实际的权力,只要能当上村主任,村里的老百姓的眼光忽然就会多了更多的温暖,平常身材更加高大的人也会在见面时低下身子,而当上村主任的人身材可能会平地高了不少。甚至村主任孩子的地位也无形中有了提高。反之,如果从村主任位子上退了下来,这些待遇不仅不再存在,而且还不如没有干过村主任。由于被判刑释放的前主任是来自村里的大家族,属于村里的豪强,看到现任主任不愿意让位,就处处找茬。一次听说现任主任带着父亲在医院看病,就打电话给他说找人打他,马上开车就来。现任主任一看事情不好,就赶紧带着父亲回到了家里。但是,对方也开着车赶到门口,带着刀叉棍棒大骂。父子两个不知是谁先起的杀意,也带着长矛冲到门口,一番打斗中,把前任主任现场捅死。

书记员密桃记录着,忽然有些同情起这位老人来。他声称杀人都是自己一个人干的,和儿子没有任何关系。本来对于这些从事司法工作的人而言,一般是不可能对自己的工作对象产生同情的。他们的工作就是流水线,就是一项惯性的活动。书记员只需要把审判经过记录下来就行,这和工人在生产线上生产产品没有任何区别。然而,凭直觉,这位说自己杀人的老人不像是真正的杀人凶手。不知是不是因为被抓的原因,这就是一位看上去有些可怜兮兮的老农民,长得一脸沧桑,脸上的褶子都扭曲在一起,加上天气闷热,细小的汗水都存在脸上的褶子里。他戴着手铐的手也无法去擦拭,弄得一脸的水汽,不知是汗水还是泪水。

书记员密桃发现,现在出庭公诉的检察官也和以前不大一样。好像他们学的是完全不同的两种法律。在她那次参加审判妈妈的记忆中,检察官更好像是来参加一次活动,如同凑份子喝酒一样,有种置之度外、与我何干的感觉。但是,密桃在法院上班时,公诉人却忽然成了整场最突出的那个。法官则是要沉闷一些。这次开庭的女检察官就是如此。在女性中,这位检察官最多算个中等身材,然而,很难发现她的内心究竟是埋藏着什么样的火药,给人以一点就跃然欲飞的感觉。在她对老年被告人的质问中,本来还有些烦躁闷热的审判大厅好像被谁用布捂住了一样,躁动被暂时遮盖住了。特别是到了关键细节,检察官的嗓子如同钉子,紧紧地钉住了面前的猎物。

检察官问:被告人,我看你是一个老年人,也不想难为你,你认真地考虑一下你说假话的后果。这是要负法律责任的。你们父子俩到底是谁决定拿着长矛出来扎受害人的?

老人伸了一下脖子,挪动了一下身子,长时间被关在一个狭小的审判席上让他很不舒服,然而,手铐震动了一下审判席上固定他的方形铁框架,上面发出不安的响声。书记员突然发现这位老人身材并不矮,只是年老和长时间关押让他显得更加瘦削而已。他是那么瘦,手上的骨头都清晰得如同树根一样凸起在外面,如果不注意的话,很可能认为碰响审判席铁框的不是他手腕上的手铐,而是他的骨节。

老人说:是我先说的,我说反正活不下去了,就和他们拼了吧。

检察官说：被告人，你老实一点。你这么做非但没有好处，反而会加重你们父子的刑罚，你们两个人都要判重刑。

律师席上外地的律师忍不住了，大声说：抗议，审判长，公诉人这是威胁我的当事人。另外一个本地的律师欲言又止，把话咽了下去。因为本地的律师经常要在当地执业办案，一般都不愿意得罪当地的公检法的人员。因为整个县城的法律圈就是一个法律熟人社会，律师很可能一次图个痛快，却不知得罪一个人就得罪了一个单位的人，甚至是得罪了整个县城的公检法圈子。

院领导在那里没有说话。主持审判的法官面无表情地说：律师，现在不是你说话的时间，到了你发言的时候再说。

检察官接着问：你们父子出去扎被害人，是谁先出去的？

老年被告人回答：是我先出去的，等我把人都扎倒了，我儿子才出来。

这时审判大厅的听众席上好似平静的湖面被谁扔了一块石头，忽然激起了一阵波浪，一个尖利的嗓子大骂："你这个老东西，为了保儿子，挨千刀万剐，硬说是自己杀的我老公。你这个老棺材瓢子，反正是死了也不值钱了。你全家不得好死。"反正她是什么难听骂什么，还捎带着把被告人的两个律师骂了一顿。一般这种时候，审判法官都会自己或者让法警制止一下。但是，可能他们都知道死者老婆的厉害，没看到似的不作任何表示。

外地的律师大声说：审判长，对于这种公然辱骂被告人和律师扰乱法庭的行为，请你制止，把她驱逐出法庭。

死者的老婆从听众席上站起来，这是一个膘肥肉胖的中年妇女，烫着卷发，浑身充满了霸蛮的力气，估计同样身材的男子还搞不赢她。这位妇女猎狗一样跃跃欲试，好像要撕咬律师，也好像要撕咬被告两父子。审判席上可能是死者的其他亲朋好友也都高声大骂起来，年轻力壮的还努力推开周围的人群,想要冲进审判区。

由于检察官是一个女性,她本能地站起来,紧张地看着审判法官。她深知这帮人的厉害。前任村主任的老婆家族在当地属于不好惹的主,家族门户大,平常都是七个不服八个不忿的主。前主任的老婆由于老公被杀了,相当于这么多年积累的心理优势忽然被逆转了,也不仅仅是心疼丈夫,而是感觉整个家族的脸被重重打了一击。她可能是咨询了律师,律师说这个杀人案件在县里审判,最多也就是判十几年的样子,鼓动她要求县检察院把案子转送到上级市检察院公诉,在市中级法院审判,这样就可能判得重些。由于县检察院不同意,这位膀大腰圆的女人就几次带着人到检察院闹事。一次还带着一个小农药瓶要在检察院的接待大厅喝下,把检察院负责这个案子的人吓得半死。

法警在那里也有些不自然,喊了几嗓子,但是,还是压制不住这骂声、喊声还用力推动椅子的声音。这些怒潮不断向上翻涌,眼看就要冲破堤坝,幸亏被一个猛然站起的黑胖子喝止。这位脖子长得像是牛头梗脖子一样的男人转过身来大喝一声:"先不要在这里吵闹,一切听法院的,现在案件还没有判决,慌什么!"随着这一声断喝,虽然他没穿警服,却比法警好使许多。刚才乱糟糟的场面,如同失控的汽车,忽然刹车生效,被硬生生地刹住。书记员密桃似乎能听到车轮在路面上强势被刹住后摩擦的尖利声音。

审判席的院领导和法官有些如释重负地看着这位中年汉子,外地的律师摇了摇头,脸上露出不可思议的似笑非笑的神色。

其实,书记员密桃早就看到这个壮硕的中年男人坐在审判席上,周围的几个看起来像是社会人的大汉围着他坐。他们既不能离太远,这样不利于保护。也不能距离太近,和其他人挨得太近就不会突出他。

书记员密桃和院领导曾经一起到过这位中年男人的家。她听说从这位中年男人的曾祖父那辈,他们一家就是这个县的豪强家族,属于有钱有势的那种。然而,当时密桃看到了中年男人的父亲,他的外貌却并不强势,一脸和善,光光的脑袋在阳光下闪着光,不知是秃头还是剃的光头。他温柔地招呼那只黄色的大狗:乖乖,过来嘛,你怎么了? 这么好的牛肉也不吃。

　　密桃也听一些村里人用半是敬畏半是嫉妒的话说:这位老头子,每年那么多人给他送牛肉。有的还是杀了整只牛送去,老头子也不稀罕,都剁了喂狗了。

第二章

宾馆的老板娘

一

在县城北边靠近一座不大不小的山的地方，所有向北的直行大道都被这座山拦腰堵死。如果向北方再走，就要从山坡上的一条土石的山路绕行，穿过草木伴生的山路，再向前走上一段，就可以在山坡上遥望远处的田地里耕作的人，以及被树木包围的村庄，有时能听见鸡鸣的声音此起彼伏。傍晚时可以看见炊烟从那些村庄的上空梦幻般升起。

当然，街道向南的方向都是通着的，这条本来应当是十字大街的街道成为了丁字街道，因此，这里的人都管这条街叫作丁字街。后来县里不知什么领导感觉这种名字不高端不大气不上档次，也不便与其他街道的名字协调起来，就把丁字街改为通顺路。其实，相比较县城的其他道路，这条路并不通顺，北头被完全堵死了，不能通车，这不是睁眼说瞎话嘛。再说，整个县城都把丁字街叫习惯了，即使是本地人，你问通顺路可能很多人不知道，问丁字街谁都知道。这个名字多好，形象易记，也有群众基础。

在丁字街南头有一家宾馆,是用自家的沿街房开的。北头有一家宾馆,是用租赁的房屋开的。但是,这两家的老板却是亲戚,北头宾馆的老板娘管南头宾馆的女老板叫姨,是亲姨。

北头这家宾馆的老板娘是个貌美的女子,叫作魏娟。她年龄不大,宾馆也只有老板娘,没有老板。她的工作内容之一就是用笔记录下每天来住宿的旅客,用眼睛记录下走进宾馆大堂的人。在闲得无聊的时候,也会有意无意地用眼睛记录宾馆前大街上经过的陌生、半熟悉或者熟悉的人。

宾馆老板娘不是没有见过大城市世面的人,她之所以从大城市来到这座县城,其中一个原因是这里是她生长的地方,即使她的家乡是隔壁城市的其他县。还有另外一个原因是她对这项工作有种莫名其妙的喜欢。喜欢的原因很简单,这项工作不需要文化,只要简单地看一下对方的身份证就行。同时,宾馆的各种费用都明码标价在那个地方呢,即使有讲价的,也不会搞得很复杂,这是一家中等偏小的宾馆,讲价还能讲出大骡子大马来?

老板娘没有多少文化,在这个时代,在一个并不太落后的地区,这反而有些少见。因此,为了掩饰自己没有文化,在别人问她时,她就说:五年级还没有毕业,或者说一年级上了五年,这么半真半假,反而让别人不知她的文化高低。

这座宾馆坐落在一座山下,山并不太高,但是,在黄昏的时候,山的一些阴影还是罩在这座宾馆上。在这个县城的偏僻一角,人影恍惚,和附近的村庄相隔不远,忧郁的人就会产生点伤感的感觉。有位有点文化的人说这个宾馆可以起个名字叫作落日宾馆。但是,自从这位年轻的老板娘开了这家宾馆后,并没有给起这个名字,而是起名旭日宾馆。因为她本来不是一个有文化的人,也不是一个忧郁的人。再说,无论这个名字多么像是武侠电影中的名字,还是像穿越回古代的名字,然而,现在的人住宿谁不图个吉利，谁也不愿意像是落日一样沉落。其实，每个人都是在向着落日的方向前行，然而，这却是每个人都不想面对的现实。

老板娘宾馆的南边紧挨着当地的一个派出所。这其实无形中给了她很多安全保障。因为开宾馆并不是每个人都能开得了的。住宿的人三教九流、鱼龙混杂。有派出所在一墙之隔，万一有什么事情出警都不要开警车，跑过来就行。这让老板娘多了一项难得的安全福利。要知道，在这个地方，无论多么有权有势的人，也不能让派出所那么快速、直接地保卫自己。

在老板娘宾馆东边不远处有一条大河，高高的堤坝上种着高高的杨树。在杨树上，有风吹过，有鸟筑过巢，有蝉鸣叫过，有蚂蚁在树上爬上爬下过。在树下，有谈情说爱的人青春过，也衰老过。在这条河中，流过河水，也流过时光，流过上游顺水飘来的杂草，也流过打鱼的小舟。流过繁华，也流过荒凉。像是宾馆老板娘是这段宾馆历史的记录者，这条大河则是河上一切故事的记录者，也是两边河岸兴衰的记录者。

宾馆老板娘的第一次恋爱就是在这座大河的堤上。当时，万物丛生，正是春天。她在春天看到河边的小水坑清浅而温暖。鹅卵石是河水的骨头，现在都静静地等待河水上涨。现在是春天，河流并不大，小水坑里有一些蝌蚪在成群地游动，但是，却不知妈妈去了哪里。或许那么多蝌蚪的兄弟姐妹都聚集在一起做小小的聚会，没有妈妈陪伴也感觉不到孤单。

二

宾馆老板娘也是一只蝌蚪，虽然有妈妈，却好似没有妈妈。妈妈也如同春天的青蛙一样，排了很多卵，生了不少小的蝌蚪。在计划生育风声很紧的那个年代，这可以说是一个不大不小的奇迹。

　　当然,奇迹的根源是由于老板娘有个精明且在村里当村主任的爸爸。爸爸让妈妈在镇上开了一家买卖床上用品的商店。孩子出生后需要报户口。别人都是一个一个地报,他是两个一起报户口。每次报的都是双胞胎,当然,这位村主任也没有这么准确的生育能力,只是把前后两年内生的孩子放在一起报,因此,他家里就有了两对双胞胎。另外还多余了一个没法安排,这就是老板娘,这也是她小时候无法在家生活的原因。

　　老板娘就是一个普通人,是从小到处躲计划生育长大的。她记事开始最清晰的印象就是:她经常要藏在姥姥家里,惊弓之鸟似的躲避当地计划生育管理人员的查访。由于姥姥、姥爷还要养活一大家人,就不能在家里陪她。她很小就经常一个人待在家里,没事时就会趴在那棵大梧桐树下,看一种会挂丝的虫子,从梧桐树宽大的叶子上慢慢地降落下来,最后到地面上却成了蚂蚁的口粮。或者看蚂蚁一群群地把一个死去的虫子一点点搬到树下的蚂蚁窝里。

　　她小时很任性,在姥姥、姥爷得罪自己的时候,会在堆放粮食的屋里躲起来,藏个三天,只是在家里没人的时候出来吃一些东西。当然这是在夏秋天不冷的时候。在晚上她一个人在粮仓的顶部躲着,她也不是不害怕,而是任性的力量超过了害怕的程度。在粮仓的顶部有一个小窗户,通过这只房屋的眼睛,能够看见远处的山坡上有个荒废的看山的房子。她以前在白天去看过这座房子,明明知道那里面没有人,透过破败的房顶漏洞,在夜晚的时候,这座房屋里就会有月光掉下去。然而,毕竟有人住过的地方就有人气,这让她的心里会稍微安定一些。附近墙根猪圈里的猪是姥姥养的,在半夜熟睡的时候打着呼噜,这会给她更大的安慰。老板娘本性是个善良的人,就冲这一点,年终杀猪的时候她坚决反对把这头猪杀掉,结果被姥爷偷偷卖给村里的屠户杀了,为此她伤心了好几天。老板娘偷藏在粮仓的时候,最怕的是夜里一只白色大鸟的叫声,类似一个人呵呵笑声一样,但是,更为尖细一些,叫一声山上的荒草就会晃动起来。起大风的时候也是非常吓人,能把柴垛上成捆的草吹散,像是被风刀砍掉头的壮汉,随着风直奔姥姥家的墙根而来。这时她就会抱紧一把扫帚,如同死掉妈妈的小猫抱着它的安慰物,似乎在梦里,又似乎一直清醒着,就这么恍恍惚惚地睡着了。

其实,在和平时期,绝大多数人从出生就大约可以看见结局。或者说,从出身就可以看到终点或者极限。当然,不排除这个人特别聪明,或者是获得特殊的机遇。不过,这都是极小概率事件。地球天生不是平的,而是圆的,这决定了站在其上的人是不平等的。这也是没有办法的事情。

老板娘也不会逃出这个轨道。作为八十年代末出生的人,她最高读过五年级。这在当时初中普及的年代已经将她拉入社会最低阶层之中。当然,这也不是她不想读书,如果有家人强迫或者引导,她读到高中毕业甚至上个大学都有可能。她自己也明白,这是她读书的极限。然而,她自小属于父母身边的多余人,上户口都难上的人。父母将她托付给姥姥、姥爷养大,平时生活费倒是按时支付。然而,却很难见到父母,也感受不到父母的温情。她的父母好像就是为了生育而将她带到这个世上。

在计划生育逐渐放松的时候,她已经和父母变得很陌生了。妈妈抽空带她回了一趟真正的家。家里在当地算是富裕户,做着不大不小的生意,爸爸又是村主任。因此,当她回家别人问妈妈这是谁时,她妈捂着嘴笑着说:我们又捡了一个闺女。然而,这骗不了村里有经验的人。看她的眉眼,虽然是一个女孩子,也长得很是漂亮,但是,活生生就是她爸的一个女版。然而,在她六七岁回老家时,家里的四个姐哥对她很排斥,都把她当作外来户,合起来欺负她。她的性子也很强,经常互相打得鼻青脸肿。因为她妈做生意会有零花钱,几分几毛的很多,她就偷偷地攒了起来，叠得整整齐齐的，一沓一沓地包好放在床底下。她是怕姥姥来了后，没有坐车的钱回姥姥家。过了一段时间姥姥终于来了。她大哭一场，把攒的钱全部交给姥姥坐车。她抽泣着对姥姥说：你怎么这么长时间才来看我呢？我以为你不要我了呢？我现在攒够了车票钱，我们回家吧。等她再大点，就知道真正的家是哪里了。但是，真正的家却没有了家的感觉。

她记得自己曾用刀剁着一块木板，接连把其他小朋友的爸妈骂了三天。后来对方实在受不了，就去找她姥姥、姥爷告状。其实，这一招数是她从妈妈那里学来的。她妈曾经用菜刀把爸爸棉大衣砍得棉花纷飞。只因为爸爸找了一个阿姨。那个阿姨她也隐约记得，长得身材很好，细细的眉毛，化着浓妆。虽然那时候她不懂这个阿姨和爸爸什么关系，但是，当爸爸和几个牌友在玩牌时，那个阿姨远远地看着走过来，她闻到了那种好闻的雪花膏的味道。旁边的牌友挤眉弄眼地对爸爸说：哎，来了啊，有任务了，还有精神打牌啊。于是众人都哄堂大笑。爸爸坚持打了几把，终于找个理由说不打了。本来是爸爸照顾她的，他就把她交给邻居先看着，不知和那个阿姨去哪里干什么了。由于经常看见爸爸和妈妈死拼，宾馆老板娘就问爸爸：你这么恨妈妈，为什么不离婚再找一个呢？爸爸长叹了一口气说：找谁都一样，嫁给谁都一样。你长大了就明白了。即使宾馆老板娘自己没有细想过，不可否认，这些话在她的内心打下了一个若隐若现的烙印，时不时地闪现出来，在一些时候就会暗示她。

后来，宾馆老板娘的一个懂点心理学的朋友说：你这种家庭，小时候心理上没有留下阴影就不错了。当然，她是一个性格大大咧咧的姑娘，对男人更是如此。如果没有深的接触，很难感觉到她身上覆盖的童年阴影。然而，如果真的对她了解的话，就会感受到童年的雪花在她身上还未完全融化。可以说，童年是一个人一生的根，后面的果实大都结在童年的树上。

作为一个孩子,她是在姥姥、姥爷的宠爱下长大的。但是,作为一个姑娘,以她长大的那个地方的传统观念来看,她却不是循规蹈矩地长大的。比如说,当地的姑娘很少有裸睡的习惯,她却感觉裸睡很舒服。无论盖着什么被子,她都喜欢赤裸地与被子面对。厚重的被子有成熟男人怀抱的感觉,轻滑的被子有年轻小伙让人心颤的感觉。

无论命运是否特别垂青,只要没有死亡,所有的人都会以自己的方式长大。即使父母从小没有在身边,老板娘就是这么粗放地长大了。

三

这家宾馆南边紧挨着的是派出所,再向南是一家理发店,再向南是一家邮政公司。总之,附近吃饭的小饭馆并不多。因为派出所里临时工比较多,往往在夜里出去办案回来后,就是有饭店也基本上封灶了。派出所里的临时工都是年轻人,也饿得快,就会有人到这家宾馆找一些吃的,往往会笑着对老板娘说:老板娘,这么晚了,有吃的吗? 有咸菜和煎饼就行。老板娘其实在宾馆里也没有专门的厨房,这时就会到临时改造的做饭的小房间里炒上一个咸菜,或者炒一个其他的蔬菜,那些年轻人就在那里狼吞虎咽地大吃起来。吃完后如果所里没有任务,他们也会在宾馆大堂里待上一阵,有一搭没一搭地和老板娘聊着。半夜时往往会有醉汉或者社会人来开房,特别是夏天,不少人会赤裸着上身,有的还是文着花臂,醉意冲天地跟跄走到开房的前台,如同一国重要人物一样大叫:老板娘,开房,要最好的房间最便宜的价格。忽然抬起醉眼,发现宾馆前台旁边还有几个穿警服的年轻人,马上声音低了八度,身子矮了半截,酒也醒了,讪笑着说:"老板娘,实在对不住啊,过来晚了,开间房。好赖都行,反正都下半夜了,睡也睡不多长时间了。"开好后再也不言语,灰溜溜地到自己的房间倒头便睡。

　　不仅是派出所的年轻人闲着没事时喜欢到宾馆来玩,就是派出所的一位副所长有时也过来。这个矮胖的中年人也不穿警服,就坐在靠近前台附近的大堂沙发上,说一些派出所的事情。他有时会神秘地问老板娘:"你们宾馆最近有什么事可疑吗? 有什么坏分子到你们宾馆住宿吗?"老板娘就会笑着说:"宾馆离你们派出所那么近,有坏分子早就吓得不敢来了,我的宾馆生意都被派出所影响了。"副所长说:"有人过来住不举报的话,我们查到你就是窝藏了。前几天有没有一个长着刀条脸的小偷住到你们宾馆,大约四五十岁的模样,脸上像是年轻时长过不少粉刺,粉刺消退后形成了一些浅浅的麻子。这人身材很瘦,像是一根竹竿一样。"听到副所长说到这些,老板娘吃了一惊。其实,她的印象中还真的有这么一个人。本来宾馆里面人来人往,比夏天树上的浓密树叶还要多。即使她会在客人住宿登记的时候看一下,有个记载,具体到哪个人也不可能都会记住。但是,副所长说的这个人老板娘却有一些印象。别人开房都是上半夜之前或者在白天,他却总是下半夜开房。在老板娘睡得迷迷糊糊的时候,能够听见一声刺耳的刹车声停在门口。这辆车可能是燃烧不充分,车停下来有着浓浓的汽油味道。这时那个刀条脸的中年男人会推开虚掩的门。这个人的腿稍微有些蹒跚,也不知是开车时间长了麻了,还是本来就是这样。

　　当时老板娘第一感觉就是这个人有种尖嘴狐狸的感觉,脸上露出好像狐狸夜里偷鸡得手后狡黠而满足的神态。不过开宾馆的人看人多了,对哪种人心里都会有个判断。不知为什么,老板娘就感觉他不像好人。她也不愿意多管。反正是开房给钱结账就行。刀条脸看上去是一个不加掩饰的好色之徒,他在住宿第二天结账时,会直勾勾地看着老板娘说:"老板娘真是漂亮啊,腰是腰,腿是腿的,怎么长的。"本来住宿一晚就是一两百元的事情,他却故意把一沓钱全部拿出来,在那里呼扇着,既是一种炫耀,也是一种勾引。老板娘不由心里暗笑,因为她谈过那么多男朋友,哪个不是当地的富豪或者富豪的儿子,刀条脸的这些钱还不够她以前在滨海时买半个包的花费。但是,看破不说破,做生意就是如此,老板娘有时也会故意开一下玩笑,让刀条脸更是内心狂喜,以为自己的钱起到了作用。

副所长说:"那个刀条脸是一个偷鸡贼,不少次都住在你这里。你可能只想着开宾馆收钱,没有想着他偷了多少鸡。我们也问过为什么他在这个宾馆附近开房,这里距离派出所那么近。他说看电视剧都是这样演的,越是危险的地方越是安全。他还说,本来也不会来这里住那么多次,还有一个原因是看着你长得漂亮,为人和气,以为你对他有意思。"

老板娘又咯咯地笑着说:"是的,我没有见过男人,没有见过钱,连一个偷鸡贼都喜欢。"

老板娘问:"我也没有看到他带着鸡,那么多的鸡放在哪里啊?"

副所长说:"能让你看着那还能做贼吗?这位偷鸡贼把车的后备箱进行了改装,外面看不出来,其实里面空间不小,偷的鸡全部放在里面。这个偷鸡贼是邻县的,他半夜偷完鸡后,提前和我们这边一个开饭店的老板联系好,就是那个很出名的王二炒鸡店的老板,事先说好以比市场价更低的价格卖出去。"

老板娘忽然回想起姥姥在世时抓鸡的事情。那时家里来了客人,如果是白天抓只鸡绝对不是一项小工程。虽然平时姥姥经常喂鸡,可能是知道大限已至,被抓的鸡还是会拼命地逃跑。因此,往往需要动员一家围追堵截,还不一定能够抓到。后来姥姥的弟弟来做客时还开玩笑说:"你们要是不想杀鸡就不要抓了。抓只鸡那么难吗?"因此,老板娘就饶有兴趣地问这个问题。

副所长说:"干一行讲一行,就像是你开宾馆需要有经验,知道一般该怎么做。鱼有鱼路,鳖有鳖路,贼有贼路。这些鸡都是从附近山区的农村偷的。山区农村的鸡晚上要不是在鸡窝里，要不就是站在树上。等到夜里的时候，这些鸡往往看不见东西。偷鸡贼在偷鸡时，会用手托住鸡的嗉囊部位，慢慢地托住，鸡会一声不吭，很配合地被偷鸡贼抓走。"

四

老板娘小时候跟着姥姥、姥爷长大，她也像是姥姥、姥爷家最小的闺女，而不像是外孙女。姥姥、姥爷很能吃苦，整天靠磨豆腐、卖豆腐维持家庭开支。两个人做的豆腐在附近村庄中很受欢迎，既白又嫩，水汪汪地闪着透明的光泽，甚至比用化妆品保养的漂亮小姑娘的皮肤还要好。姥爷几乎每天夜里都会熬夜起来和那头大黑驴一起磨豆腐。那头驴真是一头强壮的驴，和年轻时的姥爷一样，浑身有着用不完的力气。姥姥就在凌晨起床出去卖豆腐，基本上太阳一竿子高的时候，经过几个村庄就卖光了。姥姥、姥爷这么勤劳，加上老板娘的父母给的生活费也够用，在生活方面，她并没有受到一点委屈。后来在本地找的第一个男朋友也是暴发户，因此，她是当时县里最早使用最新型手机的人之一。在附近村里的人感觉拖拉机还很高大威武时，她已经开着男朋友的在这个县城比较少见的小汽车了。

虽然老板娘长得人高马大，但是，开宾馆却不是一个人的活，更不是一个女人的活。有时候包括老板娘自己都很难相信，她能够成为这么个全能型的女人。她不仅充当老板娘，也充当服务员、电工、洗衣工。一句话，在最初开业的那几个月，她几乎把这个宾馆的活全包了。

不过一个人开宾馆，即使靠着邻近的派出所可以壮胆，她内心还是不免有些害怕。因为派出所的人过来毕竟是有时候的，宾馆也不是他们的值班室。特别在夜深人静的时候，其他地方可以关门睡觉，宾馆却必须开着，因为说不定什么时候有人过来住宿。

夜里是宾馆老板娘最难熬的时间。她要应付开完房的顾客乱七八糟的要求，什么送生活物品，电出现故障、马桶漏水等。此外，她还要想着夜里有人开房，根本睡不好，就是勉强在靠近前台里面的一个小房子里睡会，有时也会突然惊醒。因为小房子的门是不能关的，就是用帘子挡了一下。有次老板娘恍惚中醒来，看见一个顾客在那里色眯眯地盯着自己，也不知站了多久，问是干什么的，回答说：房间里的套套没有了，来买套套。

半夜里的电视大多数频道都看停台了，只能透过宾馆的大门看昏暗路灯下黑乎乎的街道。在这个县城，上下夜班的人很少，深夜里的丁字街空空荡荡，只有个别人不知原因地孤独走过，影子长到可以潜入到宾馆里面。宾馆招牌上的小灯还在努力地闪着，让有住宿想法的人看清几个大字"旭日宾馆"。远处的河流只有在夏天涨水时声音最响，能够闻到潮湿的水汽一直涌到宾馆门前。这个时候，则有些吓人，半夜会听见有重物落水的声音，似乎能够感觉到溅起的水泼了岸边的杨树一身一脸。

宾馆对面就是一个卖丧葬用品的店铺，门面在夜里紧紧地关着。门面挨着的一个大院子是放棺材的，却并没有关住。因为小偷可能会偷其他东西，从来没有听说有人偷棺材的。里面的棺材大都是白茬的棺材，很少有黑色的。老板娘有次去一个村庄，看到村头一户人家院墙外有一口黑色棺材，听说这家最老的女主人已经快一百岁了，棺材在门前的柿子树下都等了几十年，都快等不及了，这个老太太还是努力地在那里活着。她都熬死了儿子，孙女也熬死了一个。看来人的生死真不是由自己决定，有的人想死死不了，有的人想活活不了。当然，黑色体面的棺材过去很多，现在的人都努力地活着精彩，死得简单。都是一把灰，有个地方住着就不错了。最近听说棺材都要取消了，再死去的人只能住在一个很小的盒子里，不知里面憋屈吧。

有几次老板娘夜里被住宿的顾客吵醒，会不由自主地看一下对面这个放棺材的大院子。在深沉的夜里，一张大铁门半开半合地立在那里，如同一个衰老到一定程度的老人，没有牙齿却努力让自己干瘪的嘴张着。平常倒是没有什么，特别是刮大风的时候，大门的后面好像有个人努力地将门打开，一个人却努力在那里僵持着不让打开。突然一方战胜了另外一方，于是铁门迅速地反弹到墙壁上，整个街道好像都被震动了一下。附近的人在夜里以为做了噩梦，不舒服地皱一下眉头，翻转几次身子。

五

宾馆老板娘记得小时候姥姥曾经养过几只鸽子，在大门顶棚下石头横梁上放的几个破旧的篮子，这就是它们的家，一到阳光明亮的时候，姥姥坐在院子里用簸箕筛粮食时，这些鸽子都像是孩子似的围拢过来。它们互相热烈地交谈着，咯咯咯的声音好像是人在大笑，声音洪亮，还有回音。很多鸽子一起叫的时候，就好像一把石子落在地面上。有时这些鸽子还飞到宾馆老板娘的肩膀或者脚面上。一看到外人来便轰的一声飞到墙上，更灵巧警觉地飞到邻居家的大槐树上。这些鸽子一开始还都是自己家的，宾馆老板娘几乎每一只都认识。随着鸽群越来越大，她发现有的外面的鸽子也被勾引来入伙。

如同外来的鸽子，宾馆老板娘的第一个店员就是表弟勾来的，这个叫小泊的小伙子是表弟的大学同学，他们才刚刚一起大学毕业。说是大学，其实就是高中成绩最差的一批，实在没有学上的，家里每年花一部分钱上民办大学，并且这种大学都有一个高大上的名字和性感的专业，卖相挺好，吃起来口感却很差。这也决定了这帮年轻人毕业就面临失业的命运。其实，宾馆老板娘舅家的这个帅气的表弟倒不担心什么。他家就靠近县城边，靠着拆迁补助了两套房子，父母又在县城做着小生意。父母年龄不太大,还挺能干,能够为儿子发挥不小的余热。但是,小泊家里就差多了。他的老家就在这个县的一个山区乡镇。这里山峦密布,这里的人在这个县以淳朴著称。

可能小泊刚毕业还没有找过工作,或者是宾馆有电脑,值夜班恰恰可以有无限的上网玩电脑的时间。因此,宾馆老板娘几乎是以很低廉的价格就雇小泊到宾馆上班。这个小伙子本性淳朴,本来和老板娘说好的每人值班一个晚上。但是,看到她很疲惫的时候,就会主动地说:姐,反正我也是晚上玩电脑,你累的话我替你值班就好了。这样,老板娘感觉幸福如同天降,日子有闲有忙的,突然有了滋味。

如同一个螺丝钉,在没有的时候感觉不到,等到这个螺丝钉用熟悉了,再突然离开了,就好像一台机器不怎么会运转了。有次小泊回家歇班几天后,宾馆就忙不过来,老板娘就和表弟一起去他家里玩,也顺便把他叫回来。那个上午的阳光还并不是很高,正是刚刚下完晨雨后的太阳,显得特别新鲜。他们开车到了离小泊家不远的山岭时,车也不能向前开了。老板娘就下车和表弟一起穿越一条山路,步行到小泊家的那个山村去。

路边低矮的四叶草如同叶子上托着酒杯,上面滴满了透明的雨水。再高一点的毛毛草上边沾着更小的雨珠,斜着身子在微风中荡漾。老板娘心里想,这种草的草茎本来就纤细,并不是雨珠把它们压斜的。到那个村子需要经过一片樱桃树,不少樱桃树枝斜着拦在路的中央,有时会碰到老板娘的头上,透明的雨珠调皮地四散跌落,她不由地笑起来。这引得不远处早上下地干活的人远远地向着这边抬头,观看这个美丽的女人。

由于老板娘以前从来没有去过小泊的家,因此,到了小泊的村子,那么多的石头建筑从外观看上去都差不多,多胞胎一样,都是规则或者不规则的青石建造的院墙。当然,建造房屋的石头形状要规则很多,都是长方形或者正方形的。屋顶也没有多少差别，基本上都是灰白色的瓦以鱼鳞状进行排列。甚至连房顶上面的麻雀也长得差不多，都是成片地落在房顶，然后又成片地盘旋飞到远方的山的阴影处。村里的人成年后也好像都长的差不多，只是有男女性别差异。大多数人从出生到坟墓都在村里活动，被同样的风所揉搓，被同样的土所沾染，特别是到了中年以后，都是一脸土色的沧桑。因此，即使知道小泊的家在村庄西边，但是，那么多类似的胡同，谁知道他家在哪个胡同里面，在问村里的人小泊的家在哪里时，在墙根散坐的几个老人都一脸茫然。直到问到一个青年人，对他说小泊上过大学，长得瘦瘦的，脸上长着粉刺，年龄二十多岁的样子，人很老实。这时那个年轻人好似恍然大悟一般地说：你是说疯子家吧，再向前两个胡同，进了胡同口一直向北走，到一个大门前有池塘的那家就是。

为什么是蜂子的家呢？老板娘心想难道小泊的家里养着蜜蜂吗？那可要小心了。就这么想着，好不容易根据那个青年的指点到了小泊家里。看上去小泊家里在村里只能算是很一般的水平。老板娘和表弟到他家时，虽然提前打过招呼，但是，几只大鹅显然不买账。这些农村的恶霸，低着头，张开大嘴向着老板娘疾冲过来，院子里面的一个老人连忙过来挡住。

这个老人看上去七十多岁了。不知是时间把他的裸露在外面的皮肤晒干的，还是乡下的阳光晒干的。他的皮肤好像只是剩下了皮，空荡荡地挂在身上。同时，老人的皮肤好像被太阳的铁匠锻造过，露在外面的皮肤都有着铁的颜色。本来老板娘认为这是小泊的祖父，直到小泊从屋里有些羞涩地出来介绍，才知道这个老人原来是他的父亲。

为什么小泊和父亲年龄相差这么大呢？这不是唯一反常的地方，小泊家里只有三间破旧的房子，但是，有两间却是紧紧锁着的，里面隐隐约约能听到有人在唱歌的声音。到底这是谁？老板娘也不好多问。

　　老人也爱说话。闲谈中老板娘才知道小泊还有个哥哥,也是大学毕业,在县的一个乡里做中学老师。在农村,一家能够出两个大学生,虽然现在的大学生成色不如以前。但是,显然老人身上镀上了一身无形的荣光。只有说到这个时,他的衰老的眼睛里才像是门口的池塘一样,忽然被风吹动,闪光起来。可能是很少见到外人,老人好像也三纲五常地懂一些知识,在那里说个没完没了。连小泊都不耐烦地说要和老板娘一起回县城了,感觉老人还是有些意犹未尽。

第章

他是一个中学老师

一

　　他是一个中学老师,他叫孟仲仁。他的爱好就是将经历的重要事情都记下来。他认为,时间如此漫长,生命如此短促,总要记录点什么,留下点什么。这是他的爱好,在某种程度上,他似乎感觉记录也是他的使命。这是他选择从事写作的动力,让他活着有了理由,凭空多了几分自豪感。虽然不是皇帝,却比皇帝还要自豪。因为他至少还有点希望留下一点什么。而历朝历代皇帝那么多,没留住一间房子,没留住一分钱,没留住一寸土,全部都在历史巨大的手指缝中,时间一样地流走了。

　　因为孟仲仁在当地属于有文化的人,一些文化人会有使命感。这是一种职业病。不过现在有使命感的文化人也慢慢在减少。他想:在这个不太大的地方,很多人都庸庸碌碌,如同蝼蚁一样在土里挖掘,如同鸡一样在草丛中刨食,根本没有精力也没有想法去记录那些与生活不直接相关的东西。如果他再不记录的话,虽然这个地方不是什么有名之处,然而,几百、几千年后后人再回过头来看看,就会发现这里的长长一段历史会留下一段空白,如同什么也没有发生。即使这里成百上千年会活过或者死掉无数人,但是,这些人却好像都没有活过,也好像都没有死过。这片地方出现过几个稍微有点名气的人,但是,这些都是极为偶然的现象。绝大多数人和草木没有区别。不知道为什么他们会在世上走一遭,也不知活着或者死了有什么意义。这些生命所经历的都是一些无用功。他想:即使能够记录一段也好,记录好人是为好人传名,记录坏人是让坏人留下恶名。

孟仲仁有时候会感谢文学或者自己有一个兼职作家的身份,或许他是这个国家最岌岌无名的小作家,也没有任何圈子。他只是为了保持自己的一份内心自由而写作,为维护自己那点微不足道的尊严而写作。之所以如此,这是在别人嘲笑他时,他认为作为一个作家可以为自己鼓气,即使没法阻挡别人鄙视自己。但是,有了这个身份,就可以在笔下也鄙视别人。如果别人有钱,就可以写这些人只是剩下了钱,一辈子为儿女打工,为欲望打工,或者是为隔壁老王打工。如果这些人长得英俊或者漂亮,可以在笔下鄙视他们或者她们只是有了一个臭皮囊。否则,又能怎么办呢?人生短暂又漫长,有的人需要一些勇气或者信心才能坚持着活下去。否则,不仅别人鄙视自己,而且自己也可能鄙视自己。

孟仲仁不知自己为什么要写那些文字,如果那还称得上是文学的话。到底文学有什么用处?是记录一下自己的委屈吗?他感觉自己的委屈太多了,而可以倾诉的人太少,年龄越大越是如此。那么,自己的委屈让读者看到好吗?这些人和自己往日无怨近日无仇,又凭什么让别人难受呢?后来他又安慰自己,谁让他们看自己写的东西呢?说不定还有和自己一样无人可以倾诉的人,他们和自己可以通过文字互相倾谈。

当然,孟仲仁知道,以他的条件,包括天赋条件和外在的资源,很难让自己写的文字流传下来。但是,他总是安慰自己,万一能流传下去呢? 万一发生了奇迹了呢。如果他的文字真的流传不下去,毕竟他努力过,也不遗憾,这也是对自己的一种内心安慰。同时,毕竟从事文学写作可以让自己的委屈有一个庇护所。文学对绝大多数人越来越无用,但是,却如同一只船一样,能够让他笨重的身体在人世的瀚海之水中浮起来。

孟仲仁教的并不是主课,也没有升学任务,因此,他有大把的时间可以浪费。即使表面上他是温和、外向的,有些文化的人大都会伪装,他知道自己是伪装的,在特定的时期会暴露出孤独的底色。可以说,他喜欢写作也是一种对抗孤独的方式。

虽然孟仲仁最多只是在市里的报纸上发表过几篇豆腐块大小的文章,也被当地的一些人和学校的同事称为作家。特别是在作家贬值的这个时代,不知道大家是夸他还是在挖苦他。

孟仲仁一转眼来到这个中学已经有了不少年头。最开始他是一个反抗生活的人,他不想用热爱来和生活搭配。因为生活是苦的,根本难以去热爱。一个人只有努力去反抗生活,才能让自己坚持活下去。人不仅需要反抗生活的苦难,也需要反抗生活的平庸。特别是在这个乡里的中学,从进入到这个中学的那天仿佛就看到了退休的那天。每天几乎都是一样的日子,只是晴天、阴天,天热或者天冷的区别。不要小看了这些无聊的日子,其实,比石头还要坚硬,再锋利的刀也可能会在这里被磨钝。

孟仲仁任教的中学是一座四周都没有人家的石头大院子。当初在这里建这座学校,可能是其他地方没有那么大的面积安置,却也将这座学校与其他邻近的住家隔离开来。这使它显得有些孤立。即使这个中学建在乡政府所在地的村子,在这里做中学老师的隔离感还是显得很明显。这里的中学老师好像既不是农民,也不像是县城里的那种中学老师,只是介于二者之间的一种人。

在这个中学,除了有关系或者有特殊能力的老师能进城改变命运外,大多数人从进校的那天起,就看到了自己的最终命运。这座学校已经熬死了不少老师,但是,至今还不到有老师熬死它的希望。

在这个中学,孟仲仁最初希望是做一架不大机器的一部分,能够融入进去。但是,他又不希望是其中的一部分。他不想整日被淹没在学生的作业中,不想每年重复自己往年重复过的备课讲义。他感觉自己所有的日子不过是过的同一天。从这个中学早操开始,在石头院墙旁边的高大杨树叶子的缝隙中,就可以看到从东方山上掠过的红脸膛一样的朝阳。然后太阳再经过一片长长的种着红薯的漫坡山地,准确地落在学校大门下坡的那棵大柳树上。只要是晴天,具体到几点几分都不会差太远。但是,太阳可以耗得起,他却感觉耗不起。他不想这么长的时间把他的身体从灵活变成迟钝,把眼睛从明亮变成昏花,把身上的肉慢慢变成肉干。

在这里,在周围庄稼或者树木繁茂的时候还好一些,等到秋冬庄稼收获完毕,只是会留下收割完的田埂与被风吹得滴溜溜乱飞的枯枝败叶,更是显得荒凉无比。

这座中学校园感觉实在是太难以变动了,连满院子的阳光都被圈起来。在学校放学时,大门会打开。平时,附近村的村主任的父亲看守的那个大门,只留一扇小门出入。每天每月每年十年都是如此。

孟仲仁忽然想起年老的父亲挖坟墓埋自己的事情。其实,无论是年老,还是年轻,也是每天都在被活埋。不是用土埋,而是用时间在埋。时间先是从人的脚踝开始,逐渐地蔓延到了腿部,再到腰部和颈部、头部,这个过程缓慢,只是为了减缓被埋人的痛苦。一些敏感的人能够感觉到,一些麻木的人就感觉不到。如同孟仲仁读高中上生物课时看过的温水煮青蛙实验一样,不知青蛙是什么感觉,但是,中学里的老师大多数就是那样在时间的温水里慢慢地死去。

二

一个人成年后都会有父母的影子，或者是光明的影子，或者是阴影。或者是成为正面的父母，或者努力不要成为父母那样的人。如果父母是能够庇佑自己的，那么，孩子成年后也就会自觉不自觉地向着父母形象靠近。如果父母是自己所厌恶的，就可能会努力挣脱父母无形的绳索。但是，更为悲哀的是，很多人在挣扎多年后，却发现变成了父母的模样。

孟仲仁的母亲是一个急性子。这种急性子可能是因为天生的本性，是来自于遗传。他没有见过姥姥，却知道姥姥在农村里是一个厉害的人。可能是这种厉害的脾气损害了健康，孟仲仁只是听母亲说过姥姥，却从未见过姥姥。在母亲还没有出嫁时，姥姥就去世了。但是，姥姥的这种性急强势的性格却并未死去，被母亲完全继承了下来。当然，母亲嫁给父亲后，恶劣而坚硬的生活进一步使她的这种性格固定、硬化。孟仲仁有时会设想一下，如果母亲婚后的生活没有那么贫困，和父亲的关系没有那么僵硬，而是生活在一种更加宽松柔和、相对富裕一点的家庭中，可能她的性格也会如同坚冰一样，慢慢融化一些。然而，现实却正相反，母亲在孟仲仁姥爷、姥姥的羽翼下还能维持生活，后来自己撑起一个新的贫困家庭的重担，从一个气候相对不那么恶劣的家庭，到更加寒冷的冰雪天气里的家庭，从而让冰雪也成了她性格的一部分。

孟仲仁童年、少年时喜欢黑夜。夜里有快乐的时光。夜是公平的，可以将一切人都掩盖在黑色的幕布之下。这可以遮盖住他的破衣烂衫，把他的窘态和缺乏营养的少年面孔遮住。夜晚是无私的，可以看见月亮慷慨地挂在高天之上，照耀富人也照耀穷人。在夜色中，孟仲仁经常爬到家西边不远处的麦草垛上，感受一下麦草的温馨。再沿着麦草垛爬上紧挨着的一棵大柳树,在树梢的间隙,满天星光点点,风起之时,整个树枝都在摇晃,不知是天上的月亮在摇,还是柳树在摇。这棵柳树是如此之大,不仅可以为远近的鸟雀提供住所,也可以为那时的孟仲仁提供躲猫猫的掩蔽处。他会感觉到这棵大树的枝丫比父母的臂膀还要宽厚,他经常在夏夜里在这棵树下的麦草垛上睡着,也没有人过去找,然而,他却感觉到麦草垛上比父母的怀抱更要温和。

　　孟仲仁小时经常看见母亲在地里干活到夜色弥漫时才回家。然而,她的这种勤劳似乎不足以让夜色明亮起来。这种不惜命的勤劳让孟仲仁感觉母亲不知是和谁赌气,这是和命运赌气吗?父亲是一个好人,却没有任何经济头脑,甚至连放只羊都可能会在山上放丢。孟仲仁感觉上天就是专门安排他们一家到人间担任最底层的角色。因为在这个大千世界中,每个阶层都会有一定的人守在那里,即使是再卑微阶层的空间也不能是空着的。他长时间感觉这是一种天生的秩序,如果没有大的奇迹,是很难改变和动摇的。

　　在他们生活的这个山区能够种麦子的地很少。因为都是山地,无法浇水,麦子也很难深扎根。麦子在他们这里所有的庄稼中,属于是一种富贵的庄稼,如同南方那些富裕一些城镇甚至是村庄里的人那样。人有宿命,庄稼也有宿命。孟仲仁的村子所在的地方主要是山地,最多只能种红薯。因此,他也感觉那里的人都是一块块红薯,在山区的石头缝隙或者薄浅的山地里勉力地活着。在孟仲仁村子里很少几小块麦子收完以后,南方几十里路的地方慢慢开始收割麦子了。这是因为那里都是平原,平原地厚,地下容易存水,因此就会晚熟。此时南方那里大面积的麦子都开始变得金黄,在阳光下闪着金光,在夜色中闪着银光。母亲就会和村里几个妇女连夜去捡一些那边收割完落下的麦穗。在那十几天的时间里,每次母亲都是趁着夜色去南方平原地捡麦穗。快天明的时候,她会背着一捆麦穗走几十里路回家。每次孟仲仁在睡眼蒙晓的时候,都会听见母亲用力地推开破旧的木门,有时会大声地诅咒着什么。有一次母亲在外边捡麦穗,第二天白天半天没有回来,到了第二天傍晚的时候,母亲脸上带着伤回家了。后来听说母亲是被平原地的人诬赖偷麦穗,让给打了一顿。然而,这次母亲并没有咒骂,回来后用水瓢喝了一通水后,就长时间一动不动地坐在院子里的一块大石头上。她脸上没有任何表情,傍晚的阳光给她的一边脸上镀上昏黄的色泽,另一边则浸透在忧郁的阴影里。孟仲仁忽然激起一股感情,或者说是怒火。他问母亲:娘,你的脸是怎么弄的?母亲神色稍微变了一下,声音疲惫地说:"没什么事,就是夜里起得早,你大娘在前面领路也不会领,石头绊倒了给摔的。"

孟仲仁不敢再问,母亲是一个暴躁的人,看她的神情不好,再问就烦了。可能是两个人整天争吵和打骂,父亲的心也被磨得没有感觉了,从来没有见过他对母亲关心过,一句话也没有。当然,母亲对父亲也是这样。这是两个绝缘体。他们只是在一起搭伙过日子。

孟仲仁连忙卷了一张红薯煎饼递到母亲手里,又从墙角一堆杂物那里翻出来一根葱,也没有洗,就把外面的皮剥掉,交给母亲。母亲再到咸菜缸里捞出来一块咸菜疙瘩,包在煎饼里面,就狼吞虎咽地吃了起来。

孟仲仁感觉自己是被催熟的。因此,如同西红柿一样,表面上可能颜色是红的,是成熟的模样,但是,内里却是酸的。在那一刻,他虽然是儿童的面孔,却忽然长出了成年人的内心。他说:"娘,你去捡麦子也喊着我吧。"

母亲不是一个温和的人,她好似不可理解地看了儿子一眼说:"你去干什么?我和你大娘半夜就起床,黑灯瞎火的,路又那么远。你以为是去让你玩啊。"

孟仲仁急着对母亲说:"你以前不是说小孩的手快吗?我拣麦子照

样不比你慢多少。"

母亲看着孟仲仁样子那么坚决，也只有同意，但是，她还是有些不放心地说："你真想去的话也可以，去了以后你要是累了，我们大人可是没有闲空管你，是你自己一心想去的。"

孟仲仁回答："行，你们怎么拣我就怎么拣，说不定我拣的还比你多呢。路上累了也不要你管。我都马上十岁了，这些路还不能走？"

母亲和村里的几个妇女都是半夜出发，而这时正是儿童应当熟睡的时刻。他睡眼惺忪地跟着她们，感觉前面的几个妇女不像是白天的样子，一个个的身影连接在一起，如同夜行的幽灵。偶尔有人说几句话，大多是关于夜里怎么拣麦子的事情。由于刚睡醒，懵懵懂懂的，孟仲仁跟着走了好久才慢慢完全醒过来，知道自己要去做什么。

再向南几十里路的田地就比自己村里的地平整多了。老天不知怎么设计的，即使都是穷人，也一定要分个三六九等。平原地区的地好，这里的穷人也就富一些。然而，生活就是如此，抱怨有时都找不着对象。孟仲仁和母亲她们几个人在地里捡着麦穗，一地的月光把收割完的麦地照得亮堂堂的，然而，却不能很细致地分清哪个是麦穗，哪个是麦子收割完留下的尖锐的麦秆。孟仲仁比一般的孩子有更强的适应能力，他慢慢能够凭着感觉摸出麦穗。当然，他的手也不免被麦秆划破，能感觉到血流下来，很快就被风吹凉。孟仲仁那时还是容易哭的年龄，但是，他知道这不是哭的时候，母亲也不管他是不是在哭。

孟仲仁对麦子有着发自内心的敬意。在北方，他认为这种庄稼天生就高其他庄稼一等。麦子在冬天会绿油油的一片生机，即使再冷的天也可以承受。如果下一场雪，竟然能够把雪当作棉被，这是一种多么高贵的乐观主义精神。中学老师孟仲仁上课的时候就会对下面的学生讲这些话。这些话不是教科书上有的，也不是他从其他资料或者书上看的，而是就藏在他从小对麦子的仰慕中，就藏在口中，只是被柔软的舌头挡住,毫不费力就会说出。当然,麦子成熟时也是非常壮观。那个时候天往往比平时更蓝,云往往比平时更白。成群的麦子就站在平坦的地方,金黄一片,如同大地戴上了巨大的黄金头冠。即使将要死亡,麦子也是绝对不容轻视的,最后它们都长出了尖利的刺,这些刺都整齐排列,直指天空,如同无数个小小的长矛,在集体对抗着自己的命运。

孟仲仁刚记事的时候,正是家庭联产承包责任制快要启动的最后一两年,他还有小时候跟着父母在生产队出工的记忆,这种记忆如同早晨天空将明时天上的几个零散星星,多少年后仍然顽强地钉在那里。他有时对自己的命运不满,有时还有些庆幸,因为他经历的很多事情后来的年轻人都难以再经历了,也难以感受到那个混乱却热闹的年代。他是一个搞文学的人,至少自己是这么定位的。文学最重要的是亲身体验,否则就是空对空。即使现在很多作家都会空对空地编,但是,这都是糊弄那些没有阅读能力的人。而他们那个地方的农村生产队快要寿终正寝的最后一两年时间,他是亲身经历过的,即使记忆中只是留下一鳞片爪。

那时打麦子的时候,一个生产队的人都集中在麦场上。由于担心下雨淋湿麦子无法顺利入仓,所有的男女劳力都要连夜干活。由于是连夜劳动打麦子,也是重体力活,生产队的队长会让人连夜加工烧饼,每家都会分到一个作为夜里的饭。而孟仲仁那时还小,家里没人照顾,就跟着父母到麦场上看打麦子。看着看着天就黑了起来,几盏风灯被点起,挂在附近的老柿树上。随着夜色的加深,周围来来往往的社员的身影逐渐模糊起来,大家说话的声音逐渐不那么清晰,灯火也变得朦胧无比,孟仲仁和几个差不多大的孩子就趴在旁边的麦垛上睡着了。

等到半夜或者更晚的时候,孟仲仁被喊醒,在朦胧中睁开眼睛,打麦子的声音没有了,一轮明晃晃的月亮挂在天上,麦场周围的几棵老柿树将月光筛得一地斑驳。麦场边上有不少人在那里说着话休息,男人在那里抽烟喝水，女人在那里吃着东西闲谈。这些情节对一个人或许只是百年的一瞬而已，但是，不知为什么，孟仲仁就是几十年后还记着。母亲一只手拍打着身上的土，摘掉粘在头发上的麦屑，另外一只手拿着一个烧饼，至今孟仲仁还能闻到那种有点煳味的饭香，她喊着孟仲仁的小名说："队里发了一个烧饼，我不饿，你吃吧。"

即使那时孟仲仁年幼无知，他也知道母亲也是饿的，但是，烧饼在那时候可是一个稀罕物，就是过年也不一定吃得到，因此，他甚至连让母亲吃也没有说，就接过烧饼塞到嘴里。

旁边一个抽烟的中年男子对他说："怎么说也不行，还是娘疼他的儿啊，你娘累了一夜，就这一个烧饼也给你吃了。"

可以说，虽然母亲性格暴躁，但是，他后来想想这是严酷、贫苦生活的副产品。母亲还是爱着自己的，即使农村人不懂得把爱说出来。

孟仲仁在小的时候特别盼望长大，长大不仅可以摆脱压抑的家庭，而且还可以控制自己的命运，免得自己就像是狂风中的芦苇一样，总是对自己的命运无能为力。但是，等到他长大以后发现，对于一些人而言，就如同一辆失控的汽车，越是长大，越是无法控制自己。他忽然想起一幅漫画，一头小牛长大的梦想是要开飞机，一头小猪长大的梦想是要做宇航员，一只小羊长大的梦想是要有座大大的房子。结果等到它们奔跑着长大后，一个变成了牛排，一个变成了猪排，一个变成了羊排。因此，只有想象的才是美好的，现实总是那么坚硬和无情。

三

对于孟仲仁而言，继父是一个粗糙的人，和那片山地与平原交界的地方大多数人都一样。其实，包括他的亲生母亲和亲生父亲何尝不都是如此呢？这片山地是一个粗糙的地方，不生产粗糙的红薯和粗糙的人又能生产什么呢？孟仲仁在母亲没有改嫁以前，就几乎没有想到管自己的父亲叫过"爹"。到了继父家里，他感觉怎么也张不开嘴叫，继父也没有勉强，可能他感觉自己确实也不像是别人的"爹"。其实，他家里已经有一儿一女管他叫"爹"，也不多这一个。他的原配生的儿子比孟仲仁大三岁，女儿和孟仲仁同岁。

在孟仲仁工作以后，有时幻想自己是自己的爸爸。如果他是自己的爸爸的话，那么，对自己就不会那么粗糙。他会在儿子小时候不管多忙，只要儿子喊自己，都会应声而出。他会拉着儿子的手，让阳光均匀地从父子头上滑落到身上，如同披着阳光的斗篷，用手拉着儿子自豪地在路上走过。

如果自己是自己的爸爸的话，在自己小的时候，可能会因为顽皮不愿意上学，也不会打着逼着让自己上学，更不会逼着让自己去割猪草。如果自己不愿意上学，作为爸爸的自己就会温和地劝说，我会等着你长大，你总会有明白学习是最有价值的那一天。这也是你的命。如果你没有这个命，等我老了，你自己就会吃苦，做最累的工作，还会低三下四地看别人的脸色，受别人的气。然而，他永远做不了自己的父亲。因此，即使他有两个父亲，却感觉从来没有过父亲。

孟仲仁的初次觉醒是在母亲改嫁后的第三年。那时他独自带着一个比自己还要粗壮很多的篮子去拔猪草。那时的人很少出去打工，人也勤快，在夏天，其他开阔的地方的猪草几乎被拔光了，玉米地里的猪草却有很多，然而，玉米地里却最闷热。长起来的宽大的玉米叶子边上都有小小的锯齿，如同举着一把把小锯子，把试图割草的人锯出一道道口子。孟仲仁好不容易把一筐草从玉米地里拖出来后，如果不马上休息一下，他感觉热得要窒息了。

然而，就是在那时，他在玉米地旁边有陡坡的山路一侧，看见了一头驴子，拉着装得满满石头的驴车。不过那是以前。现在驴子已经压在了驴车下面，孟仲仁知道这是村东三老头的驴子。驴子在那里四蹄还在向天上抽动着,可能是在向上天抱怨,不过为时已晚了。

和驴子并排躺着的那个黝黑的老人就是三老头。即使孟仲仁不是医生,也眼看着驴和人都不行了。可能是天热,也可能是载得太重,不管什么原因,人和驴都成为了负重生活的牺牲品。孟仲仁本来认为整天种地放羊也能生活下去,抽空还能下河抓鱼上树掏鸟窝。但是,从这一刻起,他彻底改变了这种想法。如果他还是那样沿着驴走过的道路一直走下去,迟早都要被巨石压在下面,如同驴和三老头一样。无论他是驴,还是人,都可能是这个下场。这也是让他觉醒的一刻。或许这也是三老头和驴子死亡唯一一个没有想到的正面效果。因此,多少年后,孟仲仁看着当年的农村伙伴黑黝黝地在路上驴一样的奔波时,还是会不由自主地感激三老头和他的驴子,感激这些死亡带给他的警示。

孟仲仁很长一段时间认为自己是为了摆脱被欺负而活着的,这是他的一个动力。他是一个敏感的人。在一般人心中,有些事情可能不算欺负,他会认为是欺负自己。相反,他会认为那样感觉不到被欺负的人是麻木了。当然,这也可能和他很小所经历的遭遇有关。

随着母亲嫁给了继父以后,以前的伙伴都离得很远,在他的新伙伴中,如果没有打闹或者发生矛盾的时候,大家相处还可以。但是,一旦和谁发生了打斗,那么,孟仲仁就会听到对方疾风骤雨一样地尖叫,用力地推开他的耳朵大门:"你后爹是杀猪的,还不是亲爹,你是一个带犊子。"孟仲仁小时候越怕听这个,对方就如同打蛇找着了七寸一样准确打击。这种事情还无法反驳。他也对经常打架的一个从小就一脸凶相的男孩大声喊:"你娘是精神病,你是精神病的儿子。"这倒是实情,对方的母亲确实是个精神病。不过后来孟仲仁感觉他娘有一半是装的。由于凶相少年的母亲和村里干部打仗吃了亏,听说气急攻心就得了精神病。后来她可能感觉精神病更利于保护自己,也更能让其他人怕自己,也可以更加无所禁忌,就有点我是精神病我怕谁的感觉,从此就得精神病上瘾了。

不过凶相少年却更愤怒，就用石头雨点一样地远远地向孟仲仁掷来。孟仲仁也不甘示弱，也把石头向对方投去。所幸没有造成什么伤害后果。后来这个凶相少年连小学都没有读完，而孟仲仁读书则有些天赋。等他读高中时，那个凶相少年就开始对他有些尊敬，到了他读大学时，那个当年的小伙伴则是有些敬畏了，远远不见当年的凶悍模样。后来当年的凶相少年不到五十岁就去世了，留下三个孩子。孟仲仁听到后也很感伤，恨则更是谈不上了。

孟仲仁是在继父村里认识本的。本是继父家东边不远处一个邻居的儿子，却是孟仲仁多年的噩梦。这是一个长着刀条脸的青年，比孟仲仁年龄大十多岁。这位从小就坏到老的刀条脸可以说是完美地诠释了基因的强大作用。听村里的老人说，他的曾祖父是土匪，祖父也是凶悍无比，父亲也不是一个善茬，到他这里，看不到基因之河污染后有任何改良的迹象。

孟仲仁在读大学时选修过一门法律课叫作《犯罪学》，任课老师是一个年老的女教授，瘦瘦的身材，头很大脖子很细，给人以脖子上面挑着一个大葫芦的感觉，很难相信那么细的脖子能够将这么大的葫芦支撑起来。女教授上课时有些极端，因此，在讲某些法律问题时，总会被一些涉世不深却喜欢抬杠的学生挑战，其中争议最激烈的就是她讲的"天生犯罪人"观点。她讲到，有这样一种犯罪人，在生理、心理或体质等方面具有一些天生就有的、与正常人不同的特质或因素，这就决定这种人的犯罪是自然不可避免的，这就是天生犯罪人。意思是指某一类人由于犯罪遗传的因素，天生就容易犯罪，这些人生来就长有反骨。有一句话可能女教授到嘴边就咽下去了，她就差点说这类人天生就是贱种。当然，这个观点的最初提出者也受到了其他犯罪学者的批判。这其实也是可以理解的，学者的职业就是批判。即使你说人是高级动物，他们还会论证人是低级动物。反过来论证也没有问题，这就是学者的饭碗。如果都千篇一律、众口一词，还怎么混饭吃。

总之，隔壁的那个邻居父子都是属于村里四邻不招、人人厌恶的人，村里人见到他们时脸上可能赔着笑，其实心里不知骂上多少次了。这和继父有着很大不同，即使继父从事的是凶恶的职业，内心还是挺和善的，他的凶恶只是对被宰杀的猪凶恶。如果这些猪也变成人的话，估计孟仲仁继父都得被吓死，甘愿被猪杀。继父的杀猪刀是拿在手里的，恶邻父子的杀猪刀是拿在心里的。

恶邻的刀条脸儿子从小就可以看出邪恶的本性来。由于没有多少村里的儿童或少年愿意和他在一起，他还就喜欢领着一帮人。后来，刀条脸就采取了暴力征服的方式来满足自己这种做领导的愿望。孟仲仁小时候由于不是本村出生的，父亲也是继父，也顺理成章地成为了被征服的对象。可能刀条脸成年后忘记了，孟仲仁至今都没有忘记，刀条脸强迫让他趴在地上舔他的臭脚，让他喊"爹"。

那是一个初春，尽管周围绿色出现了复苏迹象，但是，收割过还没有种植的地上还是冰凉，那种耻辱的冰凉自从那时起就渗透进孟仲仁的骨髓里，很多年后在梦中都会气醒。当时，村里还有一个本的少年同伙在那里装好人，在旁边和颜悦色地劝孟仲仁："让你叫个爹，以后在这个村上就没人敢欺负你。叫个爹也贴不身上去。让你舔他的脚，又不是夏天，脚又不臭，你就舔一下。"

当然，孟仲仁后来也没有特别恨这个人。这是因为，他的劝说让自己不至于太过耻辱和尴尬，好似给了自己一个台阶下，当时甚至还有点感激他的意思。这个本的少年同伙那时长得还有些清秀，脸白白净净的。不过成年后可能酗酒过多，脸成了酱紫色的了。原来酒精也如同染料一样，能够改变一张脸的颜色。这个家伙多年后遇到孟仲仁，可能也忘记了当年的情景，或者是假装忘记了，对孟仲仁恭敬了很多。

但是,对于顽劣也很贫穷的本而言,他的脚即使是春天,脱下破鞋后也散发出存了几年的烂鱼的臭味。孟仲仁只是用嘴唇碰了一下,这种味道就一直提醒着他,多少年后在梦中也好像能闻到当年咸鱼的臭味,从而恨恨不已。

这是一种既恐惧又愤怒的感觉。对于本这种人,谁拿他也没有办法,他也没有大罪,却无恶不作。但是,当孟仲仁被迫加入刀条脸本的一伙时,却感觉这个人对自己人并不凶恶,还莫名其妙地获得了一些安全感。因此,孟仲仁也学会了打不过就暂时服软,采取让时间来帮助自己、收拾对方的做法。

四

如同一株庄稼,或者如同家里养的鸡鸭,只要没有死亡,即使长得瘦弱不堪,也会被时间推搡着一步一步地长大。孟仲仁在母亲和父亲离婚后跟着母亲,虽然日子很艰难,但是,还是慢慢地长大了。虽然继父也没有太大的能力,毕竟只是一个杀猪的屠夫。不过,有这么一门手艺,也比纯粹从土里刨食强一些。何况继父村子周围的土地比以前老家那里平整多了,大多是平原,总体比以前生活好了一些。

对于继父,孟仲仁既没有多少爱,也没有多少恨,只是感觉两个人是熟悉的陌生人,在某一段时间被上天安排二人相遇。凭良心说,继父除了喜欢抽旱烟以外,也没有什么不良的嗜好,他也是一个老实人。然而,孟仲仁到继父家里的时候已经过了十岁了,在这个年龄阶段,后天的父爱是很难再培养起来。他总感觉继父的出现是一种特殊的安排,继父好像只是一个关系更加密切的邻居,是一个热心帮助母亲和自己的中年男人。在孟仲仁考上大学以后,继父就因为一种恶疾很快去世了,好像他的使命就是来帮助孟仲仁和母亲一遭。

孟仲仁自从母亲和父亲离婚之后,父亲也从来没有过来看过他。

其实,对于孟仲仁而言,感觉父亲的使命就是把他带到这个受苦受难的世上。使命既然已经完成,是否来看他,他既没有期待,也没有拒绝。他感觉不看又有什么关系,看了只会让大家都尴尬。孟仲仁喜欢过一种直接和简单的生活。这并不是说他没有感情,而是他的感情都被逐渐消耗在那么漫长的岁月里了。再说,即使父亲来看他,母亲也不一定让见。在他幼小的记忆里,在父母还没有离婚以前,母亲就回到娘家不再回去,那时父亲到姥爷家里去找。母亲紧紧地把大门顶上,孟仲仁那时就在门里面透过缝隙看着干瘦的父亲,门缝将父亲切割得只是剩下一个长条,但是,还是能看出他一脸泪水婆娑的样子。当时孟仲仁不知道是应该可怜父亲,还是应该可怜自己。对于穷人家而言,悲伤就会特别多,需要可怜的应接不暇,有时都不知道应该可怜谁。

在父亲和母亲离婚后,等孟仲仁再见到父亲已经是大学毕业工作了。那时父亲通过老家一个在县城工作的人找到了他。在他的房间里,那么多年没有见,感觉父亲又缩小了一些,特别是坐在椅子上,浑身不自然地向里面收敛着,仿佛不是父亲,而是一个来登门的穷亲戚。另外还有一个不到十岁的儿童,从他肮脏的外衣以及拘谨的神情看,就可以看出这个孩子可能没有妈妈,或者妈妈是一个很粗糙的人,这简直就是一头放养的小兽。后来父亲说明了来意,意思是让大儿子帮着找一下现在妻子的老家和家人。能够看出他有心理准备大儿子会拒绝,仿佛他来一趟就是为了被拒绝一样。然而,孟仲仁并没有拒绝他,并不是完全因为父亲,也是因为在面前这个衣衫褴褛的儿童的身上,他又看到了童年的自己。当然,即使不是同一个母亲,也可能是一种无形的亲情在起着作用。

<h2 style="text-align:center">五</h2>

孟仲仁并不是一个无情的人,只是长久的岁月风霜把他的感情吹

冷了。特别是对于读大学时他爱过的那个人而言,他也知道这位姑娘的美好。但是,如同小时候看到的奢侈品,他知道自己没有资格消费,不是因为不好。因此,不少次熟人提到她时,他都故意装着忘记,因为有的名字是不适合提的,如同一种冰凉而辛辣的食品,一提起就会在嗓子里感觉到酸痛的感觉。

孟仲仁本质上是一个感性的人,像每个正常的人那样,他渴望甘美的感情和温馨的家庭,但是,父母亲给他带来了生命的同时,也带来了对婚姻的恐惧。孟仲仁也本能地喜欢那些热情而美丽的姑娘,然而,他从父母亲生活中获得了对婚姻的谨慎,让他对把握不住的婚姻有种一个人走夜路的感觉,越走越感觉心里没底。孟仲仁不知道谁把自己想象中的婚姻之城毁了,是父母吗?那么,谁又把父母的婚姻毁了呢?可能无形中有人做了这一切,却找不到到底是谁。

孟仲仁不知那个女朋友为什么和他在一起。估计最初还是感觉到他有些才气。这是老天看他可怜,额外地赏赐了他一点天赋。确实,感觉真的有些天生的东西,比如他写得一手好文章,从小父母也没有给买过书,但是,他从小就知道怎么写。后来想想,也可能是由于从小生活的砂轮就开始磨砺他,他能够比其他孩子更多地感受到生活的苦涩,因此,写文章只是他对生活的如实记载而已。然而,除了这些不值钱的才华之外,他真的什么都没有了。

他甚至连个稍微像样的亲戚都没有。只是有个表舅,好像做过公安局的一个干部。在他们这里的老年人,也经常有人可能夸大了不少倍地宣讲表舅的事迹。流传最广的是:一家爷仨抗拒政府,犯罪后拿着农村土炮在自家承包的苹果园里顽抗。他们占据着那个苹果园里的看苹果的炮楼,结果公安局的人在夜里过去抓人的时候,还没有见着对方,土炮就响了。表舅就一个人先悄悄地摸过去,趁着其他公安干扰的机会,顺着一棵高大的苹果树爬上炮楼,两只手从后面把拿着土炮的人抱住。结果被那人用土炮倒过来打了一枪，几个铁砂子滑过肋骨，差点命没有了。父亲有时和村里人闲谈的时候讲这段：幸亏他身子结实，膀大腰圆，一般人早完了。这可能也是父亲当年唯一能够炫耀的事情了。但是，家里人和表舅却没有来往。父亲到县城去找过他，但是，没有听到有什么下文，人家就是应付了几句，连个饭也没让吃就打发走了。

孟仲仁和宾馆老板娘在一起时，她不止一次地问过孟仲仁对大城市前女友有什么感觉。有什么感觉呢？孟仲仁感觉自己和大城市女友之间，好像是一挂野藤蔓爬到一棵樱花树上。他感觉自己是野藤蔓，没有独立地与其他树木一起站着的底气。但是，却想努力证明自己适合樱花树。因为这种美是众所周知的。如同蜜蜂都知道哪种花蜜更甜一样。宾馆老板娘又问孟仲仁自己和前女友哪个更好一些。女人都喜欢攀比，他不想说谎话，但是，这种事情不说谎话又不行。他叹了口气说：和她一起的时候，她最好。和你一起的时候，你最好。就算是这么回答，女人都是敏感的动物，虽然这个女人有时候看起来并不是很精明，但是，女人笨也知道男人是不是在这个问题上敷衍自己，于是又少不了一番口角。

宾馆老板娘又问："你第一次见我有什么感觉。"有什么感觉？其实孟仲仁第一次见老板娘并没有太深刻的感觉。如果不是到那个旭日宾馆找小泊，他也不可能认识老板娘。他的第一印象是这个老板娘很洋气，并不像是这个地方长大的人，看起来她是个见过世面的人。当然，见过世面并不是指在县城这种地方经多见广，而是到外面更大的地方见过世面。另外，孟仲仁第一印象感觉老板娘有些风骚或者妖娆。这种风骚是发自骨子里的，很难掩饰。然而，当老板娘问的时候，这些事情也不好明说，只有两个人在最放肆的时候才说出来，结果老板娘拳如雨点地打他："原来你第一眼见我就是黄鼠狼给鸡拜年，没安什么好心。"

孟仲仁不知道怎么就和老板娘在一起了。如果仔细想想，可能是因为孤独。他当时从一个大城市毕业后，为情所伤，渴望用爱情来治疗，但是，却恐惧结婚。而老板娘也刚刚结束了好几年在滨海生活的丰富多彩的爱情历史，需要有个男人来过渡一下。

老板娘并不是一个循规蹈矩的女人。这可能和她从小没有家庭的严格管束有着关系。如果是一般的女孩子，在这个相对保守的县城，再加上有父母的从小陪伴，也不会那么容易以这种方式在一起。

有时候孟仲仁想想，人的一生太长了，如果没有爱情也没有亲情，在那么长的时间中煎熬，如同在看不见尽头的冰山雪地中前行，对于一个还算清醒的人而言，无疑是太难了。和老板娘在一起，至少能够减少一些孤独，两个人对抗孤独总比一个人好一些。当然，老板娘不知道她成了孟仲仁对抗孤独的工具。孟仲仁最初也不知道自己成了老板娘过渡的工具。

孟仲仁从小特别渴求神仙一样的爱情，就像是聊斋里的书生与狐仙的那种，也可能是书生与女鬼的爱情，反正书生作为男主人公基本是不变的。可能狐仙或者女鬼与尘世人不同，不会考虑出身或者门第，也不会考虑金钱或者职业，只要是看上去喜欢就可以了。但是，等孟仲仁成年以后，现实一次又一次地否定了他。即使他心里还有爱情，那只是在心里，这是一种悲哀的死去的亡魂。在现实中，他败给了欲望或者社会考量。他在爱情上地位是逐渐降低的，从爱情的主人变成了性欲的奴隶，或者是变成了本能的奴隶，他只是为了性欲本能与女性交往，也是为了压制自己的恐惧与寂寞的本能与女性交往。

不管孟仲仁愿不愿意承认，他和老板娘在一起就是为了一种欲望，粗俗而没有任何希望。但是，这可能符合他内心中一种天生的东西，如同一根绳索，将他紧紧捆住。或者说如同一张渔网，他就是那条没有希望的鱼，整天的日子就是看着欲望越收越紧。当然，这比那些农村夏夜的飞蛾还是会好一些。特别是他在小的时候用煤油灯,由于家在村子的外围,周围是一片无边无际的墨绿庄稼,因此晚上更容易从野外招来飞蛾。这些飞蛾如同中了咒语,一次次扎进煤油灯的火焰中。如果一次没有死成,就再来上一次。能够经常闻到扑鼻的昆虫燃烧的焦煳味道。这些飞蛾不会提醒其它飞蛾不要再来扑火,反而是互相引诱或者互相鼓励,都像是集体中了魔法。孟仲仁小时还嘲笑这些飞蛾的愚蠢,到了后来,他发现嘲笑飞蛾不如悲哀自己。

　　孟仲仁在初恋时,其实就预测到了失败。这不是他自己不会恋爱,而是家庭状况和父母的情况不够格。他是喜欢那个女孩子的,因为感觉不是来自同一个世界,这可能是互相吸引之处,但是,在近距离接触时,却有着无法跨跃的鸿沟,这种鸿沟随着接触时间越长就越大。孟仲仁迷恋那个大城市女孩的身体,如同在冬天雪夜中奔向远方的灯火一样。那种身体散发着优雅的肉体的味道,这是山区长大的他以前没有品尝过的。人都是越缺少什么越会去追寻什么,不管追寻的是鬼火还是灯火。

六

　　那么多年过去了,这个县里的中学的老师都感觉到学生越来越不好带了。上个世纪八九十年代的时候,老师的地位在这个以农业为主的县里是举足轻重的。即使是最顽劣的学生也不敢挑战老师的权威。那时的老师也有老师的样子,男的很多都穿着中山装,一脸严肃。女老师穿着并不鲜艳,简朴的衣服也别有威严。

　　孟仲仁感觉这个县的学校变化是一点点发生的。他有个喜欢记录的习惯。在自己任教的中学,他认为这种变化是从一个事件开始的。他记得那一年那一次一个身材魁梧学习一般的学生开始和老师动手。这个学生本来是一个班的班长。当然,获得这个班长职务不是因为他的学习成绩好，而是因为他人高马大。在没有合法武力的情况下，身材高或者力量大就是一种硬实力，至少是一种威慑性的力量。这个学生仗着老师的信任，慢慢地他的力量带来的权力感开始膨胀，他就和班里的一个女生公然谈起恋爱来。那个时候不像是现在，学生公开谈恋爱属于大忌，属于十恶不赦之类的事情。于是老师就当着全班同学的面对他进行了批评，这相当于在全班的面前剥夺了他的班长的权威，也减弱了他在那位热恋女同学心中的光环。班长于是和老师在班里争执起来。两个人从言语到行动，从教室内到教室外，暴力逐渐升级，最后在教室外的走廊上开始摔打起来。

这件事情最后闹到校长那里去，因为那个学生的家就是乡政府所在地的那个村的，家里门户很大。校长也没有什么实际的权力，弄不好学生的家长会喊来一帮男女围堵学校。这也是无奈的事情。最后校长做了一个妥协，让那位闹事的班长换了一个班级，班长给撤了。但是，这也不是什么行政职务，这么处理本身就是给了他的班主任一巴掌。因为老师有编制，需要通过工资养家糊口，多重的掣肘让他更失去了反击能力。但是，平常在这个中学那么有权威的一个老师，成为这个中学第一个被学生打的人，这口气确实很难咽下去。这位老师年龄也不是很大，以后专门买了副拳击手套，将沙袋挂在学校操场的一棵核桃树杈上，每天下晚自习后练习拳击，预备在学生袭击时自卫。

这件事情成为孟仲仁心中的一个结。本来教学事务琐碎，工作单调乏味都可以让他忍着，因为他内心还有一种老师的使命感。他认为老师是这些学生的引路者，是和父母一样的角色。父母只是将学生的肉体塑造出来，而老师是将学生的思想和灵魂塑造起来。孟仲仁还有一种儒教情怀在里面。这是工作之外的满足，然而，这种满足的肥皂泡开始破裂。他感觉学生和老师之间不再是尊敬和被尊敬的关系，而是一种无奈与更加无奈的关系。

此外，对于乡镇中学的男老师而言，找个合适的女朋友结婚也是一种不小的挑战。在那个时候，男老师的择偶范围主要是本乡的乡大院的女工作人员，或者是乡医院的医生、护士之类的。孟仲仁当年就有人给介绍过乡医院的一个护士，还没有编制，长得圆滚滚的。在她不值班的时候，整天穿着一身大红衣服，傍晚的时候经过就像是起了一片火烧云。说心里话，孟仲仁也是无聊或者荷尔蒙作怪，就用摩托车把女护士带到附近山上的小松林中，在二人躺在松树树荫下休息的时候，忽然起了欲念，就准备把这只烤红的大虾剥开。但是，没有想到这里是山区，那个女护士贞操观念也很强，她又在农村长大，力气还不小。两个人搏斗了很久，结果把孟仲仁的食指都扭伤了，也没有得逞。孟仲仁本来对女护士没有感觉，看到她这么不解情趣，也就慢慢冷落了下来。女护士看到自己这么好的一朵红花竟然被提前放弃，对孟仲仁也很是不屑。她的这种想法在这个乡政府附近的单位中是有充足理由的。这些单位里女的本来就少，僧多粥少，就处于男女婚恋食物链的顶端，因此，傲气一点，鼻孔向天喘气也是可以理解的。因此，有个别年轻的男老师就偷偷摸摸地和女生谈起恋爱。那时不像是后来师生关系那么敏感，不过和学生谈恋爱总是比较忌讳的事情。那些准备和学生发展的老师就采取了迂回的策略，先是和女生偷偷确立关系，然后等到女生毕业后再娶进家里。

在孟仲仁后来托关系到县文联上班后，那些孟浪的文人同事不止一次不耻下问地对着孟仲仁发问：你做中学老师时有那么多资源，是不是和女学生发生过一点事情。孟仲仁对这种问题内心很是提防的，因为很多人在关系好的时候是朋友，在关系不好的时候就是敌人，甚至比敌人还要坏，因为他们了解更多的底细。因此，千万不能让把柄落在他们的手里，即使是开玩笑也不行，开女学生的玩笑是傻，而相信同事的话则是更傻。孟仲仁吃过不止一次亏了。

　　其实,在中学教书时,确实有女学生对他动过心,估计不止一个,能看出的一个是乡大院门前收购农产品的那个老板的女儿。她长得不是很俊俏,却还算耐看。那个时候读书都比较晚,到了十六七岁读中学的大有人在,而这个年龄阶段是女人一生自带霞光的时间段,即使没有化妆品也会光彩夺目。那个女学生喜欢文学,而喜欢文学的人都可能会多情,这是这个行业的通病。而孟仲仁那时也是二十多岁,正是青春茂盛的时期。他经常穿着一身廉价的西装,蹬着一双人造革的皮鞋,皮鞋擦得锃亮,超过了这双皮鞋价格的那种亮。不过那时即使是人造革的也比现在的真皮鞋质量好得多。这身穿着加上中学老师的身份带来的荣光足以吸引情窦初开的少女了。那个女生送过他一个写字的笔记本,封面上画着明显是人工拼凑的风景,里面隔几页也有一张风景画的那种。在第一页上女生认真地抄了一首诗:君生我未生,我生君已老,恨不生同时,日日与君好。其实,孟仲仁出生时女生没有出生是真的,但是,二者年龄倒不是真的鸿沟,只相差不到十岁的样子。孟仲仁之所以用老师的威严阻止了这场可能的恋情,一个重要的因素是师生恋还是一个忌讳。更重要的念头孟仲仁多年后才发现,他不喜欢那个女生。这倒不完全顾虑是自己学生的原因,主要是女生长得没有打动他。如果女生再漂亮一些呢？孟仲仁后来暗自问自己,那么可能就是另外一个故事了。孟仲仁喜欢的是成熟而漂亮的那种,这一点和绝大多数男人的爱好保持一致,但是,这恰恰成为他人生的一大暗伤。

　　当然,那时也有个别品行不好的老师。孟仲仁就记得有个教体育的同事,本来家里有老婆,就是本乡的一个门户很大人家的女儿。因为他是体育老师,就借着压腿或者跑步后按摩放松的机会,偷偷地占女生的便宜。后来事情闹大了,他老婆找校长大吵一通,让管一下自己的老公。学校也很为难,这种事情没有直接证据,女生又不承认。当然,体育老师的老婆也不想让老公失去工作,后来也就不了了之了。然而,直到孟仲仁离开那个学校,他也认为这个体育老师不会改变这种品行。有的恶习如同吸毒,只要上了瘾,就很难再戒掉。

第四章

漂泊的人

一

　　小泊从出生那时起，就注定了他漂泊的命运。他不知是不是因为爸爸给他起了这个名字，难道爸爸有预见，在他刚出生时就知道他以后要漂泊。其实，小泊感觉漂泊也没有什么不好，可以越过很多的山，跨过很多的水，看很多的人，走很多的路，记录很多的事情。

　　小泊那时已经八九岁了，但是，穷人的孩子早当家，他似乎比其他小伙伴懂事得多。记得那是一个春天的下午，太阳已经失去了最旺盛的光芒。在穿过尚未长满树叶的树木枝条时，被枝条撕成一条条的光线。附近的草也没有展现出最强大时的生命力，一簇一簇地长着，并没有连着长成一片。

　　刚开始小泊看着爸爸挖着土坑还感觉很有意思。刚挖出来的土散发着新土和切断的草混合在一起的新鲜味。有的小虫被镢头翻上来，旁边的几只白色的鸟见缝插针，把这座土坑当作了一个免费的餐盘。

　　附近有一块庄稼地，一个从外地打工回来的人正陪着家人在施肥。

他见着小泊的爸爸在气喘吁吁地忙活着，就大声嚷着说："老孟，在挖什么呢？"小泊的爸爸低着头回答："挖坟墓。"旁边的人又问："给谁挖啊。"小泊的爸爸说："给我自己挖。我都这么老了，年龄再大的话，以后可能连个坟墓都挖不动了。小泊的妈妈又是那个情况，孩子还不到十岁，我死了后，他们娘俩怎么办呢？"

老孟挖着挖着，眼泪从污浊的眼睛里掉了下来，本来这个年龄一般眼泪都干涸了，该流的眼泪都已经流尽了。然而，当他看着旁边还在蹦蹦跳跳的年幼儿子，眼泪还是不争气地流了下来。这时小泊忍不住眼泪也下来了，连忙用有些脏的袖子给爸爸擦眼泪："爸爸别哭，爸爸不要哭了，等你老了我养着你。我不光养着你，还养着妈妈。"

小泊的妈妈比爸爸年龄小很多。妈妈是一个流浪的女人。在遇到爸爸以前，没有人知道她来自哪里，甚至没有人知道她的名字。但是，小泊想妈妈一定有一个好听的名字。因为在这个偏僻的山区，妈妈是很少的会跳舞的人，也是很少的唱歌好听的人。村里人都说妈妈精神有些问题，一个小学一起上学的坏小子还经常叫小泊是"疯子的儿子"。还有更恶毒的同学说："小泊，你爸太老了，老得都快死了。以后你和你妈怎么办，你爸死了你们都得饿死。"但是，小泊一直认为妈妈是最美的，也没有精神病。他经常和那些同学对骂："你妈妈会唱歌吗？你妈妈会跳舞吗？除了会种地就是会喂猪。"

但是，无论如何，小泊也知道妈妈和其他人的妈妈有一些不同。她看到儿子会一直笑。妈妈是一个爱笑的人。在妈妈以前清醒的时候，还会写一些字，字很清秀，却没有一点连贯性。妈妈会指着一些字说是她的名字，她家是哪里的。说这些时，小泊感觉妈妈的眼睛特别亮，眼光扑闪扑闪的，如同蝴蝶在草丛中飞舞一样。此时，妈妈就会说："家，好白的水啊。"妈妈还会一个人自言自语说："妈妈，我看见你了。你来接我了吗？"这个时候，整个世界停下来了，风把妈妈的头发温柔地吹着，她也显得不再狂乱，妈妈成为最美的妈妈。

即使小泊那时还年幼，但是，他却有个心结。他认为妈妈只有找到老家和老家的亲人，才能够完全清醒过来，她才能像其他人的妈妈那样，让小泊能够任意地对着她撒娇，说一些心里话。只有妈妈清醒过来，小泊和同学在一起的时候，才不被称为疯子的儿子。

那时小泊还并不能完全知道爸爸的苦处，也不知道成年人的世界是一个复杂的世界。因此，不管爸爸多么为难，他都一直磨着让爸爸去找妈妈的老家和亲人。他很少有这么不懂事的时候，只有在这种情况下，爸爸不答应，小泊就会在地上打滚。但是，那时他爸爸已经是风中的烛火，照亮自己都很困难了，很难照亮更远的距离。小泊也知道爸爸没有能力再去找妈妈的老家，但是，他知道他有一个大哥，是爸爸和另外一个妻子生的，因此，就央求爸爸去找以前的大儿子，让大哥帮着找妈妈。他在懵懂中认为，虽然和这位大哥没有见过面，却一定是他的亲人，这个大哥是可以帮助妈妈实现这个愿望的。然而，爸爸却很为难地对小泊说："儿子，我已经离婚那么多年了，当年我离婚后你大哥跟着他娘，他娘到底嫁到了哪里，我现在也不知道。"

然而，虽然爸爸是一个贫穷的老人，却是一个厚道的人。妈妈也对爸爸很依赖，总是喜欢和爸爸在一起。爸爸闲着的时候，也会用梳子给妈妈梳头。妈妈紧挨着爸爸，像是依靠着自己的爸爸。

二

小泊内心漂泊的基因可能来自妈妈。妈妈不知漂泊了多远，才在村头见到了小泊的爸爸。妈妈可能离开家的时候更为年轻，眼睛更为水灵。然而，等她来到小泊爸爸的村庄时，头发都已经开始变得枯黄起来。路上那么多的尘土，已经染透了她的身子，妈妈那个时候的皮肤已经从青春的色泽变成黄土的颜色了。当时，爸爸已经年龄很老了。在农村已经过了生儿育女的年龄。但是,小泊的爸爸也不是等待妈妈等老的。他以前有个妻子,两个人生下一个儿子十岁后,妻子就离开了他。小泊的爸爸没有想到能够遇到新的妻子,更没有想到那么大的年龄能够有小泊。

在小的时候,小泊感觉只有帮妈妈找到家乡,她才能恢复得和正常人一样。后来,他慢慢地对自己开始有些怀疑,这是不是一意孤行的天真的想法。有这种想法是他开始成熟了吗?这就是成年的理智吗?或许是。然而这种成熟和理智有时又让他懊恼。他想起自己小的时候没有能力帮助妈妈而痛哭。现在他有能力了,却开始否定自己,这也让他羞愧不已。这是对妈妈的背叛,也是对自己童年的背叛。

小泊有时感觉不知到底有没有上天,不知是谁在冥冥中控制着这一切。为什么妈妈就是这种命运。她不知道自己的家在哪里?也不知到底到了哪里?父母是谁?兄弟姐妹是谁?她就好像是一个失去一大段时间的人,一个没有童年和少年的人,忽然从一个路口走了出来,已经经过的路却大雾弥漫,让她在这个世界上成为一个陌生的人。她的面庞是青年,心智却像是一个年龄不大的孩子那样来到了爸爸的村庄。这个孩子的生长到此为止,心智停滞下来,甚至还会倒退。她如同小泊以前听爸爸讲过的鬼故事一样,一个人死去以后没有喝迷魂汤,投胎托生后,还是会想着以前的家和父母。

小泊在老板娘的宾馆打工时,虽然时间不长,他也感觉到命运神秘的安排。在这里,他比在大学中看到了更多的形形色色的人,也直接或者间接知道了更多人的悲欢。不知为什么,他会把老板娘和妈妈进行相比。妈妈为什么现在那么悲惨,而老板娘虽然没有多少文化,但是,身材高大而美丽,也见过很多的世面。她的成熟和美丽有时会让小泊不敢直视。可能小泊毕竟还是年轻。如果他到了一定年龄就知道了,人各自都有自己的悲欢。这些悲欢只有身处其中的人才能真正品尝到滋味。如鱼饮水,冷暖自知。

三

小泊感觉妈妈一定是一个有一定文化水平的人,因为妈妈在最初病情还不太严重的时候,还会在纸上写一些词句。虽然不是很连贯,也看不出什么意思,像是一些现代诗人写的现代诗,但是,却能够证明妈妈的文化。在小泊的记忆中,妈妈总是与当地人不一样,只是说普通话,当地几个经多见广的人听了后,也听不出她来自哪里。

说不定妈妈来自一个书香门第。在古色古香的书房里,高大的书架可以直接到房顶,妈妈以前就坐在一张藤椅上,微笑着翻看着自己喜爱的书。茶水的香味如同温馨的记忆,一缕缕熏染着妈妈年轻柔美的面庞。她走出屋门就是一个小小的院子,木头制作的篱笆将喧嚣挡在门外。院子里有条小径,蜿蜒通往一个小小的池塘。在小径的上面吊着葡萄架,两边种植着绣球花和百合花。浅蓝色的绣球花如同小小的船只在绿叶上浮动。白色的百合花则纯洁一片,让这座小院香气缭缭,让走过的妈妈如同仙女一样。

妈妈长得不是很白,有人说有些像是藏族人的样子。但是,小泊家乡这个地方也没有谁见过真的藏族人,都是说妈妈像电视中看到的藏族人。如果真的是藏族人的话,那么,妈妈当年在夏天的时候,一定会穿着"曲巴",一身华丽的长袍垂直到脚面,双袖横扎于腰际,裸露出双臂,身上佩挂着各种好看的饰物,在长满格桑花的草地上放羊。在羊吃草的时候,她也会小声地哼着歌曲,一个人在那里跳舞。像妈妈这么温柔的人,绝对不会杀羊。这些活都是男人们做的。如果妈妈手里拿着一个武器,把一个不断动弹的动物按住。应当走近看,那绝对不是妈妈在杀羊,而是她在夏天为一条白色的狗剪掉多余的毛。

有人说妈妈也可能来自于贵州等偏远地区。听说那里的人都住在木屋上,这些木屋掩藏在无边无际的林海和云海之中。由于大山和树木遮挡,她的家里从早到晚看见太阳的时候不多,半天被遮蔽在太阳的阴影里。那里的人据说出一趟家门一个月都走不出去。即使小泊的老家交通不便,但是,相比之下要好得多。因为爸爸的村子历来贫穷,很多姑娘都嫁到外面更富裕的地方,外面的姑娘也不愿意嫁过来。因此,很多人就会花钱到贵州那里买一个媳妇。一开始有的女人到这个村子还苦恼,但是,这里的人都很齐心,到处都是眼睛,跑的可能性不大。时间长了,她们有了孩子,就慢慢熬倒了性子。当然,也有的女人认为这里尽管贫穷,但是,比她们的老家还要富裕一些。即使是被拐卖来的,这里的男人大多都很淳朴厚道,也慢慢地产生了感情,自己也不想回去了。过上几年有了孩子以后,在回娘家的时候,还会把新的姐妹介绍到这里来。

　　或者妈妈是来拯救爸爸的吗?爸爸那时已经老了,前妻是一个性格急躁的人,而爸爸是一个慢性子,一辈子也没有过到一起去。如果没有妈妈,爸爸可能就那么懦弱而缓慢地孤独终老。那样他就可能会如同从坡上滚下来失去动力的石头,慢慢地滚动,最后随便滚到一个土坑里就再也起不来了。可以说,如果没有妈妈,爸爸甚至连为自己挖个土坟的动力都没有。妈妈从远方来到这里。表面上她是一个疯子,其他人都围观她,感觉她是一个异类,而实际上她也可能是最清醒的那个。她可能是可怜这个老头子,因此就从远方来拯救他,也就是来拯救小泊,让小泊在无边的子宫之河里重见天日。这本身就是一个不小的奇迹。一般而言,像是爸爸这个年龄,别说是这种贫困家庭,就是家庭条件好、营养充足的老男人也不可能再有儿子了。这可能就是别人说的冥冥中自有天意。

四

　　小泊是一个孤独的人,他小时候住的房子很低矮,然而,这并没有让他感觉不舒服，即使他长大后能够住一些大房子时，他也更喜欢狭小低矮的地方。包括他在各地骑行时拍视频也是如此。他认为低矮狭窄的空间，就不会有更多的外来力量侵入，也更容易防卫。因此，可以说他是一个缺乏安全感的人。

妈妈是一个疯子，却能够给他带来安全感。小泊将这种安全感以一种特定的方式带在身上。那还是小泊年幼的时候，由于妈妈精神不正常，会一个人跑到外面。爸爸还要在地里干活，没有办法就会把门从外面锁上。有时候妈妈就会破窗出去，后来窗户也被用木条钉上。当然，可以有缝隙看到里面。妈妈对此也并没有表示反对，还是一个人在屋里自顾自地跳着舞哼着曲。然而，有次小泊不放心妈妈，在随着爸爸一起到地里干活时，中间回家了一趟。当他习惯性地从窗户的木板条中间向屋里看时，看见妈妈站在地上，用一根黑白相间的麻绳勒住了自己的脖子，但是，还是面带着微笑，好像死不是痛苦，而是一种幸福。幸亏屋子低矮，她的腿不能完全悬空，还没有被勒死。小泊拼命地喊隔壁的邻居过来救妈妈，附近也有没下地的村民，大家一起砸开门把妈妈救出来。爸爸很是生气，就用镰刀把那根麻绳砍成了几段。但是，小泊却不认为是那根麻绳的错，他想一定是麻绳没有真的想勒死妈妈，这条麻绳有了妈妈的体温，自此以后一定能保佑妈妈。因此，他小心地藏了一截麻绳，等到他到全国各地骑行的时候，就把这截麻绳做成手链戴在手上，这样，无论到哪里都会感受到妈妈的体温，会感觉到和妈妈一直在一起。

对于一个贫穷出身的人而言，自己的每个值钱的东西可能并不仅仅是物品，而且像是亲人。对于小泊骑行的自行车就是如此。其实，小泊在上中学的时候，爸爸努力了好久，为他买过一辆不知是几手的自行车。这辆自行车的不知哪一代主人为了让它稍微体面一些，给它的外面涂上了一些黑漆。这等于拒绝了所有窥探者想探究它出身历史的心思。到底这辆车出厂时是白色的、黄色的、黑色或者蓝色的,至少小泊爸爸买到的时候没法知道。当然,也没必要知道。这辆车没有了挡泥板,也没有了包在链条外面的铁片隔板。因此,在晴天骑行山路到学校时,可能会把裤脚染成一团油污。如果是暴雨天上学或者放学的时候,因为这时需要努力踩脚踏板,却没有挡泥板从上面遮住泥水,结果骑车时漫天的泥水比雨水更加集中地洒了小泊一身。不过,这已经让小泊很满足了。因为这辆破旧的自行车等于为他延长了双脚,不用再一步步地丈量那么远的山路。可以说,小泊喜欢骑行也是那时就种在心里了。

包括拍视频直播需要的手机,以及小泊现在骑的这辆山地自行车,几乎是他在老板娘宾馆里打工大半年所剩的所有的钱买的,这还不够,大哥孟仲仁还添了一部分钱。这是一辆国产牌子的自行车,没有多大的名气,但是,却如同一个长得很敦实的山里人,当骑上车,车把握在手里,就会给小泊一种特殊坚实的力量。当小泊骑车翻越西藏梦笔山时,即使是四月中旬,这里却仍然是冰雪天地,没有破旧的房子或者山洞可以露宿,他就在梦笔山的垭口搭了一个简易的帐篷。有过骑行西藏经验的人都知道,在这种雨雪交加的天气中,如果把自行车放在帐篷外几次,链条和车身可能就会生锈。小泊就把自行车勉强放在帐篷内,风雪却并不懂得这种温情,整个夜晚都竭力地从帐篷漏风的地方挤进来。但是,小泊感觉这辆车就是他的亲人,或者就是他的宠物,如同城市里的人养狗或者养猫一样,时间长了,就把这些宠物当作亲人了。

对于小泊的这种通过边骑行边拍视频赚钱,获得一定的收入以支持到西藏找妈妈家乡及亲人的方式,包括他的爸爸都很难理解,这孩子到底怎么想的? 村里很多人也风言风语,说小泊是不是也遗传了他妈,也开始疯了。其实,人和人之间的差别,甚至要超过人和驴之间的差别。有人一辈子就是如同驴一样,整日围着磨盘拉磨,日复一日,周而复始。但是,驴可能不会认为自己生活得乏味,只是认为天空的鸟好高骛远,不能感受到拉磨这种稳定生活的乐趣。

对于小泊而言,通过这种方式,不仅可以延续妈妈的希望,也可以延续自己的希望。同时,他也被繁琐的生活之磨开始研磨,能够逐渐感受到了那种温水煮青蛙的威力。到西藏去,到远方去,也可以让他的心情舒展一下,不至于羽毛还没有开始展开就已经萎缩。有时,他真的感觉到了害怕,那就是一直待在一个地方会烦躁,难道真的有妈妈遗传因素的影响吗? 在西藏骑行,则可以让他的这种烦躁的心理平复下来,不知是因为能帮妈妈的原因,还是能够帮助自己的原因。

在西藏的人间四月天里,西藏高原下面的其他地方的桃花可能都谢了。然而,西藏梦笔山这里还是冰雪一片。即使他半夜不眠,在天明时却感受到了梦笔山的梦幻。极目远眺,云海缭绕。云在天上,雪在山上,雾气蒸腾,变幻成各种模样,看不见雪和云的边界。当太阳从东方缓缓升起时,为云和雪打上了金色的边,简直就是神仙的居所。此时四周只有小泊一人,天地之间只有他一人,周围云接天海,他向前走了一段,感觉像在天宫中独行一样。

等到下山时,他骑在自行车上,不再有上山时的劳累,自行车也如同缓行的马匹一样颤动在身下。山风扑面,衣衫飘飘,人间烦恼,如同细雪飞舞在眉间耳际,瞬间即化。世事沧桑,都成往事。此时,童年和少年那些烦恼的事情都融入漫天的雪海和云山之中。这是一种让人流泪的欣喜。好像是从身体内无名之处流淌而出,缓缓地冲刷着全身。这时小泊感觉妈妈的精神病上面缠绕的莫名的坚韧丝线一样的东西也被大风吹走,童年和少年的雾气和阴郁也被大风吹散,生活又露出了阳光一样的面目。甚至有种童年、少年可以洗刷一遍重来,或者一生大病缠身到老忽然痊愈的欢喜。

对于这种感觉,如同会品茶的人一样,其他没有这种品味的人是感受不到这种迷幻而真实的感觉的。对于小泊村里的村民,是不可能有这种感受的,他们会认为这么做是没事找着挨累,还不如打工赚钱买几斤肉吃实惠。

当然,在西藏也并不全是冰雪,也不全是冬天和雪山。在海拔低的地方,还是会看见绿到心底的草原,可以看见雪山的流水从山涧中,从河流中,从山石缝中流淌下来,干净得会让内地去的人感到自惭形秽。

最美的云也在西藏,站在高原之上,云非常低,感觉一伸手就可以摸到云彩。在一些像是宝盖一样的云彩之上,小泊会想到上面站着一个神仙,正在一脸神秘却温和地看着自己。但是,小泊却看不见神仙。如同此岸和彼岸,摆渡船上的人可以看见岸边等待的人,等待的人却看不见船上的摆渡人,两方都在那里焦急地等待。到了晚上,云彩会集合在一起,一小片一小片地奔跑,如同万千只洁白的羊向着主人奔来。

五

从妈妈那里,她父母几乎留下的所有线索都像是没有线索,如同天空上的云翳,看似就在那里,但是,却永远看不穿背后是什么。到底是神灵忧郁的眼神在悲悯地看着,还是有恶灵在不动声色地等着你入彀。到底是背后有一根丝线,沿着这根丝线就可以找到终端,还是只是一张渔网,越扯越多,却永远不知最终发展到哪里去。妈妈除了在墙上写过好似自己的名字及其父亲的名字外,只是反复地提过两个字"白河",不过又像是"百合"。如果她在很不清醒的时候说起,还像是"白雪"。那么,妈妈这个提到的频率最高的词语到底是一个地名,还是一个村庄或者小区的名字,是一种植物的名字,还是一个景观的名字,没有人知道。然而,既然妈妈在精神迷乱中经常提到这个词,一定是刻入她的记忆深处的,就有很大的可能性和妈妈的身世有着关联。

小泊之所以到西藏,也是和妈妈这种反复的呓语有着关系。因为听说西藏河水都是白色的,也有常年不化的白雪。小泊到康定时,这里是四川进藏的第一站。当时晚上还没有完全黑定,天边还有着墨蓝色的一片,反衬着黑色的山的影子,让人感觉既神秘,又有些温和。夜晚是神灵活动的时间。小泊曾经多次祈祷神灵能够保佑自己。但是,一次也没有灵验过,因此,他慢慢地就灰心了。如果有神灵的话,可能只是去帮助那些在社会上更占有优势的人。因为感觉那些人无论做什么事情,都如有神助。

康定市里还挺繁华,站在这似黑非黑的巨大空间里,四周也都是熙攘的人声,面前一条河流在市里穿过,在远处的灯光下发着白色的光。难道这就是白河? 小泊在康定城郊找了一个荒废的房子住下,他也不是完全没有钱住宾馆,只是他不想浪费钱。他是一个简单的人,从小生活的艰苦让他感觉到苦其实并不难吃,最难吃的是情,包括亲情和爱情。

这座荒废的房子比以前小泊骑行住过的地方感觉还要好一些。小泊在雨雪天搭帐篷住过大山野外,也住过黑漆漆不见多少光线的山洞,住过桥下的涵洞,住过空心水泥管里面,住过巨大的石头形成的空隙里面。当然,他住的最多的是荒废的房子,特别是经过山西一个村子时,不仅是一座房子荒废了,甚至是一座规模不小的山村全部荒废了。那个山村好像有些年头了,从一些砖石的门洞可以看出,它曾经有过繁盛时期,石头的门梁上刻着不知哪个朝代的模糊字迹。大门两侧有两块石头,嵌入到院墙里面,石头上下被凿出了一个贯通石孔,这是古代用于拴马缰绳的孔。因此,这家可能是当时的富人家,但是,无论多么富贵,无论曾经经历过多少繁华,这座村子也荒废了。在那些破败的住宅之间,高高的颓废的院墙挨得很近,说话声音稍微大些,就能听到回音。一棵树由于长时间没人管理,从一家院墙伸到另外一家院墙,无形中给两墙之间的村路搭建了一个天然的拱门。在院子里面,到处都是锈蚀的铁质器具,还有一些破损的瓷器。可能是有人在村里寻宝,很多家的屋里地面都被扒了个底朝天,留下了一个个深坑。小泊好不容易找到一个平整一点的房子,屋门由于破损,晚上也不能完全关闭,小泊就用一块石头把门勉强抵住。夜里的巨大风声从卸去窗户的口子里吹进,把他的帐篷吹得瑟瑟发抖。但是,小泊并不害怕,他认为鬼神并不可怕,最可怕的是人。他是缺乏安全感,但是,却并不恐惧。

在康定的郊区,他遇到的是一座荒废的宾馆,大厅里空荡荡的,边角还留着几把硬质的长椅,上面不知积累了几年的厚厚尘土。站在二楼的天井向下观看,稍微一走动,整个大厅就会发出惊人的空旷声音,这无疑增加了一些恐怖的气氛。他沿着一间间早已停业的宾馆房间走过去,有的门紧紧关着,一推竟然还没有锁上。再向前走,推开一间很大的门,看见了里面的锅灶以及一些盆盆罐罐,看来这里是宾馆以前的厨房。打开一个口袋,里面竟然有半袋子白面,上面爬着几只黑色的小虫,小泊的老家管这个叫作麦油子。在大锅的旁边,一个桶里还有一些油,反正丢着也是浪费,他就想用这些油来弄点吃的。油是很难坏的,小泊小时家里吃油困难,一坛子油能吃几年,小泊就废物利用了一下,点燃随身带的柴火炉,就着那些白面和油做了几个油饼,晚饭就算交代了。

在寻找妈妈老家和家人这件事情上,小泊只是听村里人估计妈妈可能是从西北或者西南流浪来的。小泊后来和同父异母的大哥孟仲仁联系后,孟仲仁也托自己在公安局上班的同学查过,小泊妈妈写的人的名字,和她并没有什么关系。因为是熟人,那个时候管得不严,公安局的同学也有耐心,不像是后来,如果找警察朋友私自查别人的信息,谁给查的可能要承担责任。那位公安同学换了各种方式查找,包括同音字、近似字都试过,却无论如何都没有查到。后来考虑到小泊的妈妈神志不清,可能是写错了,这也没有办法,每个人都有命,这也许就是她的命。

　　然而,小泊却无论如何不相信命,他认为一定能找到妈妈的老家和她老家的亲人,这或许是他对妈妈的命不认命,也是对自己的命不认命。当然,小泊也知道自己这个愿望也可能最终不能实现。但是,他还在寻找,说明他还在抗争。人最大的绝望是连抗争的欲望也丧失了,眼睁睁地看着一个巨大的轮子沿着一丝不变的路线碾压过来,被碾压的人不想反抗也不愿反抗。

六

　　在康定的第一个晚上,小泊忽然明显感觉到了一个不同的地方。其实,从老家骑行出发,经过河北、山西、河南等地,那里的风土人情和家乡并没有多大区别,心理上也没有明显的反差,只是比老家有更多的陌生人而已。其实,即使在家乡,他也没感觉到有多少熟人。因为这里的人把对父母的不敬,从小就贴在了小泊身上。即使小泊现在长大了,但是,家乡的人还是不愿意承认这一点。在和小泊说话时,往往会有意无意地显示出高人一等的感觉。

　　在康定,那种异样感觉来自这里的白塔,来自这里的藏族式样的建筑,更来自这里的穿着藏族民族服装的女人们。在藏区,小泊感觉这里的女人无论年轻或者年老,都会走路稍微向前倾斜,迈着独特的小碎步。在第一天晚上,小泊看到央金时,她的那种小步快走的姿态更加让人难忘。当然,她的那种向前走的倾斜之美,并不是弯腰,而是如同杨柳一样,是一种自然的倾斜。在见到央金之前,小泊认为藏族民族服装都是鲜艳多彩的,然而,那天晚上,这个年轻的藏族少女央金穿着一件绿色的袍子,好似一边斜套在身上一样,里面穿着一件白色的衣服,中间套着蓝色的坎肩,让人感觉她不是穿着衣服,而是穿着蓝天、绿草地和白云。

那时小泊还不知道这位姑娘叫作央金，他是后来才知道的。当时小泊也不知道这个名字在藏语中的含义是什么，虽然央金汉话也不是很好，让她解释一下，大致就是妙音女神的意思。

央金是一个单纯的女孩子，小泊也没有想到她会停下来看小泊拍视频，也不会想到她会给小泊留下联系方式。当然，央金并不是康定本地的人，她是来自距离康定几百公里的一个遥远的藏区。她的家里是一个大家庭，父母一共生了十二个孩子，死去了两个，只是留下了十个兄弟姐妹陪伴着爸妈。即使如此，对于汉地的小泊而言，由于严厉的计划生育，这已经是非常惊人的数量了。

央金没有男朋友，她说对男朋友也没有什么想法。如果遇到互相喜欢的男孩子，她就会谈恋爱结婚。如果遇不到的话，就会按照父母的安排，找个男人结婚。与小泊的妈妈不同，央金主要说藏语，虽说能够听懂汉话，却不会写一个汉字。小泊想，对于这么一个单纯美丽的藏族女孩子，如果遇到那种花言巧语的男人，很可能几天就被拐跑了。那么，妈妈也是这么被拐跑的吗？是不是妈妈当年也是这么单纯，被坏人骗到了汉地，后来那个男人不要妈妈了，妈妈生气变得精神不好。当然，这都是猜测，小泊尽量不去猜测。然而，对于一个和自己至关重要的谜语，他又不得不去猜测。否则，在茫茫的人海中，如何打捞妈妈的父母及家乡的信息呢？

小泊想着各种方法寻找妈妈的家乡和亲人。他会把有妈妈照片的寻亲启事贴到这个城市的一些墙壁、树上、电线杆上，特别是在旅馆或者车站人多的地方更会多贴。他不止一次被城管抓住要罚款，后来看他是为了替妈妈寻亲，大多数人都打个呵呵就算了。但是，也有不近情理的人，不过小泊也能理解，也就多说好话，多求饶。小泊会在拍视频的时候顺便提一下妈妈的情况，当然，在视频中他并不是说自己的妈妈可能是从藏区到汉地去的，只是说一个朋友委托他做这件事情。他也会委婉地表达一下妈妈的精神状况。

　　通过后台的信息,有康定的网友热情地提供了一条线索,说是很多年前,一般康定这种地方很少有人失踪。但是,有一家人的儿子和女儿都找不到了,因此,在当地比较轰动,这件事大家都知道。那个女儿感觉年龄和小泊所说迷失回家的女的年龄比较相似。

　　即使有这条消息,小泊也没有特别激动。因为那么多次无效的激动后,他已经累了。他只是感觉到康定这里有一条白河,和妈妈喃喃自语的事物的名字比较像,也就想去看一看。但是,却也不抱多大的想法,他只是不想留下遗憾而已。毕竟已经过了二十多年了。在这二十多年里,可能河流都改了走向,山岭都被挖成了平地,一个平凡的家庭可能如同无名的植物一样,会被连根拔起。

　　丢失儿子和女儿那家所在的村子距离康定市并不太远,只要沿着白河边上的水泥路出发,骑行二三十公里的样子就到了。

　　康定海拔不高,山却很高。此时康定也就是五六月份,五六月份的树木已经展开了碧绿的叶子,在高高的山顶及山腰之处,到处都有云雾缠绕。虽然小泊骑行的时候,旁边有开着车窗的小车疾驰而过,里面传来很响的康定情歌,但是,小泊却更多地感受到了满山的雾气。

　　这里处于汉藏交会、逐渐过渡的地方,房屋并不都是外表涂有藏族纹饰的藏式房屋,也不是外面都涂有红色或者蓝色的颜色。相反,不少房子外面都是石灰涂上的白色,和内地差不多。

　　小泊需要去的地方是一个很大的村子,有点像是藏区一个小的乡镇的感觉。他沿着水泥路骑行到一座山顶好似月牙的地方时,就右拐骑上一个小小的陡坡,进入到建在山脚下的村子。小泊下了车,看见几个在路边歇息的藏族老人,都把竹篓放在身边。小泊过去问他们时,几个老人和他语言不通,幸亏有一个年轻时在康定打工很多年的老汉懂汉话。这位藏族老汉穿着夏天的藏族袍子,额头上长着层层叠叠的皱纹,如同梯田一样。他说:"小伙子,你来得有些晚了,我现在领着你过去看看。"在路上,那位藏族老汉一边走一边告诉小泊说:"你说的那一家早已经不在这里了。"

小泊问:"去哪里了呢?"

老汉说:"你说这家的男人小时候和我一起长大的,人也是好人,不过结婚后喝酒很厉害,喝醉了就打老婆,老婆实在受不了,就和他离婚了,不过没有带一儿一女两个孩子。两个孩子大的是姐姐,小的是弟弟。儿子那时正是顽皮的年龄,他爸对他要求也很严格,对儿子经常是吊在梁上打。有次他儿子又犯了一个大错,把邻居家的孩子胳膊弄伤了,就被他爸关在家里打了一顿,不让出来。他的女儿那时有十八九岁的样子。怕爸爸把弟弟打死了,就在夜里偷着把弟弟放跑了。"

小泊拿出自己妈妈的一张照片说:"你看看这张照片和当年的那个姐姐像吗?"

老汉停下来,把长烟袋斜靠在大腿上,看了半天,点点头又摇摇头说:"这件事情过去几十年了,当年都是不大的小姑娘,现在变化那么大,根本看不出来了。"

老汉又接着说:"那家的女儿又过了两年,本来以为弟弟躲一阵就会回家,但是,弟弟一直没有回来,她以为弟弟在外面出事了,回不去了,也在一个夜里伤心离家出走了。"

老汉说着说着就到了一间破旧的房屋前停下。他说:"你看,就是这家,这家的男人在女儿走了后一个人孤零零的,十几年前生病也没人照看,后来也就死了。"

小泊站在这家门前,木头大门已经破旧不堪,门板上露出一个破洞,好像是做门板的木头本来在那个地方就有个疤痕,多少年风吹雨打,也没人管理,更加重了这个疤痕的伤情,现在就成为一个空洞,将对面的风送过来,如同一只空洞洞的眼睛,漠然地看着来客。从门缝向里面望去,这是三间老旧的房子,在附近大多是后来修建的高大房子面前显得既卑微,又寒酸。房子的房盖也不知去哪里了,只是剩下几根木梁,如同肋骨一样,干瘦无比,横着斜向上支楞在那里。

七

如同一些年轻时对社会的一些根深蒂固的理念一样,等到多年后回想起来,甚至连自己都感觉到可笑。对于小泊而言,和很多人一样,在年轻时都是相信纯洁爱情的。在小泊年龄更小的时候,如果那些精力旺盛却还未结婚的青壮年谈及到赤裸裸的男欢女爱时,他都有一种恶心的感觉。特别是邻居大哥,感觉平时还长着一副比较忠厚老实的面孔,说起黄腔来就彻底暴露了他的本质。

小泊知道自己家庭的情况,如同一条破船,在生活的狂流上摇摇摆摆,因此,他缺乏对爱情的自信。他甚至很长时间都认为自己没有资格恋爱。何况现在年代变了,不考虑经济因素的爱情已经很难找了。因此,小泊也就自觉或者不自觉地将自己封闭起来,如同一只蚕蛹用茧将自己封闭起来一样。但是,直到遇到央金,他有一种直觉,在藏区的这个地方,这个女孩子生活的环境让她不会那么世故。

当小泊第一次喊央金吃饭时,是在一家藏族风格的饭店,饭店的外边是藏青色的,一进门,就看见店里用藏族特有的花纹布料作为装饰品,悬挂在门厅出入口处。墙上挂着几只缠着哈达的牦牛头。这些牦牛已经为藏族人贡献了肉和骨头,现在被移到这里发挥余热。这间藏族饭店没有椅子或者凳子,入乡随俗,客人都盘腿坐在地上,上菜的时候放在没有腿的箱子上。小泊让央金点菜,她不好意思地推了几次,后来实在推不过,就简单地点了两个蔬菜,小泊看着实在太简单,就点了一个肉菜。

小泊去过央金的藏区的家。她的爸爸是一个采盐人。爸爸每年都会有两个月的时间去采盐,爸爸和其他邻居们在去采盐之前,都会去玛尼堆前祈祷,希望神灵祝福他们。在玛尼堆上挂满了五彩经幡,共有蓝、白、红、绿、黄五种颜色,色序不能错乱,分别象征天空、祥云、火焰、江河和大地。爸爸和邻居们赶着一群牦牛去采盐地。在路上,牦牛踏起的尘土惊醒了空旷的荒原,这让一些安静的土拨鼠也会探头探脑地从洞里出来观看,到底是来了一群何方神圣?爸爸和邻居们会走很远,跨山跨河跨冰川,远到连强壮的牦牛都会感觉到疲乏,坚硬的牦牛蹄子都会被磨损受伤。在采盐地,这些盐是从高山冰雪融化沉淀来的,这是上天赐给他们藏族人的礼品。爸爸他们采完盐巴后就去一个西藏最高的集市,在那里有来自喜马拉雅山那边国家的人。爸爸换来自己需要的青稞,其他国家的人带走父亲他们采到的盐。

即使央金是藏族姑娘,也是在藏区长大的,却没有看过西藏的很多风景。其实,也就是长大后的几年她才知道外面有这么大的世界。在此以前,她只是知道她们没有道路的村庄,村外附近的玛尼堆,只是知道遥望四季都无法融化的积雪。她也会相信祖母说的话,那上面的雪山住着神仙,神仙从来都不会睡觉,总是在注视着她们,保佑着她们。实际上,她小时的脚步几乎没有离开自己的村庄。

后来到了康定,听别人说,西藏还有美丽的卡萨湖,卡萨湖是其他神灵居住的地方。在卡萨湖的周围有着更加繁华的乡镇,那里有那么多人,男子英俊,姑娘漂亮。那里的人们有着更多的空闲时间。不论是在节日还是在喜庆的日子里,都会聚在一起喝着青稞酒,桌子上摆着各种佳肴,叉子和牙齿一样都在太阳下闪闪发光。

这也是小泊在决定和央金分别之前,带她去卡萨湖的原因。其实,小泊自己也早已向往卡萨湖已久。那时正是中午,小泊就到了卡萨湖。这里是人间的天堂。湖水绿得透明,在微风中闪着鱼鳞一样的光泽。天气晴朗,云朵炫耀似的开在天上,开在湖水中。风吹来时,整个湖面都在波动，云也在摇晃不已。站在岸边，恍惚中不知是湖水在动，还是天在动。

小泊拉着央金登上了附近的高坡。极目远望，旷野无垠。从高处看，卡萨湖周围更是如同画中一般。众多的村落静静地停泊在湖周围的不远处。这些村落里的人都在想什么呢？他们是如何生活的呢？可能这里的人也有着他们的悲欢，他们也有妈妈。他们的妈妈不可能像小泊的妈妈那样，迷失了回家的道路。小泊忽发奇想，说不定妈妈就来自这里的村子呢。

在草地上，此时格桑花开得正盛，附近有穿着藏族服饰的人在草地上正在种植着什么。向着卡萨湖远处的山峦看去，积雪是万年盛开的雪莲，在阳光下映照着这片浩大的土地。积雪上面是白云，在山的顶端，有的地方积雪和白云连接在一起，就成为了白云的一部分。

央金拉着小泊躺在高坡的土地上。藏族姑娘没有那么娇气，身下有的地方没有被草覆盖，有的地方生着一簇簇的青草。他们躺在那里，躺在蓝天和白云下，仿佛成为了这片大地的子女，他们只是回到了自己的家，回到了最初父母的怀抱。他们甚至感觉自己变得很小，变成人形之前的蝌蚪形状，在大地的巨大子宫里温暖地躺着，从而在恍惚中感受一种巨大的幸福。

央金知道在西藏中午躺着照射阳光对皮肤不好。当然，这得看和谁在一起。她幸福地枕着小泊的胳膊。一切都停下来了，风停了，云停了，天地之间只剩下他们的呼吸，他们的呼吸在互相抚摸，互相缠绕，互相拥抱，互相交叉成为一个呼吸。

当小泊抱着央金时，能感觉到她的肉体的微微颤抖，不知是害怕还是激动。小泊忽然想起第一次吃河蚌的经历。别看河蚌外表坚硬，也有着黝黑的外壳，但是，如果剥开，也是如同荔枝一样，嫩白而多汁。央金是一个地道的藏族姑娘，却和小泊见过的大多数藏族姑娘不一样，脸上没有常见的高原红,也就是那种层层红色叠加在脸上一样的颜色。她的身上也是如此嫩白,这一点小泊是亲身验证者。

然而,如同爬上一座山一样,所有的最好感觉都在爬上山之前。等到爬上山以后,小泊又感觉到了内疚和后悔。他忽然想起了妈妈。如果妈妈是藏族人的话,那么,也是如同央金一样,爱上了一个人,但是,却可能是爱上了一个灾难,她后来就是因此精神失常的吗?

晚上的时候,小泊带着帐篷决定睡在附近的观景台上,这里附近有个收费房子,但是,并没有多少游客,特别到晚上更是如此。到了晚上,天空的云层开始密集起来,云层挤压着云层,如同无数枯萎的芦苇在那里互相碰撞。长时间的户外经验告诉小泊,可能要下雪了。他的心也忽然阴沉下来。美丽的东西都是易碎的。明天他要把央金送到附近的县城汽车站,马上就要和央金分开了。晚上两个人吃饭也没有胃口,匆匆吃了几口带来的面包,就躺在帐篷里。央金紧紧地抱着小泊,如同一个婴儿依偎着父亲。她说:"以后等你回家后,你要来找我啊。你说我们多少时间才能再见面呢。"小泊心里忽然一紧说:"可以啊,等我找到妈妈后,你就去我们那里找我,我也可以来找你。"然而,小泊忽然有种难以表达的感觉,他也想知道多少时间才能和央金再见面。然而,上天总是给人们设置迷局,却总是在最后才告诉谜底。

第五章

他是一个无赖

一

　　他的名字叫本。他是一个无赖，这是有祖传基因的。之所以起这个名字，是因为他的父亲感觉自己混账一生，甚至是上几代都是无法无天之人，就想给儿子起个有点文化的名字。但是，农村人确实也没有什么有文化的名字可以起，绞尽脑汁想了半天，好不容易给儿子起了一个名字叫作本，意思是儿子以后要多在本子上写字。本显然辜负了这个名字，他的这个本上没有写什么好的东西。父亲给他起的名字叫本，他记录的却都是劣迹斑斑。

　　村里至今还有人传说本的曾祖父拉着土匪队伍打家劫舍的事情。当然，亲身经历的人可能都是怀着惊惧心理。对于只是听别人传说的那些人，可能留下对本一家人不好的印象。不过本对此却一点不在乎。他甚至还为曾祖父和祖父有些沾沾自喜。他多次说，现在武器先进了，不像是以前那样占领个险要的地方就可以占山为王。要是过去的话，他早就是山大王了。

不过本的曾祖父有个盗亦有道的习惯，那就是兔子不吃窝边草。这让这块地方的人对他并不是特别反感。人都是利己的，只有侵犯自己直接的利益时才反应最大。而附近其他村上的人，特别是年龄很大的老人，提起本的曾祖父无不咬牙切齿。

在距离本住的村子二十多里路的一个地方，由于这里的村民拒不按照本的曾祖父的要求，交出一定的银洋和粮食，本的曾祖父买通了那个村子里的内鬼，半夜里联合附近的土匪攻入了村子。原来也没有想到杀人，但是，由于另外一股土匪死了几个兄弟，凶性大发，结果把没有跑掉的村民大部分都杀死。一把火把村子烧了后，把村里的年轻妇女都带走。自此以后，那个当年人口稠密的村子再也无法恢复到繁盛的光景，建国后一直到现在也没有达到当年的人数。

本曾经到曾祖父当年落草的地方去看过。那是一座柱子形的大山。山下面是田畴百亩，只有一条蜿蜒山路可以向上攀登。这条山路放在现在还是狭窄难行，放在当年更是可想而知。随着山势上升，山形就越来越陡峭，到了半山腰时，沿着一条围绕在山腰的一条腰带似的羊肠小路环行，可见下面悬崖林立，远处的三轮车如同大的甲壳虫一样停在田间地头，劳作的农民都成为一个黑点。浩然山风吹起，掀起本的衣衫，他竟然有了曾祖父当年大口吃肉、大秤分金的豪情。本可以想象到曾祖父当年带着一帮兄弟，看山下面众生如同刍狗的姿态。

山顶并不是尖的，而是如同柱子一样矗立在那里。要登上最高的顶部，道路几乎是垂直，更显得凶险无比。快到顶部时，还可以看见曾祖父他们当年留下的石头垒成的寨墙大门，不过已经败落，巨大的横着门框的条石断成两截，淹没在荒草中。此时还是正午，却已感觉悲凉气氛油然而生。进了荒废的寨门后，没有想到上边悬崖周围还悬挂着一条仅可通过一人的小道。即使本从小顽劣无比，看到小道下面万丈深渊也是心惊无比。他小心翼翼前行，途经并排的三个山洞，面积都不小。最当中的那个还留下一座巨大的石床,主要是天然形成,只是稍微有人加工雕琢的痕迹,这张床,估计就是本的曾祖父当年住宿的地方。

本从当中那座山洞向里走了一会,只是感觉凉风扑面,阴冷无比,路上有被人用工具挖起的痕迹,留下大大小小、深深浅浅的坑,这主要是附近的人听说本的祖父当年抢来的金银财宝就藏在洞中,从而想来发一笔横财而挖的。不过不少人进去挖过,也不知挖到没有。由于这次本没有带照明工具,因此,也就没敢向里面深入。

后来本专门带着挖掘的工具,在几个地方试着挖了一下,也没有看到有什么值钱的物件。只是看到几枚铜钱。在上方的一个狭窄阴暗的小洞里,还找到一个接受祭拜的关公的木刻像。此时,由于关二爷木雕面目时间久远,加上可能受潮,变得有些黝黑。能够在这里看到关公雕像并不稀奇。关二爷是一个博爱的人,不管是贼祖贼子贼孙,只要拜他就行。此时,他只是手持长须,在那里威严而茫然地注视着前方。可能由于这座关公雕像是曾祖父的遗物,被曾祖父以前的祭拜虔诚所感动,此时本感觉关二爷并不陌生,还有些温暖。关公雕像被本悄悄留了下来。反正这是他曾祖父的东西,虽然不知是否值钱,却也属于拿回祖上的家业。

二

不仅无赖的基因可以继承和遗传,贫穷的基因也可以。不幸的是,本的祖上这两种基因都交织在一起被继承下来。在本小的时候,听祖父说,本的曾祖父年轻时家里就非常穷。不过那时不像是现在,穷人往往也能找到老婆,因为那时富人本来就不多。多年的兵荒马乱,富裕的人家也容易被土匪惦记着,从而被绑架勒索而家道败落。同时,在民国那个年代,由于战争频繁,男青壮劳力也更容易丢掉性命,这包括主动当兵或者被抓壮丁当兵,当然,也可能被土匪杀死。女人就比男人多不少。因此，即使家庭条件不好，本的曾祖父也找到媳妇结了婚，生下了本的祖父。

本小时候很少安静过。他好像有天生的躁动症的倾向。然而，在祖父给他讲这些家族里的往事时，他也很感兴趣，只有此时他才能安静下来，在那里仰着脸看着祖父的脸。祖父并不像是当过一段时间土匪的人。他留着山羊胡子，当然是白色的山羊，那时他的胡子都白了。然而，由于少年的时候跟着本的曾祖父爬山越涧，练就了一副好体格。因此，在老的时候并不像是一些老人那样，如同一块面团一样塌了下来，只是如同一棵金钱松，虽然老了以后身材小了一些，但是，骨架轮廓还是很挺拔。那些年冬天特别冷，本也紧挨着火盆，祖父用炉钩拨弄着里面烧着的木柴，把已经烧过的翻过去，让没有烧过的翻过来，这样可以减少一些烟气。他缓缓地说：那时我们家太穷了。你曾祖父就靠着给别人看青、打更和打短工过日子。

本问："看青是干的什么？"

祖父说："那个时候到处都是没地挨饿的，我们家几乎没有地，地都是村里地主的，就是村西老杨家。别看他们家现在败落了，家里一个能行的也没有，当年可是村里的大户人家，村里好几个男劳力在夜里给他们家看庄稼，这就是看青。当时人都穷，很多家到了夏天以后就没有吃的了，老百姓饿得受不了，就会在夜里到地主地里偷庄稼。因此，如果没有人在夜里给看着，地主家的粮食就得减收不少。"

本问："什么是打更？"

祖父说："打更就是在夜里拿着一个锣在村里边走边敲，给村子巡逻。你还想着村西那道很高的院墙吗？以前还更高，后来被人建房子建院墙拆走了不少。那时我们村四周都是围子，就是那种很高很宽的围墙，上面宽到可以跑马，围着村建了一圈。那时到处都是土匪，要有人拿着锣巡夜提醒大家，万一发生什么情况就敲锣报警，让村里人知道,大伙就都起来防土匪。当然,打更也可以防止本村的人去别人家里盗窃。我们家里倒是不怕,什么偷的也没有,家里的碗都被舔得光光的,像是狗舔的似的。"

本忽然恶作剧说:"村里人不说你以前就是土匪吗?"

俗语说"打人不打脸,骂人不揭短",虽然本的祖父年事已高,但是,以往的恶名让他在当地不容易受到挑衅,周围的人谁也犯不上说这种话得罪他。但是,听到孙子本问这个问题,祖父却没有生气。

他反而笑着说:"你这孩子,从小就这么淘气。我是土匪,你就是小土匪。不过你曾祖父确实真做过土匪。在这十里八村都知道。我那时才十几岁的样子,也没有杀人放火,只是跟着你曾祖父,等他被八路军打死后,我也就回家种地了。"

本接着问:"你们那时都种地,为什么做土匪呢?"

祖父叹了口气说:"你曾祖父没做土匪之前,做短工给地主锄地,地主给粮食。那时我们这里产高粱。你曾祖父锄地五天挣了四斤高粱,一家人根本吃不饱。你曾祖父上山做土匪的那年,正好是大旱。我们一家去要饭,到哪里去要?除了几家地主以外,大多数人家自己都挨饿,谁会给你。"

本接着问:"你们那时做土匪是不是很威风,见谁杀谁,谁都怕。"

祖父说:"哪像你想的那样。那时也都是逼上梁山。你曾祖父开始领的人不多,就是小打小闹,也就是趁着夏天庄稼起来的时候,抢一些别人的东西。后来官军发现了,追得急了,离我们家东边二十多里路有座大山,那座山顶像是一根柱子一样,叫柱山,这座山易守难攻,你曾祖父就是领着人到那里落草。"

那里山高林密。特别是庄稼一起来,那时树木又多,连着几十里都是,进去百八十人根本找不到。那个山上一般人就是慢慢爬上去也费事,别说上边还有人拿枪守着。上边的顶部有几亩的平地,虽然种庄稼也收成不好,但是,关键的时候可以顶一下。俗话说:山多高,水多高。上边还有一眼泉水,加上下雨时收集的雨水,也够几百人吃水用水的。

本小的时候因为特别调皮,父亲也没少打自己。他总是以为打打杀杀是很神气的事情。就问:你那时候杀过人没有?

祖父嘴歪了歪,嘴上的皱褶像是被谁揉成一团的破布,他有些不情愿地说:"我倒是没有杀过。那时我年龄还不大。但是,我小时候一直和你曾祖父在一起,你曾祖父到哪里也带着我,杀人放火的事情我倒是没少见过。不过我幸亏没有杀人。如果手上有人命,解放后就可能被镇压了。就是这样我也没有少吃苦头。"

你曾祖父也对我说过,一开始做土匪,如果把一个告示送到哪个村里去,让送吃的、用的,还是挺好使的。后来村里兴起了办长枪会、大刀会,都是一帮年轻力壮的男劳力参加,这些人整天练习武术,也买了一些土炮架在围子顶上,上边建了炮楼,就慢慢地胆大了,再发告示要钱要粮就不理睬了。不仅村村都有长枪会,后来各个村还有联庄会,就是附近不少村子联合起来,一个村出事,其他村就过来支援。

祖父说:"我再给你说一下当年怎么打夏家围子的事情。夏家围子是附近最大的一个村子,长枪会也最厉害,也是附近几个县的几股有名土匪联合在一起打下的。虽然我那时年龄小,打夏家围子的那次我也看到了。那次你曾祖父是其中一股,还有一大股是附近一个县的女首领带来的。那个女人才叫凶,杀人就像是吃豆那么简单。"

最开始也是打不下,上边守卫的人厉害着呢,土炮的铁砂子雨点一样打下来。围墙又高,兄弟们向上爬,就有人用石头向下砸,几个人喊着号子向下推大块石头和滚木,我们这边的人死得一片一片的。后来实在没有办法,就把附近没有围子的村的村民抓来,白天黑夜逼着让他们在墙下挖洞,上面的人知道都是附近乡里乡亲的,也不能下死手。后来挖了两天两夜后,终于挖开了。那次兄弟们都红眼了,杀人放火,想做什么做什么。

本从小就对这种杀人放火的事情特别有兴趣，这可能是天性中埋藏的东西。他饶有兴趣地问："都是怎么杀的。"

祖父此时也是连连摇头说："那场面太惨了。你曾祖父那是多狠的心啊，都下不了手。有一种叫作"点天灯"，就是把人抓住后用煤油浇到头上，用火点燃，被烧的别说是人，就是铁块都烧红了。那些被烧的人头上比最干的柴火点燃后的火头还高，滋滋地响，人被烧得是嗷嗷大叫，也有号啕大哭的，也有开口大骂的，不过时间用不了多长，那个人灯就点完了。我那时也是第一次闻到了人肉烤熟的味道。"

本呲牙笑着，他倒是没有太多感觉，一脸鬼笑着问祖父："那人肉你吃过吗？"

祖父有些无奈地说："这孩子，不愧是我们家的种，比我当年还坏。人肉能吃吗？又不是畜生。不过我见过的另外一种杀人方法也吓死人。那就是把围子里出钱出枪多的人拉到村外的地里，让他们村的人挖坑，村里的人知道没有好事，却也不敢不挖。挖到一人多深的时候，就把抵抗出力多的那个人推进去，慢慢填土，那个人一开始还求饶，到了后来明白了什么意思，又是大骂，又是让给家里人捎话。兄弟们也不管那么多，等埋到头顶时，被埋的人脸上就像是盖上了一块大红布，所有的血都上脸、上头了。大头领就使个眼色，有的兄弟就搬起一块石头照着头顶一下，只见是血光四溅，涌上头的血和脑浆就像是炸裂的爆竹一样飞得老高，我们当时管这个叫'放天花'。"

祖父眼睛里又泛起了血红的颜色，既有恐惧，还有些兴奋，仿佛又回到了那个血红的时代。他悠悠地说：那个年代人都不是人，都是牲口一样。打破了围子后，兄弟们抓到男的，不服的就当场砍了，服从的就逼着向山上寨子里运送粮食和杀好的牲口。有漂亮的女的，就剥光衣服，逼着去推磨干活。这还不算，还把羊脖子上的铃铛摘下来，挂在女人的奶头上。女人推磨时,一向前走就听着一声当的声音。那时女人都保守,臊得都没有地方钻,这比杀了还难受。推完磨还不算完,还要给大头领用这面做面条,大头领给这面起了个名字叫作"响铃面"。

到了最后,祖父自己也感觉当年那些土匪做得太过分,他不知是真心还是假意地叹息说:"就冲着当年你曾祖父做的那些事情,被八路军抓着用枪给毙了,也是罪有应得。"

不过,这对于当时年龄还不大的本而言,却并没有感觉到有什么不妥之处。天要下雨,娘要嫁人,难道活人还能让尿憋死。再说,人不为己,天诛地灭。曾祖父不杀别人,别人也会杀曾祖父。要不就是被饿死。本并没有对曾祖父有什么害怕或厌恶的感觉,相反,他认为如果自己生在那个年代多好,我的是我的,你的也是我的。谁要是不服,刀枪伺候,哪有现在这么多的规矩。

三

无论如何,到了本的父亲这代,虽然祖上顽劣的天性继承了下来,但是,时代已经变了。村里人有些怕这家人,更多的却是厌恶。特别是本的父亲,往往是雷声大雨点小。现在也不是以前那个拿着刀枪占山为王的时候了。本的父亲生活不如意,喝点酒后感觉这片地盘都是他的,经常大骂不已,弄得四邻不安。

本的父亲是一个酒鬼,是无可控制的那种。他可以没有任何菜肴直接喝浓度很高的瓜干酒。当然,条件好的时候,他会坐在家后面的那个小山坡的大栗树下,一手拿着酒瓶,一手拿着一棵白菜,喝一口酒,就撕一小块白菜下酒。

本的母亲也是一个暴脾气,会把家里看到的酒瓶全部砸碎。为了保护心爱之物,本的父亲就会把一瓶半瓶的酒藏在荒郊野外,可能会挖个坑埋起来,可能藏在麦草垛里,也可能用乱石垒起来。到了晚年他的智力几乎都用于如何获得酒和如何保护酒上面了。当然，在本的父亲年轻的时候，他就有这种毛病。那个年代生的孩子都多，本的父亲的精力都放在与别人争斗和喝酒上，因此，生的七八个孩子几乎都是放养的，如同小野兽一样四处觅食。家里的粮食不足，本的母亲做饭的时候也不多，本饿极了，就到处去偷可以吃的东西。他可以在红薯快要收成的时候，夜里去偷扒别人的红薯，在野外和几个差不多类似家庭的不良少年烧着吃。再大一点，偷盗能力强了，他会在夜里翻墙偷别人的鸡，然后去一家失去父母的伙伴家里做鸡吃。

本刚开始可能还感觉对盗窃有些惶恐或者害怕，时间长了，这种盗窃习惯就融入到他的生活中了。他认为盗窃并没有什么。盗窃也是和村里人种地一样，也是一项职业。农村种地需要讲究春种秋收，需要勤打理土地。本也是如此，他也是经常要磨炼盗窃的手艺。

对于本这种天性中缺少自救成分的人，对于父辈留下的陡坡，他难以控制，只能在陡坡上越来越快地下滑。

当然，再坏的父亲也不希望自己的儿子变坏。本的父亲也是如此。他可能也知道自己的家族基因坏了，如同种植庄稼时从根部就烂掉了。然而，他还是想让自己的儿子本变得好一些。因此，只要他对本有不满意的地方，就会暴风骤雨一样地对儿子拳打脚踢。如果感觉不解气，就用棍棒。家里有现成的棍棒，就用家里的。如果家里没有，就到大门后那棵杨树上折断一根枝干来打本。这么多年，由于那棵杨树被折得太多，后来没有等到本完全长大就干枯了。当然，家里的皮条也好用。不过为了增加抽打的疼痛度，本的父亲会用水把皮条浸泡一下，这种打击外伤不是很明显，却打得很厉害。

在本十四岁前，如果本的父亲是个杀伤力十足的父亲，那么，到了本十四岁以后，本的父亲就成为了当年畏畏缩缩的那个本。这是因为父亲在一次殴打十四岁本的时候，本那时力气也基本长成了，加上有天生的悖逆性格作为血气的支撑，他就和父亲对打了起来。由于父亲喝酒掏空了身子，加上年龄也逐渐变老，反而被本反杀，被本痛打了一顿，肋骨疼了三个月才好。从这一刻起，本和父亲的位置发生了根本性的逆转。

本在十四岁以后经常打父亲，特别在父亲喝酒骂街时，本看着就会打。那时的冬天都特别冷，本的父亲外面只是穿着一件黑色的棉袄，里面什么衣服都没有穿，这个地方冬天管这种穿法叫作穿空心袄。本的父亲腰上扎着一根麻绳，一个喝了一半的白酒瓶就斜塞在绳子扎着的棉袄内。这里的冬天临近春节时更是特别冷。天上的太阳惨白地照在宽阔粗糙的农村街道上，大街一溜墙根附近都是长时间没有化的雪。即使天空上面有太阳，但是太阳好像对雪花的融化没有什么用处，反倒感觉是冷冰冰雪花的同谋。大风一阵阵的，将从沿街院子里伸出来的树上的积雪吹得纷纷落了下来，好似不安的狗在抖掉身上的雪。

本的父亲踉踉跄跄地从大街的北面向南面的家里走，一面走一面骂，至于骂谁主要看对方是谁。如果对方不敢打自己，则看自己的心情。路边的狗看到本的父亲就狂叫起来，后来感觉不对，加上主人的吆喝，有的远远地看着，有的灰溜溜地跑到自家的大门里面。

本在大街上迎面遇到父亲，他似笑非笑地看着对方说："又喝了多少？"

本的父亲此时满脸透红，酒让他的内心膨胀了很多，对儿子的胆怯也减少了不少。他斜着眼结结巴巴地说："怎么了？我喝酒是喝你的酒了？"

本的眉毛倾斜起来，说："好，没喝我的酒，我让你知道一下喝的是谁的酒。"

他顺手像是老鹰抓鸡一样就把父亲拖倒，手紧紧掐住父亲枯瘦的脖子。父亲的棉袄由于用力被脱掉了一半，露出瘦骨嶙峋的干枯老树一样的身子。肋骨的凸起在冬天的阳光下十分显眼。那半瓶酒眼看事情不好，事先逃到了路边的雪堆去了。

本先是用手打父亲的脸，后来感觉到手累了，还是脚好用，就用脚端父亲的肋骨，就像是父亲当年打自己一样。本感觉父亲的肋骨绝对比自己的坚硬，用了那么大的力气，那么干瘦的肋骨，竟然还没有断。不过父亲再也不敢还嘴，就在那里哭爹喊娘地大叫，直到本打累了，加上街坊邻居在那里劝说，才勉强罢手。

当然，本不仅是在父亲闹事时打，就是不闹事，在自己赌博输钱心情不好时，如果遇到父亲言语不合也会打，就如同父亲当年毫无理由地打他一样。真是一报还一报。

不过本是一个有原则的人。因为父亲是他的，他可以打，别人却不能打。即使是有人在很多年前打过父亲，他也会念念不忘，想着打回来。启高是村里多少年前的支书。之所以他从那个混乱的年代做支书，这是和他以前的军功有着关系。他以前参加过解放战争，在战场上子弹不长眼睛，把他的眼睛打坏了一个。因此，村里人都叫他独眼。不过独眼是一个很有权威感的人，也没有人敢当面叫他，最多的只是背后偷偷地叫。

因为本的祖父曾经当过土匪，独眼曾经多次说，他当兵那年骑着大马回家探亲，不料本的祖父仗着自己以前在道上的恶名，喊着他的名字骂他，那时候他的一个眼睛已经瞎了，不过还没有转业复员，还带着手枪。独眼当场就拔出手枪，一只手把本的祖父按倒，独眼说："我那时就想一枪崩了他。他本来和我是平辈，最后吓得尿了裤子，直跟我喊爷爷，我才放了他。"

由于本的曾祖父、祖父做过土匪，土匪的儿子就是土匪羔子，土匪的孙子就是小土匪羔子。本记着在父亲被批斗的时候，是在西河边杨树林的沙滩上，围着里三层外三层的人。父亲脖子上挂着不知是谁家案板改造的木头牌子,压得父亲简直成为了一只要断的弓。如果父亲想移动身子轻松一下,独眼就在不远处,看到看管的民兵不动手,过来就给了本的父亲几个嘴巴子。

独眼大喊:"你这个土匪羔子,当着这么多人老实交代,你祖父、你爹到底杀过多少人?他们抢的金银财宝都藏到哪里去了?"

那是夏天最热的时候,本的父亲的脸上闪着不知是汗水还是泪水的光,声音好似被谁用手捂住了嘴,他哽咽着说:"我哪里知道我祖父、我爹杀了多少人啊?我又没有在跟前看着。我们家也没有金银财宝。你没见我家里都快断顿了。"

独眼又是一顿拳脚,这是一个不太容易激动的人,不过打人时间长了自己的情绪也会受到影响,他感觉自己眼睛也被汗水浸透了,还是坚持大喊:"土匪羔子不投降,就叫他灭亡。"于是众人在下面都跟着大喊起来:"打倒土匪羔子,再踏上一只脚,让他永远不得翻身。"

本就在会场外面看着,那时他已经十五六岁,越看越生气,大喊一声说:"独眼,你不是你娘养的,敢打我爹。"

因为人声鼎沸,声音太多太杂,本骂了一会,主席台上的村里的文书听见了,转脸对独眼耳语了几句,独眼才从主持会议的狂热中回过神来,就大喊一声:"都还看着干什么,给我把这个小土匪羔子抓过来。"

那一帮人像是水中的大鱼,推开人群向外跑来抓本。独眼安排一个大队长看着会场,也紧跟在后面。本撒腿沿着河边就跑。那时太阳正高照在头顶,但是,本感觉这是别人的太阳,是他的敌人。太阳在玉米地造成的热浪简直要把他挡住,本每跑一步就感觉是在推动一堵墙,玉米棵也好像是无数的粗糙大手在一起挽留自己。这个时候玉米正在拔穗,密密麻麻,树木一样地有了阻力。本惊慌失措地向前跑着,河边站着的几只鹅被惊得飞起,有的钻入了玉米地,有的飞到了河里。本那时年轻,跑起来也有力气,那群飞到玉米地里的鹅提醒了他。他飞快窜入玉米地里，越是密的地方越向着那里跑。本知道，看今天独眼这么生气的架势，抓着绝对轻饶不了他。他就这样跑啊跑啊，如同前方就是希望那样地跑，如同前方就是救星那样地跑。后来可能是因为天气太热，村里的民兵也知道本这家人不是善茬，追了一段时间没有抓到，就骂骂咧咧地回去了。不过自此本和独眼算是彻底成了仇人。

本几次偷偷地报复独眼。农村那时几乎家家种南瓜，当南瓜距离成熟还有一段时间时，已经长得有成熟后的一半那么大。他会趁着独眼不注意，用镰刀在南瓜上割开一个小方洞，把大便拉到里面，然后再用割开南瓜洞留下的小南瓜方块堵住。这种南瓜还会继续生长，直到最后成熟，被独眼摘到家里放在案板上切开后，结果污秽物臭气冲天，独眼这家人也猜出村里能干出这种事的只有本。但是，却没有证据，再说独眼后来也不掌权了，他只能在家里偷偷诅咒了不少天。

独眼不做村干部多少年后，本还是不解气，这也是他专门找了一个机会毒打独眼的原因。那时独眼不仅没有了做那么多年村干部的权势，而且年龄也很大了。不过他身板却很好，只是聋了，不知是真聋还是假聋。反正每次他看到本有意无意地骂他时，他照样面色不变，好像没有听见一样。如果他没有聋的话，这种心态绝对不是一般人能比的，这也是他能在这个村里干多年村干部的原因，也是他最终能够一直活到近百岁的原因。一般老人到这个年龄了，谁也不敢打，躲着还来不及，这已经是一只快要自己碎掉的瓷器了，稍微一碰可能就会土崩瓦解。但是，本还是找了一个理由，骑着这位当时快九十岁的独眼打了一顿。独眼是一个身材高大、肩宽背厚的人，本骑在他身上如同骑着一条巨大的鱼。但是，这条大鱼已经衰老不堪了，没有力气来抵御哪怕是最小的渔夫的进攻，何况是本呢。当然，由于独眼的年龄太大，本只是出口气而已，也没有往死里打他。后来乡派出所把本叫过去关了两天，这件事就算扯平了。

四

　　由于父母的爱在本小的时候没有把他烤热，因此，他缺乏把这种爱反照到父母身上的能力。他的父亲因为冬天喝醉酒后在外边摔倒，从而失去了行走的能力，整个寒冷的冬天就一直待在四面透风的石头房子里。那个时候本的母亲已经去世，父亲刚开始还能勉强爬着动手自己弄点吃的。后来实在爬不动了，却无论如何死不了。由于只是和本的家距离比较近，本的父亲连续好多天喊着让本给送吃的。本有时送点，有时不送。父亲气急了，就大骂本。本气急了，也大骂父亲。这场父子之间的战争还没有持续到那个冬天结束，本的父亲终于死了，村里乡邻和本的心里终于落下了一块大石头，都有种如释重负的感觉。

　　本的父亲由于那么长时间的煎熬，早已把当年健壮的身体熬干了。等到送去火化的车回到葬礼棚子时，则变得更小，一个小木头盒子就是他的容身之处。可以说，即使是本的父亲从本的奶奶身上生出来时，放在这个盒子里也放不下。当然，并不仅是本的父亲如此。从世上走了一遭，很少有人真正变得大一些，只是最后变得更小。当然，这也不是本去思考的事情了。他只是感觉比较有意思。在葬礼上，那么多年从来没有见过的亲戚都来了，如同赶集一样。不过这个特殊集市上的货物只有本的父亲的骨灰，因此，有些供不应求。

　　在这个地方，哭灵的时候众人需要念叨死者值得记住的美德。但是，本的父亲可能一生都是恶名，此时人们只有在内心里搜肠刮肚，才能找出他做过的一些好事。譬如说，某年本的父亲曾经为一个难产的母牛帮助过接生，还有人说父亲在那个大混乱的时代，虽然也有段时间在民兵连当过民兵，也没有真正打过多少人。有人补充说不是没有打过，而是打过了也不太疼。

　　可能是怕被本的父亲讹上，自从出嫁后就很少和父亲来往的几个女儿,这次都来了。才刚进灵堂就双腿一软号啕大哭起来,说:"我可怜的爹啊,仿佛以前从不知道爹可怜一样。还有的女儿哭得一口气没上来,双脚直挺晕了过去。不知道的人还以为父女感情有多么深厚,或者像是本的父亲给女儿们的童年留下多少美好的父爱回忆一样。本可以做证明,他们任何兄弟姐妹都没有获得过父亲什么父爱。多少年里,他们或者她们每天都可能需要面对着一头喝酒喝得醉醺醺的公牛,这头公牛稍有一点不如意,就会在家里横冲直撞,即使对着自己如同瓷器一样最脆弱的孩子也是这样。

本的堂叔也是一个霸道的人,这次来辞灵时也是哭得昏天黑地。本的堂叔以前没少和本的父亲打过死架。能够清楚地看到本的堂叔脸上的一道伤疤,这是本的父亲用铁铲砍的。本的父亲腿上的一段骨头还留有本的堂叔镰刀吻痕。不过这都没有关系了,骨头在人活的时候还有用,受伤时还会留下痕迹,死了火化以后连痕迹都没有了。火让一切痕迹归于无痕,让一切仇恨归于无恨。

在送葬过程中,人死了已经没有什么复杂的了,把死人送走的殡葬仪式却很复杂。在这个地方,需要孝子也就是死者的儿子把父亲的骨灰盒从火化车上背回灵堂的棚子。背的时候孝子一定要手拿着一根细长的树枝,柳树最好,如果没有柳树,松树也行。在背回骨灰盒的路上,孝子还要弯着腰,把骨灰盒放在背上。这让孝子的动作很是为难,既要用双手伸到背后防止骨灰盒掉下来,又要拿着细长的树枝。因此,往往就被迫把树枝暂时绑在腰上。走的时候就像是一只大虾绑着一把扫帚,样子很是尴尬。因为本不是父亲的大儿子,大儿子和本已经打过无数次架,从小打到老,一直把大哥打到外地安家。大哥是整个仪式的孝子,也是背骨灰盒的人,本看着大哥在前面狼狈行走的样子,莫名在心里有些高兴。高兴的话在父亲送葬的队伍中就显得有些异类,但是,本却不想考虑那么多,自己都异类那么多年了,也没有什么影响。何况周围的村邻对他的恶行都习惯了。如果不这样的话,大家反而会多了一些困惑,不知是本错了,还是其他人的眼睛坏了。

不过,这个地方无论是谁,都得承认本是一个心口一致的人。他不是一个虚伪的人。想什么就说什么,说什么就做什么。可能村里没有媳妇的男人都想对村里的一些女人发生一些什么。不过,别人只是想而已,只有本敢说,也敢亲身去做。因为本从事的盗窃职业来钱更快一些,因此,花钱在农村就更大方一些。同时,他又喜欢撩那些结过婚的老娘们。这个地方有一个奇怪的习惯,就是在村里的成年男人可以撩称呼嫂子的人,嫂子对着小叔子也可以异常放肆。当然,这些嫂子或者小叔子都不是直接亲属关系。这个村庄已经建村三百多年,在这么多年里,几乎所有的人或多或少或远或近都有着这样那样的关系,也就是按照村邻的关系称呼,叫作嫂子或者小叔子。对于本来说,本地的这种风俗无疑让他骚扰女人有了合乎风俗的借口。这种风俗就是这一带的潜规则。这不是法律,也没有写到纸上,却被这里的人们所普遍认可。即使他们也不知道为什么要认可。不仅男人认可,而且大部分女人对这一潜规则也接受。

俗话说:树怕三摇,女怕三撩,老辈人还有句话叫作"烈女怕缠郎",意思是女人最怕的就是不停地撩拨。由于本的粗俗的撩拨,最初也确实有丈夫在外打工的女人和本勾搭过。这是一个卖油家的女儿,丈夫是换亲结的婚,夫妻两个感情一般,这就让本这种人有机可乘。换亲也是这个地方的特有风俗。就是那时候家里穷的人家,同时,家里的儿子长相等条件也不好,如果这家有女儿的话,女儿就需要为哥弟的传宗接代做出牺牲,经人介绍,可以嫁给另外一个也是这种条件人家的儿子,对方的女儿嫁给自己的哥弟。由于这家本来家庭条件就不好,加上是换亲影响了夫妻的感情,在老公外出打工时,本看出破绽,经常借机对这个女人上下其手。

　　由于这个卖油家的女儿的老公在外面打工挣钱有限，这个女人就在村里找些零活，赚些零花钱补贴家用。这个村子有个大脑活泛的人会做一种生意，就是到附近的城市收购一些建筑工地施工后用过的铁条。这种铁条往往都是弯曲得像个麻花，如果重新利用，当时需要人工把这些铁条弄直。在夏天，那个女人就找个马扎坐在一棵大柿树下用锤子、钳子直着铁条。天气燥热难耐，蝉叫得让人心乱作一团，本的心里也像是起了火一样，他也找了个板凳坐在那女人的身边，有一搭没一搭地陪着女人聊天。旁边一个年龄更大的老妇女时不时地偷偷向着这边看几眼。

　　本问："直铁条累不累啊？"

　　女人说："累又咋办呢？家里没钱，不像你那样命好。"

　　本讪讪地笑着说："我也没有多少钱，现在钱多了也不好，不好存放。"他说着把钱包拿出来，鼓鼓的一包让钱包没有了原来的形状。

　　女人眼里好像要流出水来，也嘎嘎地笑着说："没有地方放钱我可以给你存着。"

　　本挨得女人更近了，他知道女人动了心思，就调笑说："你老公整天不在家，你想放，你老公同不同意？"

　　女人也不是善茬，对着本骂着："这关你屁事，和你有什么关系，我守得住。"本连忙嘿嘿地笑着说："是，是，这和我没有关系，和你有关系。"

　　就是这样，一来二去，虽然本长相不咋样，但是，钱包里的钱让他凭空好看了几分。再说本也会撩那女人，结果把对方的春心撩动，慢慢就勾搭上了。

　　在农村，好事不出门，坏事传万里。本和二流老婆相好这件事情都是自带翅膀的，几天内就传遍了整个村子，在茶余饭后成为很解压的笑料。这让村里繁重的农活也感觉轻松了几分。

本原来以为白白赏了一顶绿帽子给那个女人的老公，但是，女人的老公也并不是农村那种逆来顺受的人。特别是本有一个不好的习惯，就是不仅去做，做了还要说，时间长了，让那女人的老公积压的怒火越来越旺，打工也打不下去了，就从外地连夜赶回家，气得要死，先把妻子痛打一顿，却还是愤怒难消。

那个女人的老公的名字叫作二流，看这个名字也不是一个好惹的主。其实二流管本叫表弟，二人曾经是赌博场上的朋友，也经常一起吃吃喝喝，互相开荤的素的玩笑，都属于村里不着调的那种人。

二流打完老婆，就怒气冲冲地去找本，他开始也没有想到本会把他怎么样。其实，他们这种赌博场上、酒桌上的友谊本来也一文不值，无论多少年的交情都没有用。因为人和人之间可以有友谊，但是，和畜生就不容易有友谊，因为畜生可能有一段时间对你很好，但是，却没有稳定性，说翻脸就翻脸。

二流和本在交涉时，心里想着本如果能服一下软，说几句软话就过去了。没有想到二人都是在村子里占上风头的，都是喝露水喝高枝头上的，就越吵越厉害。在同一个村里多少年，本也知道真打起来可能不是二流的对手，看着孟仲仁的继父在不远处正摆摊卖着猪肉，说时迟那时快，本一个箭步跳到孟仲仁的继父猪肉摊前，把那把明晃晃的剔骨尖刀抓在手里，嘴里骂骂咧咧就给二流小腿肚子送进去了。

本这一刀扎得二流不轻，放在现在公安就会直接立案抓人，但是，在那个年代，这种事情只要受害方不举报，两家和好公安也不会去管。由于本这一刀把二流扎怕了。本也愿意赔钱治疗，对于此事二流也没有报警，就两方和解解决了。不过此事之后，村里的人以前内心只是因为本是土匪的后代，偷鸡摸狗惹是生非而忌惮他，这件事之后，村里的大多数人都真正从内心怕了他，心想这土匪羔子果然是心狠手辣。当然，在农村，庄户人都是本分过日子的，谁也犯不上和这种人闹什么矛盾。这件事之后，即使本没有获得什么，甚至还搭上了医药费，但是，却获得了一种无形的权力，那就是让人恐惧的权力，而这种让人恐惧的权力也是可以变现的，也是有利益附加在上面的。

其实，权力并不只是政治权力或者司法权力，还包括很多种形式。多年以后，当同学的女儿咨询孟仲仁时，问像是她们这样一般的家庭到底学什么专业最好，同学女儿的意思是想学一个以后有技术、有权威的专业。孟仲仁也热情地给她进行了分析。并且，孟仲仁内心也有些感叹，现在的孩子进化得真快，比他报考大学时想法多了不少。当年孟仲仁感觉自己大学报志愿都是盲报，什么都不懂。他认为，上天安排了你到一个地方，自然有他的道理。

现在的孩子不像是以前，虽然未经社会，但是，很多社会门道也懂得很多。朋友女儿的意思是一般家庭出身，即使能进国家机关，由于没有背景，也不会有多大的前途。并且说这不是她一个人的观点，她的几个家庭一般的同学都是这么认为。孟仲仁说："你们认识得也对，一般家庭学生进入体制内，其仕途确实和有家庭背景的学生相比竞争难度更大。但是，权力并不只是政治权力或者司法权力，你们可以学习知识，譬如说学医这种技术性知识，无论是多大的领导，如果用到你们的时候，就会听你们的，你们的医学知识也就会转化为权力。"同学的女儿说："叔叔不愧是作家，经多见广，这种思路比他们老师那种假大空强多了，一听就是没有经历过社会的历练。"孟仲仁心里暗叹，看来从学校里出来这步是走对了，现在的学生都比老师更像是老师了。

对于权力的这种变体特征，无赖本是无师自通，比别人更加深刻地领悟到农村权力的性质，并且对之加以利用。本用的是恶名权力。在农村，像他那种样子没有人真的愿意从政治上发展他，即使他的家族长辈做村主任时，封了本一个民兵排的副排长，但是，他也知道只是利用自己而已，也不放在心上，三天打鱼、两天晒网地也没怎么干活。但是，他却善于利用自己的恶名形成的威慑力，如果谁要挑战了他的这种威慑力，这等于要了他的命，他就会对对方毫不留情，从而形成更大的恶名权力。否则，他的这种恶名形成的权力就会轰然倒塌。

现在的社会总是有人会逻辑混乱。对好人无比挑剔，对坏人或者无赖却相对宽容。这些人往往会透过显微镜看好人，吹毛求疵，一定让好人无处遁形。这些人总是用圣人的标准要求好人，但是，却忘记了如果好人成了圣人，那么圣人就不存在了。对于本而言，村里对他还比较宽容。村民对本的印象并不全是恶名。相比较本的父亲而言，本不会酗酒闹事，在他父亲闹事时，本也会制止父亲。因此，村里众人都认为本还算不错。

第六章

他是一个作家

一

　　孟仲仁感觉越来越难以在这个中学继续教下去了。每年的学生不同，课程却一样，如同磨盘一样周而复始地压着他。每年几乎相同的事情，每年都固定地到来，将他的心里的利刃磨钝。他每年不仅备同样的课，讲同样的课程，重复以前多次重复的内容，说同样的话，甚至讲的笑话也是重复的。孟仲仁知道课堂里未经历过多少世面的学生会笑，在气氛的烘托下，孟仲仁的脸也会不由自主地陪笑一下。但是，他的心里是麻木的，特别是感觉到在中学教师这个职业越来越失去职业尊严后更是如此。

　　对于孟仲仁的这种心情，和他整天住的见不到多少阳光的狭小院落多少有些关系。在这个中学，住在里面的老师也都是外貌不同实质相同的人。包括校长都是住同样的两间小小的房屋，半包围着同样的小小的院落，有同样的一个小小的厨房。所有的老师连个自家的厕所也没有，在操场远处的西南角落里，有男女教师的公共厕所。当然，老师和学生不共用厕所,算是这个中学的老师很少的不同于学生的特权,也给老师留了一点小的颜面。几乎所有的中学老师,每天都从狭窄的门洞里出来,如同从一只只蜂巢爬出来的蜜蜂一样,每天到教室里嗡嗡地采蜜,却越来越不知道采蜜的目的是什么。

虽然孟仲仁在这个中学有几个要好的同事,但是,在单位里工作过的人都知道,再好的同事也是同事,同事不可能和你交心。他们可能只是为了互相取暖而已。当然,这个中学里淳朴的老师还是占有一定数量的,不过他们安于这种现状,只是将自己关在小院里,驴子一样围着生活之磨打转。除此以外,就是到乡里逢集那天出去买点蔬菜或者食品。然而,即使和这些老师交心,也没有什么作用,他们是最任劳任怨的一群工蜂,甚至连抱怨都不会。而结交朋友主要的目的之一就是可以在必要时互相分享一下怨气,否则,交朋友的意义在哪里呢?

孟仲仁的内心有一种声音在高喊:一定要离开这个中学,要不他不是会变得麻木,就会变得精神异常。自此他内心确定了目标,所有的感官或者思维都会向着这个目标进行调整。孟仲仁记得自己一个学生的爸爸是乡里的干部,并且这个乡干部比较热情,也有些门路。同时,乡干部以前因为孩子的关系,可能认为孩子是老师手中的人质,老师还有些作用,就和孟仲仁慢慢熟悉了。因此,孟仲仁就带着一些简单的礼物去找乡干部探探风声。

由于这位乡干部不是本地人,他喜欢带着炫耀的口气提到他背后有哪些强大的势力,这也算是一种无形威慑吧。这里的潜台词是:你们都不要惹我,我也不是好惹的。虽然以前听说过,从乡干部那里,孟仲仁更加了解了这个县里大多数人都知道的神通广大的你大爷。

当然,在这个县里,六十岁或者七十岁以上的大爷很多,但是,乡干部提到的这个你大爷无疑具有另外的含义。如同黄埔军校毕业的学生提到蒋先生都知道是谁一样。姓蒋的很多,称呼蒋先生的也不少,但是，却不是那个特定意义上的蒋先生。

乡干部说：兄弟，虽然我不是这个乡的人，最初只是一个普通的干事，为什么能到你们这个乡做干部，这都是我仁爹你大爷帮的忙。不仅是我，这个县里的大事小事，只要不是特别离谱，你大爷都能给搞定。

孟仲仁问："你大爷怎么有这么大的势力？"

乡干部有点不敢相信地问："你不知道你大爷是谁？我把兄弟的爹啊。我把兄弟你应该知道是谁吧？在这个县的东半部有名的倪红灯。"

孟仲仁问："那为什么叫你大爷呢？"

乡干部笑了，顿了顿说："这也是一个有些典故的名字。本来你大爷真名叫作倪刚。等到年龄大了，十几年前才把你大爷这个名字叫响的。因为他年轻的时候在当地很有势力，儿子倪红灯也是大名鼎鼎。按照我们这个地方的习惯，特别是对不太熟悉的老人都习惯称呼大爷。我仁爹为人豪气，什么事情都能解决。大家都认为'你大爷就是你大爷'，加上他姓倪，这个外号就算是彻底叫开了。"

孟仲仁有时听周围的人闲聊时说过你大爷这个名字。在那些人眼中，这个你大爷就是这个县的山大王，有钱有势，黑白两道通吃。

有懂行的人说："你大爷多少年前就是我们县一跺脚整个县都颤上三颤的人物，人家儿子也厉害，你们见过倪红灯没有。看他的那个脖子，牛头梗的脖子一样粗，他拳击特别厉害，有这种脖子的人天生就是练拳击的料子。"

乡干部接着说："你大爷年轻的时候在我们县就赫赫有名，多少年都是我们县的风云人物。当然，这种人来钱快，多少都会和道上的人有来往。我们县严打多少次了，他哪次出过事？还是人家会来事。后来我的把兄弟倪红灯比他爹还厉害。你以前到县城会经过他家的大院子，那个年代谁家能住三层楼。他家不仅住三层楼，楼顶还专门有手下的拿着枪站岗。当然，现在社会治安好了，打击力度大了，人家就摇身一变,成了社会贤达人士,这才叫聪明人。你大爷是厉害,但是,三十年前看父敬子,三十年后看子敬父,社会上给你大爷面子,当然也是给倪红灯面子。"

听到乡干部说你大爷这么厉害,即使孟仲仁对这种社会人内心有种不舒服的感觉,但是,他以前也接触过这种人,这种人往往讲义气,说话办事敞亮,如果能够答应帮忙,要比走正规的官方程序有效得多。于是孟仲仁把内心的想法对乡干部说了一下,反正是死马当成活马医。

乡干部问:"你不想做中学老师了? 我感觉做中学老师工作稳定,有寒暑假,工资虽然不高,还算凑合。这份工作还行啊。不过话说回来,像是你这么有才华的人,困在这个地方也是浪费了。你现在心里有没有个谱,想做什么工作?"

孟仲仁对此已经想了很久,就回答说:"我也没有其他本事,也不像你那样能够在体制内纵横捭阖,吃得开,我也就是能写写画画,能不能让我调到文化部门,比如说县文联、作协之类的单位。"

乡干部也感觉话说到这里了,话也说满了,不好再收回去。孟仲仁又赶紧到附近的商店买了两条本地干部最流行抽的烟,看在烟的面子上,乡干部也就答应下来。同时,叮嘱孟仲仁一定要按照自己说的办。他说你大爷最喜欢狗,就买几十斤牛肉给他喂狗。同时,你也不要太在意钱,人家真不缺钱,主要是看你的心意。当然,要不是我带着你去,你连大门都进不了。

你大爷的家紧挨着大路,不像是一座私人宅院,倒像是一座小型的公园。门前立着一对巨大的石狮子,在人来车往的大道旁很是醒目。不过,即使大门是敞开的,正对着大门是一道影壁墙,把好奇的视线挡在外边。再向里面走,需要走上几分钟的路,进门左边是一座小型的假山,假山下是一盆盆的桂花。虽然孟仲仁不懂桂花,但是,看这么大的棵,以当时的市场行情,也绝对价值不菲。此时,乡干部说这些桂花都是把兄弟倪红灯的,他就是好这一口。再往前走,可以看见几棵巨大的石榴树,下面几个铁笼子里养着几头巨大的藏獒,在那里龇牙咧嘴低吼。看到有人过来,几只没有拴上的德国黑背很具威慑力地围了上来,孟仲仁正在惊慌的时候,看见一个喝茶的老人在远处大声地吆喝住狗,狗这才稍微消停了一点。

在前面凉亭里喝茶的就是你大爷。即使你大爷相传在本县很有威名,长得却并不凶,相反,可能是上了年龄的原因,看上去竟有些慈祥,还经常露出笑眯眯的神情,声音也像老太太。但是,当你大爷抬起两道浓密的狮子眉毛时,隐约可以看见一种强势的神态。此时中午的阳光正盛,阳光在他的光头上镀上了一层白色的光,在这片地方让他的脑袋成为最为闪光之物。之所以乡干部喊着孟仲仁正午来,因为这个地方看望老人都会选择这个时间点,而不是选择下午或者晚上,这是一种迷信,也是对老人的尊重,而你大爷又特别讲究这个。在这个县的风俗中,如果拜了把兄弟,在一定意义上就如同对方父母的干儿一样。因此,乡干部很熟络地对你大爷喊了一声:"仁爹,你现在是越过越年轻了。"

你大爷哈哈大笑:"年轻的时候过去咯,都是你们经常来看我,我心里舒服,心情好倒是真的。"

孟仲仁连忙给你大爷打招呼,进到屋里,除了递上礼物以外,还专门拿了一本书。这本书其实也不是他一人写的,只是本县的孟氏本家叙家谱,凡是本家的文化人都可以写几篇文章放进去,出版经费由有钱的族人捐献。你大爷虽然没有多少文化,却对这本出版的家谱很有兴趣,又看了看里面孟仲仁的名字,感觉更是不一样了,对孟仲仁说:"好,好,有文化就是不一样,我们家族现在也正在修家谱,钱全部是我捐的,到时候我在家谱中的文章你帮我写就好了。"

乡干部看着你大爷高兴,就趁着热乎劲把孟仲仁的来意说了出来,你大爷又扬了一下狮子眉问："你说的文联是什么单位？你说谁管这个单位吧。"乡干部显然对本县体制内的负责人摸得很熟，就说了一个文化干部的名字。你大爷说："那好说，你替我打个电话，就说是我要请他吃饭，你对他说，他现在的什么事情都不重要，马上就过来。"在乡干部打完电话后，本县地面不大，文化干部在十分钟不到就开车到了你大爷家里。

你大爷见了以后也不客气，顺手指了一下靠近门口的一把檀木椅子让他坐下，然后指着孟仲仁说："我这个小老弟可是本县的一个人才，想到一个叫文联的单位上班，听说你负责这块，你就费心给安排一下吧。"

管文化的这个领导是一个长得敦实稳重的人，他也知道不能得罪你大爷这种本地的大人物，就笑着说："您说这个事情，在我们县进文联的话，需要有作品。"

你大爷忽然想起孟仲仁带来的书，连忙指着孟仲仁说："你把自己写的书拿出来给他看看。"

孟仲仁把刚才送给你大爷的书递给了管文化的领导，他接过去看了一眼，心里想这小子挺会找门路的。不过他也没有迟疑，拍胸脯答应说："这个事情我有数了，不过还得走程序，我回去马上让办公室主任去组织部门协调。"

你大爷一看事情妥了，也是高兴，就转身告诉乡干部："正好大家都在，给你红灯哥打电话，让他回家，喊着他在县里、乡镇上工作的那些把兄弟，杀几只羊，说今天我请大家吃饭。"乡干部答应着打完电话后，得意地悄悄对孟仲仁说："兄弟，没有想到你大爷对你刮目相看，这就是把你认作自己人了，以后在县里这就是通行证，无论办什么事情都好办多了。"

二

孟仲仁是本市作协的会员。可以说，参加这个协会，虽然可以认识一些文化界的朋友，却也能增加一些烦恼。因为文人是世界上最复杂的一种动物，他们大部分都是有骨头的，但是，善于编造是文人的职业，他们有的可以把虚假的写得比真实的还真，让真实见了以后都认为自己是赝品。有的文人还有一身傲骨，一席话不合，即使是多少年的好友，也能马上翻脸。无论以前多么深厚的交情，可以因为几句话从此视作路人，甚至还不如路人，严重的还可能会反目成仇。有时孟仲仁真的想把一些文人朋友的大脑打开，仔细研究一下，看看大脑中有什么奇奇怪怪的东西。不过恐怕是科学家也研究不出到底控制文人大脑的是什么。

当然，一些文人也并没有那么清高。本市一位退休干部到了作协负责，属于发挥余热类型的。但是，有的作协会员就把这种余热当作可以依靠的热量，也不知什么时候认的老干部为老师，无论老干部写什么东西，都会在公开的场所大加赞扬。这种赞扬不能说完全是虚假，也能够在赞扬的语言或者文字中感受到赞扬的热情。这种热情不仅能从字里行间看得出来，从赞扬者的炽热的崇拜眼神中也能看出来。作协一位笔名叫作南天的业余作家就是如此。后来，孟仲仁也想过，并不是南天吹捧退休老领导，而是发自内心地崇拜。因为南天也写古诗词，对外还开了一个培训班。但是，如果真正懂行的人看到南天写的古诗词，那真是标准的老干体，也就是老干部喜欢写的一些慷慨激昂的诗词。南天和作协那位老领导都喜欢写一些斗志昂扬的诗，你可以说他确实写了一些什么，但是，如果仔细一看，却什么也都没有写。如同热的白开水一样，有些烫嘴，却没有什么味道。

孟仲仁都有些担心那些去南天办的古诗词培训班学习的人了。老师都这个样子,很难想象会把学生教成什么样子。不过毕竟现在懂得欣赏古诗词的人少了,会写的更少,他还是能糊弄一部分人。再说,南天在格律平仄方面也没有大的错误,这也是他经常自我夸耀的地方。何况南天在个人介绍上说自己是市作协作家,还不知从哪里弄了一个李白杜甫研究会的高级研究员的称号,外行谁也不知道他的水到底有多深。不过不知李白杜甫在九泉之下是否能够平息自己的遗憾或者愤怒。

孟仲仁的父母都是没有什么文化的人。父母几乎没有教过他一个字,他就这么如同流水中滚动的鹅卵石一样被学校的学习推着走,最后考上了大学。但是,孟仲仁还能写一些还算不错的古诗词。这一点周围认识或者不认识的朋友都感到惊异。因为他们看到了孟仲仁的古文功底,都认为他出身于一个书香门第。有人还传说孟仲仁祖上就是清朝的一个进士,是当地的名门望族,只是后来家族败落了。

其实,这些人可能有些夸大了。确实在距离孟仲仁老家一个很近的地方,他的同姓先祖据说是有清朝的功名,现在还可以看到这个同姓先祖老宅里的巨大的牌坊。在孟仲仁小的时候某一天下午经过那里时,踏着巨大的已经磨得光滑的石板路,头顶上天空中的乌鸦一阵鼓噪飞过,虽然孟仲仁当时年龄不大,但是,还是能够感到一阵苍凉和一种文化沉淀氛围在里面。然而,虽然都是同姓,家也离得很近,那里的同姓先祖和自己的先祖到底有多近的血缘关系,即使自己村里的同姓老人竭力说是一个祖先,其实也是无法考证了。

俗话说,文人相轻,即使在小的圈子里,文人也惯于如此。本来孟仲仁只是和南天见过一两次面,稍微有些印象。这人整天喜欢戴着口罩,好像是故意掩藏在树枝后面的一种动物。他长得细高身材。特别是南天的脸,孟仲仁的印象更为深刻。这是一张长形的脸,整个脸上,有三分是怀才不遇,有三分是狡诈,有四分是忧郁。即使这个人经常戴着口罩示人，只是露出一个额头，也能看出他对整个社会的不满。在他时而无奈时而亢奋的眼睛中，总是有让整个世界对他表示负疚的渴求。但是，即使他爸都不会这么认为，更认为这个儿子中了邪，搞什么不务正业的文学。

孟仲仁和南天没有私人矛盾，唯一的矛盾就是两个人都写古诗词，并且还都是在一个相对狭小的文学区域写古诗词。然而，两个几乎是陌生人的小文人却因为一首古诗词发生了笔墨官司。有时候，孟仲仁也会感叹，人的最大的毛病之一就是自命不凡。这可能是人类灾难的来源之一。特别是文人更是如此。除非是一个派别的，文人历来都是互相轻视的，这就是所谓的文人相轻。对于文人而言，你说东，他就可能说西。你说西时，他又会说东。反正是不能观点一致。否则，怎么有话要说，怎么有东西要写。

孟仲仁曾经写过一首古诗词，市里很多文化圈的朋友都交口称赞，但是，这恰恰引起了南天的莫名愤怒。对于这首古诗词，南天认为不行，因为他自己就不是这个风格。于是，南天专门写了一篇抨击文章，把孟仲仁那首古诗词掐头去尾，极尽歪曲，还专门发表到本地大家关注度很高的网络论坛上。这位南天先生虽然自认怀才不遇，却也掌握了流量密码，因为只有这样才能获得更多的关注。

孟仲仁估计南天是在嫉妒自己，因为在一个区域不大的文化圈子里，往往是有你无我的情况。就这么一点大的文化市场，孟仲仁后来居上，写的古诗词被不少人夸赞。这无形中是抢了南天的风头，甚至是打了南天一巴掌。至少南天自己是这么认为的。因此，他专门撰文抨击讽刺孟仲仁的诗词。不过他这种抨击根本没有什么章法，就是为了抨击而抨击。本地也有懂行的，在孟仲仁面前说："你不要理会南天，他就是嫉妒，整个写老干体的，见不得别人写得好。"但是，还是不懂古诗词的多，还有故意看孟仲仁热闹的，在那里风言风语，添油加醋。因此，孟仲仁一段时间很是郁闷。没有想到写了一首古诗词，本来还有些自得之意，却惹了一身骚。

　　没有办法，孟仲仁专门写了一篇文章反驳南天。文章是写完了。但是，却不如南天发表到本地网络论坛上的歪曲文章影响大。孟仲仁让南天在网络上撤下，但是，他拒绝撤稿。没有办法，孟仲仁投诉到平台管理方，管理方的回复是："老师，您写的是很优秀，但是，南天有言论发表自由，他的文章并没有达到我们平台删稿的程度。如果您认为他构成了侮辱诽谤，可以起诉。"

　　孟仲仁就此咨询了一位一脸忠厚的男律师，准备起诉南天。这个律师倒是一个实在人，他说："因为我们县里比较落后，别说自己，就是这个县里的老律师，也很少有人接过这种类型的案子。"让孟仲仁等一下，他先咨询一下大城市里的律师朋友，看这种案件能不能打赢。过了几天律师打电话过来说："问了大城市里专门打这方面官司的律师，说南天文章的这种侮辱程度很难构成侮辱诽谤罪，甚至连侵权都达不到。以前那位大城市的律师也代理过此类案件，后来被法院判了败诉。"就这样，那位男律师也劝孟仲仁，这种案件在本地很可能打不赢官司。如果硬打官司的话，输了更是影响不好，反而是自取其辱。

　　没有办法，孟仲仁只能将怒气压下去。南天知道后更是得意非凡，到处说孟仲仁打官司也赢不了的事情，好似官司真打了似的。其他一些人也跟着附和，说孟仲仁还是一个文人，写古诗词不好暂且不论，气度还很狭窄。孟仲仁更是郁闷无比。

　　这个南天自此就如同阴魂一样，经常纠缠着孟仲仁。孟仲仁不想得罪他，也不想得罪任何人。但是，这个失意的小文人南天就没完没了，或者可能是将失意的郁闷之火发泄到他的头上。当然，这也是孟仲仁自己社会经验不足，缺乏中庸的为人处世风格。他在没有盔甲保护的情况下，却喜欢光着身子在别人的刀刃前跳舞，不攻击他攻击谁。

三

当然,这个地方的文人也并不都是像南天这个样子。本市一个大学的系主任就具有孟仲仁认为的那种文人气质。这位系主任本来是来自南方的一个大城市,是作为知识青年下放到本市来的,后来在市里的一座本地大学的文学系任教几十年。可以说,孟仲仁感觉南方人内心更实在,而本市的人在外表上更实在。因此,他和这位系主任相处得还不错。

当然,之所以认识系主任,也是县里的一位宣传干事介绍的。宣传干事说这个系主任在那场跨度十年的动荡中,曾经有一段时间到本县来蹲点。当时县里的人没有见过真正的作家,就对他就有了更高的善意和敬意,在生活上也不免多照顾一些。因此,他就对本县的人有更多的好感。系主任在位时,对本县考到文学系的学生就照顾颇多,县里有认识的人托他招收个学生,他也尽量帮忙。本来系主任已经退休,但是,在这里已经生活了那么多年,家也安在这个市里,如同南方移植来的植物,他在适应了本地的水土和气候,去南方反而成了异乡人,因此,也就打算在本地扎根终老了。

系主任有着老一辈文化人那种特有的认真性格。他们在系主任住宅不远处的一家茶馆喝茶时,孟仲仁把自己准备出版的一本小说拿给这位前辈看看,让他给出个主意,怎么才能够出版。系主任一只手拿着茶杯盖,一只手端着茶杯,唏嘘着茶水,想了半晌说:"我认为你是你们县这些年少见的有文学天赋的人,我都这把年纪了,也用不着吹捧你。"

孟仲仁连忙表示感谢:"这是您抬举我了。我写的这本小说,主要是以几个家族为背景的历史性小说。这些家族有官宦家庭,有书香门第,也有世代为农者,基本上也就是以他们之间发生的故事,记录我们县民国以来发生的一些大的历史事件。"

系主任说:"你这个创意是好,但是,目前搞文学的年代已经过去了。不是你的错,而是你错过了搞文学的好年代。这一辈的几个大作家没了后,一眼向后看去很多很多年都是一片文学荒漠。现在是网文时代了,到处可见速成的泡面,这不是一个方面的因素造成的。文学最需要的魂丢了。大家都去忙着搬砖了。有的忙着搬金砖,有的忙着搬土砖。现在就是有过人的文学才华也起不来了。千里马怪伯乐,伯乐怪草料,草料怪土壤,土壤怪气候。好像都有责任,好像也都没有责任。

"无论什么事物都有命,这就是文学的命。现在别说是你,就是我出一本书也是很困难了。现在出书的那些人,基本上都是大家耳熟能详的大佬。这些人写作的套路精了,不管写得质量高不高,但是,名气在那里,有名气就有人看。其他的作家别说写得不好,就是写得好,也很难出版。"

系主任看着孟仲仁一脸热忱,这种热忱是自己年轻时经常流露的,他仿佛在孟仲仁身上看到了年轻的自己,就若有所思地笑了一下说:"这样吧。我有个省城的朋友,姓韩,他现在自己搞网络公司,很有些社会活动能力。过几天他到我们这里来,我给你引荐一下。"

省城来的人年龄并不太大,也就是四五十岁的样子,身材瘦而精干。可能到了小地方,言语不由自主地高调起来。他在烟盒里面拿出一根烟,这是孟仲仁在吃饭前专门买了两盒放在饭桌上的。孟仲仁连忙笨拙地用打火机给点着。这些动作都是他到文联以后慢慢琢磨着学的。小时候在家里时,别看从小比较贫穷,他还真没有学会低三下四地伺候别人。但是,现在是没有办法,形势比人强。

省城来人深深地抽了一口烟,鼻子里两条小蛇蜿蜒升到他的头顶,再上升到饭店的屋顶。此时阳光已经失去了最强盛的光辉,从房屋山墙上的一个窗户上照射进来,感觉无奈又无力。省城来人有些深奥地说:"一个人在没有去那个地方之前,不知能到哪里去。这说明,即使一个人死亡是确定的。但是，在没有死亡之前，你不知能遇到什么。你现在活得活蹦乱跳，可能明天就发生了什么事故。我不是诅咒你啊。我本人也是如此。你看到省城的大名鼎鼎的某位银行领导的消息了吗？听说老家也是你们这里的，前段时间我们还在一起吃过饭，他前呼后拥的都是一些坐拥上亿资产的老板。但是，他说落马就是一声，现在什么也不是，估计下半生要在监狱里过日子了。我说那么多的意思是，你出书不用完全考虑钱，出书是一种荣誉。出书后你就被记住了，可能传世到千秋万代，不出书你就啥也不是。你看见那些历代的富豪，即使富可敌国，他们的钱有记号吗？他们留下名字了吗？但是，写书的人名字很多都流传下来了。"

孟仲仁感觉省城来的人到底不一样，他说："韩老师你说的也对。不过现在出书实在太难了，你能不能帮个忙，我一定会好好感谢。"

这位韩老师呵呵一笑说："好说，好说，这样吧，要不我帮你在香港出版吧。香港出版容易弄些。"

孟仲仁大喜过望，连忙千恩万谢地说："韩老师果然是及时雨，大恩不言谢，我心里有数。我最近把书稿好好整理一下发给您。您就是这本书的恩人，也是我的恩人。"

系主任在那里欲言又止，看着孟仲仁一脸热情的样子，不易察觉地叹了口气说："那就感谢韩老师给了我一个面子，出就出了吧，出书的最大价值是让书能够流传下去。如果内容写得好，香港书号也可以流传。司马迁写《史记》那个年代，书都是刻在竹简上，也没有书号，不照样流传下来了吗？小孟的这本书出了也算是了了一桩心愿。"

四

即使表面上装得如何欢快，孟仲仁感觉自己也就是在社会的潮流中竭力与众人保持一致而已。在春天，他和老板娘也会一起到处游玩。

他不喜欢那些人多烦扰的地方。这和老板娘正好相反。但是,什么事情都是一个习惯。看到孟仲仁每次都愿意去山区,再说山中的空气也好,老板娘也就慢慢有些喜欢了。或许这也和她对待面前的这个人一样,刚开始她认为这个头发乱糟糟的人有些好笑。这是她的第一印象。当然,好笑也比没有任何感觉要好。好笑也是一种感觉。后来时间长了,也就习惯了这个有些奇怪的男人,并且好像也产生了感情。女人对男人的感情也是一种习惯。

孟仲仁在和老板娘一起到山区乡下玩的时候,乡下有未婚或者没有老婆的男人往往会带着羡慕的眼光看着他,或者不是羡慕,而是在内心咒骂他:"老天不长眼,我哪里比他差了,就这么个玩意,竟然找到这么好的一个女人。"

但是,孟仲仁实际上并不开心。不知是在几岁的时候,他的内心就被种上了叹息的种子,如同在苗疆中了蛊一样,无法消除。有时他去农村人少的地方,会不由自主地让叹息跑出来。旁边的几个小朋友正在玩着泥巴,即使再小的女孩也比男孩敏感,一位扎着冲天羊角辫的小女孩感受到了他的叹息的沉重滋味,不由自主地抬头看他,像是不满这个怪叔叔的叹息冲淡了她的快乐。

当然,如果和倪红灯他们在一起时,孟仲仁也会把叹息暂时竭力用肺部锁住。而叹息往往会冲几道门,直到喉咙时才被勉强关住。因此,等到人都散去之后,他的叹息往往会在布满尘土的土路上砸出一个坑。

孟仲仁认为自己和老板娘认识好像是在报复她,但是,这也是没有办法的事情。或许这就是上天降下的宿命吧。有的时候,开心可以分担,叹息不能分担,但是,孟仲仁感觉是在陷害老板娘,他让老板娘在不注意的时候受到叹息的污染。

进入县文联的第二年的春天,在第一片梨花盛开的时候,孟仲仁带着老板娘又到了那个以梨花著称的临县景区。北方的春天比南方要晚到。即使是时令中的春天,此时,山坳和原野之处,还是到处覆盖着黄土,有不知名的小草从土里伸出小小的手指一样的苗。雪融化的地方一片潮湿,毕竟有了春天到来的迹象。村庄里的人们好像是从冬天的大梦中醒来,开始精神起来。即使是老人也没有闲着,推动着碾子在那里碾压着谷物。远远望去,村民们也开始忙碌起来,有人推着独轮车奋力地向山上送粪。

在他们经常去的那个景点。由于来得多了,虽然不是一个县,但是,这里却让孟仲仁有了亲近的感觉。难道这也和男女的感情一样,和景物也会因熟生情?

老板娘还在那里忙着到处拍照,或者奔跑一阵。虽然她长大的地方是个农业大县,但是,她自小却没有真正地接触到农业。等长大后,又去了一个繁华的滨海城市,接触的都是花花绿绿的世界。因此,在内心中,她至少对这种新鲜的环境并不排斥。

自从和倪红灯他们联系在一起,确实孟仲仁的生活环境有了一些变化,至少说是人际关系有了变化。如同一辆老车平时跑起来到处吱嘎作响,自从有了倪红灯的关系后,这辆老车的关键部位就像是被涂上了润滑油。同样的一辆车,却开出了不一样的速度。这从周围人的眼光就可以看出来。

可能是童年和少年的遭遇,孟仲仁总是对那些悲凉之美有着莫名的感触。这点甚至在他做中学老师时,那位对他有着喜爱之情的女生都知道。可以说,女人总是敏感的,特别是对她们喜欢的人更是敏感。这种敏感是女人的本能。因为那位女生和他一起拍照时,就会特别去找一些有悲凉之美的地方。譬如,落日时那种落叶遍地的树下,树上孤独地站着一只乌鸦。当然,也可以是树上站着仅存的几片树叶。那时太阳会变得昏黄,周围都被罩在一片巨大的荒凉之中。

孟仲仁也不愿想那么多了。虽然他现在感觉自己变得越来越像是倪红灯那伙人了,他内心也对倪红灯和他父亲有着某种感激。他既有些渴望融入那种生活,因为他从小都是在一种弱者的姿态中长大的,内心莫名需要从外部获得一种安全的感觉。同时,他又对这种生活有着莫名的抵触。

他叹了口气,他感觉生活就是苦修,命运就是绳索,即使绳索收得越来越紧,但是,对于他这种没有多少抵抗之力的人而言,又能怎么做呢。

他站在一棵巨大的梨树下陷入了沉思。这棵树能够长这么大,在这贫瘠的山岭之上,不知经历了多少的风霜雪雨,有虫害的威胁,有山火的威胁,还有试图砍伐这棵树的人的觊觎,能长到这么大可见有多么不容易了。人呢,自己呢? 不也是如此吗?

即使他是一个小作家,甚至在大地方都不好意思称自己为作家,在小地方大家称呼他作家可能有些捧他的意思,也可能有些调笑的意思。但是,他还是想写一些东西。有时他想,如果一辈子能像那些大作家写出那么好的文章该有多好。一辈子写那么一篇文章就足够了。如果能够写出传世之作,就是死也心甘情愿了。

他的眼睛出神地看着一朵牵牛花,它可能是从树底下不知花费了多少力气爬到树干上。牵牛花的花朵如同一盏酒杯,上面盛满了一滴滴露珠。即使整树梨花开得正艳,然而,一朵牵牛花的悲凉静幽之美,压倒了一树的灼灼燃烧的梨花。

五

开车回去的时候,太阳已经西斜,昏黄的蛋糕一样悬在西方的丘陵地上。如果是山的话,可能早已经陷入进去了。周围村庄上的炊烟已经升起,开始是一两家,再后来是七八家,后来逐渐增多到几乎全村的人家,经过的一个山村就被不少炊烟所淡淡地掩盖。有牛哞哞地叫起来,风中隐隐好像还有母亲呼唤着孩子回家吃饭的声音,让这一切显得那么温馨。

不过,孟仲仁开车的时候还是有些心不在焉。老板娘不是一个细心的女人,但是,还是感觉他有些不对,就问有什么事情吗? 等听到孟仲仁说倪红灯安排好了,最近找了一帮人和他一起结拜。他内心其实不想和他们结拜成把兄弟,但是,表面上又不能拒绝,因此,就有些烦恼。孟仲仁还没有说完,就被老板娘骂了几句:"你是狗肉上不了大席,其他人求着和倪红灯拜把子,人家也不甩。你倒好,现在却摆起谱了。你也不看看自己有没有资格摆这个谱。"孟仲仁暗叹了一口气,这口气好像是从遥远的偏僻地方传来的,说的也对,他有什么资格摆谱呢。

孟仲仁在小时候看见过别的半大小伙子在那里拜把子,就是用香插在一个装满土的盆里,大家都装模作样,一脸严肃地对着上面就拜,一起说:不愿同年同日生,但愿同年同日死。

当然,毕竟倪红灯是地方上的头面人物,拜把子要比这个隆重得多。在倪红灯靠近水库建的一座别墅里,其中包括十几个本地有一定身份的人,有的孟仲仁认识,有的不认识,不过大家虽然来自各个领域,却都是为了同一个目的来到这里,那就是抱住倪红灯这条大腿。不过,对于孟仲仁而言,这些人和他一起拜把子,显然是看着倪红灯和他爹的面子。孟仲仁就像是有人请其他人吃饭,但是,却没有凑够一桌,本来在家里都吃饭了,临时叫来凑局的。这让孟仲仁内心有些尴尬,也有些不服气。这是因为,即使他自幼家庭不好,却长着一颗高傲的心,他从内心也很瞧不起这些人。他心里想:哎,都是逢场作戏而已。因此,也只是根据主持人的吆喝,在那里完成结拜仪式而已。

不仅是结拜的人,现场其他帮杂的人也在大厅里来往穿梭,有知道的人也过来观看,在旁边指指点点说,这个是哪个部门的头,那个是哪个公司的老总。整个现场都流淌着热度,这让孟仲仁头脑中有些昏昏欲睡的感觉。上面几根粗如手臂的香烛还点燃着,香气混杂着人的热气,更增加了现场的热度。孟仲仁看着紫檀桌案上摆着一个巨大的猪头,猪脸刮得很干净,瞪着可笑的眼睛看着这大厅里的忙碌的人群。二师兄此时也像是在嘲笑他,露出白花花的参差不齐的大牙。孟仲仁心里说:你都这样了,还有心情嘲笑我。

可以说,如果没和倪红灯结拜,孟仲仁是不会想到要教训南天这个恬不知耻的假文人的。然而,孟仲仁结拜后,他就想着通过倪红灯修理一下南天。他认为自己加入他们就是一种牺牲,如果一点作用都没有,这等于白白牺牲自己。

其实,他自己也私下对老板娘表示了对这个新结拜的把兄弟的不屑。不过说完以后又有些后悔,反复叮嘱老板娘不要在外面多说。惹得老板娘发了几次脾气说:"我在外面说过你什么了?"孟仲仁想想也是,老板娘确实对钱十分热爱,热爱到让他有时一听就烦躁的程度,但是,至少嘴还是比较严的。

不过在他们两个讨论的时候,也是经常发生争议。孟仲仁说:"你别看我没有多少钱,倪红灯这种人赚的钱也不是自己的,不过也是给别人保管着。"

老板娘鄙夷地笑着看他说:"给别人保管着,给你保管的吗?现在这个年头,有钱就是爹,没钱就是鳖。你有本事也去赚,给我买车买房,没钱别在那里装。人家倪红灯是整天风风光光,吃香的喝辣的,你有什么?"

孟仲仁说:"那只是表面上风光,背地里其他人还不知道怎么骂呢?再说,这个县的明白人,谁家和他们家结儿女亲?那么做就是败坏自己。"

老板娘说:"别说他儿女和别人结亲,就是倪红灯几个老婆你知道吗?我一个小姐妹就给他生了个女儿,都七八岁了。你有什么?整天头也不洗,弄得像是一只翻毛鸡。晚上说一百遍也不想洗脚,到外面能臭一整个大街。"

无论如何,孟仲仁越来越难以忍受南天对自己的诽谤。其实,他也理解文人相轻这句话的意思。但是,如果你南天高雅地反驳自己一下,说不定以后还能成为美谈。你现在这算什么,他越是让南天不要那么嚣张,南天还真来了酸臭文人劲了,越是四处宣扬得厉害。

特别是孟仲仁出了一本书后,南天可能私下认为这是对方对自己的挑战。因为在这个不大的圈子里,都知道南天和孟仲仁争执的这件事情。你孟仲仁出书,等于是挑战我南天不能出书。这比直接打一巴掌脸上还要火辣。因此,他经常对圈子内的一些人说:"孟仲仁就是一个真小人,别看他平常人五人六的,装得跟个大圣人似的,其实一肚子男盗女娼。"

听到南天到处在侮辱他。这让孟仲仁出书的喜悦减少了大半。以前他认为中学里比较复杂,没有想到这个小小的文坛更要复杂。你都不知什么原因得罪了别人。

孟仲仁也想过自己直接冲过去打南天一顿,但是,二人不在一个县,到别人县里不说自己心理上就会自动矮上一头,就是真的打起来,恐怕自己也占不了多少便宜。孟仲仁甚至想到晚上去南天家所在的那个县城,问好他的家住在哪里,抽空扔个黑石头,打他一下。实在不行,吓唬一下也好。但是,想到这里,他又猛然警觉,我成了什么人了。这么下三烂的手段都想到了。真的是百无一用是书生,就是这么个事情都解决不了。想到这里,孟仲仁又哀叹不已。

其实,孟仲仁也知道找倪红灯就可以解决这个问题,无论从哪个方面来说,都会手到擒来。但是,他也知道这样只能是和倪红灯捆绑得越来越紧。在内心中,他还有一些文人的底线。当然,他也在读书时读过很多古代的书籍,知道自己实际上在倪红灯眼中就是一个门客的角色,受恩太多,可能就会无法回报。

不过有次和倪红灯几个把兄弟一起给你大爷祝寿时,孟仲仁还是扭扭捏捏地把这件事情对倪红灯说了。倪红灯呲牙一笑:"兄弟,你们这些文人真是有意思,就是这么一个小崽子,还要考虑那么多,明天我让小刀过去。"

小刀是经常跟在倪红灯身边的一个兄弟,说是小刀,其实更像是一柄大刀。此人长得一看不论高还是宽都比平常人大一号。小刀到南天所在县时,早就打听好了,知道这小子在一家石灰厂办公室上班。南天的大哥在他们县里一个部门当局长,南天当民办老师时,由于他能够写写画画,他大哥就托关系把他调到石灰厂办公室当个文书。这家石灰厂就在县城边上,前些年还是风光无比。现在由于效益不好,都快倒闭了。

小刀找南天时,正是夏天最热的时候,路上蒸腾着感觉得到的直烫皮肉的热气。石灰厂的大门两边的杨树也耷拉着叶子,一副任人宰割的样子。由于厂子濒临倒闭,门口看门的大爷积极性也不高,不知去哪里凉快了。小刀到厂办公室去找南天时,看见办公室外面的玻璃上沾满了厚厚的灰。南天就在办公室里百无聊赖地翻着一本线装的书。

小刀和几个弟兄砸开门问:"你是不是叫南天?"

南天显然对这几个不速之客有些慌张,急忙说:"你们有什么事?"

小刀站在那里,胸前的护胸毛闪着汗光,明显看着比坐着的南天身材大了一圈,如同一只大鹅在狠狠地对着一只母鸡。他大声说:"你想想最近造谣了吗?"

南天好似也猜出什么事情,喃喃地说:"你们是什么意思。什么叫造谣? 说实话叫造谣吗?"

小刀一把提起他的衣领子,旁边的人也一起围拢上来,都七嘴八舌地说:"什么叫造谣,说你造谣你就是造谣。"

　　南天还是不服，小声地说："这是我们文化人之间的事情，都是这样。"

　　小刀狂笑："你们文化人？你是文化人，长的尖嘴猴腮的，说人话不干人事，连我一个小学五年级毕业的都不如。"

　　尽管后来石灰厂保卫处的人听到动静赶过来，在知道是倪红灯安排人过来的以后，也不敢多说，都在那里做和事佬，也有催促南天的："认个错就算了吧。乡里乡亲的，你们两个人的家最远也没有一百里路。看来还是恶人终须恶人磨，南天一看事情确实超出了他的控制范围，就在那里不情愿地咕哝着道歉，保证去论坛上把那篇文章删掉，以后这件事情也不会再提起。"

第七章

地方实力派

一

倪红灯是一个地方实力派。他的这种身份既有基因的作用,也有继承的关系,当然,这也是优胜劣汰的结果。

倪红灯和他爹都喜欢养狗。倪红灯最喜欢的狗之一就是牛头梗,之二就是藏獒。当然,以他的地位,别人不能说这个具有牛头梗一样粗硬脖子的人与牛头梗有遗传关系,那是他的仇家在骂他。然而,即使是他爹,也会认为儿子和牛头梗实在太像了,不仅是脖子,而且是性格。

倪红灯的父亲你大爷不仅喜欢养育狗,而且喜欢养育人。即使是计划生育最严厉的时候,他养育人的计划也没有受到多大的影响。当然,这种心理的养成不仅是家里要有钱养,而且是女人要愿意生。

倪红灯和他爹对后代枝繁叶茂的这种心理也反映在对狗的身上。他们家的狗从来不需要绝育,多多益善,能生多少就生多少。

但是,他们父子在母狗生出来小狗之后,会一连十天不去喂食。让小狗们自相残杀,谁能够在十天后活下来,就会养下去,死了的话也算是代替了人工绝育。因此,他们家的狗都强悍无比。俗话说,"九犬一獒"就是这个道理。

你大爷在年轻的时候,就深谙"多生孩子多种树,走近富人离穷人"的道理。你大爷具有超强的生育能力,在他的生育能力最为旺盛的时候,因为兴奋,他的狮子眉毛几乎经常都是炸着的。他的家里几乎一年或者两年就会生下一个孩子,甚至一年还会生下两个孩子。当然,这并不是他的老婆违背了人的自然生育规律,而是他有几个老婆。最为关键的是,他的几个老婆都知道彼此的存在,但是,却互相完美地接纳了对方的存在。对于你大爷而言,在新社会,能够对老婆们做到这种管理水平,也不是一般人。你大爷就是你大爷,从来不是一般人。对于这一点,倪红灯也是完美地继承了。

在那片山区和平原交界的地带,多生孩子不是关键,多生儿子才是,这是农村人追求乡村权力大小的体现。这也是一种潜隐形的权力。儿子多意味着在与村里人争夺利益时的力量大。在那个法律并未深入到乡村的时代,几个强势的儿子就是法律。可以想想,农村总会有些争夺地界或者其他的摩擦,有几个山杠子一样的儿子,在发生纠纷时往那里一站,就是不真的打架,也会有很大的威慑力。同时,儿子多、门户大还可以转化为现实的农村政权的权力。虽然现在是新社会,"皇权不下县"的封建社会的政策在解放后大大改观,但是,农村里还是有一套实际作用于农村的权力规则,那就是儿子多的家庭或者大的家族也往往是村政权的实际话事人,或者村主任之类的干部直接就出自这些家庭或者家族。否则,即使你再有本领,或者再有文化,没有强势家族的支持,在农村也吃不开,给你个村主任也干不了。

对于倪红灯的父亲你大爷而言,不仅他养狗采取这种优胜劣汰的方式,养儿子也采取这种方式。倪红灯在七八岁的时候,那时他不是老大,而是老三。但是,在父亲的心目中,不是以年龄大小排顺序,而是以实力排儿子们的顺序。

在你大爷的儿子们玩的时候,他和绝大多数父母不一样,别的父母一般也会同意孩子们玩刀弄枪,但是,一般父母不可能会允许孩子玩真的刀枪,你大爷允许。当然,你大爷给倪红灯买真枪是以后的事情。在倪红灯和哥弟之间的打斗玩耍中,父亲是不会限制他们玩真刀的。倪红灯多年后还想着那个初春,家里有个很大的院子,从事着蔬菜加工的生意,家外面有一片很大的麦地,在初春这里是本村和附近村的一些狗的乐园。那些狗在完成了看家护院的任务后,就会到这里撒欢,顺便享受一下狗的缠绵爱情生活的乐趣。倪红灯就会和哥弟们一起,有时会看到两只狗不知什么时候尾部相交,像是努力地在拔河。他们就会用石头或者砖头驱赶着那些狗情侣。而这种拔河运动还特别友好亲密,不到一定时间没法结束。倪红灯大点的哥哥知道这是什么意思,就像是狗一样越发兴奋,狂笑着更用力地用石头、砖块追打。

那时倪红灯和哥弟之间就可以用刀子来玩耍。刀子不是很长,抓在手里,如同附近大河里摸到的鱼一样凉凉的,在长满绿色麦苗的原野上闪着白色的光。但是,比鱼的伤害性要大得多。在大哥拿着小刀对倪红灯挥舞时,他也努力地用刀子反击着,忽然感觉手臂被划开,裁纸刀划开纸一样,血马上从手臂流了出来。其实,虽然被小刀划了一道很长的口子,倪红灯并不感觉有多疼,更多的是害怕,还有气愤。倪红灯看到手臂上忽然绽开了桃花,愣了一下,然后对大哥哭着说:"我去找咱爹揍你,你把我差点杀了。"

父亲正背着手指挥工人装蔬菜,看到血从倪红灯的手臂上渗出来,儿子用手捂着,可能这些血在体内被囚禁的时间太长了,此时正欢畅地不断从儿子的手臂上越过捂住的手指缝自由地涌出。倪红灯一脸大汗地边跑边喊:"爹,我大哥用刀捅我了。"

父亲还是背着手,皱着眉头说:"你为什么不捅他,废物一个。你个子也不小,也拿着一把刀,为什么打不过他。"

倪红灯说:"我认为他是比画着玩的,没有想到他来真的了。"

父亲说:"你以后就想到了。这种事情你不用刀划他,他就用刀划你。"

看着儿子还在那里哭哭啼啼,父亲不由大怒:"哭什么?你手臂上被捅伤的地方离心还远着呐,死不了。"

由于工厂干活的工人都是附近的村民,大家平常也彼此都熟悉。就有人停下手中的活过来劝说,让你大爷带着倪红灯先找附近的诊所包扎上伤口再说。

父亲最初不为所动,最后无奈地说:"好了,小仁手臂上的伤口流了点血,那个地方没有大血管,死不了人。你们带着他去包上后就回来,这次脱水的蔬菜南方客户要得急,别耽误了客户的大事。"

随着孩子们的长大,父亲越来越感觉倪红灯更像自己,只是年龄更加小的版本而已。因为这个儿子不仅有体力,而且有脑子。要知道,在那个年代,村里儿子、兄弟多的家庭不在少数,能打能拼的也有。但是,谁能混到他这个程度。他与那些人不同之处在于,不仅有武力,而且有脑子,这可以极大地扩展他的武力值。

倪红灯就有你大爷的样子。在你大爷家里烧猪蹄时,本来有五个儿子,他让只是烧四个。那么,对于没有抢到的那个,虽然由于怕父亲不敢哭闹,但是,都是孩子,总归脸上都是乌云密布,就差下雨了。倪红灯总是那个能抢到猪蹄的儿子。与其他裂开腮帮子大啃的儿子们不同,他还知道把自己的那份分给抢不到的兄弟。但是,如果这个兄弟触犯了他,他也会毫不犹豫地抓住摁在地上。那个兄弟嘴里的口水把地面弄湿了一片,嘴由于被摁得紧而变成了扭曲的小布袋口。"叫爹。"倪红灯对着和自己发生纠纷的兄弟说。这一幕你大爷见过不止一次,却也不干涉,只是在那里暗笑,心想这孩子确实像爹。

可能正是这个原因,三儿子倪红灯是你大爷第一个专门给配枪的,不是玩具枪,是真枪,而且配有子弹,是能够致人伤亡的真家伙。

虽然你大爷不差钱,但是,倪红灯最初那些比较值钱的物件,却不是父亲给买的。倪红灯在读初三时,就能领着一帮县里所有高中的痞子学生去争工地,他的第一个 BP 机就是第一次争工地的奖励。那个夏季炎热无比,铺天盖地的蝉鸣让那个城郊的工地显得更加烦躁无比。白花花的太阳打在土地上,就会升起一股尘烟,照在脸上,就如同打了一记耳光,这也让双方带的砍刀的白光更加耀眼。然而,倪红灯正是初生牛犊的血气和年龄,争工地时悍不畏死。这也是自己大哥所看中的。"越是这个年龄阶段的小崽子越厉害。"他不止一次对手下的成年兄弟说。确实,流氓怕年轻,即使这个年龄的气力不能完全和成年人相比,但是,年轻的血气却弥补了这一缺陷。

倪红灯后来对大哥说:"这次争工地我们实际上没有输,是他们带来的猎枪赢的,不是对方这帮人赢的。"

大哥也没有否认这一点,其实他们本来还是占了上风,只是对方的猎枪让自己这伙人的士气土崩瓦解。

大哥说:"兄弟,这和你没有关系,你那帮兄弟确实是能干事的人。这个 BP 机你拿着先用着,等过段时间拿到工地,我再给你配个大哥大。"

这次争工地让你大爷看到了儿子这方面的潜质,也看到了儿子面临的危险。这也是他花了几千块钱买了一把改装的五四手枪给倪红灯的原因。你大爷无疑在这个儿子身上看到了家族势力延续下去的希望。他掂了一下那把仿制手枪的重量,沉甸甸的,挺趁手,如同儿子在家族中未来的地位一样。他对儿子语重心长地说:"仨,以后再遇到这种情况,实在打不过就开枪。"

其实,在父亲为倪红灯买枪之前,倪红灯还从来没有摸过枪,却喜欢看打枪,特别是枪响的那一下,如同仇人被狠狠地打了一闷棍,比闷棍还要狠。在读初中时,他的这种兴趣在镇东边接近县城的打靶场得到了完全的满足。这里是枪毙死刑犯的地方。在被枪毙之前,要被枪毙的人脸色不一。有的人嘴里在骂,有的人脸上在骂,有的人心里在骂,有的人嘴里脸上和心里都在骂。因为他们都很珍惜这最后一次骂的机会。

倪红灯如同小公牛一样拱着前面的看客,前面的人则像是黄草捆一样被他拱开。犯人被执行枪决的时候,都是背对着围观的群众的。枪响的时候,一声沉闷的声音,然后枪口冒出一股青色的烟。在青烟冒出的同时,犯人后脑勺那个地方很配合地忽然开了,像是被谁用锤子砸碎的西瓜,也像是罂粟花一瞬间绽放开来。但是,有的人却还不倒,虽然脑袋碎了,身子却不愿意相信这种现实。执行枪决的人用脚猛地一踹,他才最后相信了自己的命运。

二

在倪红灯的曾祖父倪得禄的年代,他们村这一带是连接山区和平原之地。那时的村子比现在要小得多,如同那时农村的孩子,都是灰头土脸的。但是,大多数大一点的村庄周围都有一圈很高的围墙。如果站在更远的高高的山顶上观看,则仿佛是一个巨大的石头臂膀怀抱着一个个婴儿般的矮小房屋。

就算是这样,瘸子里挑将军,倪得禄出生和生活的这个村庄在附近也算是稍微富裕一点的地方了。同样,即使这里庄稼收成也不一定好,也是看天吃饭,遇到丰收的年景,一般人家交完地主的租子后,才能勉强添一些野菜吃饱。但是,毕竟是经常吃麦子的,这里的女人都长得比大山里面的女人更为水灵,脸上也更白,脸颊上肉也更多,在阳光下发出的光亮也平整,亮度也更高一些。因此,这里也是周围附近甚至是邻近县的土匪向往的地方。

在民国时期,这里就是匪患严重之处。这里也是两省交界地带,当时更出了一个有名的女匪首名唤赵嬷嬷。和当时那个年代的妇女不同,这个女人不是小脚,从小就是大脚走路,长得更是身强力壮,走起路来旋风一般,常常带起一阵尘土。

赵嬷嬷也是一个苦命人。在她没有上山落草前,也是良家妇女。她结婚没几年,第一个丈夫得了肺痨死了,给她留下两个女儿就撒手归天。即使赵嬷嬷不同于寻常妇女,在那个年代,如果女人死了男人,生活也是处处受阻。同时,她是大脚,又是二婚,也不好找人再嫁。没有办法,只有把自己的女儿嫁给一个当地的土匪,自己做了土匪的岳母,也一起上山当了土匪。但是,土匪这个行当也不是个好营生,女婿虽然是个土匪头目,却是一个莽张飞。在一次出去抢劫时,中了当地一个大的村子的埋伏,结果被守卫村子的长枪会用土炮打死,尸体挂在村子南门示众三天。

此时众匪是乱作一团。由于赵嬷嬷是前任匪首的丈母娘,为人性格豪爽,心狠手辣,同时又多谋善变,后来大家商议,就一起推赵嬷嬷登上大首领的位子。赵嬷嬷一看女儿、外孙都在山寨,想再过平常日子也不可能,就一狠心做了大头领,派人连夜将女婿的尸首偷来安葬。

过了一段时间,赵嬷嬷又约集附近土匪说:"我们这样做土匪永远也不是个办法。我们只有把事情闹大,才能让官府招安。如今你们帮着我打下那个围子,给我女婿报仇,也让官府知道我们的厉害,招安才有可能。"众匪首敬她是一个女中豪杰,同时又感觉只有这种方法,才能脱离匪界,重回正常生活,弄不好还弄个一官半职。于是众人一声欢呼,各自召集人马,花费了三天三夜的时间,终于在夜里抬着屋梁撞开那个围子的大门,攻进去后洗劫一番,从而不仅附近各县皆惊,而且震动省城。

因此,这也不免很大程度地影响了距离不太远的倪得禄所在的村子。当然,由于住在这里的大地主的地多,钱粮也更多,也更加在意自己的生命和财产。几家大地主聚在一起合计了一下,由他们拿大头,村里的其他贫困户拿小头,决定建一个足以保证他们生命、财产安全的围子。

幸亏这里距离北面的大山不太远,他们就召集了附近几个村的石匠,也包括一些不懂石匠的青壮劳力到北面山上开采石头建造村里宏伟的围子。当年建围子的这些石头直到现在还能看见,剩下的一部分堆在村西边不远的地方,另外又一部分被你大爷用于建了蔬菜加工厂的围墙。就是现在看起来,这些石头的体量也是惊人的,大的比一般的小房子还要大,小的也堪比牛头。这说明当时建围子是花了血本的。

在村子四周围子建好以后,在安装门楼顶盖时,大家却犯了愁。好马配好鞍,那么大的围子不可能是小里小气的门楼,横梁是北面更远山上伐来的一百多年的老松树,两面斜着的山梁是老松树旁边的至少有八十年以上的松树。他们本来可能就是一家子,现在换了另外一种形式在这里相聚。横梁由多个壮劳力抬着放了上去,但是,打好榫卯的一边斜山梁却需要有人站在横梁上托起,与另外一边斜山梁的榫卯合在一起。

最后倪得禄自告奋勇做这件耀眼与危险程度成正比的工作。只见倪得禄弯下他五短三粗的身材,准备一口气把斜山梁托起,但是,还刚刚在横梁上用力抬到没有膝盖高,只听布条做的腰带嘎巴一声断了。倪得禄缓过一口气,把斜梁重新放好,对着下面的人大喊一声:"把我的练功腰带拿来。"倪得禄的家距离那里并不远,有人赶紧回去拿练功腰带,然后像是抛一条蛇一样扔了上去。倪得禄这才哈腰运气,气沉丹田,只听一声"起",把其中一根斜梁扶起,让一边的工匠扶住,在众人的叫好声中,他又接着扶起另外一根,只听得咯吱几声,两根斜梁严丝合缝地结合在一起,旁边围观的人顿时欢声雷动。

　　倪得禄那时正是血气方刚的年龄,虽然也不富裕,但是,毕竟年龄在那里,血和骨髓都是满满的。并且在倪得禄的父系血脉中,一脉相传的都是五短身材。在年轻时,就算没练过武术,也比一般人强壮很多。何况,倪得禄自幼喜欢挥拳弄腿,跟着北面山庙里的那个中年和尚学会了大洪拳,曾经一次因为和邻村争夺水源,一人赤手空拳打倒过对方七八个人。这样,村里地主组织的长枪会就让他做了会长,专门负责维持村内的秩序,遇到外面土匪的进攻,就领着众人到围子上开枪放炮,保护这个村子。

三

　　在建好倪庄围子的第五年,曾祖父倪得禄由于自身的武术、身体等方面的先天因素,加上他善于组织,为人活泛,经常协调本村或者周边村庄的一些大事小事,从而名声在这片山地和平原交界的地带蒸蒸日上。当他早晨从东边麦场练完武术回家时,村里的人都感觉他是和太阳一样逐渐升起的。

　　那年夏天的雨水也多也大,庄稼也在一片热气中呈现出更大的蓬勃势力。在路边种植的玉米叶子早早地就伸出了田地,半遮住了旁边的官道。通过这座官道快到倪庄的时候,县城城关的最大油坊老板张万春六岁儿子在和母亲一起去倪庄走亲戚的时候,被不知哪里的响马抱了童子。

　　抱童子是土匪的黑话,也就是土匪把未成年孩子抢走,用来交换赎金。对于土匪绑架年轻男子,叫作拉肥猪,绑架妇女则叫作接观音。不过,不管怎么称呼,都是绑架人质的一种形式。在绑架发生后,往往是土匪或者出事的主家找人做中间人交涉,付价赎回。张万春那时年龄可以说是不大不小,但是,以前生的都是女儿,好不容易生了个儿子,因此稀罕无比,取名珠宝。准备让这个孩子在自己百年之后继承家业。然而,正是由于这个珠宝稀罕,张万春又有钱财,因此,土匪要的赎金就有些狮子大开口。倪得禄在本县交往广泛,还和张万春是把兄弟,于情于理,他都得找倪得禄做个中间人,来赎回自己的珠宝。

在那个时代,倪得禄所在的长枪会有民团性质,而当时团匪一家,匪就是团,团也是匪。因此,倪得禄能和绑匪联系上,这也是顺理成章的事情。那时四周匪患严重,到处绑架人要钱要粮。如果村子里有头有脸的人和土匪熟悉,可能就少受骚扰。就是给土匪钱粮,也是点到为止。当地的百姓对此也是心知肚明,但是,谁也不愿意和土匪拼得你死我活,破财消灾也是没有办法的办法。

交换被绑架的童子珠宝的谈判在柱山的土匪大洞进行。倪得禄坐在桌子的一角。这张桌子是这个山洞的唯一一张桌子,估计山洞的主人却不是这张桌子的最初的主人,从桌子边角处被磕到的一块白茬,就可以看出这张桌子从山下被抢到山上所受到的委屈。在桌子向里不远,能看见一缕缕渺渺升起的烟,如果不是烟,就看不见深入到山壁的一个小的凹槽,也看不见里面摆放的一座不大的木雕关公。向外面看去,在这么高的山上,太阳似乎特别灿烂,好像把周围附近的光都吸收过来了。这也是在高处的好处。在比山顶更高之处,两只山鹰正在迎着山风上下翻飞。倪得禄对山鹰还是有几分敬意。他忽然有种想法,这么多年经常看到山鹰在飞,但是,从来没有见过山鹰的死。那么,它们究竟死在哪里了呢?

倪得禄经过多方打听,知道了抱童子的匪伙是赵嬷嬷那股。不过他没有和赵嬷嬷直接打过交道,却和距离此处五十里地的柱山的匪首打过交道,更不为外人所知的是,二人还在以前拜过把子。而柱山上的匪首又经常和赵嬷嬷合作攻打较大的围子。这就是一个个点连接成的线,从线到网,从网到更大的网。即使众人彼此陌生,但是,却都是一个个的网中人。就像是张财主认识自己，两个人认识因为是把兄弟关系，张财主的背后是孔县长，孔县长当年是赵督军的秘书，他的背后站着的是赵督军。这些人可能自己也不知道被固定在这张无形大网之上。不过在这个网上，有人是被粘住的昆虫，有人是蜘蛛，有人是吃蜘蛛的鸟。

柱山的大当家先咳嗽了几下，类似于现在的主持人准备发言，不过在这次绑票中，他是一个中间人。中间人说："各位，我呢，和大家都是朋友，各位老大看得起我，让我做个中间人，我也不敢推辞。这样，大家也没有外人，都可以有啥那个说啥。谁也没有和谁有血海深仇，就是求个财。"

赵嬷嬷没有亲自来谈判，她的大女儿代替母亲来了。大女儿看上去并不像是一个土匪，红面孔，大脸盘，上身穿着丝绸的短衣，不过可能是不经常洗的原因，能看见两个袖子上不规则的清晰的小块油腻。最让众人印象深刻的是，她有着一口洁白整齐的牙齿，当在太阳下张嘴说话时，让她忽然有了一些女人的味道。

大女儿说话间，一只山画眉不知是受伤，还是其他什么原因，蹦跳着跳到众人谈话的桌子前，恰巧跳到大女儿的身边。她拧了一下眉头，用穿着短马靴的鞋跟恶狠狠地跺了几下，将这只画眉碾得不成样子，这只鸟的尸体就像是墙上掉下的巨石砸塌了下面的一个鸡窝。正在这时，一个十岁左右的小男孩冲了进来，大声哭喊："谁弄死了我的画眉，不赔我不行。"

这个时候大女儿才知道这只鸟是小男孩的宠物，看到柱山当家的眼神，就猜到可能是他的儿子，就有些歉意地说："对不住了啊，小兄弟，等有时间给你赔一只。"小男孩还要闹，被他爹一声怒喝，就抽泣着跑出了山洞。

大女儿接着看着倪得禄说："我们绑架的这个童子的亲爹是什么身家，不要我说大家都知道，我们也不是跟着一天两天了，兄弟们也花费了不少力气,才抓到了这条大鱼。没有一千块银元,我回去就不好给我娘交差,也没法给出力的兄弟们交差。"

在大女儿用脚踩死画眉的时候,眉头皱也没皱一下,这时倪得禄相信在座的各位男人大多都不会注意她的漂亮整齐的牙了,心中对这个女人的向往和欲望也马上烟消云散。倪得禄定了定神说:"赵当家的,我也知道你们是生意,我们在商言商,是生意就谈生意。当然,你们也知道这个孩子是我把兄弟的儿子。但是,像是他爹这种家业,按照这几年的行情,这个孩子的赎金最多也就是四百块银元。再说,不要我说大家也知道,孩子他爹张老板和孔县长什么关系。就是赵当家你们那里人多枪多,但是,也不想真惹孔县长吧。能惹孔县长,也不愿意惹赵督军吧。"

大女儿虽然脸上还是不动声色,但是,心里还是有了一些让步的意思。其实她娘赵嬷嬷临行之前也交代说:"一般情况下不要闹大了,我们是图财,不是图命。"大女儿说:"孔县长现在和我们是井水不犯河水,我们也不愿意动县城。不过,你们倪庄围子里面富户可是不少,有不少油水啊。"

倪得禄和柱山大当家也知道大女儿说的是什么意思,大家都不愿意真的弄僵,都是在一条船上,不过有的是站在船头直接面对风浪,有的是站在船舷打个下手。最后柱山大当家做了个中间人,让张万春老板拿出四百个大洋,外加十担小米。小米得是当年收成的。对于这四百个大洋,倪得禄对张万春说是花了六百个大洋。作为中间人的好处费,自己和柱山大当家每人各分了一百个大洋。

四

随着倪红灯的年龄成熟,他越来越感觉自己就像是一辆重型的铲车,想推倒碾压自己遇到的一切。他想推倒地底下的东西,也想推倒高出地面不太多的东西,更想推倒高于地面很多的东西。如果实在推不倒,那么,就会和那些更高的东西合为一体。他是一个能屈能伸的人物,这是他能够在这个地方出类拔萃的原因。当然,他的身体吨位也在支持着他的这种想法,他手里的财力和物力也具有如此强大的说服力。财力或者物力可以和武力或者权力互相转化,反之亦然。

尽管父亲你大爷生意做得不错,但是,倪红灯并不是一个依靠父亲的人。在初中毕业后的很长一段时间内,倪红灯都是靠着当时县里的江湖大哥争工地赚钱。那时是江湖大哥最风光的时候。他父亲去世时,整个县的头面人物都去封礼祭奠。江湖大哥自己的亲哥大脑有些问题,他亲哥死的时候,附近一些乡镇和江湖大哥关系好的头面人物都过去封礼祭奠。然而,江湖大哥几十年所赚到的荣耀都是给家人的,自己最后却只是享受了寂寞。后来江湖大哥因为一次争工地被人砍断了一条腿,没有想到那么胖的人还能被砍到了骨头,落了个残疾,最后年龄不太大就死了,死时连丧葬费用都没有。倪红灯后来自己成为大哥后,想起当年这些事情,就为自己的明智做法而赞叹不已。毕竟完全靠自己拼命的时代已经过去了,那样成本太高而相对效益太低。

倪红灯想做正当生意是从一群鹅开始的。在此之前,虽然父亲给他配了一把枪,父亲的意思不知有什么意思,不过父亲忘记了有枪比没有枪还要危险。有刀只是有刀的责任,有枪则是比有刀有更大的责任,需要赚更危险的钱。

这种日子并不能因为他的年轻而不紧张,相反,年轻时血液流动更快,这更会加重他的紧张。这是他喜欢经常划着一条船去附近的一个水库飘荡的原因,因为这样能让他的精神紧张舒缓,从而更长时间地让其他人紧张。

那是一条不太新的铁皮小船,由于有点渗水,船的内部两侧有着斑驳的锈迹,如同谁被砍了几刀血干后的血痕。划船的时候有时他一个人划,有时带着一个兄弟划。有时他会划一个小时,有时会划一天,都是根据紧张指数而定。

和他的船一起划动的,经常是很大的一群鹅。它们在划自己。那么洁白的一片,如同云降落在水上,让整个水面都变得洁白了起来。天又高又蓝,水也很温柔,他偶尔想如果变成一只鹅也好,在农村拥有其他家禽不敢惹的霸气。当然,他不可能变成鹅,因此,就决定拥有这片水库里的鹅。

当然,不仅只是在水库养鹅可以让他放松。从拥有鹅,他又想到了拥有鹅身下水里的鱼。因为水库周围的渔民一般是通过迷魂阵捕鱼,迷魂阵不懂被迷魂的是鱼还是鹅,这种方式无疑会妨碍鹅的自由游动。他对此无法忍受。当然,渔民也会在水库的公共水面上自由捕鱼,这更是让他无法忍受的。他又感受到了这水库周围渔民的愚蠢,那么多人都只是捕鱼,从来没有想到放鱼苗。同时,这些半农半是渔民的人不懂,让那么多不同种类的鱼都在同一个水库里面。他们让鱼自相残杀,经常是高贵的鱼被低贱的鱼所吃,贵的鱼被便宜的鱼当作了点心。因此,他的内心不再允许这些渔民有继续愚蠢的机会,他要把这个当年举半县人口之力三年才建成的巨大水库承包下来。只有这样,才能恢复鱼的种群的等级秩序。想到这里,他认为这是自己的使命,这种想法使得一切都顺理成章。

当然,承包这么大的一个水库并非易事。然而,即使花费了一定的功夫,最终还是办成了。倪红灯还成立了专门的护库队重建这里的秩序。至于他是怎么做到这一切的,因为他的曾祖父就会这些,他的祖父和父亲也善于此道。这是骨子里带来的弱肉强食、优胜劣汰基因,这不用告诉你们,告诉了也学不会。

但是,由于当年建这个水库时,是把周围好几个村子都迁移到更高一点的山坡上去,利用空下来的地方才建成的。在水库建好后,周围村子的那点不多的好地都被水库霸占了。但是,水库霸占了你又不好找水库的麻烦,你不能用镰刀砍水库,也不能用鞭子抽水库,更不能控告水库。因此,这些村民除了种点山坡上的薄地外,大部分都靠着在水库里养一些鸭鹅或者捕鱼补贴家用。这就导致他们和倪红灯产生了矛盾。

都说强龙不压地头蛇,但是,还是龙不够强。倪红灯显然就属于真正的强龙。他感觉那些不服的村民很好笑。看那个经常来找他的朱老三,浑身剐不了四两肉,脸上的皱纹都比红薯沟还深,手臂上的皮像是被谁贴上去的,不过没有贴好,松松垮垮的。不仅如此,他还经常叼着劣质的香烟。这种人在世上活着就是多余,你还要抽烟,还敢来找。看着这种人都浪费眼神。于是倪红灯安排让护库队的几个人直接给拉出大门去了。听说朱老三还喊着要告他。让他告去好了,随便让他告到联合国世界法院。

可能是财运来了,挡也挡不住。一步对,步步对。本来这个水库是和邻近的一个产煤炭的城市挨着。那里的煤矿日本人侵华时就开始开采,不知不觉越采越远,就延伸到了这座水库下面。由于是跨县,本县就不同意那家煤矿在这里继续开采。因此,水库下面的采矿权就属于这个县的一项新的能源开采任务。对于这么大的一块肥肉,但是有竞争资格的不多。因为煤矿上面是倪红灯承包的水库,他随便找个理由都是阻止别人开采的理由。当然,最大的理由还是他在本县历史和现实中的杀伤力。

当然,也有不怕的主。在争夺煤矿承包权的时候,倪红灯感觉一下子进入了另外一个世界。他以前知道有律师这个词语,但是,第一次知道了律师的作用。对方的律师只是一个看似娇小的女人,但是,却因为手持法律这个武器具有了不同凡响的力量。这个女律师在事先和倪红灯交涉时,引经据典,滔滔不绝。这也让倪红灯对谈判有了几分兴趣。

本来，当他知道谈判的对方是一个中年南方老板时，连谈的情绪都没有。在这个县里，本地的那些大佬谁都得给他一个面子，何况是一个外地人。但是，在谈判时，当南方老板背后的老大专门找一个本县的权威人士给他打了个电话。他就知道独占煤矿采矿权已经不可能。他不仅拿出了埋在地窖里珍藏多年的好酒送给对方，还决定让自己最喜爱的二儿子拜对方为仁爹。倪红灯让儿子去南方老板的公司上班。他以前看过古书，懂得这叫作把儿子送到对方那里做人质，主要的目的是拉近双方的关系。在谈及出资股份划分的时候，他说，我一个人二百多斤，你们两个人有二百多斤。我们股份就二一添作五，你们占一半，我占一半。你们不方便管理，我替你们管理。年终结账时保准按时把股金送到。南方老板哈哈一笑，向背后大佬汇报完后也认为可以。

至此倪红灯就完成了本县的黑白通吃。黑的是地下的煤矿，白的是水上的鹅。

第八章

她有两个姨

一

宾馆老板娘的小姨也是开宾馆的。但是,她与老板娘不同,开宾馆是用的自己的房子。因此,这就减少了开宾馆的成本。当然,无论是用自己的房子开宾馆,还是租别人的房子开宾馆,都需要记录客人的姓名和身份证号码,这是一个必须要求。然而,小姨却不理解为什么这么做? 难道登记后就可以查到犯罪分子吗? 她开宾馆几年了,至今没有通过这种方式抓过犯罪分子。连续几年,小姨都为没有发现犯罪分子这个记录而自得,不是因为证明她的宾馆安全,而是证明了这个规定的愚蠢。当然,这也许和小姨马大哈的脾气有关。经常有人到她宾馆开房时,她都对客人的信息记录得马马虎虎。韩宝山可以写成连宝天,张三丰可以写成姜三冲。这都无所谓,她认为,我的房子我做主,我家让谁住还让你们说了算? 那到底是谁花钱买的房子?

不仅小姨对别人的事情有些马虎,就是对自己的事情也是大大咧咧。这种性格不是她的错,迷信一点的解释就是上天带来的。科学一点就是基因的因素作祟。不管如何，这种性格并不全是坏事，有时还有让人羡慕的地方。

孟仲仁主要是听宾馆老板娘说小姨的事情。他自己实际上和小姨没见过几次面。就是如此，他也是对小姨的性格羡慕不已。因为小姨是一个总能找到生活乐趣的人，也容易忘掉旧事，这就让她免受旧事蜘蛛网似的缠绕，而这正是孟仲仁的软肋。

小姨正式就结过三次婚，不过以她的性格，还算徐娘半老，有些姿色，至少目前这种再婚趋势没有最终截止。当然，小姨不是一个乱来的人，她有自己的原则，老公或者男朋友都非常一致，那都是要帅，至少是让她感觉到帅，否则，有钱也不行。这也是让当地一个有名的富豪大佬倪红灯耿耿于怀的地方。倪红灯不止一次对小姨说过："我找了不少女朋友，你是第一个看不上我的，有很多比你漂亮得多、年轻得多的姑娘倒追我，我都没同意，没有想到在你这里吃了瘪。"

小姨心里想你这个样子实在难以下嘴啊。嘴里却吃吃地笑着说："我们是没有缘分，反正是你也不缺女的。"

老板娘的大舅是一个要面子的人，但是，却有几次因为小姨在全村人眼里丢了脸。小姨的第一个丈夫是一个外地人，女儿随母姓，结婚后就把女儿带回老家上户口。因为小姨的户口还是和大舅在一起，大舅抱着孩子去上户口时，村里的不少人正在村委办公室里闲聊嗑瓜子，不少张嘴一张一合，房间内的瓜子壳如同飞蝇一样乱窜。在大家的眼光中，村里的老文书戴上老花镜，掀开了一个封面肮脏的记录本子，问大舅说："这女孩子的爸爸姓什么？"大舅回答："姓温。"

几年后小姨离婚后又改嫁另外一个男人，又生了一个女儿，大舅没有办法再带着去上户口。这次村委办公室的人都在打牌，也有伸着像是鹅一样的脖子围观的。那副纸牌可能打得时间有点长了，面上的颜色由蓝白色变成了黑色，还不是一色的黑，只是手指摸到的地方漆黑。

打牌的人摔牌的时候,一张张的纸牌如同冬天剩下的树叶那样纷纷地飘下。以前那本记录本已经记完了,但是,那个老文书没有换,他打开新的记录本问大舅:"又来了,这女娃爸爸姓什么?"大舅勉强回答说:"姓胡。"老文书脸上似笑非笑地说:"怎么小孩爸爸又换姓了,小妹又换人了?"大舅有一阵火辣辣的感觉,他的脸上勾起了多年前被他的父亲打过一记鞋底的回忆。

又过几年后,小姨又改嫁了,这是一个能生产女儿的女人,又生了一个女儿,又去找大舅上户口。大舅这次有些忍不住了,大声地嚷着:"你到底这是要做啥,我的老脸都让你丢尽了。"

小姨还是在那里呵呵大笑说:"大哥,这也不是我的责任,过不到一起怎么办? 过几天我嫂子生日,到时候让你的新妹夫去敬你一杯。"

大舅说:"算了吧,也别敬酒了,你消停一下比敬什么酒都好。"

不过这次上户口的时候,村办公室的闲人已经没有了。现在和以前不一样,以前那时候人都出不去,都闲在家里,所以喜欢到村办公室里闲玩。现在都忙着赚钱,不论是年轻年老的,谁有时间陪着别人玩牌。不仅如此,村里的老文书都被熬死了,换了一个乡里派来的年轻文书,也不用纸质的记录本,直接在电脑上记录。年轻的文书打开电脑,找到相关的栏目问:"小孩的爸爸姓什么?"大舅的困窘好了不少,他低声说:"姓常。"

二

小姨是姥姥最小的女儿。在姥姥还活着的时候,姥姥对小姨的评价是:从小就不靠谱。知女莫如母。小姨的不靠谱是具有历史传统的,从小一直到现在。当然,这是从传统观念浓厚的姥姥眼里得出的结论。其实,以现代人的观点,小姨也并不是多么离经叛道。

小姨刚上初中的时候,可能是内心的叛逆激素还刚刚开始萌生,只有她自己知道这种东西在内心中一点点地长大，一开始只是懵懂地睁开眼睛，慢慢学会行走，开始与控制小姨的社会通常规范做斗争，最后发展到青春年纪后，就敢于蛊惑小姨做一些不合姥姥想法之事。当然，有姥姥和学校老师的双重控制，小姨内心生长的那个东西还算规矩，一直到了小姨初中毕业以后，体内的那个不听话的东西已经学会了大多数应对外界的本领，已经和小姨慢慢融为一体了。

小姨的健壮让她在初中时就与众不同，她会偷拿姥姥卖豆腐的钱去学武术。至于为什么要学武术，是因为她认为女性的身份限制了她的发挥，武术可以增长她控制外界的能力。

宾馆老板娘至今还能记得小姨当时的样子，染了一头棕色的毛刺头短发，和差不多大年龄的少女相比，这头发也让她无形中增加了几分武力值。实际上，宾馆老板娘当时曾经用她五岁的眼睛惊奇地看到了小姨修理过三四个同龄的少年。

小姨不仅首选把自己用武术武装起来，也没有忘记自己的五岁的外甥女。当小姨让幼时的宾馆老板娘在毒辣的太阳下扎马步时，姥姥还在外面卖豆腐，老板娘还感觉有些有趣。但是，当小姨用竹条教训自己不规范的动作时，她感觉这种兴趣迅速下降，而太阳也在推波助澜，消耗着她年幼的耐心。当小姨严厉地让老板娘劈腿劈到一条直线时，老板娘的眼泪已经准备汹涌而出，而小姨强制性地帮着她掰开大腿时，她的惨厉的哭声让外出回家进门的姥姥听见，这更验证了自己小女儿不靠谱的程度。

姥姥用扫帚追打小姨，嘴里骂着说从小就看你不靠谱，现在越学越坏。其实，五个姥姥加在一起也可能不是那时小姨的对手，但是，姥姥的权威是历史形成的，是在那个大院子里无人可以挑战的。因此，小姨对姥姥一直不满，但是，她必须离开那里，才能真正让自己的不满得到发泄。

后来小姨为什么出走到一个邻近的城市，老板娘已经记不清楚原因了。如同一张张发黄的照片，她甚至不知道是否确实照过。但是，如果有其他人补充，还都像是水中的一块猛然现身的鹅卵石那样，突然在记忆中挺立。

虽然小姨去的城市不远，但是，因为远近也是有相对性的，在那个交通不便的时代，这凭空增加了不少距离。根据别人的一鳞半爪的叙述，姥爷本来是带着一包蒜苔去找女儿的。但是，那时不仅小姨不靠谱，长途车司机也不靠谱，司机把姥爷带到了另外更远的一个城市。姥爷没有找到女儿，最后没有办法把蒜苔廉价卖掉，然而，还是不够回家的路费，因此，到了一半时就被赶下了车，对于另外一半路程，他是要着饭，一步一步用脚丈量着回家的。

三

小姨是一个不安分的人。这在她的第一段婚姻中就体现得很明显。那时她出走到了一个城市站柜台销售服装。一天一个长得干干净净的男人过去买衣服。后来这个男人告诉她，其实他只是看着小姨漂亮，当时也是闲着无聊就去搭讪。男人穿着及长相都还不错，小姨也没有多想。男人说："你们这里的衣服质量还可以，就是样式不行。"

小姨说："哪里不行了？你试过了吗就说不行。"

男人说："衣服和女人一样，有的衣服一看就有感觉，有的衣服一看就没有感觉。"

小姨说："你倒是挺有研究，看来你的经验不少。你说什么样式的衣服好，你也懂衣服？"

男人说："我当然懂衣服，我家有厂子就是专门做衣服的。"

小姨说："你们家的厂子在哪里？"

男人说："在温州下面一个乡镇。"

小姨说:"你们那里好玩不?"

男人说:"好玩啊,我家厂子有几百个员工,我们那里好玩的地方多的是,要不和我一起去,我后天就坐火车回去。"

小姨说:"看你这个男人长得不像是坏人,就相信你,我收拾一下东西后天就和你一起走。"

那个年代信息不发达,那些相对不发达地区的女孩子更容易被骗,小姨就这样到了温州下面那个乡镇。男人确实没有骗她,家里真有做衣服的厂子。后来男人和小姨结婚后,公婆也把这个厂子让给了小姨和男人。但是,男人却也有骗小姨的地方,就是他是一个赌鬼,对赌博极其迷恋。即使是小姨临产时,赌博的迷恋让他对妻子的关心变得可有可无。好在小姨是一个大度量的人,不太会计较这些事情。这也是她和老板娘具有的相同之处。同样,她们对钱的关注度也很一致。可能血缘之间都会遗传,可能遗传好的部分,也可能遗传坏的部分。

小姨和第一任丈夫的关系破裂之前,还是经历了一段美好时光的。老板娘还记得小姨把女儿带回老家的情形。好多人争着去抱,因为家里人没有想到小姨这么多年没有回家,竟然在外面混得像模像样,特别是亲戚中知道小姨丈夫家里开服装厂,则更是对小姨的女儿抱得亲密。当然,小女孩也确实比北方县城边的农村那些女孩长得白净。小姨也会给孩子打扮,当小女孩在草丛中跑动时,就像是花蝴蝶一样地穿梭不停。

不过小姨还是和赌鬼丈夫离婚了。她就是这样的一个人,在那个年代,基本上很少有人说爱这个字,但是,小姨是明确说的,不爱就是不爱了。在赌鬼丈夫输光了那家服装厂后,把小姨的首饰也偷走卖了当赌本。这让小姨对他以前的爱意彻底归零,像是当年小姨认识那个男人时很快跟着走了一样干脆,她决然离婚,不离婚也回到老家,绝对不和那个男人在一起过了。

小姨对她自己的每个孩子都真心地爱过。但是，后来却发现又都像是丢失了一样。和第一个丈夫生的女儿冬冬，她离婚后也带回老家一段时间。第一任丈夫过了一段时间也跟来住了，就像是没有离婚那样，直到有一天他抱着女儿站在大门口和小姨闲聊说："你小的时候感觉和你爸亲，还是和你妈亲？"

小姨说："还是和我爸亲，都说女儿和爸亲。"

第一任丈夫说："你小时候感觉如果你妈离开你，你和你爹在一起，会对你有影响吗？"

小姨虽然和男人离婚了，但是，却没有多少敌意，她还正忙着把女儿的一件小衣服挂在绳子上。绳子很长，斜拦住了半个院子，只有女儿的几件花花绿绿的衣服，显得有些空荡，在风中展开着，像是没有肉体的蝴蝶的躯壳。她心不在焉地回答说："一点影响也没有。我妈小时候没少打我，一年几把扫帚都不够用的。我爸从小到大一次也没有动过我一根手指头。有次还因为我妈打我，把我妈打了一顿。"

第一任丈夫看着小姨正在忙，也不愿意多打扰她，就抱着女儿说到商店给孩子买点吃的零食。但是，这些被买的零食永远没有等到他的到来，一直到那家商店被拆盖起了大楼，也没见那个带着小女孩的男人过去。

小姨最初也到温州那个乡镇去找过，前夫总是带着女儿躲着不见。后来她好不容易见到已经十二三岁的女儿。女儿见了她害羞地叫了声妈，声音干燥得没有一点水分，和见到一个过路的陌生女人叫个阿姨没有什么两样。小姨心里忽然凉了，也忽然明白了。后来她给女儿电话号码，女儿也没有联系过她，那个叫冬冬的小女孩就这么彻底地丢失了。小姨不止一次对老板娘说："我感觉对冬冬还不如对你亲。"

小姨和第二任丈夫生了两个女儿后，这个相貌堂堂的男人就和另外一个女人跑到南方的城市去了，再也不肯回头。然而，这个男人不像是第一任丈夫对孩子那么喜欢。几乎没有任何争议,他把两个孩子全部都留给了小姨。这样,小姨为了做生意,就承担了三家的生活开支。第二任丈夫的大女儿给奶奶带着,她需要承担奶奶一家的生活。二女儿给姑姑带着,她要承担姑姑的一家生活。然而,两个女儿逐渐长大后,她感觉自己一个女儿都没有。大女儿和奶奶亲,只有要钱的时候才见面。二女儿和姑姑亲,就是要钱的时候都不见面,直接打电话联系,每次都多要,多的就给姑姑。

无论小姨生育能力多么旺盛,但是,对于一个四十五岁的女人而言,在生育方面就如同一棵桃树进入了老年时期。如果老桃树可以回忆,它当年可能为结出那么多的桃子压坏臂膀而烦恼不已。然而,到了最后,它只能看着附近身材更加矫健的年轻树木在阳光下摇动身上的桃子炫耀。那些桃树不仅结出的桃子更多,照射到的阳光也好像更多,昆虫也围绕着打旋跳舞。

包括流产的孩子,小姨丢失了那么多孩子。她也有过好几个孩子,这几个孩子都在人间,但是,却不在她的人间,有和无没有什么两样。因此,无论花费多大的代价她都要生下一个自己的孩子。

这个代价首先是第三任丈夫,小姨对老板娘说过悄悄话,说第三任姨父是一个性欲狂,如果不是看在将来孩子的份上,她也没有耐心去忍受那么长时间的床上煎熬。然而,即使是如此,鼓捣了几年,也没有见她生下孩子。如同院子里的那棵桃树忽然进入了无果期。

小姨迫切想要孩子的真正代价是真金白银。可以说,小姨把多年前一直做生意赚的钱大部分都投入到这个人工造人计划了,甚至把以前买的房子也卖掉了一套。然而,每次胚胎配型都不成功。因为她的年龄大了,通过人工干预的方式也不能完成这个艰巨的任务。即使小姨专门去泰国做过人工授精,也让那里的医生摇头不已。小姨就把所有的怨气都发到了第三任丈夫身上,她认为不是自己的原因。如果生不了孩子,她前半生辛辛苦苦赚的家业都可能成为第三任丈夫的了,这让她不甘心。于是她决定给姨父一个美好的回忆后就摊牌离婚。反正在乡镇和县城女人现在不愁没人要,特别是像小姨这种有些姿色还能赚钱的女人找男人更不愁。

虽然小姨没有告诉她和姨父最后一夜的目的,可能是她的行为暗示了她的想法,也可能是姨父直觉发现了不对。于是那夜两个人在一起时,姨父就想起了自己多年前在农村看到的犁地的那头公牛,就像是对土地有仇一样疯狂地出力。结果那夜整个宾馆从一楼到三楼都投诉说天塌地陷了,说听到猫叫春的声音彻夜不停。

大力出奇迹,小姨那次以后真的怀孕了。在花费了那么多钱后,竟然是最原始方法起了作用。本能战胜了人工科学。小姨生了那么多女儿,这次竟然奇迹般地生了个儿子。这也是她每年都到一座岛上烧香拜佛的原因。

对于这个最小的儿子,她决定不让再丢失了。无论多忙,她也要亲自带着儿子。就是每天给宾馆打扫卫生,也把儿子挂在身上。小姨也是一个见过大世面的人,她不再相信孩子的爷爷奶奶,也不相信孩子的其他亲属,更不相信保姆,她这次彻底地明白了,如果自己不亲自带孩子长大的话,即使在身边也可能会丢失。当然,小姨自己经常说,却没有做过那样的分析。她是用行为代替了逻辑。

在这个地方,只有儿子才是自己的,才能和自己一致。即使死了,如果有儿子的话,就可以传宗接代,就等于没有完全死。如果丢了儿子,那么就等于丢了财产。她不止一次地对老板娘说,我辛苦地赚了一辈子的家业,如果没有儿子,就成为外人的了。女儿终究是外人啊。

还有一个因素让小姨冒着生命危险也要生儿子。因为她和第三任丈夫结婚后,没有任何儿女。如果没有儿子,丈夫就可能和别人偷情去生孩子。几次离婚后,让她有了一些不安全感,至少儿子的出生给了她很大的安全感,像是武士获得了锐利的长矛。

<h1 style="text-align:center">四</h1>

　　老板娘不止一次地说过,你们做过中学老师的人都太小气了。其实,孟仲仁感觉给她花的钱也不少,已经是尽到了自己最大的能力了。因为宾馆老板娘以前找的男人都是富人或者富人家的孩子,花钱已经成为一项日常工作,而不是负担。而对于孟仲仁而言,这则是一种心理重负。再说,对于一个穷怕的人,别说没钱,就是有一些钱,如果大手大脚地花钱,也在内心会有负罪的感觉。但是,孟仲仁在内心中也部分承认老板娘的说法。毕竟这个县城的老师工资并不高,在中学里,年轻老师又多,结婚的也多,在这个小的社会中,也有一个基本的最低规则,那就是一个老师结婚其他同事得给红包。如果这种彼此之间的基本人情往来都没有的话,就等于宣布自己被排除在这个小社会之外。由于这种压力,每个老师不得不拿出自己不多的工资来维持颜面。

　　老板娘这种根深蒂固的看法不是没有根据。她的二姨父就是一个中学的校长,长得高高瘦瘦,像一只茕茕孑立的丹顶鹤。她的二姨是姨父做老师时的学生,后来不知怎么到一起去了。但是,二姨没有正式工作,姨父就在自己当校长的学校食堂给她安排了一份工作。为了补贴家用,二姨夫还利用那点特权,在学校里面开了一家小卖铺。由于二姨和姨父都上班忙,没空照顾生意,就让老板娘的姐姐来帮着卖货。

　　老板娘小的时候和姨妹密桃一起经常跟着姐姐在小卖铺里。每天下课的时候,很多学生像是归圈的羊一样,急匆匆地涌入里面买东西。这些学生七手八脚地指着货架上的东西,吵嚷着像是炸开了锅。有的还是满头大汗,就迫不及待地打开汽水瓶子,扬起脖子就向下灌。有的来不及用手拆开面包袋子,就直接用牙把塑料袋撕开。那真是一种激动人心的场面。虽然姐姐当时年龄不大,却很机灵,她手脚麻利,很快就把下课放学后的这一波少年狂潮安抚下去。

但是，姨父和二姨都很抠门，从来没有给姐姐发过工资，也不准她们吃小店里的东西。姨父和二姨都忙工作，中午没有时间做饭，老板娘和姐姐饿了，就会偷吃小吃店里的零食。结果姨妹就会用一个小笔记本记下来，到底她们偷吃了什么东西，一份多少钱，然后去向爸爸妈妈告状。老板娘和姐姐就联合起来一起骂姨妹："你这个汉奸，这么小就是记账员，你长大了以后一定是记账员。"没有想到，她们还真估计得差不多，姨妹虽然没有做记账员，却做了一个有类似性质的工作，那就是在法院做书记员，都是记录下信息，用于以后查对。

不过姨父和二姨抠门也是有原因的。虽然姨父当校长，但是，他长期患有哮喘病，可能这也是当中学老师的职业病。姨父写得一手好的粉笔字，一面黑板在他的面前如同无边的草原一样，只是黑板上的草色过于深，就变成黑色的了。姨父驾驭着粉笔，就如同驾驶着白色的骏马，教室外的风向着教室内呼呼地刮着，姨父骑着粉笔的白马，听着耳边的风声，能闻到马踏着青草溅起的草香。姨父骑着马跑着跑着，教室就开始下雪了，白色的粉末就飘荡在他的周围，他也成了被雪淹没的人。

那时姨父还年轻，还相对单纯，还没有想到这么洁白的雪可能会成为致命的杀手。确实粉笔的粉末很致命，也很会掩盖自己危险的面目，等到姨父发现之时，他的肺部已经被粉末所覆盖，让他本来可以呼吸的红色肺，红色的花朵似的，被粉末一样的白色飞虫所包围，慢慢这朵花就会枯萎，直到最后成为一块坚硬的石头。

姨父患上了哮喘病，这导致他还没有到退休的年龄就提前退休了。人走茶凉，二姨也失去了在学校食堂的工作。一家人全靠姨父的退休金生活，即使单位能报销一部分医疗费，也是压力很大。到了后来，姨父整天在家里挂着氧气瓶维持生命。他不仅感受到了疾病逼迫的脚步,也听到了经济压力的脚步逐渐逼近。

二姨父有时候在家里闷得慌,也会到门外不远处走走,眯着眼感受一下阳光轻柔地抚摸着那张不该如此苍老的脸。他会慢慢走到路边看一个熟悉的老头下棋,老头在紧张的几步走完后,会抬头看看他打招呼:"密老师,今天好点了?""能出来走走了。"二姨父也虚弱地勉强笑笑给他打个招呼。但是,即使离家很近,他在外面也不能待稍微长一些,时间一长就会感觉胸口的大石头开始发力,如同一双无形的大手开始扼住他的喉咙,他连忙努力走上几步回家吸氧,晚几步就可能是一场生命之灾。

为了生活也没有办法,二姨在姨父在家感觉好些的时候,还要出去给别人看个阴阳宅,替别人算个命,谁家的孩子吓到了,她就去给叫魂。幸亏二姨后来在生病好了后有了这个功能,否则,一家人的生活,加上女儿的上学费用都成问题。不过女儿还算争气,虽然考的大学不算好,是本省的一个很普通的法律院校,不过后来还是找到了一份在法院的书记员工作。对于姨父和二姨一家而言,这已经是很心满意足了。因为法院可是一个旱涝保收的地方。从女儿进法院工作的那天起,他们两口子发现亲戚邻居看自己的眼光又不一样了。

可以说,即使姨父得了这种难治的病,二姨却真的不错。可能是出于对丈夫当老师时的崇拜,也可能是两个人长时间在一起的感情。尽管姨父生了重病,二姨从来都是如同照顾孩子一样照顾他。

五

在最初认识二姨父的时候,老板娘还不是老板娘,那时都管她叫魏娟或者叫娟。二姨父那时还不是二姨父,都管他叫密老师。二姨那时也不是姨父的老婆,而是姨父的学生。那时候姥姥由于忙着做生意,实在忙不开的时候,就让二姨带着魏娟一起去中学的课堂。当时魏娟就坐在二姨的桌子下,二姨给她买了几个玩具,她在桌子下认真地玩着花仙子的玩具,二姨在上面认真地回答姨父的问题。上面的雪花一样的粉笔末掉落下来,有时一直吹到魏娟的身上。魏娟说自己从来没有上过初中,其实,她确实在二姨上课时在初中教室待过很多次,不过只是在摆弄玩具。

那时密老师风华正茂,不仅是老师还长得很高,很高就比矮个子有气质,做老师就比一般人有气质,因此,密老师那时还是很受学生们欢迎的。有时密老师经过二姨的课桌时,会特别认真地看着二姨做题,也会特别热情地指导二姨做题。魏娟就坐在桌子下,看着密老师的皮鞋不安地在旁边走动着。那时二姨也是一个漂亮的女生,扎着一个飘飘欲飞的蝴蝶结,这只蝴蝶结在密老师经过身边时会特别灵动,简直像是要飞起一样。

密老师对二姨的学习特别重视,可能老师都喜欢漂亮且学习好的女生。二姨由于和别人闹矛盾回家不上学了,密老师也是第一个发现的,他就忐忑不安地直接去找二姨。那时姥姥做了一辈子生意了,街头巷尾的事情也见得多了,见多了就会有更多的经验,经验告诉她这位密老师喜欢上了自己的女儿。年轻人脸皮嫩不好意思说,姥姥那时一脸沧桑还有一些世故,就直接挑明了问姨父是不是喜欢自己的女儿,姨父也忙不迭地连着点头。后来这种事情就在半明半暗中进行,直到二姨考上了一个中专。不过这都是二姨自己说的,说自己考上了中专,但是,被班里的一个更有关系的学生给顶了,因此就很伤心再没有读书,没有读书也就闲着无事,接着就嫁给了姨父。

其实,当魏娟很认真地把这件事情告诉孟仲仁时,他已经不是中学老师了,她是魏娟的隐身男朋友,也是当地作协的一个作家,因此别人更多的叫他孟作家而不是孟老师。孟作家对此不以为然,他认为这种顶替上学的事情可能性不大,最大的可能是二姨考的学校也就一般,可能是那种食之无味弃之可惜的鸡肋中专，有可能还是那种需要花钱才能上的。那时都认为这种学校不好，并且花了钱可能不值。特别是姥姥一辈子都是做小生意的，只会算小账不会算大账，感觉女儿花钱上这么个学校还不如嫁人。反正女儿早晚都得嫁人，花钱上学再嫁人在经济账上就不划算。

姨父过了一些年做了县城一个中学的校长，那时他虽然有了哮喘病的迹象，却并不严重。那几年可以说是姨父一生中最高光的时刻，是一锅开水烧得最热的时候，是一炉铁水温度最高的时候，是一天中的太阳最炽热的时候。姨父整天西装革履，领带打得一丝不苟。姨父那时也显得更为年轻，穿着也更加帅气，应酬也逐渐多了起来。他这个人不能喝酒，一喝酒就容易答应别人的事情，一喝酒就会把所有的实话都说出来，而有些人恰恰让他犯这个毛病，不仅让他喝酒，还找了一个漂亮的女人在歌厅陪他跳舞，结果他把别人孩子上学的事情给安排了，回家也对着一群孩子满脸酒气地说了实话。

那时魏娟已经六七岁了，书记员那时也不是书记员，都叫她密桃或者桃桃。密校长坐在沙发上对着魏娟和密桃说："今天有人请我喝酒了，还找了一个漂亮的阿姨陪着跳舞。那个阿姨长得那个美哦，腰那个细哦，舞跳得那个好哦。"虽然那时魏娟年龄比密桃大上几岁，但是，却没有记事的习惯。而密桃那时年龄不大，是她爸爸都不会认为她能记事的那种年龄。但是，这件事密桃恰巧记住了，这反映出她有做书记员的天赋。她等妈妈回家后，嚷着对妈妈说："妈妈，爸爸晚上和一个漂亮的阿姨跳舞了，爸爸好喜欢那个阿姨，说那个阿姨腰长得好细，舞跳得很好。"结果让二姨大为生气。幸亏她的性格大度，姨父哄了一阵就哄好了。

二姨是一个急性子，还是一个善良的急性子，更是一个喜欢丈夫的急性子。可以说，姨父下半生是一个不幸的人，疾病的枷锁把他牢牢地控制在距离家方圆不到几百米的地方。但是,姨父又是一个幸运的人,他因为哮喘病加重提前退休后,二姨不仅成为了密桃的妈妈,也几乎成了姨父的妈妈。姨父不能离开二姨超过两个小时。只要二姨出去一段时间,他就会马上打电话说:"在哪里呢? 我渴了。在哪里呢? 我饿了。在哪里呢? 我要挂氧气瓶了。"虽然二姨表面上不说,见着魏娟的妈妈也私下抱怨说:"这哪是找了一个老公啊,这是找了一个儿子,可把我熬坏了。"但是,说归说,二姨照样还是那样宠溺地照顾着姨夫。在她的眼里,姨父不是一个整天挂着氧气瓶的病秧子,而是那个在黑板上潇洒地写着粉笔字的高帅老师,周围的粉笔雪多年后还是当年那样漫天飞舞。

　　姨父也不是真的愿意这么依赖二姨。那天他看着一只红头苍蝇,这只苍蝇不知什么时候入侵到房屋内。也可能最先不是故意入侵,只是过失进入。但是,却看到房屋内只有一个竹竿似的男人枯坐在那里。说他死了,眼睛里还透露着忧郁和无奈。说他没死,除了鼻子呼吸的气体吹动鼻毛还可以证明外,他几乎很长时间也不移动。如果红头苍蝇不是一只认真的苍蝇的话,还真的难以发现这是一个活物。

　　姨父看着苍蝇最开始从窗户玻璃上方炫耀着飞行技巧,再飞到家里供的佛龛的佛的额头上,仿佛就是神仙的第三只眼。看到神仙都不愿意帮姨父,红头苍蝇就干脆站在他的药碗上挑衅,最后站在姨父的眼镜框上戏弄他。姨父努力了半天,也没法彻底把红头苍蝇赶走,却把自己累得气喘吁吁。他的眼睛里开始模糊起来,又想起多年前的一个夏天傍晚,他身形矫健地打着羽毛球,一只蜻蜓一直花样飞行着干扰他的发球,他凌空一击就把蜻蜓击落到地上。

　　其实,姨父感觉自己也不完全是个废物。至少由于身体原因他提前退休回家后,快五十岁了还让二姨怀孕生了一个男孩。

　　不过这件事情让魏娟的姐姐有些不大高兴,她在知道这个消息后对爸妈及魏娟说:"姨父真不要意思,都这么大年龄了,还要生孩子。一身病自己都难保了，还要拼命生。"

不过姨父只是感觉到了喜悦，这好像他当年考大学时，本来准备交卷了，却在交试卷前又幸运地多做了本来准备放弃的一道大题。这让姨父的废物感有了很大的减轻。之后的多年里，他一直在家里辅导着密桃以及这个男孩。大的女儿考上大学成为法院的书记员。小的男孩学习也很争气。至少两个孩子都有希望，有希望得让做爸爸的他不愿意那么早就死去。

第九章

滨海的回音

一

老板娘的曾外祖父张万春一家从滨海回来的时候，正是那年冬天。当时一场大雪刚停了两天，县城沙石大街上的雪被人脚踩车碾，都已经融化，但是，沿街靠近墙的地方，由于扫雪的人把更多的雪堆在那里，加上阳光照射的时间不足，因此，还是白色一片，更不要说远处山坡上的成片的大雪，那里距离融化更还要一段时间。如果天气一直这样冷，也说不定第二年开春才能化雪。

正式重回这座阔别二十几年的县城北关老家，当时曾外祖父是骑着一匹白马来的，这让周围的雪显得更加寒冷且白。在这种干冷的天气中，那匹马的脖子下的铃铛声显得更加响亮。当时除了曾外祖父以外，还有曾外祖母，以及两个儿子，他们平常很少回到这个多雪泥泞的老家，多少有些好奇，就不时地把头伸出马车来看。曾外祖母和儿子们分别乘坐的是两辆马车，还带着八个很大的精致柳条箱子，箱子的四个边上都用闪光的镀金铜片包着。这与本地出远门时一般只带口袋形成了鲜明的对比。当时即使是在县城，一般也很少见过这么排场的一家。因此，北关一带的男女老少都出来观望，在那里指指点点，也有议论曾外祖父在滨海是如何发家的事情，众人的热情将墙边堆积的雪融化了足足有三寸。

曾外祖父的院子是前后三进，一进院子就比一般人整个家还要大。第二道门的前方不远处，立着一面巨大的影壁墙，这是防止对面的山头冲了本宅的风水。第二进的院子里有一个巨大的水池，夏天时养着本地少见的金鱼。只有在逢年过节的时候，才允许左邻右舍的邻居来观看，引得儿童、少年们都雀跃不已，把家长给的零食贡献出去也不感到可惜。第三进院子则摆着大理石的茶桌，上面建有一个八角形的亭子。在夏天时，遇有本地的知名人士或者贵客来访，就摆上从安徽老茶叶树上摘下的最嫩的春前茶，在茶香袅袅中让客人感受到本宅主人不同凡响的情趣。

那时曾外祖父家的家具比现在家具厂做得还要精美。现在的机器已经做不出当时的手工了。曾外祖父家里堂屋摆着的是一个红漆描金的矮几，里屋靠墙东西向横摆着一张雕花大床。床就像是一间精致的房屋。这张床边框都是镂空的花鸟鱼虫组成。在床的顶部的雕花床栏上，能看到一条龙和一只凤凰在云霞中飞舞。如果放在现在睡这种床，再枕着俄罗斯进口的貂皮枕头，铺着英国进口的羊绒垫子，无论什么人可能都会在床上多待上一段时间。不要以为那个时候落后，得看地方和人，曾外祖父在滨海做过那么多年的生意，那里有一条长长的栈道，栈道的尽头每天都会迎来不知来自哪个国家的不少艘轮船。因此，那个时候的进口货品是真正的进口，不像是现在，很多弄个洋品牌却卖着本国的土狗肉。

对于一个普通的家族，能够让基因流传下去本来就是一件困难的事情。即使以前不实行计划生育的时代也是如此。天灾人祸是另外一种计划生育，这种具有宿命论的力量自发地能减轻地球的压力。当然，改善阶层的基因更是难上加难。对于曾外祖父而言，他们家族没有太好的读书基因，因此，通过做生意改换门庭成为很重要的一条通道。可以说，在这方面，曾外祖父还是为家族的阶层改良作出了不小的贡献。如果他们这个家族是一座陈旧的破房子，那么，曾外祖父就是这座房子里漏出的灯光。不过这盏灯光也并没有闪现太长的时间，很快又沉入黑暗与寂静当中。

那些年曾外祖父春风得意，把冬天都过成了春天，他的成就都贴在脸上了。对于没有成就的人，脸是灰色的，如同一连几天下雨天上空的颜色。对于有成就的人，即使是下雨天脸也是闪光的，如同闪耀的闪电。

曾外祖父有一种迷人的直觉。他在滨海做生意时，当一百年后的现代人大多数都没有度假习惯时，他当时就敏锐地发现，无论在什么时代，富人都喜欢度假，特别喜欢在海滩度假。饱暖思淫欲，虽然在海滨沙滩浴场度假不是直接的淫欲，但是，在那个年代，这绝对是有些伤风败俗的事情。但是，越是人反对的，越是人想要的。当时，即使在那些穿着长衫的老夫子的心里，也不否认海滩上那些白光光亮闪闪女子大腿的诱惑。为了抵御这些中外女人大腿的诱惑，他们曾经多次拧自己的大腿，他们经过海滩后大腿上留下的掐拧的痕迹，就验证了这种天人交战的惨烈。

曾外祖父为什么能成为有钱人，因为他长着有钱人的心，懂得有钱人是怎么想的。因此，他才会利用有钱人的心理。曾外祖父通过在海滨附近租房做二房东，从而大赚了一把。而他也就是在那个时候认识的洋女朋友。这也是这个家族中与众不同的一大谈资。别说在曾外祖父的那个年代，就是放到现在，他们老家所在的县城也没有多少人亲眼见过外国人。宾馆老板娘曾经把自己的洋男朋友领回去一次，结果每次出现都会在当地引起不小的震荡,每次两个人一起到大街上都是一景。过路的人如同见了明星一样,围着评头论足。据说还有专门从乡镇或者农村过来看景的。

曾外祖父经常去附近的海滩黄昏远眺,在这里可以看见太阳如同巨大的黄色车轮一样在海水之上浮动,傍晚出海捕鱼的渔船氤氲在鱼腥味中归来,船桅杂乱无章地树立在天空的怀中,一群海鸟一高一低地飞着。在海滩那里,洋水兵抱着洋美女,像是抱着一条白色的大鱼,两个人放肆的动作触动了曾外祖父的内心的黑暗。这时他感觉胳膊好像是被谁戳了一下,他吓了一跳,原来是不小心碰到了一柄西洋遮阳伞的边角。不过,刚才他的忽然躲闪造成了更大的后果,把那柄伞碰倒,露出了一条几乎赤裸的闪光大鱼。这下更是惊人,他又是滑稽地更高一跳,这下把伞下曝光的洋美女逗乐了:"嗨,中国小伙,我就这么吓人吗?"虽然她的中国话就像是学习时间不长的人拉二胡的声音,虽然也是很努力地拉,然而,却不知是拉二胡还是拉木头。不过这位洋美女的声音要比拉木头好听一些,或者是她的容貌让声音得到润色。不过曾外祖父能够听懂,他说:"我是有些害怕,以为遇到了一个漂亮的老外女鬼。"

在曾外祖父张万春去滨海做生意的那些年,那里聚集了不少因为国内革命而被迫到滨海谋生的洋女人。她们从自己国家带来的金钱逐渐花完之后,就会卖掉自己的首饰,卖掉首饰以后,发现所有值钱的东西只有自己,然后再去卖自己。不过她们和当时滨海三希堂的那些头牌不一样。她们其实很多都是出身贵族家庭,从她们的举止也能看得出来。

曾外祖父找的那个洋女子是没有卖自己之前的。在那个时候,中国男人找外国女人特别是西洋女人是个很大的挑战。这不仅是对家里的长辈,就是曾外祖父自己也怀疑是否能够忍受洋女人的体味。但是,等到他趴到那个女人白花花的身上的时候，却没有闻到什么味道。这让他的不良预期落空，好像本来准备踏入一个深坑，却被坚实的地面硌了一下。洋女人告诉他，即使是西方的女人，也不是人人都有体味，你们东方人要是一段时间不洗澡，比我们体味还重。听到这些，曾外祖父就决定改自己不爱洗澡的习惯。他的优点是善于调整自己，这也是他做生意从一个县城的小作坊做到滨海的原因。

二

在没有和俄国男人接触之前，老板娘从来没有想过找一个洋人做男朋友。当然，在她接触了洋男人以后，也会产生一种跃跃欲试的期待。闪耀的阳光照耀了她的这种心理，隔着山水，她看到了姥姥屋檐前的一窝小燕子的翅膀开始长成，在那里忽闪忽闪地拍打着准备起飞。即使她没有怎么读过书，也不懂什么外语，然而，她认为男女之间的交流不存在什么问题。男女之间的感情靠的是身体语言，在最初，舌头语言可能不如身体语言更重要。特别是看到这么一个强壮帅气的洋男人以后。

洋男人就在海里浮动在自己的身边，他能够像一条海豚那样飞跃起，然后再潜到水里。这真是一个强壮的男人，如果被抱在怀里该有什么感觉？老板娘想到这里，脸并没有变红。她是一个不太喜欢脸红的女人。即使心里烧红了，脸都不会红。她躺在游泳圈上，人漂在海浪中，天上的太阳看上去明亮而跳跃。海边附近巨大礁石在太阳照射下蒸腾着鱼腥气。洋男人并不一直自己游，却是如同公海豚那样关心母海豚，如果她在游泳圈上快要歪到海水里，他就会用手小心地扶着老板娘光洁的身子，他的手臂上稀疏的黄色毛发在阳光下发出黄白色的光。她想，这外国男人浑身的毛发也是金色的吧。想到这里，她的心仿佛也被这金色的毛发烤得更热了一些。

洋男人对她说,自己的曾祖母曾经在这座滨海城市生活过好几年,也谈过你们国家的男朋友。她的中国男朋友是那个年代的美男子,高大俊秀,不像是你们国家当时大多数男人的样子。那时你们国家都很穷,很穷就吃不好,吃不好身体就相对比较瘦弱。洋男人对中国的喜欢就是从曾祖母那里遗传过来的,这倒不一定是血缘的遗传,也可能是文化的遗传。因为曾祖母把这一段时光作为人生最闪光的回忆之一,就会对祖父说,祖父再对父亲说,结果通过父亲的嘴,洋男人知道了中国人与西方人传统印象中的不一样,不仅温柔,而且也像洋人一样火热。老板娘说你也让我产生了与以前不一样的想法,也不知道这种印象来自哪里,在我的印象中,你们国家的男人性格粗暴,你们那里整年四季都是冰雪,不能出去玩耍就爱上了酗酒,酗酒以后就喜欢打老婆。对了,不一定打老婆。你们国家的女人都很强壮,女人如果比男人强壮,喝醉酒也会打男人。

颠覆老板娘印象的是那天的那次海边游泳。即使以后在海里游过很多次,但是,那天是她第一次在大海里游泳,第一次游泳就容易记住。因为人生的琐碎事情太多了,像是老家山路上的小石子,数也数不完。生活本来就够烦琐了,谁有时间记住那么多。但是,那次游泳她记住了,那次是把她几乎淹没的游泳,却总是没有淹没,即使身上有上下剧烈起伏的波浪。

一般她是不愿意费这个脑子,不过闲着无话可聊的时候,老板娘也想问一下,是不是你的曾祖母就是我曾外祖父当年的外国女朋友。洋男友也恍然大悟地说:“你说这个倒是有可能,可是我的曾祖母都去世那么多年了。我也没有机会再问她啊。”确实如此。在现实中,甚至都没有多少人有机会见过自己的曾外祖父或者曾祖母。

洋男人普通话说得比一些中国人还要标准,虽然表面上他很是强壮,却不能掩盖住内心的温柔。但是,毕竟两个人是来自相差那么远的地方，一个是一年中很多时候被白雪覆盖的地方，一个是春夏秋冬一个不少的地方。一个喜欢吃牛排，一个喜欢吃大蒜。一个喜欢听西洋曲，一个喜欢听流行乐。他们之间最主要的交流语言是床上语言，在这一点上，即使是经历过不少西方女人洗礼的洋男人也不得不承认。

其实，曾外祖父当年的洋女朋友也遇到这种困惑，特别是她第一次到电影院看电影时，她始终弄不明白为什么那么多的人在电影院里起哄。几乎对于任何一个稍微有点意思的电影情节，电影院里的中国人都在那里叫好。但是，如果总是叫好的话，到底是不是真的好呢？中国人赚钱都不容易，难道只是到这里起哄发泄一下吗？后来曾外祖父告诉洋女朋友，这是滨海的规矩，如果大家都叫好而你却不叫好，说明你就是一个老外。

在滨海，如同曾外祖父几十年前走过雪地留下的脚印一样，老板娘大小不差地走了上去。曾外祖父当年的情人等她们国内形势好转就回去了。老板娘的俄国男友后来也回国了，只是时代存在差别，名字存在不同，年龄有了差异，性别实现了对调。老板娘不知曾外祖父分别时哭了没有，男人在这种情况下可能比女人更爱哭。在两个人分手时，俄国男友则像是中国男人那样痛哭。在很久以前，老板娘以为西洋人不会哭，但是，她这次发现，西洋人和中国人一样用哭来表达感情，这是通用的语言。性也是一样，都是不分国籍。不过难过归难过，老板娘很快就把这件事翻篇了，以至于孟仲仁问她一些细节她都说记不住了。这不是吊他的胃口，也不是她扭捏做作，老板娘不是那种人。她是确实忘记了。这是一种优势。如果一个人记住得太多，身子就会沉重，走路时就会迈不动步子。

在老板娘谈论曾外祖父和白俄女人的爱情时，孟仲仁有一次也忍不住问她，你没有问一下你的这个洋男朋友，是不是就是那么巧，他的曾祖母就是你曾外祖父当年的女朋友。老板娘白了他一眼说："你就是个呆子,你能知道你祖父的一些事情就不错了,你知道你曾祖父、曾祖母的事情吗?"

　　孟仲仁一想也是,祖母在他没有出生时就去世了。很少人有见过曾祖父、曾祖母的机会。不过他见过曾祖父,那是一个随意长着白胡子的老头,胡子没有修理,在朦胧中他就存在那里,但是,又像是没有存在那里。如果真的是他见过曾祖父的话,也是通过别人的转述对记忆之网进行修补,再加上一些想象来连缀。但是,曾祖父到底做过什么事情,至少他自己真的不知道。因为对于一个平凡的农民而言,几乎所有的日子都是同一个日子,都长着相同的面目,进行着同样的循环,只是分成了一个个小段而已,几乎没有什么值得记住的东西。也没人为他们记录,这些人的存在只是让那些无聊的日子多了一些会说话的动物而已,除了一个荒坟能坚持上百年,绝大多数人几乎一点人事的痕迹也不会留下。

<h2 style="text-align:center">三</h2>

　　"我是大家门的后代,用你们文化人的话说,我是大家闺秀,如果不是我曾外祖父后来家庭败落,就是满天都在下雨,也淋不到你。除了你一个人外,我所找的男朋友都是高大健壮的,你就是个癞虾。"老板娘经常说这种不咸不淡的话。当然,有一句话她没有说明,这些人的钱也是一个重要因素。她有找这种条件的男友的资格。她是一个身段高挑、妖娆漂亮的女人。如果真的是像她所说的那样,这种搭配也很合理,就像是有钱人喜欢享受好酒,好酒也喜欢享受有钱人的嘴和胃一样。

　　对于老板娘而言,她知道一些事情是危险物,但是,她有比一般人能承受危险的能力,因此,这让她能够敢于接受一些不寻常之事,走不寻常之路。在滨海,在那天晚上,当她和第二任男性朋友喝酒时,她知道这样不好,也很危险,然而,却坦然接受。当快喝醉时,男人说我家的房子很大,父母都不在我的身边,你到我家可以单独住一个房间。她从他的眼睛里看到了火苗,猎猎作响地烧,她感觉自己的心被灼伤了一下。但是,她还是答应了。男人在上半夜是遵守诺言的,如同上半身遵守诺言一样。在下半夜,他用板子、钳子小心而努力地卸掉了她住的房间的防盗门的所有螺丝。这让客厅里他父母的合影照片都感动不已。这可能是这个娇生惯养的儿子长这么大最用功地做过的一件事情。如果他把这种努力精神的三分之一花费在学习上,也不至于让父母内心遗憾而表面欢颜。等到老板娘半梦半醒时发现床上多了一个强壮的男人,但是,她却没有睁开眼睛,而是沉入梦与夜色的波涛之中。在梦中是那么美好,为什么要醒来呢?何况梦中的波涛开始起伏了,从波底到波谷,再从波谷到波底。她像是一只小船,被两只短桨控制着。不对,这只是开始,后来她感觉又多了两只修长的桨。在这么一艘小船上,那么多桨激昂地划着。这真是一个在海边的城市,海浪真是大啊。她内心这么想着。

在滨海,由于老板娘的男朋友都是非富即贵,因此,这些人的圈子也是非贵即富。只有她来自一个遥远偏僻的县城。她也没有多少文化,却从来都没有感觉自卑过。当男朋友在身边不知有意还是无意炫富时,她在经过市中心一片豪华的建筑时说:"这里以前就是我们家的商铺。"可能就是这种遥远的血脉让她在那个圈子里并没有被争奇斗艳的女朋友们孤立。

男人都是孩子,她在滨海的第二个男人更是一个孩子,这个男人总是浑身充满着激情。这种激情让其父母担忧不已,并不仅仅是因为这种激情燃烧着他们的家业。

这个孩子是他的父母亲当年一次损坏罂粟花的结果。那时对种植罂粟查得不是那么严,又是在一个荒废的大院子里种植,里面的房屋已经倒塌,那个大院子只有父亲有一把长长的钥匙。在那个大院子的泅涌着情欲的罂粟花地里,那时最后的一批火红的罂粟花已经燃烧到了尾声,父亲就和那个被脂粉包围的漂亮女人翻滚在罂粟花下,完全不管那些罂粟花的感受,直到身边的罂粟棵成为了情欲的牺牲品。

这个儿子果然没有辜负那片罂粟地的激情,从小就展示出红灿灿的生命力,不过这种生命力过于旺盛,还像罂粟花那样透着邪气。

第二任男朋友的父母是两位成功的生意人,这是两个无论是经商能力还是相貌都旗鼓相当的生意人。当然,当地很多人都知道,第二任男朋友的妈妈也是他爸爸的第二位妻子。在滨海,都知道他们两口子是做生意的好手,但是,他们却做赔了一生最大的一笔生意,那就是儿子成为了败笔。

即使第二任男朋友有着骄横的性格,却极大程度地满足了老板娘的多方面的欲望。直到她看到男友偷偷躲在厕所里,露出有针眼的胳膊,用一个注射针陶醉似的在上面扎时,她明白他是在注射毒品,但是,却不知他什么时候开始这种败坏生命的行为的。这让她忽然有了想逃跑的想法。当老板娘把第二任男友注射毒品的事情告诉了他的妈妈,妈妈有些吃惊,仿佛以前想到了这笔生意的失败,却没有想到失败得那么彻底。

后来妈妈专门向儿子核实吸毒的事情,这倒是一个很坦率的男人,毫不犹豫地承认了。等到儿子出门后,妈妈转过身低声地对丈夫埋怨当年他在罂粟花地里的莽撞。丈夫有些恼怒:"你在胡说些什么呢?"妻子还是在嘟哝:"你当年在罂粟地里的劲头呢,现在儿子出了这么大的事情怎么办?"其实,这对夫妻谁也不要埋怨谁,如果硬找一个替罪羊的话,就找钱好了。是钱让儿子在生命最初的时刻就受到了罂粟的诱惑。其实,父亲是始作俑者,儿子是受害者。当然,对于只有一个儿子的父亲而言,或许他才是最大的受害者。

父亲也暗自叹息:上天呐,这是报应啊!人只有在钱解决不了的时候,才会想到天,才会想到报应。实际上,对于从小住在这座城市郊区山地农村的他而言,那片罂粟地也是他最初发家之地。当然,也是他成功之后竭力想摆脱的过去。他为此努力了不少年,才消除了那片红云一样的花朵在他的头顶夜空里燃烧,但是,那片罂粟花的红云后来化作儿子的阴影,在悄无声息之间又笼罩了上来。

绳子是个好东西。这是以柔克刚的代表。它能够根据一个人的外形柔顺却坚决地协调。当然,如果没有安眠药及时提供援助,这三个人想绑住那个虽然注射毒品却仍然强壮的男子还是比较困难的。三个人也没有从公司找司机,由爸爸开着车,直接用绳子把儿子捆到了戒毒所。

老板娘在离开戒毒所的时候,看见高墙上有一只猫灵巧地跳了下来,她忽然替第二任男友有些羡慕起这只猫来。它能够灵活地穿梭在架满铁丝网的高墙上。其实,对于里面的那些被关住的人而言,即使没有高墙,他们绝大多数人这辈子也跳不出一座高墙了。

这座四方的戒毒所与其说是一种建筑,更像是一种隐喻。它在表面上除了院子更大以及上面高墙上挂着的铁丝网外,也与其他建筑没有什么区别。但是,这却是一个具有浓厚排他意味的建筑。它将外边的人分开,使里面的人驯服。他们需要按照统一时间吃药,统一时间睡觉,统一时间放风,以努力让他们从被毒品蛊惑所造成的魔域里回归。这座四方的建筑不仅把自己与周围的正常社会割裂,也把老板娘与第二任男友割裂。由于感受到了这种割裂所带来的钝痛感,她特意最后多看了几眼。

"你在滨海到底找过几个男人?"孟仲仁问。

"记不清了。"老板娘咯咯地笑着。这是一个坦率的女人。从来没有人问过她这些事情,也少有女人对自己现在的男朋友这么细致地讲前男友。当然,即使她说就这两个,她知道孟仲仁也不会相信。因为有个人曾经说过，男人说自己有几个女朋友时要在说的数目上除以三，而女人说自己有几个男朋友时，要在说的数目上乘以三。

"那就说你在滨海的最后一个男朋友吧。"孟仲仁说。他自己也奇怪，为什么他会关心她的前任男朋友。

"其实就三个，也是最后一个。"她说。

"我的第三任前男友还来过我们这里，县里很有名的倪红灯也专门请过他。"

"天下乌鸦一般黑，天下流氓是一家。黑社会都有共同的味道，他们见面一闻就闻到了，因为彼此身上都有兽性。如果是野兽的话可能会互相争地盘，你前男友和倪红灯都进化了，又不是在一个地方混，当然要互相捧了。"孟仲仁说。

四

可能曾外祖父做梦也没有想到，他当年出于爱而对大儿子丧葬品的安排，却间接地让二儿子要了三儿子的命。其实，对于一些因果链条而言，谁又能想到延伸到多长呢？但是，无论这根链条有多么长，如果回头看看，都能发现当初因果的最初的根。

其实，即使曾外祖父在家族的葡萄藤上属于优质的葡萄，他站在葡萄藤的上端，可以沐浴到更多的阳光，呼吸到更新鲜的空气，啜饮到更清澈的露水。甚至对周围的声响也听到得最早，因此，就能更迅速地做出更准确的反应。但是，他毕竟只是一个商人而已。即使是历代帝王将相因为厚葬，不仅没有在地下享用埋葬的财富，而且给自己的尸首带来了风险。别期待那些盗墓贼有什么素质。在古代，挖坟盗墓属于最严重的罪之一。因此，能够敢于挑战盗墓这项工作的人不是一般的坏，因为他们不仅需要和法律做斗争，也需要和几千年来形成的沉重如山岳的伦理做斗争。因此，他们不仅会盗走墓主人生前精心为地下生活准备的金银财宝,而且也不会考虑尸骨在地下的感受,把尸骨弄得乱七八糟。

　　曾外祖父在大儿子当年早夭后,这等于击碎了他一半的希望。他把自己财产的一部分化作爱,将这些带有诱惑性的爱埋到地下,以弥补自己歉疚的心情。但是,爱的泛滥往往意味着诅咒,这些当年埋下的东西很多年后让大儿子再遭劫难。作为一棵家族藤上剧烈摇动的结果,也带动了另外两个儿子的命运摇晃不已。

　　多年以后,当年身上穿的进口童装已经变成了姥爷现在穿的粗旧衣服,当年吃的美食和现在普通人家吃的粗茶淡饭没有区别,姥爷逐渐忘记了自己是当年的大商人张万春的三儿子了,他就是一个走街串巷卖豆腐的普通老人,和其他老人没有多少不同,只能活着苟延残喘罢了。一个人到了这个时候已经到了末期,即使家人的温情也不可能过多地照耀到他们身上了。

　　即使是如此,当姥爷听到自己的二哥和侄子偷挖自己当年大哥的坟墓时也是怒不可遏。他努力地用脚蹬着自己的三轮车,这辆车也有一些年岁了,不过姥爷的怒火还是让这辆吱呀作响的人力三轮车多了更多的动力。在姥爷的二哥家里,他并没有看到有什么从坟墓里扒出的文物或者财宝。但是,看到二哥和侄子那种掠过脸上的紧张,好似偷吃被发现的样子,姥爷就知道埋入地下的早夭哥哥的家产已经被盗了。由于愤怒,他的胡子也跟着掀动起来,不过这并不能对二哥和侄子造成什么震慑。"你们到底是怎么想的? 连个死人也不放过。那是你亲大伯啊"。他对侄子说。

　　侄子在那里还满不在乎:"反正人是死了,埋在地下也是浪费。我们不扒,过了多少年后可能别人也会扒走。"

　　姥爷明显感觉他对话的人不是亲人,而是一伙盗墓贼。关键这些盗墓贼在血缘上与他那么近。他认为最好不要经官解决,还是自己直接和二哥一家商议更好。他咽了口唾沫说："自古以来盗墓都活得不长，这是损阴德的事情。你们这么做不怕损子孙后代的阴德？"

侄媳妇好像在那里憋了半天。她是一个中气十足的女人，在奋力说话时口水四溅，姥爷能够明显感觉到脸上的雨水纷纷扬扬地飘洒。"三叔，你这是想把我们家都咒死啊。你咒死我们全家后，自己想独吞我大爷坟墓里埋的东西吧。"

夏天的阳光无比慷慨，可以说过于慷慨，晒得人身上裸露的皮肤啪啪作响。姥爷从他二哥家里出来，一脸怨气地看着天空，他身下的三轮车也好似不如平日听话，他二哥一家人的蛮横无理让他看太阳的眼神也无比愤怒。但是，他不知道，这可能是他最后一次看这片天空，也是最后一次怨恨地看这轮太阳了。

这阳光的鞭子也在抽打着大路附近不远处的一家建房人。谁也不想与火辣辣的太阳对着干，但是，因为这家有更火辣辣的事情要做，因此，没有办法，需要急着把房子建上。

建房的这块地是老板娘的大舅花了相对低的价格买的。之所以价格低，因为同村的卖家也不是这块地的真正主人，是卖家在自己家邻近的地方圈起来的。因为这里距离县城不远，即使是自己家的房子上面也不准扩建，响着警笛的车辆经常要来巡查，因此，大舅雇了不少人在加快建房，只有房子上好房顶以后，按这里的规矩就不会给拆了。

建房的小块土地上已经种植了不少棵梧桐树，主要是为了占地方用。这些树在建房时被临时砍倒，向周围散发着被砍倒树木的湿润的木头气息。在这群人忙乱的建房中，能够看到旁边刚砍断的一些梧桐树流着树汁，像是浑浊的泪一样。不过，就如同命运砍倒人一样，人没有选择。人砍倒树，树也没有选择。

在距离大路不远的地方围着一群人在那里指指点点。一个去旁边小便的建房帮工看到了，对大舅说："张德彪，你家前面大路上有个人被车撞倒了,你要不要过去看看。"

大舅说:"谁知道那是谁被撞的。现在哪有那种闲心,得抓紧时间把房子上顶。"

过了一会又一个建房人也去附近小便,回来后对大舅说:"张德彪,那边有个老头被撞倒了,不知是谁爹,你要不要过去看看。"

大舅说:"是谁爹就是谁爹,我先把房子建好再说。"

又过了一会,本村的一个村民过来告诉大舅说:"张德彪,我看见一个老头被撞了,三轮车好像是你们家的。"

这个时候大舅才跑过去,一看确实是姥爷。即使这个时候姥爷也没有离开三轮车多远,一只脚还搭在脚蹬子上,但是,这个动作并不是说明他还有能力再蹬车,可能是他留恋着人间最后一次蹬车的机会。姥爷侧躺在那里,他的血没有抛弃他,还围绕他盘旋着,如同一只只小蛇。姥爷的脸已经干瘪了,如同秋天后经霜好久的瘪下去的橘子。即使是夏天,这么热的天气也不能让他再温暖起来,他的脸被死亡的霜打过,苍白中透出冷意。

大舅也没有想到,自己平常不关心别人,只关心自己的一贯自私的性格,可能是导致父亲那么快死亡的原因之一。其实,无形中总有命运一样的东西在控制着一切。这些看似无迹可寻,但是,却总能在事后找到命运的草蛇灰线,即使是伏脉千里,也总是在那里。

五

孟仲仁看过老板娘曾外祖父留下的照片,黑白中泛着黄色,流露出一股特殊的味道。这种味道不是历史的霉味,而是陈旧的芬芳,是一种怀旧的味道,有一种让人想穿越的欲望。照片上栈桥正处于身形健美的时节,大街上明亮而宽敞,阳光不热不冷,如同透明的绸缎一样垂在上空,让街道上的人罩上了朦胧的光线。在大街的中央,卖货人摆着制作不错的女式皮包。皮包一只只在那里站着,如同身穿白色旗袍的淑女一样。在旁边摊位上摆着男式的板鞋,比孟仲仁高中读书时穿的式样还要时髦。街道上穿梭着身着长袍毡帽的男子,衣服都是清一色的黑,如果不是一个穿灰色制服的大兵,可能就认为是进了乌鸦王国。不过那个时候漂亮的女生是真的漂亮,不像是现在很多整得都一个样子。

那时的青春少女脸上涂着好闻的雪花膏,刘海比柳叶还要洒脱。他问老板娘照片上的那个漂亮女人是不是和曾外祖父有什么关系,老板娘说什么关系现在都没有关系了,那不是我的曾外祖母,他们的骨灰都发霉了无数次了。他好像听到照片中旁边不远处建筑里的钟声响了,他知道这是幻觉,但是,有教堂就有钟声,这是一个符合逻辑的思维。后来,长着好像是两只尖角的教堂阴影从阳光下斜倒过来,这有效地制止住他的天马行空的想象。

曾外祖父的油坊就在教堂不远的地方。对于教堂的神父而言,那些年之所以声音洪亮,宣讲福音坚实有力。这可能也是嗓子受到油坊的油气润滑的结果。当然,不论是宗教人士,还是世俗人士。不论是达官贵人,还是贩夫走卒。三教九流谁也离不了吃油,而曾外祖父油坊生意最好的时候,曾经让多半个滨海人肠胃得到了滋润。这些油让贫穷的人干瘦的肌肤有了一些活力,让富裕的人走起路来红光满面,让军官鼓起的肚皮颤抖不已,让士兵握枪的手瞄得更准。

在一个没有星月的深夜。在海浪的摇动中,这座被大海包围的城市还在睡意惺忪,忽然海浪的声音开始急促起来,如同谁用一根巨大的铁棍在搅拌着海底。在风的鼓动之下,海边的礁石变得躁动起来,越来越响,如同谁用巨大的铙钹在敲。这些海浪一定预感到了巨大的灾难将要发生。

这时,在一座黑漆漆的三层小楼周围的人听到了野兽咆哮的声音,远方有夜里不眠的巡夜人看到了这边耀眼的火光,接着就是惊天动地的震动声音。如果开天辟地时谁录过音，可能就是这种声音。在这种声音中，平常和谐相处的物体表现出了誓死不相容的态度，三楼和二楼脱离，二楼和一楼脱离，窗的榫卯之间脱离，门和门框脱离，人的血和肉脱离，玻璃像是破碎的希望一样四分五裂。巨大的响声把附近没有被震塌的房屋里床上的人震得直接弹了起来。即使是郊区的人也在半夜里被震得颤了几颤，全裸或者半裸地从睡梦中跑出来大喊："地震了，地震了，快跑。"

只有附近少数的没有睡着的人才知道，这不是地震，而是一场爆炸。当然，附近的更多的人永远地睡过去了。曾外祖父的店铺就在距离爆炸不远的地方。这家店铺中存放的大量油脂助长了爆炸的火光。在风的助力之下，油助火势，风助火威，照亮了半个滨海市，映红了上面的半个天空。

第二天一开始，除了上面的天空记录了这一幕惨剧外，幸存的人还不知道发生了什么，都是一脸的懵懂。很快远处传来吉普车的声音，一群大兵簇拥着几个军官，在废墟里来回忙碌着，如同一群捡垃圾的人收拾这一堆如山的垃圾。这么大的一堆，绵延能到一两公里那么远，到处都是砖石的残骸，以及人的残骸。第三天就有消息传来，说这里是国军的一个秘密军需库，只是没有挂牌。怨不得这里的人有时会看见遮盖得严实的军用大卡车，在半夜里向这座三层小楼后院卸东西。有消息传来了爆炸的原因，说是这座军需库的主任干了三年，卖了大量的军需物资，后来被上级发现，于是安排其他人接替他的职务，以方便调查他。在交接的时候，原来的这个军需主任也知道事情败露了，就在半夜进去点燃了炸药，从而销毁贪污的罪证。本来这个军需主任都上码头准备乘船逃跑了。没有想到他做的这一切让上天看到了，让他忘记了带船票，再回来取船票的时候被抓个正着。等到确定爆炸案的元凶后，附近的幸存者才开始努力把自己以往对他的印象进行还原。

　　曾外祖父也调动了自己的记忆。这次爆炸响声深入他的大脑,让他的记忆也得到了警醒而变得好用。他记得军需库主任是一个四五十岁的男人,并不显山露水,穿着国军的军便服,中等身材,走路弯着腰,好像总是在地上寻找丢失了的东西。但是,逐渐地他发生了变化,如同被吹了气的气球,从干瘪逐渐变得滚圆。身边也多了一个外国女人,人高马大、雪白皮肤,叼着香烟,走路的时候就挂在军需库主任的胳膊上。因为她身材更高,这形成了鲜明对比,像是一匹大马依靠着一头毛驴。想到这里,曾外祖父不知为什么对他的贪腐有那么一丁点的理解,如果不贪,就不会变得滚圆。以军需主任的身材,在他瘦的时候,在床上还真的撂不倒这个外国女人。

　　不过曾外祖父更理解自己。虽然晚上没有在油坊住,留下两个小伙计看店,当然,还有以前的洋女朋友留下的一只珍贵的哈巴狗。就是这样,这么大的人损和货损也是难以承担的。后来他听说那个军需库主任被抓住,很快就被判处死刑枪毙了。虽然曾外祖父没有犯罪,完全是无辜的,他感觉自己在滨海的生意也被枪毙了。这是他在这里发展多年后回老家的真正原因。

六

　　姥姥在村子的西边山坡上种菜,这里本来没有地,被姥爷开垦后就成了地。由于这里比下面平地高,太阳光比下面的村庄更加充足,在开垦这些地的时候,村里的老妇女会在这里晒更高、更暖和的太阳,却说着不冷不热的话。

　　她们说:“你现在开垦这些地太辛苦了,就是这座山的东边大片的平地都是你公公的,我们村的地原来都是你们家的,村子更远处的地也是的,一直到东村和我们村交界的地方。如果当年不分地的话,这些地都是你们家的。”

姥姥没有多少学问，这对她也是一种幸运，这使她不需要哀叹没有享受公公家过去末日的余晖。她只是做自己的，这些开垦的地本来也是她和姥爷多得的，这对她来说就是一种幸运。

姥姥共生了两男三女。谁也不知道这个皮肤都皱到身上骨头里去的女人为什么有这么大的生育动力。老板娘也问过姥姥为什么生养那么多。姥姥说："那个年头没有计划生育，生了总不能掐死吧。如果不生那么多的话，就可能没有你的妈妈，更可能没有你。"她稍微有点笑意地说。姥姥是一个不爱笑的人，常年的辛劳都让她的笑过早地夭折在笑出发前了。

由于这个村子距离县城不远，房产开发的脚步都快迈到村头了。因此，人流动就越来越多。姥姥和姥爷轮流着种地和卖菜，或者出去卖个豆腐，白天黑夜颠倒着过，因此，通过体力战术，他们还是比一般村民收入多一些。但是，姥姥和姥爷只是辛勤的工蜂，家里的二儿子和二儿媳妇是蜂王，无论采多少蜜，除了工蜂留够糊口的外，只要被发现，二儿子都会像是税务官那样给拿走。不过和税务官不同的是，二儿子是全部罚没，姥姥也没有任何抗议或者申请行政复议的权利。甚至连对外说也不行。如果让大儿子和大儿媳妇知道，不仅会丧失这部分钱，还可能会带来一场家庭战争。

有人说男人的一半是女人。但是，对于姥姥和姥爷而言，女人的一半也是男人。等姥爷去世之后，姥姥很快就枯萎了。在这之前，虽然她已经是一个老婆子，身上也明显地看出雪霜的痕迹，但是，还能看到夏天以前积累的气息在支撑着她，如同灯笼的框架支撑着一个灯笼。现在框架散了，灯笼也就迅速地瘪了。在姥爷去世的那年初冬，姥姥就得了偏瘫，抢救过来后，只有半边身子能活动，另外半边身子被姥爷带到坟墓里去了。因此，无论是坐三轮车也好，坐拖拉机也好，姥姥经常让人把自己捎到姥爷的坟头那边去，她一个人在那里也不想哭，只是想埋怨姥爷,你把我的一半带走了,为什么不带走另外一半,让另外半个人在世上受苦。

自从姥爷去世后,姥姥也被姥爷沉重的死亡石头坠着带到生活的更深激流中。她没了劳动能力,与之同时失去的不仅是食物,而且还是尊严。如同短期迁徙的候鸟,她轮流在大儿子和二儿子家过。

在二儿家时,二儿媳妇娘家一大家子经常过来吃喝,二儿媳妇好吃好喝好招待。因为姥姥腿脚不方便,一只小凳子代替了她瘫痪半身的功能,因此,二儿媳妇只是少弄点饭菜让姥姥在旁边一个人吃。姥姥还是心疼二儿子说:"你一个人辛苦地补自行车赚点钱,你媳妇娘家一大家子都吃你的,你这身板早晚得熬干。"二儿媳妇知道后,婆媳之间发生了争吵,为了镇压姥姥这种不良倾向,她迅速而及时地把姥姥拖到门外的大路上,说是让开大车的把姥姥撞死。

在一种半眩晕的状态中,姥姥被一路拽到了马路中间,这是一条整日大车小车川流不息的大路,也是这个县城连接外地的主要干道。在最初的愤怒和耻辱波涛逐渐消退后,姥姥甚至在这条大道上感觉到了一丝自豪的快感。这么多的车辆,无论是大的还是小的,甚至是三轮车看见她都戛然而止。即使有些不守规矩的车辆从她身边绕过,也会一起按着喇叭向她致意。这是她活了那么多年很少获得的尊敬,没有想到在这个时刻来到了。她甚至比较珍惜这种机会,毕竟人年龄大了,身体又不好,这种机会不是村里老头老太哪个人都能够随便享受到的。

后来感觉和二儿媳实在弄不到一起去,轮流到二儿子家时,姥姥就在晚上代替二儿子看守修车的铺子。那是一座几乎荒废的大院子,周围很远都没有住家,甚至连一条狗都没有。不过有一个晚上,忽然来了两个贼,让这个冷清的院子热闹起来。

贼在半夜进屋时,姥姥的耳朵还是能够听她的指挥,但是,她的半边身子叛变已久。姥姥被其中的一个贼按在床上,那双曾经在年轻时在当时的老年人面前无数次炫耀过的有力的腿,已经无力支撑起她的身体,她只是用了能用的最大力气吆喝着:"别动那机子,那是俺家的,是我儿子的。"

在一旁收拾值钱一点东西的贼蒙着脸,看不清面目,却能听见在那里嬉皮笑脸地说:"这哪里是你家的东西,你叫一声它答应吗。这里的东西都是我的。"

姥姥又哭又骂:"你们这两个贼,欺负我一个残废老婆子不得好死。"

贼说:"这你说了算,那我们就坏死。"

姥姥不知那两个贼是否得到好死,但是,好像她死得也不是很好。其实,如果想得开就行了,死哪有死得太好的呢?

应当说姥姥是为了自己活着而付出了远高于死去的努力。平时她非常怕蛇,但是,为了治疗她越来越严重的偏瘫,以及偏瘫在体内作祟的根源,不知哪个民间老土医生出的偏方,可能是邻村的黄豆婶,也可能是十里外靠给人摸额头治病的巫四姑,说是以毒攻毒,反正姥姥几乎吃光了附近山上能抓到的所有毒蛇,包括这里常见的那种最长半米左右,长着丑陋脑袋和邪恶眼神的毒蛇。不仅附近几里地山上的蛇感受到了害怕,更远处的蛇也开始瑟瑟发抖。

一开始姥姥还能说话,最后八个月她不能说话,整天一动不动地躺在那里,几个儿女难免伺候不周,老板娘从滨海回来时带一些东西去看她,她贴在床上,身上发出难闻的气味,比毒蛇的气味还要难闻。可能这也是毒蛇吃多了的副作用。就是这样,她还是坚持了八个月,她诅咒小偷不得好死可能还没有应验,可是,她的死法难说是一种好死。这是一个勤劳的人,活着一生就是为了证明勤劳的伟大,但是,上天却没有睁眼,以这么一种死法来回报她,以至于那么爱姥姥的老板娘听说姥姥的死讯后,在一种巨大的从高处坠落的痛感之中,竟然有了一丝为姥姥庆幸的感觉。

七

只要是一起出门，即使是出去吃一顿麻辣烫，孟仲仁总是会发现老板娘带着不同牌子的名牌包包。这些包按形状有三角的、长方的、椭圆形的、正方的。按照材质来说有鳄鱼皮的、鹿皮的、牛皮的、羊皮的、猪皮的、帆布的，显示着女人对包的孜孜追求。这些包几乎很少有共同之处，唯一的共同之处就是都不是国产的牌子。

这些名牌对于孟仲仁来说是一种想象中的折磨，其中的主要原因倒不是这些包的形迹可疑，背后有过不同男人的身影，代表着一个个经历过奢侈生活的人来监督他。这种折磨主要原因在于，他难以想象有人会用那么昂贵的价格去买这些不堪大用的东西。

孟仲仁偶然的时候也问过："这些包是谁给买的？"

老板娘笑着回答说："这是你滨海的三哥给买的。"

"不止是三哥吧？"男人接着问。

"你愿意想几哥就是几哥，你自己愿意当几哥呢？"女人会问。

孟仲仁也拷问过自己，自己真的会生气吗？还真的没有生气。他和老板娘如同在进行一场心照不宣的合谋，但是，具体合谋什么，却并不清楚。

当然，滨海三哥买的包只是一种概括性的说法，这些包是代表了金镯子、手环、戒指、皮衣等一类的总称。当然，买包的主体也是一种概括性的说法。听说有几个包还是三哥的老爹给买的。

三哥的老爹是一个很场面的人。即使是当地道上很有些名气的人都给他面子，经常送一些名贵海产品或者烟酒给他。到底为何如此，后来老板娘对孟仲仁说这件事情时，孟仲仁说可能这个人以前就是在黑道上混的，属于洗白上岸的那种。到底三哥的老爹是不是混社会的，这不是老板娘以前和以后关心的问题。她曾经在进口超市购物时,亲眼看见这个半老男人领着一个模特一样的年轻女人,这个女人后来的事情才是她稍微感到有些兴趣的。

成年人的社会不需明说,那时三哥的老爹也看到了老板娘,还是若无其事地打了个招呼,后来却经常给老板娘买个包包之类的礼物,弄得三哥嫉妒地说爸爸只是疼未来的儿媳,却不疼儿子。这是男人对付女人的撒手锏,特别是对老板娘更是如此。这是用钱或者包包来灭口,和刀子等武器的作用差不多,却更加文明高效。当然,三哥的老爹又不能杀人灭口,只能是支付一部分封口费。应当说三哥的老爹果然是看女人一针见血,这也是他对付女人百试不爽的经验。

虽然三哥的老爹给老板娘买了几个包,但是,她还是忍不住。终于在一次深夜和滨海三哥两个人都睡不着无聊时说了出来,可能这种时候人保守秘密的意志更加微弱,而倾吐真相的动力更足。这据说是搞审判的人为什么喜欢在深夜审讯的原因。没人对老板娘用什么审判手段,她就在惺忪的睡意中把三哥的老爹和情人的事情告诉了三哥。但是,三哥并不诧异,而是淡淡地说:"我早就知道了,只是对我妈还瞒着。你不知道的还有很多,我爸不仅找了那个女人,还生了一个男孩,现在都几岁了。"看来有钱人的世界真是奇怪。这么大的事情在老家的一般家庭中,可能就是一场家庭血战的起源,在这里,却只是如同蛛丝一样,用手轻轻一抹就过去了。

更让老板娘惊讶的是,后来三哥还专门领着她去见了父亲和情人生的这个孩子。那个时候那个模特一样的女人已经向三哥的老爹要了一笔钱,分手找了一个年轻的小白脸,把儿子留给孩子的姥姥、姥爷看着。

这是一个长得圆滚滚的五六岁的小男孩,脸向外澎湃着肉意,给人一种诱惑,如果不捏一下都对不起这鼓鼓的嫩肉。这个小男孩显然也是寂寞怕了，对三哥和老板娘也感觉不陌生，并且这么小的孩子从本能中知道三哥也是亲人，只要是没事，就磨着让老爹带着来找哥哥。三哥明显对这个孩子没有敌意，而是有着作为大得多的哥哥对弟弟的那种宠爱，这种宠爱也被孩子敏锐地捕捉到，这成为他撒娇的借口。如果三哥有些烦他，他就会说："你是我的亲哥哥啊。我不找你找谁呢？"

没有人的人生是完美的。即使一个人浑身发光，这可能只是对面观看的人的眼睛里的反光。像是滨海三哥的老爹就是如此。他从父辈那里继承了一笔财产，自己又有能力，让这些财产生出了源源不断的财产。本人也生得高大英俊，即使是五十多岁了，也会招来年轻漂亮女人的青睐。金钱让年龄打折，让魅力倍增。然而，他在继承父辈财产的时候，也继承了父辈的遗传性心脏病。这是个被心脏病诅咒的家族，一辈至少有一个儿子是先天性的心脏病，比继承先天性的财产还要准时，到一定年龄后就会降临。这或许是他再找一个情人生个儿子的原因。而老板娘看到滨海三哥心脏病发作的时候，才知道他老爹确实是未雨绸缪。

三哥的心脏病终于发作了，即使他逃跑了那么多年，即使他平常身体素质非常好，即使他每日不忘健身。但是，心脏病毕竟还是循着家族的基因路线找到了他。幸亏他们家早有这种心理准备，在三哥感觉到胸口如同被一个巨人强力地按住，让他几乎无法呼吸时，他们家就采取了最快的措施，把他送到了医院。同时，医院的心脏病医生也是多少年前都维护好的。这不是仅仅为了友谊，而是为了保命。

当时做手术找的是滨海最出名的一个心脏病医生，他在三哥的手臂动脉那里放了两个小小的支架。表面上这是维持他生命的法宝，但是，老板娘感觉这其实是两个搞潜伏的间谍，只要有合适的时机就会暴露三哥的心脏秘密。当然，这也许是三哥能够容忍父亲再找个女人生个同父异母弟弟的原因。尽管这种原因对他而言有些残酷。

第十章

她是一个律师

一

书记员密桃知道自己早晚都要离职。因为妈妈的过去犯罪历史，决定了无论她在法院工作多长时间，无论工作有多么努力，她都不可能成为法官。这是法律明确规定的。她做了几年书记员，一直也没有从法院离职。就如同遇到一个心怀叵测的男人一样，明知道这个男人一生也不准备娶她，但是，因为她适应了这种生活，适应了这个男人，即使知道没有希望，却不敢跳入流速更大的河流中。

这个地方的人不知是聪明还是愚蠢，这主要是看从哪方面考虑。如果对于大城市的人而言，他们很愚蠢。一生只是为了生孩子，生了却不好好养。如果对这地方的人而言，大城市的人的做法很愚蠢。大城市的人都很自私，只管自己一辈子，还搞什么丁克，多少代的基因传递到此为止。无论如何，这里可能是全国有生育意愿最高的地方之一。即使是计划生育最严厉的时候，密桃的大哥也敢于对此进行挑战，而几乎不考虑自己的养育能力。像是种地一样，这里信奉广种薄收，密集种植。"种上一地的高粱,怎么说也有长得高一些的。"大哥经常这么说。大哥已经生了两儿两女。如果不是那次脑溢血的话,可能他和老婆还是会毫无压力地生下去。

密桃的肥胖大哥和同样肥胖的嫂子都没有什么正式的工作,都把养育孩子的希望寄托在爸妈身上,而妈妈对儿子养育孙辈的祈求几乎没有什么抵抗力。当然,偶尔也暴露出情绪反叛的苗头。但是,几乎在第一时间就被大儿子镇压了。大儿子虽然胖,却不影响他的快速反应能力,他说:"妈,这都怨你和爸,我小的时候,你们都上班,一个当校长,一个在学校做饭,都为了别人忙,教育成材了那么多人,就是没把自己的儿子教育成材。"妈说:"你爸和我那时都忙,也是没有办法。隔壁林老师的儿子也是和我们家一样的情况,人家不都考上清华了?"

大儿子马上接过来:"那不能比,林老师不像是你和爸那么喜欢钱,他整天给孩子辅导。再说,你看我妹妹和弟弟,都教育得多好,一个考上了大学到法院上班。一个学习也很好,不知将来要到哪里上班,不过无论到哪里上班也比我整天打零工强。"

妈还是想勉强抵抗几句:"你妹妹、弟弟念书那会儿,你爸身体不好,在家里没事,不辅导你妹妹、弟弟还闲着?"

不过,无论如何,爸妈都内心有些亏欠大儿子,也尽其所能地帮助大儿子一家。爸爸不做校长了,从上级宣布这个消息那天起,从校长那条河流上引来的利益之水就断流了,家里以前因为爸爸这个职务获得了一些礼品就到此归零。不过,在妈妈给人家算命时,人家感谢的礼物她也基本上全给大儿子了。这些都是小事情,因为拆迁补偿的那套房子也归大儿子了。但是,大儿子的四个孩子在爷爷奶奶大坝上凿的口子太大了,无论如何也很难弥补。这就需要大儿子也不得不经常找些工作。没有正式的就做临时的,反正除了犯罪以外,什么能赚到钱就做什么。

在那次,大儿子开着柴油三轮车为别人拉货,这可以赚点钱补贴家用。当经过县城一个红灯时,他准备用自己肥胖有力的腿刹车,但是,这次这条腿背叛了他。当然,后来查明真正的叛徒是血液,比平常黏稠1.5倍的血,让他的大脑不能控制神经,神经不能控制脚筋,脚筋不能控制刹车,红灯不能控制这三轮车,它义无反顾地冲了过去,只听到刹车声与骂声一片,大儿子用他残存的意志,勉强控制住了一场灾难。他的内心有一种断崖下坠似的惊呼:完了,我脑溢血了。他的这种忧患意识,并不是因为他出身于医学世家,而是爸爸从他不大时就是医院的常客,从而让他比别人更懂一些基本医学预判。当然,这对求助别人送他到医院也有作用,直到别人第一时间把他送急救室,他还在恍惚中喊着:"我是脑溢血,按着脑溢血治。"

孟仲仁听到老板娘说起她姨哥得了脑溢血的事情,他说:"不是你二姨会算命吗?怎么给自己儿子算不准了?没有算出自己的儿子要得脑溢血?"

老板娘有些恼怒:"你懂什么?算命都是给别人算得准,算自己的事情就不灵了。"

孟仲仁又问:"原因是什么?"

老板娘说:"你这只呆头鹅。我怎么知道原因,你们这些读书人,就是心里恶毒。"

即使在县医院,一天的治疗费用也是惊人。第一天的医疗费用就是几千块。还是一个亲戚救了急,她在这个医院以前做过内科主任,后来因为内科业务水平高,被挖到了市里的大医院。她过来看密桃的大哥时,发现这不是治病,而是要命。密桃的大哥没有医保,这种治疗费用根本不是他的这种家庭所能承担起的。这个远亲就找到了开药方的医生,由于就是前同事,也是熟人,就刷刷两下,划掉了几个昂贵的项目,这才把医疗费控制在一天几百以内。即使如此,这也是对二姨一家经济上的严重挑战。

对于密桃而言，即使她很喜欢钱，这也不丢人。但是，在钱能够和大哥和父亲的命直接相连之前，她从来没有感觉钱有那么重要的意义。以前她只是把钱和好吃好喝联系在一起，和好玩好用联系在一起。

由于家里经济并不富裕，甚至还有些寒酸。密桃自从读初中时，从来没有把同学领到家里去玩过。她怕同学看到父亲如同爬坡老牛一样不停地喘息，怕同学闻到她家里阴云一样整日笼罩的中药的气味，怕朋友听到父亲的吸氧机无休无止的单调噪音。

在表面上，她还是和家境好的同学或者朋友那样虚假地快乐着。实际上，快乐距离她像是钱距离她那么遥远。她的这种快乐是一种虚幻的快乐，如同在雾气中灰蒙蒙的山地的早晨，一出阳光露出了赤裸裸的山地，以及上面堆放的各种形状的坚硬石头，现实也是这样展现出真实而冷酷的面目。此时，快乐就不存在了。

特别是这年，一场严寒袭击了这座平原和山区交界的县城，少数的遗留在田地里的不耐寒的蔬菜纷纷提前夭折，密桃爸爸也因为这场严寒诱发了哮喘病，险些失去了生命。在县医院的病房里，由于经常来住院，和几个医生都成了熟人。医生也说得很实在，说这种病没法除根，就是怕冷怕热。如果你们家里冬天有暖气，夏天有空调，还能让他多活几年。家里本来有一台用了不少年的脏兮兮的空调，在冬天却达不到爸爸疾病所要求的温度。因此，买一座有暖气的房子就成为迫在眉睫的事情。

正好这年，密桃考上了律师资格。本来还想着在法院的温水里暂时躲避几年，没有想到生活的激流把她抛了出来。面前的路好似有很多条，但是，却好像只有一条可以选择，那就是出来做律师。

这次，她决定提出辞职做律师。在爸爸生病住院以及急需买房的时机，她把自己从法院辞职准备做律师的事情提出来，这无疑增加了很大的说服力。如果在平时,妈妈很难会同意她辞去这个花费了那么大的精力,并给家人带来无限荣耀的工作。

二

二姨父又住院了。他的这种疾病是一种富贵病,只适合生活在四季如春的地方。太热或者太冷都是大敌,是真正能杀人的大敌。因此,在夏天或者冬天的时候,他就会成为被天气控制的襁褓幼儿,不过是有着早衰皮肤和筋骨的中老年幼儿。

老板娘去看二姨父的时候,即使他已经过了危险期,还是能看到他像是一个经历了一场暴风雨的船上水手,头发是湿漉漉的,脸上如同死人盖的黄纸那么黄,胸口也经历了一场浩劫,现在正努力地一收一缩。走进二姨父的病房,可能是陪护病人累了,二姨在那里倚着病床打盹。除了吸氧机在那里有规律地闷响着,就是听到二姨父在那里急促地喘息着,老板娘忽然想起了小时候姥姥做饭拉动风箱也是这种声音。

姥姥后来告诉老板娘,在她记事之初,也就是在她大约四五岁的时候,在姥姥家族里,老板娘实际上是第一个发现二姨夫有哮喘病的。她的这种判断是有科学依据的。

因为老板娘小时候没有多少玩具,在没有人玩的时候,姥姥家的兔子就承担了临时的替代角色。一开始姥姥怕大兔子咬她,就只是让她抱着小兔子。但是,在一次趁着姥姥不注意的时候,她把一个大兔子也抱在床上睡觉。后来她发现,无论是大兔子还是小兔子,特别在睡着的时候,都会发出很重的呼呼喘息声。而当二姨夫抱着自己时,她也能从他的嘴里听到相同的声音。因此她欢快地说:"姨父,你怎么会像是小白兔,也会发出那种声音呢?"二姨父哈哈地笑起来:"出去别对外人乱说啊,有时候我也是一只小白兔,我也会吃草哦。"后来姥姥回忆说,这个时候二姨父的哮喘就已经发病了,只是后来他隐瞒了二姨好多年。

二姨夫平时吃哮喘病的药,都用外面是维生素标识的药瓶装着,这样竟然隐瞒了二姨好多年,只是到严重到住院没法隐瞒才暴露。

现在,二姨父连小白兔也做不成了,只能成为农村的陈旧的风箱,随着风箱杆的推拉,可以看见浓烟和火在他的肺里蒸腾。

好像自己进门的声音把二姨惊醒了。老板娘发现她蓬头垢面,已经被折磨得不成样子。她的手上睡着了还缠着一根绳子,可能是准备绑氧气瓶时困得睡着了。不过,这里还有一条隐形的绳索,绳结是多年前二姨父用一次阴谋打成,结果就紧紧地束缚住了二姨。

二姨说:"娟娟你来了,刚才你小姨过来看过,这里什么都有,你就别买什么东西了,买多了也吃不了。"

老板娘说:"也没有买什么,就是买了一些营养品给姨父。咦,密桃呢?怎么没见。"

二姨回答说:"今天早晨还在这里,现在回单位准备写辞职报告,法院赚不到钱,她准备辞职做律师了。都是你二姨父把密桃连累坏了。这么好的一份工作,虽然工资不高,但是好在旱涝保收。张二宝家里花了那么多钱女儿都没有进去。现在密桃却主动辞职,这回倒好,给别人腾出位置了。"二姨说着嘴里嘟哝着什么,也不知是叹息还是呜咽。

姨妹密桃能够想到家里的困难,主动辞职做律师,好多赚些钱给她爸买房,这还是让老板娘有些意外。可能是血缘战胜了本性。老板娘回忆的触角不断向前延伸。在很小的时候,姨妹就被她和姐姐称为间谍。老板娘对姨妹从小印象不是太好。她叫姨妹小间谍好多年,一直到姨妹读高中后,大家都逐渐懂事了,才慢慢让小间谍这个外号画上了一个句号。但是,这个外号却没有寿终正寝,只要有相关的事情,就会在老板娘脑子里余音绕梁。

姨妹很小就举报过姨夫,说她爸爸抱着漂亮阿姨的细腰跳舞。如果只是这样,这个外号也不会那么深入人心。在小的时候,姨妹不仅在主场也就是自己家里会举报,而且在老板娘家里做客也会举报。姨妹因为举报老板娘和姐姐没少挨她们的打。有时是单打,有时是双打,根据举报的事情和严重程度而定。

那时老板娘就很会创收,这也是天性。当时父母亲都做生意没空管她们。大些的时候每年老板娘都会回父母身边过上几天,带着比男孩子更顽劣的天性,她把自己善于创收的特长传授给了姐姐。她发现爸爸每次都喜欢把钱放在一个沉重的锁着的大铁柜子里面,但是,善于观察的她很快发现了爸爸的软肋,就是铁柜子门上有一道缝,如果用硬铁丝弯成钩子后,可以根据铁钩的心情勾出硬币和纸币,金额大小不定。姨妹恰恰见证了这个小的犯罪团伙的整个犯罪过程,结果她毫不犹豫地向老板娘的妈妈汇报了整个案情。结果妈妈用扫帚狠狠地把老板娘和姐姐痛打了一顿。

老板娘和姐姐处罚姨妹的刑场设在一个大水缸里。那个大水缸大概有到成年人的腰那么高。老板娘家里人多,水缸就大。看一家人有多少,看水缸大小就可以看得出来。因此,在大人不在家的时候,老板娘和姐姐抓着姨妹的身子向水缸里推时,还是比较吃力的。家里一个大人也没有,只是听见夏天如雨的蝉鸣声,以及姨妹的尖叫和求饶声。"姐姐我再也不敢举报了。饶命啊。""你这个小间谍,我们拿自己家的钱和你有什么关系? 那不叫偷,叫拿,自己家的钱还叫偷吗? 懂不懂?"老板娘厉声地喊着。姐姐也在一边附和:"拿钱买东西你没吃啊,一人一个棒棒糖,就是因为你对那个颜色不喜欢就举报。你这个吃里扒外的货。"姨妹被倒按在水缸沿上,水面上映着她惊恐万分的脸。那个样子有些像是褪毛的鸭子下锅的情形。老板娘和姐姐吓唬姨妹好久,直到让她心服口服才松手。

三

即使书记员密桃有几年在法院工作的经验，但是，那种工作主要是记录，那是记录别人的事情，从在律师事务所实习一年后自己执业开始，她就把自己的经历和当事人的经历混合在一起记录了。

在以前的实习期间，都是律所的一个中年男律师带着她做案子，倒是忙忙碌碌的，不感觉到寂寞。但是，等她自己独立执业时，等待了好几个月，才等到了第一个当事人来找。这是一个已经明显显示出衰老迹象的老妇人，在她多褶皱的脸上，遍布了生命的阴影，如同黄昏时巨大的山影一样掩过来，只是在她脸上皱褶的缝隙里还有些许残存的阳光，偶尔会像失明的人一样露出眼白。这是她诉说儿子最为荣耀的时刻才显示出来。

这位老妇人年轻时可能并不矮，但是，生活和年龄把她压得比以前矮小了不少。她低着头，畏畏缩缩地坐在密桃的律师办公桌前。可能这个老妇人找律师事务所找了好久才找到这里，也可能她有其他的事情耽误了。此时时间已经是下午快下班的时候，比较资深的律师或者是在外面有案子，或者出去有饭局，或者是早就下班数钱去了。反正偌大的律师办公室里就有那么一两个挣不到钱闲得无聊的律师，有一个在大声地煲着电话粥，另外一个正在忙着收拾桌子。这或许是密桃能够对这个案子捡漏的原因。

一开始老妇人还不好意思坐，直到密桃有些不耐烦地说："让你坐就坐好了，这里又不是公安局。"

老妇人好不容易在密桃办公桌前的那把椅子上坐下，讨好似的说："她大姐你是律师吗？"

这是什么称呼，密桃皱了一下眉头，无奈地说："我是密律师。"

老妇人说："好好，律师。我对你说，我的儿子没有罪，都是他老婆害他的。"

密桃打断了她说:"你从头说,说得仔细一点。你这样头上一句,脚上一句的,谁能知道是什么事情。"

老妇人说:"我儿子是村里第一批验上国营工厂工人的,那个时候村里干部还给戴着红花送走的。那时就是我们乡里都没有出过国的人,我儿子就经常到外国去。"

老妇人说着还从挂在身上的一个背包里找出一个塑料袋,塑料袋里有一个相册。本来密桃以为是案件的证据,但是,老妇人翻了半天,找到了一张集体合照,她忽然脸上闪现出光来:"律师,你看看,正当中的那个就是我儿子。"

密桃接过看了一眼,一个中等身材粗壮的年轻男子正在相册里面看着她。这个男人还没有完全脱去土地给脸上带来的土黄色痕迹,脸上带着那个年代特有的自豪与激动,好像要从相片里出来和她见面一样。他比淳朴的农民多一些浮夸,比城市里的人少了一些自然,是一种农村和城市混合的作品。这个男子目光直视,在照片里也能感觉到炽热的烫手感觉。这是那种还能控制住自己命运的眼神。在合影的七八个人头部正上方,有一行照相时带的印刷字:"朝鲜金刚山建筑工程留念。"看来是国家当时招了一批去朝鲜做一项工程的工人。

老妇人又指着另外一张照片说:"这是我儿子和儿媳的合影。儿媳当年就是看上我儿子是国营厂的工人,才嫁到我们家的。后来儿子在那个国营厂服务时间满了,回到老家后,那时两个人生的一个女儿都八九岁了。儿媳一看我儿子挣不到钱了,就开始变心了。"

在老妇人如同鸡爪的手指下,密桃看到了老妇人儿子和儿媳的合影。她的儿子当时是在雪中和媳妇一起拍照,太阳把他的脸照得闪闪发亮,他头上的那种帽子叫作火车头帽子。后来这个地方的冬天几乎很少看到有人戴帽子,别说这种显得有些土的棉帽了。但是,这顶帽子看起来并没有影响照片中的儿媳对儿子的感情,她斜着身子以当时时髦的姿势靠在男人的身上。

密桃说:"你是来找我谈你儿子和儿媳离婚的事吗?"

老妇人又哀叹连连说:"是离婚的事情就好了。当时我认为他们离婚在我们家就是天塌了,不过,这次比天塌还要厉害。我儿子离婚后,儿媳很快找到一个男的,还没有结婚。那天逢集市儿子看到儿媳和一个青年揽在一起,儿媳手上挎着儿子当年给她买的那个包。我以前也不知这个包值多少钱?听说是个什么牌子。牌子不牌子的不说了。我儿子当时骑着摩托车越看越气,就想把自己的包要回来。他还是怕儿媳和旁边那个男人不同意,就趁着那两个人不注意的时候过去,用手抓住包以后一加油门跑了。那时候我儿子只是想要回自己的包,谁想到里面还有两千块钱。这是后来公安局的人说的。我儿子到家还没有来得及数多少钱,就被公安局的人赶过来抓走了。"

密桃对是否接下这个案子有些左右为难,并不是说她不缺钱,而是这种家庭不会出多少钱。她就当接这个案子积累律师办案经验了。因为律师在一定程度上和做木匠或者铁匠差不多,都是熟练工。不要以为木匠的斧凿技术和铁匠的打铁技术与律师的辩护技术有什么实质性的差异。虽然她在法院做书记员工作了几年,但是,这些年书记员工作对律师实战基本是无用功。看到老妇人这种情况,密桃本来对这个案子就不准备多收费。她说:"看你也这么大年龄了。我就收你五千吧。"

老妇人显然没有被这个数字感动,反而被震惊到了,她反复地侧着耳朵向密桃求证:"啥?五千?我们家要有五千的话,也不至于儿媳妇跟别人跑了。"

密桃说:"那你说多少钱吧。"

老妇人抖抖索索地打开粗布褂子的扣子,然后掀开衣襟,在这件衣服内侧一边的最里面,能够看到一个补丁一样的凸起,在那里羞怯地隐藏着。老妇人再费力地脱掉裤子,那块补丁就露出了真身,原来是人工改造的一个临时口袋。她从口袋里摸出了一个塑料包,里面有什么东西用纸密密地包了几层,她一层层剥开,如同剥洋葱一样,直到最后一沓钞票千呼万唤始出来。数了一下,不多不少,只有八百元。密桃也没有办法,就当是为将来的律师职业热身了。

　　密桃以前也多次经过会见的那座看守所,给她的感觉这是一座干燥的看守所。这座看守所建在半山腰上,是在以前一个废弃采石场留下的地面上建起的,周围很远没有一棵树木或者是绿色植物。在夏天,可以看见白花花的太阳把铁门晒到很远都会闻到油漆的味道。在冬天,四周的高耸石头墙也看不到一点水分,即使是哨兵在高墙上一角的瞭望塔里的声音也是干燥无比:"谁在那里? 干什么的?"

　　由于是第一次独立会见,密桃早早就来到了看守所门口。此时看守所周围还未完全醒来。看守所大门对面有一个临时商店,它脱离了群众,多远也没有一个邻居。在商店的侧墙和正面墙上都写着几行大字,并留着联系人的姓和电话号码。右侧墙写的是:xx律师事务所,负责取保候审、保外就医、缓刑假释、错案取证、法律援助,王律师电话:xxxx。正面墙上的大字是:代为取保候审、缓刑假释,不成功不收费。张律师电话:xxxx。看样子商店的老板还没有起床,散养的几只鸡在那里已经开始工作,在辛勤地找着吃的。一只土狗浑身脏兮兮的,看样子已经适应了这里经常来人,只是看了密桃一眼,就自顾自地研究起地上的几根不知哪天的惨白的骨头。

　　当密桃在看守所门口徘徊时,远处一个三十多的男人以为是来了一个潜在的客户,赶紧过来攀谈。这是一位精明的男人,脸上的肌肉硬邦邦地紧贴着两颊,头部两边的头发剃得几乎不见,头上留着板寸。他过来后发现密桃不是生意对象,而是一个美女律师。他一眼就看出密桃做律师的时间不长,因为她看着看守所时眼神有些躲闪。他嘴里也没有闲着:"美女干律师多长时间了?"

密桃说:"时间不长。"

男子说:"现在年轻律师不好干啊。经常看到年轻律师过来发广告,找生意。"

密桃说:"你是干啥的?"

男子说:"别人都叫我们黄牛。别管黄牛黑牛,赚到钱就是真牛。"说着,他又好像很熟悉的样子靠近密桃低语:"我本来就是这个看守所的辅警。后来工资不能养家就辞职了。现在和一个大律师合作。我后面有个退休的领导,领导把案子给我,什么不管拿一半,我和律师合作,再平分另外一半。"

密桃问:"那你每年赚多少钱?"

男子回答:"前几年赚钱快。现在差得远了,每年几十万吧。看你是位新律师,要不要留个联系方式? 有案子可以合作。"密桃感觉这个人有些不靠谱,但是,多个案件来源渠道就是多一种可能,多一种可能就多了一点希望,于是,就和这个黄牛互相留下了电话联系方式。

这是密桃第一次会见,她竟然还有些激动。从老妇人让密桃代替填写授权委托书的过程中,她知道这位老妇人的儿子叫作贺发水。但是,在整个干燥的看守所里,想发水是不大可能了。此刻,贺发水正在被看守所的干警押解过来,隔着铁窗在密桃面前坐好。

贺发水可能怕听不清律师的话,努力地向前探了一下身子,但是,上身的努力却被下身拖了后腿,因为下面被固定在一张沉重结实的铁椅子上,椅子又固定在水泥地面上,这让他的脖子前倾,像是一只待宰的鹅。

他问:"我老娘请你做的律师啊?"

密桃说:"是的。"

他好似轻微地叹息了一下,如同微风吹过河面一样,他说:"女律师也行。律师你在公检法有关系吗？"

密桃说："我在法院上过几年班。"

他忽然高兴起来，声音也炽热了不少，提高了几度："那就好，那就好，在法院工作过还愁没有认识的人。你现在是律师，其实和法官也是一家，都是同样的爸妈生出的好几个儿女。他呵呵地笑起来，颇为自己的比喻感到自得。"

自从密桃说自己在法院上过班之后，律师和贺发水之间的形势发生了逆转。他明显地表示出了讨好的笑容。

密桃说："你老娘把你的犯罪经过已经给我简单说了，你再详细地给我说一遍。"

他有些不服气地说："说经过倒是可以说，不过我没有犯罪，从老婆那里拿回自己买的包还叫抢夺？我戴了绿帽子还要提供包来装这些帽子吗？"

虽然这间看守所会见室内稍微有些阴冷，但是，毕竟初夏已经到达这片土地了。因此，即使在白天，也有几只蚊子在室内翩翩起舞，肆意地攻击着侵入它们狩猎领土内的人。密桃感觉几只蚊子的尖嘴不知什么时候穿过丝袜，在她的脚踝处留下亲密接触的感觉，她不由得停下手中的笔，拍打着蚊子。

贺发水在那里呲牙笑了起来，仿佛很满意密桃被蚊子咬："我们都习惯了。"他说。

接着贺发水摇头晃脑、赌咒发誓地说："天地良心，我贺发水从小就是吐口唾沫砸个坑，说话算话，我真心没有想着抢我前妻的钱，只是想出口气拿回自己的包。天知道包里有多少钱。我也不怕事，敢作敢当，倪红灯煤矿的电缆我都敢剪，你问公安查到了没有。这个县里谁不怕他，我不怕。"

如同在黑夜里谁在她脸上划着了一根火柴，密桃突然被烫了一下。

她问:你剪过倪红灯煤矿的电缆?什么时候?剪了多少?贺发水有些得意洋洋地说:去年冬天交三九的时候,地冻得嘎嘎地响,那个时候谁敢出门,就是出门,剪电缆没有一点技术谁也不敢剪,被电死怎么办?那都是几万伏的高压。幸亏我出国搞过工程,懂得电路。抢包能弄到什么钱,去年这一次我就卖了万儿八千的。

贺发水偷电缆的这件事开启了密桃内心封存多年的火,这把火本来已经冬眠了。但是,这把火让这件事又重新点燃了。她感觉内心燃起滚滚火焰,在会见结束后,她并没有立即回律所,而是在一个岩石形成的遮荫处迎着山风吹了好久,才把心中的灼热吹凉。

新律师密桃辩护的第一个案件火了。这并不是说她辩护多么成功,而是当事人私自对她说出了最初公安没有查到的犯罪,她却主动告诉了办案的警察。其实,她也曾经犹豫过,但是,内心多年埋伏的那个声音告诉她:揭发他,揭发他。密桃自己后来也说服了自己。对于贺发水偷倪红灯煤矿电缆这种行为,绝对属于是可忍孰不可忍。你知道电缆断电时下面有多少挖煤工人在工作?听说由于煤矿上面是水库,下面的水特别多。你自己发财了,下面却真的发水了。

密桃实习期间的师傅也是这个律所的主任,他的脸就像是发面馒头一样圆鼓鼓的,特别是在夏天,能感觉到他的全身像是刚出锅的馒头一样冒着热气。这是一个好脾气的男人,但是,对于这个事情,他也忍不住对着密桃冒火。他说:"小密,按说你独立执业了,我也不愿意说你,不过,能说你的是真心帮助你的。你现在不是在法院上班了,你也不是公安,你不能举报自己的当事人。说得难听一点,这些人就是咱们律师的衣食父母。你这么做不仅砸自己的饭碗,也会对我们律所造成影响。"

密桃说:"你怎么知道是我说的。不能是公安查出来的吗?"

律所主任说:"你以为现在纸里能包住火,办案民警小赵是我姨哥的儿子,他把这件事作为笑话告诉了他刚认识的女朋友。他的女朋友是县电视台的,又把这件事情当作新闻一样对其他朋友说了。你这事就差没有上县电视台播出了。"

律所的那个女行政是通过关系进来的,一脸脂粉,年龄倒也不大,二十多岁的样子。她趁着大家不注意,偷偷地把密桃拉到办公室外面说:"密律师,都说你举报了自己当事人的犯罪情况,我不是律师,不过这种事情在律师行业非常少。至少在这个县里没有听说过,你到底说了没有?我们都那么熟悉了,我还能给你说出去。"密桃忽然感觉这张跳动的脸上的脂粉掉落了下来,地上如同枣花一样的东西簌簌作响,她心烦意乱地说:"这件事吧,反正是身正不怕影子斜。"不知她是说举报犯罪是正义的呢,还是说别人诬赖她举报这件事。

四

谁人背后不说人,谁人背后不被说,即使是姨妹,老板娘也经常向孟仲仁提起,也经常因为这个话题吵架。当然,互相对骂已经是两个人之间交流感情的一个重要渠道。如果不这样,可以说的话就要枯竭了。

在老板娘和孟仲仁发生争吵的时候,一方没文化一方没钱的矛盾就特别突出。老板娘经常粗俗地骂他,他也经常粗俗地回骂。对于孟仲仁而言,这有时是一种减压的方式。有时却无端激起了他的怒火。他说:"你这种女人就是没有文化,说话比结过婚的老娘们还要粗鲁。你在滨海时也对男朋友这么说话吗?也这么骂他们吗?"

老板娘说:"我在那里就不这么骂了,我是对什么人下什么菜。你也不像是他们那样整天喊我宝贝。你倒是好,一点情趣也没有,就知道板着个要账的脸,好像是谁欠你多少钱似的。"

孟仲仁说:"在你们家族中,你为什么不向你姨妹学一下,人家能考上大学,你为什么考不上。你脑子就是进水了。过来让我看看,帮你把脑袋里的水倒出来。"

老板娘于是破口大骂:"你算是什么东西,你脑子才进水了,你脑子让驴踢了,你脑子让门挤了。什么玩意还瞧不起我。我姨妹好你找我姨妹去,她整天虚伪得要命,才看不上你呢。"

孟仲仁说:"人家有文化,你是一个文盲,人家怎么虚伪了?"

老板娘说:"怎么虚伪了。我姨妹从小就虚伪。你如果见了她,问一下她让任何同学或者朋友到她家里去过吗?因为我姨父多少年一直生病,家里经济条件不好,家里乱得跟猪窝一样,连个卫生间也都没有,只是有个小便池,这是为我姨父准备的。因为他肺不好,到公共厕所还有几百米,他又怕冷又怕热的。"

我姨妹从小就喜欢帅哥,我们家的女人们都有这个爱好,就是我最后倒霉,找了你这个当年造人没有造好的。后来她在大学谈了一个男朋友,两个人喜欢了好长时间,但是,后来听说人家父母是种蔬菜的,就跟人家断了。还说自己家经济条件不好,好歹爸爸还当过校长,怎么比种蔬菜的强多了,整天灰头土脸的。我还没有嫌弃种蔬菜的呢?姥姥、姥爷种了一辈子蔬菜,卖了一辈子豆腐,又怎么了?你是驴屎蛋子看到了表面光,如果捅到里面,都是臭气熏天。

孟仲仁说:"我见过你表妹几次,感觉挺好的啊。不过她怎么说也是个律师了,怎么一直向你要用过的旧包。"

老板娘说:"她就知道装,没有钱也要装大瓣蒜,还想贷款买个车,看她赚的钱够油钱吧。"

孟仲仁说:"这你就老土了吧。这叫做包装。如果你表妹整天开着农用三轮车上班,我估计连农民都不会找她代理案件。"

老板娘看看孟仲仁:"以后你少谈一些有文化、没有文化的,你们这些读过书有文化的人,也不好当饭吃,又抠门又虚伪。"

孟仲仁陡然生了一股怒火:"这和我有什么关系。谁都没有你好,认识你那么多年，就请我吃过一顿半饭。一顿是吃鸡，你打赌输了，以后再也不和我打吃饭的赌了。一次是你说话气急了，请我吃了一顿早餐，两个人花了十五元。这些我都给你在小本子上记着呢。你不知我是做什么工作的吗？我的工作就是记录你这种人的丑恶。"

老板娘回怼道："你们这些男人赚钱就是给女人花的，没有女人，你们赚钱有什么意思？我以前男朋友从来没有心疼过我花钱，买东西买得我都心烦。"

孟仲仁心里有种无可奈何的感觉，内心有一万匹草泥马奔腾而出，他说："你找的都是富二代，我能跟他们相比？他们是几代人赚钱一代花，如果没有他们的父亲和爷爷，他们啥都不是，或许还不如我。再说，他们都是不学无术之人，懂的什么？都是和你一路货色。"

老板娘说："你大学毕业了有什么用？给我买房买车了吗？就是一只呆头鹅，就知道写啊写啊，不知有什么用。这能当吃还是能当喝？我以前在滨海的男朋友也就是你三哥也出过国留过学，你有本事出国了吗？我的俄罗斯男朋友本身就是外国人，你最多到过省城，出省就是你过年了。"

孟仲仁虽然无力反抗，但还是在做挣扎，他说："别以为我不懂。你滨海男朋友出国，不还是家里有钱才出去的。他可能就是学习很烂的学渣，在国内连大学都考不上，就仗着家里有钱，在国外混了一个野鸡大学的文凭。"

可以说，即使他们经常争吵，但是，这也是和文化人与文化人之间的争吵对骂不一样。可能是没有文化的原因，也可能是性格的原因，老板娘并不记仇，也没有小性子，这是孟仲仁能够容忍她那么长时间的原因。其实，他认为，从他父母的情况看，以及从以前认识的离婚朋友的经历看，找谁都是凑合，和谁结婚都是一场灾难。这是没有选择的，除非他不选择。

五

即使以前密桃曾经到过倪红灯临水别墅吃过饭,但是,那时她去是以法院书记员的身份,并且还是和院领导一起,整个桌子上相对还是体现出严肃活泼的基调。当时在座大多数都是体制内的人,即使相互之间很熟悉,但是,也存在互相忌惮之处。当然,在酒桌上也有个别男人看密桃的眼神不对,在那里起哄:"小蜜,不能一直跟着领导做小蜜啊,有空的时候也跟着我做小蜜。"院领导还是比较能够压住场子的。即使不如在院里开会时或者开庭时那么威严,但是,那种威严能够自然地流露到其他场合中,这是一种惯性。他说:"大家该喝酒喝酒,该吃菜吃菜,酒不伤人话伤人。叫什么小蜜,我都不这么叫,要想叫就叫密法官。"当然,密桃也发现倪红灯一直在盯着自己,然而,碍于院领导的面子,他只是显得更为殷勤一些,并没有什么出格的地方。

密桃这次到倪红灯的临水别墅吃饭,是因为举报案子的那个事情。有个熟人说:倪红灯也听说是你举报的一个小偷盗窃他的煤矿的电缆的事情,也想感谢一下你。正好他今天请了不少人,你没事的话顺便也去一趟,不能让这么大的老板专门过来请你吧。

在这次饭局上,密桃感觉倪红灯好像临时加了节目,但是,到底加了什么节目,她自己也不清楚。她感觉自己的一双眼睛好像是刚会飞翔的两只鸟,倪红灯的眼睛则像是射鸟的弓箭,在桌子上躲闪了几下后,她的眼睛终于被射中了。她感觉有些羞惭,自己是一个专业的律师,是能够掌控别人命运甚至是生死的职业,怎么如此不具有抵抗能力。但是,她又想,自己算是什么律师呢? 刚刚煮好的一锅饭还没有端到饭桌上就被自己弄砸了。这大半年她几乎没有任何业务,只是靠着替一个农村大爷写一份诉状赚了五十块钱,现在的收入甚至还远不如在法院做书记员呢。那时虽然工资不高,但是大脑的消耗量也少,熬到时间发工资就好了。自从做律师独立执业后,她忽然发现自己命运的小舟飘摇在狂风骇浪的大海上了。

那次在临水别墅吃饭,密桃没有想到自己能够坐主宾的位子。这个地方是非常讲究儒教传统的地方,级别最高或者职位最高不一定坐正中的主人位置,而是由请客的人坐,或者是由辈分最高或者年龄最大的人坐,否则,你不是在挑战其他人,而是在败坏自己在这个地方的声誉。仅次于主人位置的就是主宾,这个位置是紧挨着主人坐的,位于主人右侧的席位上。这其实是最尊贵的位置。密桃本来是来凑数的,根本没有想到能坐到这个位置上。

凭借着女人的敏感,她想到了倪红灯接下来要做什么,但是,只是不知道他会怎么做。当酒过三巡的时候,她就感觉到一双大皮鞋在碰自己的高跟皮鞋的一侧,一下、两下、三下,如同一个熟人用熟悉的节奏敲打着屋门,声音不大不小,正好能够敲到心里去。这是一种秘诀,也是需要经验的,不是一朝一夕可以练成,也不是每个人都可以学会。你只是有天赋不行,得有胆量,只是有胆量也不行,还得有钱来支撑你敲打的胆量。

酒桌上的人不少都是"酒精"考验的老战士,可以说,拿起筷子不久就发现这次酒席的重点向着哪方面倾斜。这不仅是从每个人坐的位子,而且从主人对客人的态度就可以看得清楚。倪红灯作为酒席上的指挥者,精确地控制着席上的节奏,该给谁倒酒他指挥倒酒,该上什么菜他安排上菜,可以说,这一切和外人传说的不同,这完全是一个热情好客的男人。当然,由于密桃紧挨着他坐,这种热情感受得更明显,很快他夹的菜在密桃面前的盘子里堆起了小山。

随着酒在酒桌上的众人身上发酵,天花板上的吊灯越发灿烂起来,整个席上弥漫着躁动的气氛。倪红灯就开始问密桃:"小密,干律师感觉怎么样?"

　　密桃说:"不怎么样,特别做女律师就更累。女孩子做律师天生就吃亏。做律师这行就得放得开,只有放得开才有案源。"

　　可能是酒喝多了,整个酒席桌上开始暧昧起来,即使平时之间有一些距离的人也开始放肆起来。当然,也可能是在酒桌上一些隐晦的话语属于常态。密桃旁边座位的一位满面油光的中年胖子大声地随着说:"是的,是的,干女律师是很累,累得不得了。"众人里面有不少老油子,知道他的话里有话,都在那里哄笑、窃笑或微笑起来。

　　倪红灯在那里"咦"了一下,接着说:"歪脖你说话注意一点,桌上有女生在。"

　　密桃这才发现这个人真的有些歪脖子。肩头向后,脖子和头却不配合,单独行动,结果让这个人的整个身体有些分裂。但是,如果不是特别仔细看,乍一看的话并不明显。

　　歪脖一口酒差点喷了出来:"哈哈哈,大哥你好绅士,还女生呢。我也没说错啊,你说干律师很累,我就是随着说了一句。"

第章

悬挂在视线中的小泊

一

贵州的天气似乎比西藏黑得更早，在黄昏中，当那辆老乡的大货车停在贵州一个小镇旁边时，一声巨大的刹车让他忽然惊醒，他绑在后车厢的自行车也好似不满被绑了这么长的时间，大声咯吱地叫了几声。那个老乡虽然和小泊年龄差不多，却还是以大哥自居。他操着作为纽带的浓重老家口音说："兄弟，我还有货要拉，只能送你到这里，下面的路程就要靠你自己了。"小泊感谢了一句："哥，谢谢你了，这段路程如果我骑过来的话，估计得一年，再说给你钱也不要。"老乡说："要啥钱，我经常看你的视频和直播，再说，一个人开车多无聊，你在车上陪我聊天，我感觉开车快多了，时间也不难熬了。"其实，送小泊到这里，这位货车司机老乡已经是多绕了不少路。之所以停在这个小镇，是因为听说这附近有一个叫白河的地方。而小泊听妈妈梦呓似的语言好像说到了白河。如果到贵州寻找妈妈的老家，还是要找一些有点联系线索的地方。

一下车，即使是在黄昏，小泊马上就感觉湿热的气息蒸腾上来。旁边老乡的大货车将一阵水汽带走。小泊扶着自己的自行车，看着旁边山崖上浓厚的树木，叶子在傍晚的微光照射下，变得有种涂抹了油脂一样的那种光亮。那么多的树木集合在一起，垂下后形成巨人一样的黑影，让他有种不真实的感觉。好像昨天是在西藏，今天就是在贵州，后脑门是高原上的皑皑白雪，而前脑门就是水汽蒸腾中的浓厚绿荫里的贵州。

几乎没有可靠的线索，别说是在一个国家，就是在一个省、一个市找一个人过去的家和父母也实在是太难了。何况妈妈含糊不清的表达到底是否准确，也就如同这傍晚中的迷雾一样，感觉好似存在，却又好似不存在。小泊有时感觉是为妈妈找家和亲人，有时感觉是为自己找什么，只有最终找到或者找不到，他的心才能真正安顿下来。

贵州号称"地无三里平，天无三日晴"。小泊进入贵州之后，这里几乎都是在阴雨天气笼罩之中。这和他在西藏高原时感受完全不一样。那里是一种让人在高处欲飞的感觉，这里则是感觉被困在雨雾之中一样。

即使西藏也有很多大山，但是，可能是草木少的原因，给人以更加开阔的感觉。在贵州连绵不断的大山之中，草木丛生，遮天盖地，让人感觉是被压制住了。

小泊首先要去有白河村的那个县。这需要骑行一段很长的时间。虽然他最初有到一个完全陌生地方的新奇感，但是，骑行时间长了，这就成为了无聊的反复运动。

由于骑行的那条公路很长一段都是封闭公路，因此，两边的村民不能上去。小泊好长时间都一个人骑着车前行，公路上虽然不时有车辆经过，但是，他还是感觉到一种孤独与悲凉。好像不是他在骑车，而是一个虚无的影子在骑车。路旁边是种地的农民，公路上跑的是司机。他的身份到底是什么？如同蝙蝠一样，他不是野兽，也不是鸟，他好像也不知道自己是什么了。

贵州是山的王国,这里山山相连,有望不尽的山头,本来以为爬上一个山头可以休息一会,转眼又看到了下一个山头。巨大的风车巨人一样站在山顶,在很远处就对他热情地打着招呼:过来坐坐,过来坐坐。山顶紧接着层层翻滚云浪,小泊怀疑人要爬上去都那么困难,这么巨大的风车,难道真的是借着风自己飞上去的吗?

小泊骑行的这条公路有很长的一段如同悬挂在悬崖上一样,靠山的一侧写着"逢山开道,xx建筑公司"之类的字样。爬上好几个长坡,穿过好几个隧道,过了好几个大桥,终于来到了白河村所属的那个小镇上。

二

小泊真正接触到贵州的烟火气息是从一个镇上的农村大集开始的。一进入这个农村大集,就是一个面积很大的牲口市场,但是,只是看到了牛,并没有看到驴和羊。在集市上,可以看见人和牛之间互相交叉穿梭,人在算计着牛,牛在那里默不作声地接受着人的算计。在牛市的另外一侧,是一个个的卖鸡鸭鹅的散摊,这些家禽都被装在铁笼子里,更多的是装在竹条编的笼子里。这些动物有的默不作声,有的在那里吵闹不已。小泊想:不知它们是否知道了自己的命运,它们是否会哭泣,会害怕吗? 如果这是必然的结局的话,想来也不用害怕。或者说害怕也没有用。这就是它们的命。有的生来就是吃其他东西的,有的东西生来就是被吃的。

小泊还年轻,没有作为老人逐渐衰老死亡时的感受,估计他到了那个年龄可能会害怕。他几次想问父亲到底什么感觉,然而,却没有张开口。因为他不知道衰老的父亲死亡后,精神不正常的母亲会怎么生活。

其实,人和这些家禽,没有什么区别。对于人而言,不知谁来控制着从小到大的过程,最后用时间来宰杀。人就是高级一点的鸡鸭鹅,由于人从出生到死亡的过程比较缓慢,可能就对死亡感受得没有那么明显。或者在天上有人也会想,地下的这些人正在一个大笼子里等待着死亡。他们会怎么想呢?

在家禽市场不远处有一片农宅,一家农宅的墙外长着一棵巨大的榕树,枝干从墙头向着四外舒展开来。这让那道石墙显得很小,像是玩具一样。一个老年的算命人正在墙边摆摊算命。因为这里集市人不是很密集,从一个地方就能看到集市很远。在小泊到那棵树下歇会以前,算命人生意并不好,他在闲着无聊的时候,已经注意到小泊在那里一边拍着视频,一边好像不停地对谁说话。

在离开西藏后,有网友建议小泊可以在骑行的自行车上写“为母寻家”之类的几个字,这样可以引起人们的兴趣,扩大找到母亲亲人和老家的可能性。但是,由于自行车面积有限,还要载重其他东西,小泊就用白漆在挡泥板上写了四个字:“为母寻家”。

算命人留着三绺山羊胡子,如果从皮肤的皱纹堆积程度来看,年龄也并不是很老。但是,由于他的算命的职业原因,感觉比实际年龄要老。这是职业的要求,随之自然而然地影响了人们对从事这个职业的人的印象,最后也反照到算命人的认知中,因此,他也配合周围人的意愿变得感觉更老。

算命人惊奇地看着小泊用手机拍的视频,又看了看他自行车上的字,问:“为母寻家,这是怎么了,是不是你父亲去世了,你还想为你母亲再找一个?”虽然他说的普通话不怎么标准,但是,在贵州这种地方,这个年龄的人能说到这个程度也是很难得了。

不过小泊并没有表扬他普通话讲得不错,而是有些恼火地说:“你父亲才去世了呢。”

算命人并没有生气:“小伙子,你这是什么意思? 你自行车写的不就是这个意思吗?"

小泊说:"这是我妈找不到回家的路了,我替我妈找她的老家和亲人在哪里。"

算命人的兴趣也被一点点地点燃,他说:"在我们这个地方,经常有女孩被拐卖,有到外地去找自己家的女儿的,都是去外边找,你这是到这里替你母亲找家,这真是很不多见。"

因为从小经历了更多的困窘,让小泊比同龄人懂得更多,特别是近两年来在各地骑行,让他成为一只能够凭借嗅觉辨别的蜜蜂,他知道了社会上的更多风险,也知道了社会上哪里能够采撷到有用的东西。他对算命的人、开宾馆的人、开加油站的人、开当铺的人,甚至是捡拾垃圾的人更加关注。因为这些人都是当地社会信息的集中地和发散地,可以知道比平常人更多的对他有用的信息。

他说:"大叔,我妈妈精神有些不正常,多年前流落到我们那里,虽然她也说普通话,不少人说口音有些像是贵州这边的。她整天想老家和父母,我就过来找一下,只有替她找到后,她才可能恢复正常一些。"

算命的人呵呵地笑了起来,如同在听说书人讲评书。他说:"小伙子,你说的到底是真的还是假的? 我是算命的,可不是那么好糊弄的。"毕竟算命的人都是被社会经验所浸透的人,他看着小泊的神色不像是说假话,就问:"你妈妈有什么特征吗? 叫什么名字?"

小泊没有告诉妈妈的名字,他说:"我在全国查她的名字都不知多少次了,这方面不抱多大希望了。她经常在家里说白河,我查了这个县有个叫白河的地方,就骑车过来碰碰运气。"

算命人听小泊说从老家骑行到西藏,然后再到贵州,显得有些不太相信。但是,这个人倒是热心肠,他说:"你算是找对人了,你等我散集后买个轮胎,就带你一起走。我家就住在白河村不远的地方。"

这个大集如同巨大的池塘一样,上午属于蓄水的时期,到了下午三点以后，来自不同村庄的人开始陆续离开，这个巨大的池塘开始泄水，直到成为一个池底空荡荡的大面积的场地，等待再过五天重新充满。由于有的村民距离这里比较远，因此，会充分利用这次机会。一些人把鸡鸭鹅或者牛卖到镇上的其他人手里，然后再买一些农村商店没有或者比较贵的化肥、汽油等农资物品，或者为年幼的孩子买一些零食。在路边的车行，算命人买到轮胎换到自己的三轮车上后，看着天色已经不早，连忙到镇中心超市买了一摞碗和一些日常用品，帮着小泊把自行车绑在三轮车的后车厢，让小泊抱紧那一摞碗，然后在暮色苍茫中向着远方赶去。

小泊坐在算命人的旁边，随着三轮车在山路上不停地颠簸，两个人身体不停地碰撞再分开，这在无形中拉近了两个人的距离。两个人也在三轮车颠起落下的巨大响声中扯着嗓子交谈。小泊说："大叔，你买这么多碗有什么用？你们家里有喜事要用吗？"

算命人不再叫小泊小伙子，他说："小兄弟，我看你也是一个孝子，虽然我们这里是少数民族聚集区，我走南闯北见的人多了，现在都是父母倒过来孝顺儿女，很少见到儿女像你这样孝顺妈妈，能千里万里来替你妈妈找老家和亲人。我本来想为你妈妈算上一卦，看她的老家落在那里。但是，听你说她连自己的名字都不知道，生辰八字更不用说了，这样就不能通过周易去算。我今天晚上给你表演一个定碗术，通过这个算一下你妈妈的老家在哪里。当然，明天我带你上山找那个村子时，恰好能遇到你妈妈的亲人就更好。"

在看表演定碗之前，小泊就坐在算命老人堂屋内。即使是夏天，这里还是点着火塘，烟气缭绕，一直把小泊的视线牵引到屋外。屋外黑漆漆一片，什么也看不见，只能感受到山的巨大的黑色轮廓，以及轮廓之上的月亮，周围点缀着几颗星星。幸亏不是冬天，如果是冬天的话，这些星星就会感觉特别冷。小泊心想。

算命老人是一个健谈的人。他说自己不是汉族而是土家族,他的先祖不是此地人,而是来自湖南。那时先祖就会定碗术,定碗术传子不传女。那时在湖南吴三桂和康熙大帝打得不可开交,他的先祖的父亲是一个明智的人,怕殃及池鱼,就把一个儿子安排到其他地方,这样家里如果被战乱所毁,至少还能够保留一个种子。老人就是那个种子的后代的后代。

表演定碗术的时间是在子夜。这时算命人仿佛换了一个人,不见了白日那种懈怠状态,眼睛如同灯火一样闪亮。只见他身穿黄色法衣,衣服的颈部围绕一个白色圆圈,如同戴着一个大的颈圈。法衣为对襟,纽扣每边六个,分列两侧。在对襟的分叉处两边,各自有两道白色,从衣底直到领处,如同梯子,寓意为登天仙梯。

算命人准备了黄纸三十六张,代表三十六天罡,用木钉钉在墙上。他又把白天买来的碗用水反复冲洗六遍,再盛满清水,然后手持桃木剑在屋内反复盘旋,念念有词。放下剑后,算命人赤脚前行,把盛满清水的碗的一侧用力靠在那成沓的三十六张黄纸之上,嘴里念念有词说:"灵灵灵。"但是,却没有真的灵。尽管他非常用功,却没能把碗定在墙上,只是如同和谁打了一仗,浑身大汗淋漓。歇息许久,他对小泊叹了口气说,这可能是你妈妈犯冲,也可能是她现在距离老家太远,我这定碗术本身没有问题。小泊看得是心旌摇动,最后却听到这个结果,尽管知道这本身就是虚幻之说,也不由心如冷水。

算命人并没有停,他在院子里点燃一叠黄纸,围着火光,左走三步,右走三步,口中又念叨了一番只有他自己才懂的言语。然后回到房屋中说:"我刚才已经把你妈妈身上的煞气冲掉。我再试一次,如果这次成功,说明你找到母亲和她老家的希望还有五成。"

这时他再赤脚对着黄纸之处便拜,手持桃木剑左右飞舞后又放下,好似集中全身精力,把那个盛满清水的碗如同用手向墙上按钉子一样,紧紧按在墙上的黄纸上,口中大喝一声:"灵灵灵。"虽然屋内并无风可以进入,此时房间内却烛火乱颤,好像有无形力量绕梁而入,只见那个碗稳稳地定在垂直的墙上。此时,外边的月光已经升到中天,照射到屋内,落到他们的脚下,一屋清辉,寂然无声。算命人顾不得擦汗,说:"成功了一次。小兄弟,看来你找妈妈的亲人和老家还有一半的希望。"

本来以为算命人所住的寨子已经属于山地崎岖之地,但是,他们最终要去的地方那才叫偏僻。第二天上午,当小泊跟着算命人穿过一片山中稻田,又跨过了一道不知建造了多少年的生锈的铁索桥。在铁索桥下是一条喧哗无比的山溪。在山溪的两岸,生长着绿色浸染的茂密竹林,竹子向河水的中间靠拢,河水却把竹子向两边分开。在附近的河岸处,可以看见几棵巨大的柳树,斜斜地向着河的对岸爬行,几乎要横跨了整个溪流。从铁索桥向下望去,只见水流在河中的石头上激荡,遇到石头的碰撞,鱼儿一般在石头顶部跳跃,显得愈发清白。小泊不知这条河流的名字,但是,如果叫白水河则是贴切无比。

他们两个人爬过了不知几道山梁,沿着一条可以看出最近很少有人走过的像是蚰蜒一样曲折的路,最后到了几间被时间侵蚀得惨白的木板房门前。从这三间破旧的房屋向远处看去,只见树木稀疏了不少,在薄雾中有几处房屋,也可以看见雾中的人影幢幢。

中间的屋门是半掩着的,算命人说:"这两位老人年龄大了,在这大山里,都是附近的村干部偶尔过来帮着买一些日用品,一般不会到哪里去的。"果然,随着门吱呀一声被推开,一股霉气和烟气交杂在一起,从门内冲了出来。

不知时间是如何做功,能把这两位当年可能是健壮无比的山里人毁坏得如此厉害。老婆婆脸上已经看不出年轻时的形状,成为了一颗干瘪的核桃核。五官都还在那里,但是,却都好像挪动了位置,让老婆婆脸上有些怪异。老婆婆努力地想站起来,但是,那双曾经矫健无比的双脚却背叛了她,她努力了几次后,算命人和小泊连忙把她扶住,不让她再站起。

老头子并没有站起来,因为站起来也没有必要。对于他这种年龄,活着每一天都是一场战争,他已经没有继续战斗的欲望了,这已经是时间打击下的一座废墟,很难再重建了。即使在此时,都能够听见砖瓦和木料在这位老头子身上吱呀作响。这是一个瞎眼的老人,整天闭着眼睛。其实,就是睁着眼也没有用处,只是一种摆设而已。

算命人对老婆婆说:"这位小兄弟的妈妈找不到家了,你们家的女儿不是以前失踪了吗? 我也没有什么印象,你看能不能对上。"

老头子一语不发。老太婆还是坐在火盆旁边,这个火盆可能很多年没有怎么清理了,外边油污和烟灰都遮盖了火盆本来的颜色。在火盆的上方,一片切得很窄的熏肉挂在屋梁上,瘦瘦的,过一会就有一滴油流下来,好像在暗自垂泪。老婆婆显然很长时间没有和外人交流了,好像是自言自语地说:"我女儿在的时候,屋里不会这么脏。"

算命人说:"你女儿是哪年丢失的?"

老婆婆说:"我女儿是被人骗走的,那年她才十五岁,在赶集时遇到一个男的,说是带她去大城市打工,那里人多,都很有钱,都穿着漂亮的衣服,就像是外国一样。后来我女儿就偷偷地走了。"

小泊拿出一张照片,这是妈妈精神状况好点时拍的。妈妈站在葡萄架下的阳光里,脸上安宁,好像是被越过墙头的阳光麻醉了一样。

"老婆婆,你看一下这是你女儿的照片吗?"小泊说。

老婆婆最初没有动,还是在那里自言自语地说:"没有用了,我找了多少年了,她爹的眼都找瞎了,找不到了。"

算命人还是催着老婆婆看一下照片,"这位小伙子几千里路都找来了,你看看吧,万一真是你女儿呢。"他说。

老婆婆麻木地伸过头来,让人感觉好像是游过无数滔天大浪的疲惫乌龟,然后,她看了又看,好久后小泊好像听到了她心里最深处的叹息:“这不是我女儿,我的女儿就是一百年以后我也认识,我就是用鼻子闻也能知道是我的女儿。我女儿是长脸,眼睫毛就像是蝴蝶,忽闪忽闪地会飞。”

总是和以前一样,怀着希望而来,带着失望而去。小泊面对的人有变化,失望却从来没有变化。

在小泊离开的时候,他发现那个老头子似乎动了一下,好像努力扶住自己的身子,那双枯竭的眼窝里好像溢出了几滴泪。

三

即使没有在小泊的身边,由于他一直在拍视频并发到网上,孟仲仁感觉小泊就是悬在视线中,既不能把握,又没有离得太远。在他看到小泊拍那段藏族姑娘的视频时,他看到弟弟的脸那段时间舒展开了,不像是以前那样好像有些皱巴巴的。即使小泊没有告诉他,也没有说那个姑娘是女朋友,他也知道弟弟恋爱了,爱上那位姑娘了。后来看到小泊的脸如同经历了霜冻一样,神色慢慢地收起来了。他知道弟弟失恋或者离开那位姑娘了,这也是没有办法的事情。

小泊在视频中不经意地拍到了一只藏区的小小的猫,大概刚出生几天的样子,毛色并不好看。但是,一只小猫在寒冷的高原夜色中,看到了小泊,先是迟疑了一下,然后就想紧紧跟着弟弟。但是,弟弟显然对此有些害怕,他在不断地向前快走,然而,这是一只生命力如此顽强的猫,它用了超过自己能力的脚步在跑,用自己的命在跑。即使这只猫还小,但是,它知道可能这是自己的最后机会。很难想象这只小猫能坚持那么久,在视频中,也可以看到小泊的忧郁,他像是镜头那样躲闪,最后选择了放弃。后来在网站上看视频的人一片骂声。孟仲仁知道小泊的无奈,他一个人骑着自行车走那么远的路,根本没有能力再增加一点多余的力量来保护一只猫。就像是自己一样，虽然对小泊很是揪心，但是，他有时连自己都保护不了，何谈一直保护小泊呢。

对于孟仲仁而言，他到学校找小泊时，小泊的那次眼神深深地击中了他。那种怯生生的神态，就是童年的另外一个自己。当然，这也是血缘关系的作用。血缘是看不见却最有力的绳索。即使处于那种环境，还是不由分说地把他们绑在了一起。

之所以孟仲仁愿意保护小泊，其实也是在保护自己，是对自己小时候无人保护遗憾的一种弥补。

小泊上学的那个小学当时还矗立在一个山坡之上，石头围墙把这群最鲜活的生命与周围隔开。围墙上一段爬着爬山虎，一段靠着墙树立了一根根树棍，可以看见扁豆的弯曲、柔软的身子沿着那些树棍也攀附到墙上。

当放学铃声响起的时候，孟仲仁远远地看到小泊踉跄地向着学校外土石路上走着，身边的一个比他还矮一点的少年就像是一个巨大的书包一样挂在身上，这不仅让小泊行走非常吃力，也明显地感觉到他羞惭不已。因为旁边一伙有大有小的学生在看着他起哄。小泊低低的声音对挂在身上的顽劣少年说："你没有脚吗？缠着我干什么？"

顽劣少年说："我就是一只书包，挂在你身上，你爸爸不是给你买不起书包吗？我免费送。"

小泊说："谁让你送，我爸不是买不起，这个网兜挺好的。"他说着把一个红色的网兜努力地挥动了一下，如同大风吹动西红柿棵上的一只红色西红柿。

顽劣少年说："买不起就是买不起，谁不知道你妈是精神病，哪有钱买。对了你妈跳舞挺好，你一定也学会了。今天给我们表演一个吧。"

周围的那伙少年在旁边大声喊着："表演一个，表演一个，要边跳边唱的那种。"

小泊眼泪几乎就要掉下来了,在孟仲仁远远看着时,虽然并没有看到所有的经过,但是,一看就知道小泊被欺负了。他能看出小泊在使劲地控制着自己的眼泪。小泊努力地向远处看去,这时太阳斜挂在西边山顶之上,在下面的大片土地上空,有一只燕子在黄昏中孤独地飞。就是在这余晖中,他看到了孟仲仁的眼睛。

孟仲仁感觉这帮顽劣少年把自己一下打回了十几年前,他身上的衣服忽然变得褴褛不堪,他的浑身也摇摇欲坠,眼泪也夺眶欲出,眼神中也向着西方渴望着什么。他内心中黑暗的东西被一股大火忽然引燃,一块煤炭在无形中发出炸裂的声音。他大喊着冲了过去说:"干什么的,欺负人是吧,你们都给我停下。"

顽劣少年们显然没有想到接近黄昏的暮光中还会有人冲出来,一个穿着一看就是假冒品牌的运动装的少年说:"你是谁?这和你有什么关系?"

孟仲仁声音很大,他都感觉到自己被声音震疼了。"怎么和我没有关系,小泊是我弟弟。"他说。

刚才挂在小泊身上的少年说:"你是他哥哥,我们怎么不知道。"他似乎不相信地转脸问小泊说:"这人真的是你哥吗?"

小泊并没有直接回答,他似乎并不想和这帮少年弄僵,也想融入到他们中去。他太孤独了,孤独到宁愿以受到侮辱为代价也想融入。当然,上次小泊找孟仲仁时他还要小一些,他是以儿童的无知无惧和对妈妈的爱为动力才主动地叫孟仲仁哥哥,甚至有一种被迫的成分。

孟仲仁说:"小泊你说啊,我不是你哥哥吗?"

小泊还是低着头,此时那个顽劣少年因为刚才被吓了一下,已经从他身上下来了。看到小泊不说话,就在那里对着其他少年煽动起来:"还冒充是别人的哥哥,大家说他是不是骗子。"其他少年也在那里附和着:"就是骗子。"

孟仲仁这时似乎忘记了自己是老师的身份,他是一个容易冲动的人,特别是面前实力对比还是明显向着他倾斜的时候。同时,小泊身上的看不见的血缘及胆怯也深深地牵动着他内心力量的发动机。他几乎是扯着嗓子在喊:"我就是他哥哥,你们以后谁再敢欺负他,我就打断他的腿。"

这帮少年还想和孟仲仁吵上几句,看到校门里本校的几个老师骑着自行车出来了,就喊了一声,一哄而散。

小泊当时上身穿着蓝色的卡其布的褂子,上下的几个纽扣都没有了,成为半掩的门帘,露出了黑色的脖子。衣领向上翻着,扭曲得如同死亡的蜥蜴。他的头发乱乎乎的,像是一蓬茅草迎风四处乱飞。孟仲仁忽然被什么击中了,喉咙也像填满了棉花,一时难以说话。这就是农村中没有父母管的孩子的标配样子。

其实,当时孟仲仁也是看到了小泊眼中乍然闪烁的欣喜,但是,如同半夜被谁点燃的煤油灯,很快就被吹灭,一下又沉入到无比的黑暗中。可能小泊也知道孟仲仁救不了他,或者是不敢相信能够救他。果然,下次孟仲仁再去学校看他的时候,小泊还是孤零零的一个人停在操场的一角,如同被拖上岸的破败小船,并没有进入水中,他是被水无形中排斥了。水说:"你家没有能够掌舵的大人,你不能进入我们。"

四

小泊这段时间经常被梦所困扰着,会在梦中看到妈妈在雾气中升起,边唱边跳舞。忽然妈妈的声音尖利起来,她的眼睛穿越了重重的迷雾,抓住了藏在黑暗中的小泊。她的眼睛里亮着灯火,灯火能够说话:"小泊,找着我父母了吗?你看见白色的河了吗?"小泊牙齿好像被冻僵了,再怎么用力也发不出声音。妈妈眼里的灯火熄灭了,她忽然头发披散起来,她的眼睛好像被最大的雨水浸透了,她喃喃地说:"没用了,丢了就回不到家了,我找不到家了,我的家去哪里了。"小泊的眼睛忽然泪水涌了上来,如同冰凉的利刃,插入了他的眼眶,从而让他在梦中惊醒。

这个小城最突出的一个特征就是距离很远就能看到两个巨大的烟囱。在白天没有风的时候,可以看见烟囱上方的黑烟是直直向上的,如同一根虚幻的柱子,向上延续着烟囱的高度。如果是有风的时候,可以看见烟囱上冒出的黑烟是斜斜的,这让这座小城更直接地与黑烟接近,整个小城在呼吸着黑烟中像是烤焦鞋底的味道。

小泊骑着自行车进了县城,这里的县城规模都不大,感觉就是沿海地区的一个大的乡镇的规模。小泊边骑边问路边的行人。沿着一条不知多长的铁道,向着烟囱的方向走,这是一个附近镇上熟悉白河小区的人告诉他的。

但是,小泊越是到了县城,就越感觉里面的人更不好理解了。在这里的山村或者是镇上,即使他们的方言听得像是听一门发音不太好的外语,得先放在脑子里回想一下,再结合现场的情势及上下文,才能够理解。但是,这里的城里人却好似没有那么友好。有人对问路不置可否。有人还故意为他指错路,他必须问几个人,才能最终通过相互纠错找到正确路线。

等到了一个驼背桥的时候,小泊看到一个感觉退休不久的人正在钓鱼,他的鱼钩由于总是被水草所纠缠,就不停地提起鱼钩,用当地的方言恶狠狠地骂着。等到小泊问他时,他显然也没有从这恶劣的情绪中恢复过来。

小泊一只脚踩在地上,一只脚挂在自行车上说:"大叔,我想跟你打听一个地方。"

这位有些发福的钓鱼人声音有些大,最初是用方言,后来迅速地调整为不太标准的普通话,他大声地用哲学家的口气质问小泊:"你是谁?从哪里来?到哪里去?"

小泊有些好笑，另外一只脚也下来，对钓鱼人说："你知道这附近有个白河小区吗？"

钓鱼人更是有些警惕了，"你到白河小区找谁？"他反问。

小泊说："你们这里白河小区这些年有没有失踪的人口，是女的，年龄在四十岁左右。"

钓鱼人警惕地说："年轻人，你问失踪人口做什么？"

小泊感觉钓鱼人可能有些误会了，本来他是不抽烟的，但是，他拿出备用的一包香烟，抽出一根，对钓鱼人赔着笑脸说："大叔，我妈找不到家好多年了，她精神状况不太好，只是记得老家有个叫白河的什么地方，我专门来替她找一下，看看这里有没有可能是她家。"

钓鱼人迟疑地接过了香烟，又看了看小泊的自行车，以及自行车后下方写的那行寻亲的字，然后好像把所有的信息在大脑中进行了迅速综合，最后得出判断结论。他说："根据我的社会经验，你不是说的假话。丢女儿的那家和我住在一个小区。说是小区，就是以前的一个村，现在为了好管理，都统称为小区了。这家人现在失踪的失踪，死的死，就剩下失踪的那个孩子的妈妈了。前几年她还做着一点生意，后来女儿出事后，丈夫也出了车祸，生意就做得没有头绪了，结果把那点小生意赔进去，还欠了商家的钱。我还以为你是过来要账的。这家人本来就够可怜的了，不要账日子也没法过了。这样吧，你过了桥，向左拐，沿着第一条街道向前走，到头一家，门口有两棵月季花的就是。"

大门没关。一进门就有个简单的小院子。可以看出这是本地人的家，房子属于没有被拆迁的房屋。不过，还是可以看出当年这座小院子生机勃勃的时候。在院子里，小泊看见被风吹雨淋泛白的两根绳子做成的秋千，还是在风中孤独地晃动着，仿佛在等待着昔日的主人。院子里是三间小小的房子，房子外面还靠着一些农具，墙上挂着个柳编的帽子，头上已经出了一个破洞，但是，手工还算不错，边上还有生锈的装饰,一看就是年轻女孩戴的那种。

小泊喊了几声,那幽暗的房间里好一会才发出回音。好似里面的人住在一个幽深的山谷里,现在这个山谷的沉睡好久的人醒来了。这是一个面目苍白的老妇女,看上去长时间不经常晒到阳光,如同一个水鬼从房间里闪了出来,一点声音也没有。她的脸苍白得没有一点血色,长长的一绺黑白相间的头发从额头上垂落下来,可以感觉到潮湿的水汽从她身上好像要溢出来。

为了迅速切入正题,也为了消除这位老妇女的敌意,小泊把妈妈的照片拿了出来说:"听说你的女儿失踪了,我的妈妈也在找她的老家和父母,你看这像是你的女儿吗?"

老妇人有些恍惚地说:"我的女儿,我的女儿离家好久了。"

小泊说:"这就是我来的目的,你看这张照片是你女儿吗?"

老妇人忽然好像被谁唤醒,她的手出乎意料地快速从小泊手中抢过照片,急切地说:"我看看,是不是我的女儿要回家了,我等她等得好苦。"

但是,这个希望来得快,去得也快,如同一颗彗星一样在她黑暗的心空里一闪而过,然后就化成了灰烬。她哀哀地说:"这不是我的女儿,我的女儿我怎么会不认识。"

这位老妇女忽然用手打自己的脸,大声地说:"我该死啊,我是自作自受。女儿平时虽然有不听话的时候,但是,还是对我挺孝顺的。我不该因为她出去跳舞晚了,就不给她开门。也不该我那天发神经,睡到凌晨两点才去给开门,这样我女儿就不见了,是我给弄丢了,这是老天报应我。"

小泊不知是走还是不走,他试着劝说老妇人,没有想到把她更多的怨恨和泪水劝了下来。

她的手如同鹰的爪子一样,却更像是鹰爪的标本,枯瘦而没有生机。看着她的手，就可以知道她瘦骨嶙峋的内心。她继续在咒骂着自己："我该死啊。如果不是我把女儿弄丢了，她爸也不会从化工厂辞职全国去找，化工厂上班是多么好的工作啊，那么多人花钱都进不去。我让他丢了工作啊。如果她爸不去找女儿，也不会在路上被车撞死。他爸本来就不重，最多就是一百斤，怎么能撑住几万斤大卡车的撞呢。不怨别人，都怨我，我是整个家庭的催命鬼。他们都不在了，为什么老天爷这么惩罚我，不让我也去死啊。"

小泊不知如何是好："阿姨，你也别难过，现在科技那么发达了，信息沟通也方便，早晚会找到你女儿的。"

这位老妇人的难过程度并没有任何减少，反而触发了小泊的难过之处。她说："别找了，没用了，丢了就找不到了，能找到早就找到了，你也死心早回家吧。"

五

即使父亲和自己有直接的血缘关系，但是，孟仲仁感觉对父亲的感情还不如对小泊深。父亲丧失了保护孩子的能力，那么，就只能是血缘意义上的或者法律意义上的父亲，是一个让自己到人世来受苦的人。但是，他感觉父亲对小泊还是很有感情的，这让他的心里既有些欣慰，又有些酸楚的嫉妒。人都是很怪的动物。父亲娶过两个妻子，他对孟仲仁的母亲和对小泊的妈妈就是截然不同的两种感情。尽管小泊的妈妈是一个精神病人，还不能和父亲正常交流。他却对小泊的妈妈有一种像是对待女儿一样的宠爱。

孟仲仁好久没见到父亲了，见到时孟仲仁也不愿意进屋，就在屋门外，父亲在屋里，就这么一外一里地两个人谈着。孟仲仁不知为何故意和父亲保持距离。可能以前的距离太远了，现在，他也很难以那么近的距离和父亲交流。

父亲还是喜欢说一些三纲五常没有用的事情。如果他把这种本领用到种地方面,我小的时候也不至于那么苦,他也不至于和母亲离婚。孟仲仁心想。

父亲对孟仲仁慢吞吞地说:"我以后年龄大了,你一定要照顾好弟弟。"这句话听后,孟仲仁感觉有股血的波浪差点涌上喉咙,还听见春节爆竹爆炸的声音在太阳穴炸响。他忍了好一会,才让心血不那么翻腾,他说:"你有什么资格说这话? 我有什么责任? 你以前是怎么对待我的?"父亲如同被爆竹炸蒙了。"他是你弟弟啊,你们是一个爹的。"父亲说。之所以孟仲仁这么愤怒,他其实也是愿意帮小泊的,那是他自己愿意帮,而不是被父亲绑架着帮。

长期以来,孟仲仁对父亲几乎有种发自内心的排斥。他能感觉到父亲的辛苦,是那种白白浪费的辛苦,几乎连温饱都达不到,如同阳光空空地打在石头上,没有一点回音。特别是他为了小泊回去见了父亲几次,他似乎把一些原本属于自己的义务又习惯性地强压在孟仲仁身上。对于这种老式的说教和虚伪,让孟仲仁强压着厌恶。他从来没有对父亲叫过爹,都是你我称呼。但是,父亲还是一厢情愿地说:"以后我老了,这个家就靠你照应了。你二娘是个精神病,有什么能力照顾小泊。"说话时,他看了看被锁着的隔壁的屋子。

有女人唱歌的欢快声音从那里传来,远处的雨幕一直延伸到院子里,那棵老榆树下稍微干燥一些,一只老母鸡在下面专心致志地寻找着食物,也配合着小泊的妈妈咯咯地唱起来。

孟仲仁厌恶地对父亲说:"你是你,我是我,我早已经不在这个家那么多年,我回来看看,是可怜小泊,不是可怜你。"老父亲听着流下泪来,他斜靠着门,眼窝凹陷得很深,能看到薄薄的皮在他的眼眶骨头上面粗糙地包了一层,眼泪就存在那个坑里,如同水坑里下雨后存下的肮脏的雨水。这真是一个多雨的家庭,孟仲仁心里说。

其实,孟仲仁也知道小泊那么执着寻找妈妈的家乡及亲人的意义,这就是寻找妈妈。他的妈妈精神迷失了,完整的妈妈就不存在了。对于孟仲仁而言,他有多少次感觉到自己的父母也丢失了,不完整了。他面对的好似不是父母,而是两个或者说是三个一起合作的熟人。在母亲没有离婚之前,是由于血缘关系和父母在一起合作生活。在母亲离婚找到杀猪的继父后,这是由于母亲的婚姻关系而在一起和继父凑合。

六

小泊开始和孟仲仁真正感觉到亲近是在这个肮脏的城市。在那个夏天,这里的阳光比附近的城市更为炎热。特别是中午,路边柳树叶子的尘土积了厚厚的一层,让风吹动更加吃力。满载煤炭的大车经过坑洼不平的道路,几乎是紧挨着路边骑自行车的人经过,不过那些骑自行车的人也似乎见惯不怪了,只是在那里埋头骑车。

附近都是低矮的楼房,这些楼房并没有建了多少年,但是,这里的煤尘让它比其他地方更快地老旧下去。楼房靠近大路的一边贴着各种广告,有专治梅毒花柳病的,也有开办裁剪辅导班的。更为显眼的是一些卖床上用品的广告,上面穿着暴露的女子完全无视青春期少年的饥渴目光,在那里堂而皇之地展示着自己的性感。

在那个床上用品广告的另外一面,就是一家简易的旅馆,孟仲仁那时大学毕业刚工作时间不久,他经常通过电话或者其他同学、朋友替小泊的妈妈寻找老家和亲人,但是,这却是第一次他带着小泊出远门。

打电话提供消息的是一个女子,现在她正穿过对面的那个瘸子开的商店,经过一个乱糟糟的农贸市场向着孟仲仁这边走来。女子感觉就是在城市郊区长大的,透着一股世故精明的劲头。她一边看着手机,一边对孟仲仁说:"电话中对你说的那家和我一个邻居很近,她家说丢失过女儿。我今天正好不上班,做个好人好事,我陪着你一起过去。"说着招呼旁边的一辆电动三轮车："师傅，停下，去三角地那边多少钱？"

孟仲仁说："我还有一个弟弟，年龄很小，这是替他寻找妈妈老家的亲人，你等一下我喊着一起过去。"

这位姑娘听说是一个年龄很小的小孩，眼珠转了几圈，没有同意，她说："小孩子去有什么用？也没有个分辨能力，我们先过去，如果确认了再过去也不迟。"

孟仲仁坐在三轮车的后座中，炽热的天气让他有些呼吸不畅，那个女的坐在司机旁边的座位上，三轮车驶过的路越来越远，看起来这位司机对要去的地方也不是很熟悉，听着那个女的在那里指挥着。也不知经过了多长时间，孟仲仁感觉旁边的街道在不断地倒退，到处都是一样，尘土飞扬的街道，扯着嗓子的电喇叭推销的声音，路边音像店的歌手们撕心裂肺的唱歌声音，直到城市的声音越来越少，道路越来越颠簸，破旧而拥挤的房子越来越多时，三轮车才停下来。孟仲仁看着那位姑娘没有付钱的意思，因为路程比讲好的超了不少，他比刚才讲价时多付了二十元钱，才算把三轮车司机打发走。

下了三轮车跟着那个女的七绕八拐，终于到了一个很偏僻的宾馆门口，迎面过来三个大汉，都上身赤裸，踩着人字拖，"又来了一个。"个子最高的一个大汉用当地话说。"嗯，是的，哥。"女子回答。"昨天那个安顿好了吗？"刚才那个男子补了一句。"没有问题，安排得妥妥的。"女子又答道。本来孟仲仁从小就过着一种艰辛的生活，加上喜欢看一些关于社会中各种传奇的书籍，让他比一般人多了更多的警惕与社会经验。他心头一凛，"难道被骗了，遇到拉人搞传销的了。"他感觉浑身瞬间汗毛炸开，血一下子涌到头上。但是，他还得尽量不动声色，他对那个女的说，你先在这地方等一下我，我到巷口那里买包烟。那个女的本来以为他是一个白面书生，不可能反应那么快，就说："怎么男人都喜欢抽烟，不抽烟难道会死，你快去吧，我就在这里等你。"

　　孟仲仁偷偷地看了看离开不远的那三个大汉，就像是得了赦免令一样，慢吞吞地走到巷口，看到那几个人不注意，撒丫子就跑，用尽所有的力气去跑，如同死亡追赶自己那样去跑，听到后面那个女在大喊："兔崽子怎么跑了，拦着他，拦着他。"

　　三个大汉也开始反应过来，骂咧咧地追过来："他妈的，今天怎么穿了拖鞋出来。"

　　幸亏那辆三轮车还想拉个回头客，在远处拐弯的地方在等车，他看见孟仲仁跑了过来，还很吃惊："咦，怎么刚到就要走。"孟仲仁也不管那么多，喊着说："快点开，去我刚才来的那个宾馆，车价加倍。"

　　好不容易下了三轮车后，孟仲仁气喘吁吁地一口气上了宾馆二楼，见小泊还在对着窗户发呆，连忙大声喊："拿着包，快跑，我们被骗了。"

　　孟仲仁几乎是拖着小泊在大街上向着火车站跑去，小泊也尽量地跟着哥哥的脚步。这个时候，孟仲仁感觉到即使是被骗了，也是值了，因为他分明感觉到了旁边这个小男孩感受到了他的爱意，他也感觉到那颗小小的心脏和自己的心是同一个节奏跳动的。

　　孟仲仁感觉自己和小泊的关系远比和亲生父亲的关系好。他们两个是一个父亲生的，这是一条纽带。但是，两个人的关系借助父亲纽带后，已经超越了纽带。父亲就像是一个房产中介，只是在他和小泊之间起到了介绍作用，等到介绍成功后，就几乎成为两个人之间关系的过客。

七

　　都在互相寻找，但是，如同在梦中互相伸出手来互握，却永远难以到达彼此。

　　那个老妇女喃喃自语好像是箴言："没有用了，别费劲找了。我从二十多年前就开始找女儿，我的腿都磨短了，也要断了。孩子的父亲也找了一生,到死也没有看到自己的女儿,现在我都找到快要死了,还没有找到。我就等着死后去见女儿了。"

这些话声音不大,然而,却尖细无比,小泊看见一只气球从附近升起,没有升到多高时猛然炸裂,一个小女孩带着哭音喊着:"炸了,炸了,快给我赔一个。"

在中午,小泊一直向前骑着车,阳光从后面掠过,把他长长的影子送到前面,好像是他一直在追自己的影子。他忽然内心在呐喊,这呐喊让他有种哭泣的感觉:我追不上自己的影子了。

他忽然感觉一股气泄漏了,如同一根针扎在他这个强行鼓起的皮球上。他忽然感觉胆小起来。以前有股气撑着,他从来没有害怕过。在西藏骑行时,别人都让他小心熊和狼。有次他在一个废弃的涵洞中扎帐篷时,清晰地听到帐篷外有两只狼的声音,有只还试着用爪子拨帐篷的外面,他只是有些紧张,并没有害怕。但是,这时他感觉到了害怕,感觉丧失了骑行的勇气。在那个晚上,他只是拼命地骑着,准备找一个有人间烟火的地方。即使是在大门口,也可以获得一些人的气息。随着山路向上延伸,坡度越来越陡。小泊不得不推车向前走,如同一只弯腰的大虾。平时他也是带着这些装备,即使经过西藏骑行路线最高的五千米以上的拉琼拉山垭口,也没有这么吃力。他推着推着,感觉好像是前二十多年的生命加在一起一样的沉重。

这时他看到了远方半山腰处的灯光,微弱却如眼睛一样地对他示意。他慢慢推着自行车走,直到来到一个黑黢黢的大建筑物旁边,借着头灯,他看到了建筑物大门上方的三个大字:天心寺。

可能是累了,也可能是找到了在庙内的一个安全的住宿地方,小泊这夜竟然没有做梦,睡了一个好觉。他这次不是被自己惊醒的,而是被外面的阳光召唤醒的。他感觉太阳从东海如巨山一样缓缓升起,把周围的海水推动得哗哗作响,能听见它带起的阵阵风声。同时,这风声也把太阳自己的声音运载到远处,越来越远,直到声音穿过无数个嶙峋的山川、粗糙的农村和精致的城市,穿过无数的峡谷、河流和树林,到达最近的竹林之上,再越过这座庙宇不高的院墙,从一个陈旧的窗户上穿入,如同慈母一样抚摸着小泊这两年骑行导致的黑瘦的面孔,上面的几个青春痘也被温柔地抚摸:醒来啊,醒来啊,该起床了。

昨天晚上小泊本来准备在寺庙大门口露营的,但是,过来关大门的一个年轻的和尚看到他,就说这里山高林密,夜里有猛兽经常出没,他们养的狗都被叼走几条了,就让小泊在进大门左侧的一间房间住下了。年轻和尚叮嘱说:"这里平时是居士住的,但是,好长时间都没人来过了,有蚊香,你自己点着,夜里庙里蚊子厉害。"

小泊起床以后,可以看到门前有落叶被扫过的痕迹。这是人的痕迹,淡淡的几道,如同风吹过眉毛一样,这让他的精神舒缓了不少。

此时,万物都已苏醒。鸟在树上已经呼朋引伴地热烈交流起来。这个院子的香炉里点着一根粗大的香,充满了温馨的香烛味道。

隔着山墙,可以听见里面二进院的院子里有着沙沙的扫地声音,小泊似乎能够感受到扫帚在地上留下的丝丝的划痕。一切都会有痕迹。鸟在树上留下分泌物,在天上留下飞过的痕迹,这座庙在山中留下成百上千年存在的痕迹。

只要是经过就会留下痕迹,有些是可以看见,有些是看不见。有些是人留下的,在寺庙前院的大香炉前,下面渗透着黑色的香灰痕迹,即使风吹雨打,这些黑色已经渗透到砖头的骨头里了。有的是风留下的痕迹,可以看到大殿的前廊柱子上,已经不见最初时的红光满面,变得只是在小片的地方还有曾经染红过的痕迹,整体上看则是斑驳一片。

小泊沿着声音的方向,走进了大雄宝殿的那座院子,看见一老一小两位和尚在那里用扫帚扫着地。他们都穿着灰色的僧袍,衣服的袍角在晨风中随着扫地的动作摆动。他们不看周围,周围也不看他们,但是，却通过风和阳光连接在一起。直到他们看见小泊进来，两位僧人才直起身来。

年轻的和尚说："施主，你睡醒了，昨晚睡得怎么样？"

小泊说："谢谢两位师傅，如果昨晚你们不让我进来住，可能我今天就在狼的肚子里了。"

年轻的和尚眉眼动了一下，没有接话。此时，整个院子里尘土不起，弥漫着山中早晨特有的草、树木、露水及阳光混合的香气。

小泊问："师傅，你们这座庙为什么叫作天心寺呢？这有什么说法吗？"

老和尚微微一笑说："你向山顶上看看。"直到此时，小泊才开始逐渐与这座庙宇的周围环境熟悉起来。这座山如果从高空看，并不雄伟宏大，却是狭窄尖尖的形状，不过树木永远是南方山的主体，这里是被树木占据的地方。他顺着老和尚的视线，看见一片树木随着山势向上延伸，越往高处越是险峻，但是，即使是尖锐的山顶，也能看到有树木葱郁，如同戴着绿色头冠的巨人。在快到山顶之处，有几乎垂直的几十米峭壁，此时树木明显稀疏起来，如果从远处不注意看，可能只是像哪位画家在那里淡淡地描了几笔。在这段悬崖的顶端，有一块凹进去的地方，那个凹进去的地方就如同挂在天上的心形一样，老和尚说那里有一眼泉水。在这眼泉水的下方，可以看见有水雾蒸腾，可以看见有水流流出，飞流直下，一直流到这座庙的后院。小泊这时好像猜出这座寺庙叫作天心庙的来历。

小泊说："师傅，你们这座庙环境是真好，就是有些破了，又那么偏远，修行方便吗？"

年老的大和尚说："小施主，你这就着相了。我们修行修的是自己，修的是心，修的不是庙。如果心不到，无论是多么宏伟的寺庙，只是皮毛而已，梦幻泡影罢了。"

不知为何,小泊此时大脑不知是清醒,还是被什么撞了一下,他忽然问了一个连自己都奇怪的问题。他问:"师傅,对于这座寺庙,有这像是心形泉水的时候叫作天心庙,如果这眼泉水没有了,那叫作什么呢?"

老和尚似乎有些惊奇这个问题,他稍微思索了一下说:"这座寺庙因为这座泉水而得名,但是,那眼天心泉却是这座寺庙最早出家的老和尚命名的。是庙决定了泉叫作天心泉,而不是泉水决定了庙。因此,即使那个山泉就是干涸了,这座寺庙也叫天心庙。即使这座寺庙的和尚都不在了,这座庙也叫作天心庙。"

在清晨,此时寺庙的钟声敲响,梵音缭绕在竹林的梢头,与阳光一起被分为金色的丝丝缕缕。这些音乐先是从寺庙的房顶檐角开始缭绕飞行,又越升越高,从竹林上方到更为高大的树林上方,树叶和竹叶被吹得沙沙作响。然后这些梵音又接着上升,九曲八折升到山顶,直到与镶着金边的云朵融合在一起。

庙在这座山的半山腰之处,站在这里,可以看见下面的山涧河水清亮地流淌着。越过河流,影影绰绰可见坝子上的田地里有人在为生计而操劳。此时,可能是山对岸寨子里的大喇叭发出的声音,也可能是一个本地小伙用方言站在树荫下面看不见的岩石上弹着吉他在唱,声音悠远而苍凉,与梵音互相试探,互相推搡,互相融合,让小泊在其中不能自已。

　　我勒家,在阿个山喀喀头,那里的阳光,安逸求很。
　　不像之城兜勒,尽是塑料的味道,钢筋和水泥。
　　我勒家,在阿个河坎坎上,那里的河水,清亮得很。
　　不像之城兜勒,尽是污水,尽是污水。
　　我勒家,在阿个金竹林兜勒,那里的雀子,精灵求很。
　　不像之城兜勒,关在阿笼子里,想飞也飞不出克。

我勒家,在阿个癞子崖脚勒,那里的土狗,凶求得很。

不像之城兜勒,抱在贵妇的怀里。憨求得很。

我勒家,在阿个山喀喀头;我勒家,在阿个河坎坎上;

我勒家,在阿个金竹林兜勒;我勒家,在阿个癞子崖脚;

我勒家,在阿个山喀喀头;我勒家,在阿个河坎坎上;

我勒家,在阿个金竹林兜勒;我勒家,在阿个转塘边勒。

梵音如同一地清辉挥洒,这首歌曲却如太阳在树林之上冉冉上升。梵音如同晨风扑面,这首歌曲却如母亲的呼唤。前一个遥若无声,后一个越来越响,越来越真切,如同在耳边唱,震得耳膜疼。如同在眼前萦绕,震得眼睛酸。小泊忽然感觉怅然若失,看来是应该回家看看妈妈了。

第十二章

纠结

一

临近旧历的新年,雪是这时的常客,特别是这段时间总会时不时地拜访这座北方的小城。孟仲仁开着那辆二手车,由于担心下雪路滑,他小心翼翼地从县城中心路开车出来,经过两家早点铺子时,发现寒冷并未完全控制这里,有几个好似早起进城买年货的人还在那里热火朝天地吃着早点。架在外边的熬粥的大锅也热气腾腾地看着身下旁边的人,如同慈爱的老人看着自己醋畅淋漓吃饭的孩子。"人是作茧自缚的动物。人越是向上发展,越是积累烦恼。知识越多,就意味着烦恼越多,过像是这些人一样的生活也好。"孟仲仁心中暗想。

刚出县城时,雪还是粒状的,薄薄地洒在路面上。开了十几分钟后,到了那座山前别墅时,雪越下越大,在那座依山而建的大院子停下车时,能明显看出有凌乱的人的足迹,将新雪践踏得不成样子。

很多人都管这个地方叫作靠山别墅。即使倪红灯在县城有不少房子,但是,他很多时候喜欢住在县城以外的别墅。在夏天,他住水库边的临水别墅,图那里的清凉可人。在冬天,这座依山而建的宅院可以说是得天独厚,因为前面是一片庄稼地,冬天这里最高的就是罩着寒霜的小麦,没有其他遮挡,这让它可以获得更多的阳光,而背靠着一座在这个县城还算是挺高的山峰,可以为它挡住来自北方的风雪的严寒。

站在这座院子的门前,能看见被它遮住部分的一座大山的大半个轮廓。向山顶方向看去,竟然有了薄暮似的样子。雪落在成片的松林之上,有的松树树冠上落的雪多一些,如同戴上了白色的护士帽。有的落雪少一些,可以看见绿色挣扎着探出身影。

等孟仲仁进了大门后,在大门左侧还有一个院中院,再推开第二个院门,还没有进屋,就听见忽然像是炸了锅似的猛然几声大喊,然后又平息了一阵。他知道里面可能打牌打得正是热火朝天。倪红灯见到他进来,只是简单地打了个招呼说:"兄弟你来了,自己找个椅子,就坐在我旁边看我怎么赢这帮小子。"

即使是恨倪红灯的人,只要对他有所了解,都会对他的一项本领佩服,那就是在打牌的时候可以分心二用。不要被他粗壮的外表所蒙蔽,他能够根据下属汇报的情况,细致周密地对自己生意或者业务进行安排,并且和不打牌时几乎没有任何差别。同时,这也不影响他在牌桌上的发挥。因此,尽管他外面女人不断,原配妻子的大哥也就是大舅哥也对他佩服得五体投地,经常对外人说:"你看红灯,人家就是做大生意的料。如果让我一边打牌一边安排业务的话,早就黄了。"当然,由于这位大舅哥也是跟着倪红灯干,这也是属于他对倪红灯印象加分的地方。可以说,无论如何,倪红灯在这个县城属于武力和智力都是压过别人一头的人物。

当然,在他打牌安排业务时,手下也应对他的处事风格有一定的了解。否则也会出现问题。在倪红灯的一项房产开发项目中,曾经专门从外地聘请了一个经理,这个人很有些本领,在倪红灯的这个房地产项目竣工时,他打电话向老板汇报情况。经理在那边打电话过来说:"老板,现在我们这个锦绣城项目马上要进行验收了,你看下一步怎么办?"倪红灯这边正在打扑克斗地主,对手那边一条顺子马上就要跑了,他一只手夹着香烟,另外一只手像是武林高手飞花伤人一样扔下了几张牌,他说:"炸了。"结果把电话那边的经理差点给炸了,手机扔了老远,他万万不敢相信,刚刚建好的这么好的商品房,为啥老板说炸就炸了。

在打牌出牌的间隙,倪红灯长一句短一句地说出让孟仲仁来靠山别墅的原因。他说:"因为我倪红灯出名了,有钱了,因此,就有一些人看着嫉妒,到处去告我。不仅通过匿名的方式到纪检部门、司法机关告,这些都不怕,关键是这些烂贱小人还把一些不实消息发到网上,这不是毁坏我的名头吗?今天叫你来就是要用你的大名,写一篇文章,表扬我这几年为县里做了多少善事,旱灾捐了多少钱,水灾捐了多少钱,修桥补路出了多少钱,给临水煤矿周围村的老人慰问金花了多少钱。记住没有,我们是身正不怕影子歪,要好好写。"

旁边的一个商业局的干部在那里补充说:"大作家,明白了没有,倪总的意思就是拼命地夸,往死里夸,把这些告状刁民的不实言词全部给驳回去。"

旁边一个左手臂上面刺着"忍",右手臂上面刺着"不可忍"的光头说:"老板,还要费那么多事情干啥?不就是周二渔和马万顺那帮人吗?我过几天带着几个兄弟,直接把这些人给灭了,不是快过年了吗?我让他们年过不去。"

倪红灯瞪了他一眼说:"现在都是什么年代了,不是我们最初开始争工地、抢市场的年代了。这些刁民现在得用文明手段来治,我们也要与时俱进。"

孟仲仁稍微犹豫了一下,他也明白,自从倪红灯一家帮了他以后,他就知道对方留着后招,这不,后招来了,就在这里等着呢。他在犹豫的时候,倪红灯一只手抓着牌,一双眼如同烧热的铁条一样扫了过来,"怎么? 这点小事还有难度?"孟仲仁说:"没有难度,我只是想换个方式,不署自己的名字,署个笔名行不行?"倪红灯半晌没有回答,可能是有意这样。倪红灯善于用这种方式来制造威压。此时,孟仲仁更有些不知所措,眼神如同苍蝇一样在看牌的人中无处落脚。此时,他忽然看到了身子藏在人群角落的本。在这里,本不再是多年前狡诈而邪恶的样子,如同一家人养了一窝鸡,他则好像是半途买来的,明显还没有被其他鸡所接纳,没有完全入群,因此,显得低眉顺眼得比平时温顺了很多。

等了好久,倪红灯打了个哈哈说:"就这样吧,你在我们县大名鼎鼎,就是用你的名头,由于你是本县人,了解内情,也显得有说服力。发表你文章的报纸也是省城的,我托人打过招呼了,不会辱没你的名头。"

在孟仲仁内心,让他署名写这种文章,还不如让他直接参与一次打架斗殴来还倪红灯一家的人情。因为只要不涉及刑事犯罪,一般打架是不会留下记录的。几年后没有几个人会记得。但是,他是文化人,知道文字是有脚的,文字可能会走上几百甚至是上千年。只要是文字走过的地方,都是难以涂改的。他知道文字是有记忆的,可能无论多少年后还会留下墨色的记忆。他还是比较珍惜自己的名声的,不想自己的名字被这种事情所沾染上。

其实,人不是被字上的墨染黑的,而是被周围的环境染黑的。对于孟仲仁而言,很多事情看似他有选择,其实没有选择。如同穿过一条长长的隧道,也可能会看到光明,但是,这种光明是与火车迎面碰撞的火车头的灯光,还是钻出隧道的光明,都难以说是他能控制的。他从那个困乏无聊的中学调到县文联,是你大爷帮的忙。他被南天这种文痞欺负,也是倪红灯找人出的气,并且现在小泊不再搞视频直播,准备回老家找个正经工作,他也打算找倪红灯。想起来这也是没有办法。当然,人家倪红灯混到今天，也是经历了无数的努力，也是在血与火中打拼出来的。人家的资源凭什么白白让自己享受呢？想到这里，孟仲仁感觉稍微舒服了一些。

他走到门外，雪更大了，整个天地白茫茫一片，让他站在空旷的院子里更加显得渺小。周围的风围着他打转，呼出的热气已经难以让这么大的院子感觉到一点暖意，也不能温暖他自己。在院子角落的一棵老松树上，一只乌鸦在那里拍打着翅膀，看来还是比较珍惜羽毛。想着想着孟仲仁又心里忍不住叹息。这是他的一个毛病，忘记了是在多小的年龄开始养成的，也可能是遗传。在母亲没有改嫁之前，他在夜里听见父亲经常独自一人在另外一个房间里睡着叹息，即使是睡着了也是如此。或许这是一种家族遗传病，或者是一种不幸生活的遗传病。

在这么一个大冷天中，这么大的一片山麓，只有这个院子的这几间房屋还能给他一点温暖，无论这种温暖是柔和还是炽热，是保存肉体还是烤焦灵魂，这可能都是无法选择的。

二

对于周二渔，熟悉或者对他有一些了解的人都知道这也是一个犟种。这个人就住在倪红灯承包的三崖水库上游一条河上的大桥旁。这条河不仅是水库的一个主要水流来源，当年水库没有养鱼的时候，也是鱼的主要来源。那时鱼也多，每当夏天发洪水的时候，下游的鱼不知什么原因，都会逆流向上，经过那座大桥时，周二渔早已在那里守候多时。无论做什么都有路子。周二渔能够从滚滚的洪流中看出哪里是鱼在游，他就在桥上屏息准备，等到合适的机会，就会单臂发力，喊一声：中。虽然不是每次都中，但是，至少半天也能叉上几条大鱼。对于从小在水边长大的周二渔而言，这不仅是一种经济收入或者口腹之欲的满足，更是一种乐趣，也是被繁琐生活研磨后的一种解脱，是一种精神需求。只有此时，他的黝黑的脸上才能展现出一些浪花，即使这些浪花一瞬就消逝了，但是，对于周二渔而言，也是难得的满足。

周二渔本来是白净面皮，但是，由于一次打工时的失火事故，把脸给烤黑了，再也没有恢复起来。他还有个大哥，叫周大渔。周大渔本来是一个黑脸膛，很多年前就下矿挖煤，没有想到还把脸捂白了。周二渔脾气快，性子倔强。周大渔脾气慢，性子柔和。周二渔个子高而身材瘦，周大渔个子矮而身材胖。可以说这哥俩天生就是一对反义词。

大渔和二渔的父亲是高小毕业，在那个年代的农村也是粗通文墨的人。他一心想把儿子培养出来。作为一个老式的半农半是有点文化的人，他也买了很多书籍来教育两个儿子，谁料读书这种东西，特别是读书好的人大部分靠天吃饭，没有天赋老子再有想法也不行。"有想法有本事你为什么不自己考个大学？"在经常吵架时，这是二渔发现的父亲在这个话题上的命门，可以说此招一出，一发必中，老父亲被他说得是哑口无言。

在老父亲好不容易走完一生后，除了给二儿子盖了三间房子和娶了媳妇外，就剩下几个大木箱子的书籍，以及空空如也的一间老年房。对于书籍两个儿子都没有争议，都一致同意以五毛一斤的价格卖给收破烂的老姜。对于父亲在哪里出殡二人则发生了争议，大渔想让父亲在二渔家里出殡，因为自己是个老光棍，都是住矿上的宿舍。二渔却认为在自己的家里出殡不吉利。当时正好是三伏天，结果父亲的尸首都放臭了，也很难达成一致。最后二渔对中间说和的村邻说："只要让大渔给我当众磕头，我才让在我家里出殡。"没有办法，大渔当众给二渔磕了三个响头，才把老头子送到另外一个世界。从此大渔发下了恶誓，"如果我不死，二渔不烂，我们终生不会再打交道。"

由此可见二渔是个犟牛脾气。在三崖水库没有扩容时，这种犟脾气至少和倪红灯没有任何关系，你倪红灯在水库养鱼做你的一方之霸，我二渔在夏天发洪水时叉几条鱼调剂一下生活。关键是后来水库一扩容，直接就扩到了二渔经常叉鱼的桥下。在一日，二渔正在叉鱼叉到兴头时，被倪红灯的护库队当场抓了一个正着。这就产生了争议，护库队的人说周二渔是叉的水库里的鱼，周二渔说我是叉的河里的鱼，几十年我就是在这里这样叉鱼的，在你们这帮小子还没有见到鱼时就是如此。你们怎么说我叉的鱼就是水库里的鱼。护库队的人说这水库是我们老板承包的，这是有合同的。周二渔说你们老板包的是水库里的鱼，和我没有关系。我叉的鱼脑门上也没有写着你们老板倪红灯的名字，身上也没有他签的字。这样一来二去两方就撕扯起来。这个时候这个地方的人就不讲什么法律了，谁的拳头大谁就是最高法律。护库队也不考虑周二渔的犟脾气了，你的脾气犟和你爹和你哥犟可以，想和我们犟到护库队的执法办公室再说。他们就推推搡搡把周二渔抓到执法办公室，痛打一顿，还罚了二百元钱，让周二渔的老婆送来，作为这次冲突的结果。谁知这远远不是这件事情的最终结果，最多算是一个小结罢了。自此周二渔就和倪红灯杠上了。不仅自己到处告状上访，而且还组织协调水库周围因为捕鱼被护库队收拾过的人一起行动。

倪红灯与马万顺发生矛盾的诱因是临水煤矿。马万顺是一个石匠。祖上是一个不大不小的地主。尽管在那次大运动中，因为成分问题，他的父母都被打倒，他也失去了读书的机会，但是，地主的聪明基因还是保留了下来，并且还延续到他的儿子那里。

马万顺的家就住在临水煤矿几里地远的地方。在煤矿没有开采之前，他的家是依山傍水的风水之地。这不是马万顺自己说的，是他看出来后，当地一个有名的算命瞎子又反复强调过，这更让他坚定不移地相信自己的眼光。即使他的家背后是一个小丘陵，但是，如果勉强一点，那也算是小山。即使他家东边临墙的是一条从上面一个小积水湖流下的小溪，那也是水。因此，这就凑够了依山傍水的风水之说。

老马是一个好石匠，年轻时建房建得漂亮，他是那个建筑队的总师傅。别人干石匠活可能是跟着师傅学过，他是在自己心里出的。你要古典式的，他能给你建成古典式的，你要现代式的，他能给你建成现代式的。你要中式的，给你建成中式的，要西式的，给你建成西式的。即使是他们附近这几个乡镇建的教堂，也是马万顺琢磨着主持建好的。因此，有学过建筑的大学生说：如果马万顺读过书，绝对是一个建筑家。马万顺在体力衰退之前，用了作为石匠最后的精力，花费了五年，专门重建了家里的房子。这座房子前观南山，背靠小岭。门前有奇石数座，家里有座小小的假山，这让山在人中，人在山中。特别是夏天，村东是无边碧绿的庄稼，东墙水边是几株斜斜的柳树。蝉声一片，轻歌数声，让人有浑然忘我、悠然出尘的感觉。当然，这种感觉不是马万顺自己的感觉，而是他儿子的感觉。马万顺的感觉只是这座房子给他带来了面子，即使比有钱人的别墅也丝毫不差。

马万顺的儿子叫马得水，家庭的聪明基因并没有因为祖父祖母被打倒而断流。家族的优秀基因之河流到了他这里。他是那个村里第一个正规的大学生，也是第一个成为中学校长的人，即使那个中学位于邻县，但是，邻县的校长也是校长。因此，村里人都说，马得水正是由于得到了马家东边临墙的那道水，才当上的中学校长。只要那条小溪细水长流，不仅马得水能当校长，还要做局长和县长。这些也被马万顺记在心里。

马得水有恋家情结，当然，这里指的是恋着他出生的那个依山傍水的宅子。马得水喜欢在暑假和寒假回老家，因此，也让自己五岁的女儿爱上了这个地方。小姑娘刚上幼儿园，就会在爷爷奶奶的院子里童声稚气地背诵：采菊东篱下，悠然见南山。即使村里别人家的子女有出息的，也在本县工作，却很少有带着孩子经常回老家看看。因此，这座宅子不仅让马万顺获得了自豪感，也享受了比别人更多的亲情。

这都是在倪红灯的临水煤矿投产之前。自从倪红灯的煤矿生意越做越好，马万顺的心情就越来越糟，这倒不是他嫉妒别人做煤炭生意赚钱多的问题。主要是他家背后的那座小山成为了临水煤矿倾泻煤矸石的场所。本来东边临墙的那条小溪是绿水长流，现在成了黑水长流。这是因为临水煤矿把洗煤的水倾倒在上游的那个积水湖中。这样，马万顺的家虽然也是依山傍水，不过依的是黑山，傍的是黑水。

更为严重的是，依山傍水的颜色发生了改变以后，小孙女不再念采菊东篱下，悠然见南山了，而是不知谁教会了念：经过黑水边，茫然见黑山。听着还挺押韵。并且在暑假期间再也不愿意到老家来了。村里也有因为煤矿开采受到影响的人，不仅是山和水被污染了，还有家里因为煤矿井下放炮采煤，地面下沉，结果导致地面上的房子出现了裂缝，大的如同虎口，小的如同蛇口，不论什么口，在白天、夜里看去都好似张嘴吃人。村里人知道马万顺的儿子有本事，就怂恿他一起和倪红灯的临水煤矿对着干。特别是那个算命的瞎子，一边呼吸着浓厚的煤矿烟尘气息，一边对马万顺说："老马啊，本来你儿子马得水混得这么有出息，就是因为你们家旁边的这条小溪。现在这条小溪成了黑水臭水，你儿子的仕途恐怕会受到影响啊。"瞎子不说不要紧，这么一说，更让马万顺坚定了和倪红灯斗争的决心。

当然，并不是倪红灯一方没有人来调解解决问题，倪红灯甚至愿意在县城里为马万顺补一套房子。当然，不包括那个村的其他上访户。因为他们没有儿子当校长，校长在此时已经被计算到赔偿的价格里面去了。

但是，马万顺却没有给妥协的空间。他问对方："你们在县城提供的房子能够依山傍水吗？你们提供的房子能让我的孙女悠然见南山吗？你们提供的房子能不能保证我儿子还是像以前那样如鱼得水，能够以后当局长和县长吗？"毋庸置疑，这些条件哪一项倪红灯都保证不了。这就成为了死结。

倪红灯的临水煤矿保卫科的坏小子们看到言语谈不成，就用拳脚来谈，他们是倪红灯的手脚，即使这些手脚并不完全听大脑的。但是，你倪红灯又不是脑损伤，你的手脚打人，大脑也有责任。最初倪红灯还真没有看得起马万顺，你儿子是隔壁县的中学校长算什么？县长也得敬我三分。中学校长可能不算什么，但是，中学校长教出的那么多学生却算什么。即使中学校长不能直接出面，但是，却不能妨碍他背后出头。什么叫打仗亲兄弟，上阵父子兵。我明里搞不过你，我可以在暗里搞你。我一次搞不倒你，就发挥愚公移山的精神，一点点地搞倒你。

马万顺不愧是石匠出身，不仅有石头的棱角，还有石头的韧劲。两方的矛盾就成了拉锯战。

三

这三间房子和院子是本建造的。本的姐姐——书在门前的石头下找到了钥匙。在推开沉重的大门后，大门的吱呀声好像从她身上划过，她被吓了一跳。紧接着一只蜥蜴也同样被大门扭曲的响声所惊吓，从门槛里一跃而出，直奔南面庄稼地头的荒草里。这让书几乎蹦起。她自言自语地说："这里多长时间没来人了。"

院子里并不是很荒芜，却很冷清。在六月炽热的阳光下，几天就把一个空盆里余下的水晒成了干涸的白色的碱的痕迹，证明这里曾经有水驻扎过。靠西院墙有一棵槐树，下面放着一个完整的磨及磨盘，很明显本从来没有用过，只是为了装饰好玩从哪里弄来的。槐树上的几只喜鹊显然也对她这位不速之客感觉惊奇，一家在叽叽喳喳地讨论着如何应对。

本的房屋没有锁，只是虚掩着，一是里面没有什么值钱的东西，二是在附近这块地面，只有他动别人的东西，一般还没有人敢动他的东西。书推开屋门后第一眼就看到了摆在八仙桌上正中的关公雕像。雕像下面的方形盆子里插着几根香早就灭了,只是留下残灰,战火后留下的硝烟余烬一样散在那里。这位手持大刀守卫各色人等的武圣人,此时还是无视一切,还是手捋着千年未长的胡须,凝神对着满屋的静寂。幸亏有了这座雕像,才让这几间房屋不至于太过冷清。

书其实也不愿意管本的事情,即使是亲兄妹,她多年也被本伤透了心。多年前就是如此。当已经出嫁到其他村的书听到别人讲兄弟本因为盗窃被抓到派出所时,正是严冬。那些年感觉冬天特别冷,时间也更漫长。她吃力地爬上了派出所大院子附近的一棵枣树,树上的严寒至今还刺疼她的手掌,有种黏黏的感觉。那种刺骨的严寒最先是从手指开始,然后蔓延到手掌,到手臂,再沿着喉咙一直凉到胃里。

书看到自己的兄弟本如同一条狗一样,被一根绳子绑在派出所里已经被磨得光光的树干上。本手上戴着手铐。在那么大的派出所里,在一棵粗大的杨树下,被"派出所"三个大字的大牌子所无形压住,这让本的身体显得更加瘦削。书已经对父亲不抱任何希望,但是,她自小还是对本充满了憧憬。不过,一棵从根就歪的树,怎么能长出直的树干来呢,本还是在她的失望与期望交错中长成了附近村庄中让人不齿的人物。然而,无论如何,这是娘家人,保护娘家的兄弟不仅是保护一个人,而是保护那个家族,也就是保护自己。否则,外人都说没娘家人了,这种舆论大石头同样会压得她喘不过气来。当她托乡里工作的熟人说情,提了一桶家里产的花生油和一袋核桃送到后,才最终好不容易让派出所把本释放。那时本被冻得瑟瑟发抖。书心里恨归恨,还是把自己的棉大衣脱下让兄弟裹上。

之所以书愿意帮助本,除了有血缘关系外,本也是她在娘家的依靠。书嫁到婆家后,由于婆婆是个老思想,和书一家住在同一个院子里。而书以前读过高中,是一个新思想。本来婆媳之间就是天生的对头,在这个不大的院落里面,这一婆一媳之间就展开了新旧之间的斗争。但是,由于书的丈夫偏向母亲,因此,书每次和婆婆争斗都落了下风。同时,婆婆又是一个搞宣传的高手,每次战斗后都会在村子里那些女人们中开发布会,数落儿媳各种不是,结果弄到书要上吊自杀的地步。

在这个地方,如果出嫁女受了婆家的欺负,娘家的兄弟不管,这就等于是自丢颜面。正是本的到来改变了书在婆家的不利局面。书忘不了那个炎热的中午,婆婆正在院子里就着夏天的热情在煎着鸡蛋,旁边一只老母鸡领着一窝小鸡也动不动到书的家这边溜达一番。本带着几个堂兄弟和外边来的几个大汉,一进门就找了一根木棍,抢起来就把婆婆的锅盖给砸了。婆婆骂道:“你们这帮挨千刀的,砸我的锅盖。”

本笑嘻嘻地说:“不但砸你的锅盖,还要砸你的脑盖。”话说不停,又把棍子抢起,把老母鸡领着的一群小鸡一个个全部敲死。

婆婆说:“你们这帮东西,敲死了我的小鸡。”

本还是没有生气,笑着说:“不但敲死你的小鸡,我还要敲死你这只老鸡。”

婆婆此时虽然呼天抢地,但是,眼看着本带着这么多人进来,村里的人又都怕事,一看是家包子事,谁也不敢过来管。

自此以后,书的婆婆才消了气焰,也不没事找事了,也不整天开发布会了。书的日子才算过得好受一些。书也真正知道了娘家人的重要性。

在本犯事的时候,书每次都咬牙说这是最后一次管他。但是,最后一次下面还有最后一次的弟弟。不过,当本偷鸡被派出所抓到之后,家人的强烈反对让她没有力气再去管。然而,当其他人传说本在派出所被殴打时,并且听说这次可能不是以前那样,本偷鸡加起来数量不少,可能要判刑了。这么一说,她心里又翻江倒海一般。书沉不住气了,从内心里说服不了自己，没有理由不帮本。

书听周围的人说你大爷为人豪气，最能办事情。但是，书不认识你大爷，也去找了你大爷的做乡干部的那个仁儿子。这附近周围的人托你大爷办事，如果没有直接关系，都是通过他的这个仁儿子。当然，仁儿子也不会白白替别人跑腿办事。之所以乡干部找你大爷办事好办，主要是他知道老头子喜欢什么东西。他对书说："我仁参现在对其他东西也没有什么兴趣，对一些老物件倒是情有独钟，也就是古董银元之类的什么东西，你看看家里有吗？家里没有就到处找找。能花钱买就买。"

书多次去过本的家，她也是本唯一相信的亲人。她想到那座关公雕像，看起来烟熏火燎的有些年头了，如果你大爷要的话，就给他。只是这么一座关公雕像好像有些单薄了。至于银元，她自己也没有见过，只是本曾经说祖父传给他一百块银元。这东西传男不传女，是当过土匪的祖父用命藏住的，就埋在那棵槐树下的石磨旁边。

在槐树的阴影下，太阳将书的身子照成了斑斑点点，如同银元一样大小。书手持一把镐头，挖掘一个土坑对于农村长大的她并不吃力。她围着石磨找了一圈，镐头一下子就闻到了新鲜的泥土气息，另外一下就随着一声脆响，闻到了霉锈的味道。这时一个坛子从外缘被刨裂，但是并未完全破裂，揭开坛子的盖子，还是可以看见三摞东西用宣纸包着，互相依靠在一起，如同经历了百年的老人，自己不能支持自己。

在开始挖埋藏银元的坑的时候，书感觉就像是挖一个老人的坟墓。在打开坛子之后，剥开宣纸外层，一枚枚银元闪现着暗白色的光，就像是老人骨头的颜色。书数了两遍，整整一百枚。祖父临去世前说得没错。这一百枚银元是本和书的曾祖父做土匪最后一笔大的生意留下来了。那也是他在油坊张老板的大儿子被绑架后作为中间人获得的报酬。但是，曾祖父没有机会再花这笔钱，因为几年后解放，他就被镇压了。祖父也不敢花,因为那时他是土匪的儿子,还在山上做过小土匪,属于地富反坏右中的罪大恶极分子。当然,这些银元没有罪,但是,因为他们是银元,本身就带了原罪,就被囚禁至今。

书在乡干部的带领下,到了你大爷住的那个大宅子。这里每天都是人来人往,因此,几只巨大的藏獒也习惯了来人多,有时会声音压抑地低声吼上几声,却很少咬人。不过书还是不自觉地躲在乡干部的身后,等到其他人的事情都处理好后,你大爷也在藤椅上舒展了一下身子,手里的佛珠转得飞快。乡干部连忙上前,指着你大爷说:"仁爹,这是本的姐,以前给你说过,你和她爹还是三世仁兄弟。"

书赶紧过来,把手中装着银元的黑塑料袋以及关公的雕像递过去,低低地喊了一声:"大爷,我兄弟的事情来麻烦你了。"

你大爷对着关公像好似作揖一样拜了拜,又用手指挑开塑料袋的口,脸上忽然如同开花一样灿烂起来:"哈哈,你叫大爷还真一点不差,我爷爷和你曾祖父是仁兄弟,我和你父亲是三世仁兄弟。老一辈人讲究这些,现在的人不行了,都不讲究了。你父亲那辈和我就走动不多了。但是,我爷爷和你曾祖父拜把子的事情我从小就知道。他们两个都是那个年代这附近的大名鼎鼎的人物。"他在那里叹息了一会。接着说:"不过,大爷我还是一个讲究人,你兄弟的事情就是我侄子的事情,我给你办。"

你大爷拿过电话,好像电话那头就是管事的。他说:"就是前段时间偷鸡的那个年轻人的事情。你给看一下,如果没有大事情,就放了算了,他也是我的亲戚。"

电话那头的人好像有些为难:"偷鸡虽然不是杀人,不是大事情,但是,这个小偷偷得太多了,好几年一直干这事,偷多了就够犯罪的了。"

你大爷看似有些不高兴地说:"还有多大的事情啊,年轻人谁不偷鸡摸狗,谁不都是从那个年龄过来的。就这么定了,人情算我的,有空我请你到家里来吃全羊宴。"

电话那头其实也是想拿捏一下，就顺水推舟地说："好好，你老人家的事情就是我的事情。我现在让人去走程序，放是放，程序上不能有问题。"

本被释放之后，被倪红灯收留做了手下。这对他是一件喜事。但是，对孟仲仁却是一件苦恼的事情。孟仲仁一直认为自己的童年和少年就是生活在无边的梦魇中，能感觉好像是醒着的，但是好像被巨大的石头压住，却无力睁开眼睛。在他的梦魇中，欢乐都是别人的。而本无疑加长了自己的梦魇时间，加重了自己胸前大石的重量。

虽然在孟仲仁读到高中以后，明显地感觉到本这块大石的重量减轻了。本也好像感觉到了孟仲仁反推力度的加大，开始变得客气。甚至本有些讨好孟仲仁的意思，这是在孟仲仁考上大学之后。但是，这块大石并未完全消失，在多次的噩梦中，本都是扮演追击者的邪恶角色。因此，在孟仲仁工作后，就彻底地与继父那边断了联系，他感觉那些时光都是走夜路经过树林时脸上碰到的蜘蛛网，他需要用力地将这些网丝抹去，然后彻底告别那个黑夜和树林。没有想到在倪红灯这里又遇到本，看样子还要经常接触。想到这里，孟仲仁胸口就有发堵的感觉，梦中的那个邪恶角色又追来了。

四

无论哪个女人，都可能会对男人问这种问题。这是女性的性别特点。"你爱不爱我？"老板娘问。对于孟仲仁而言，如果是老板娘要和他分手时，他感觉似乎对她有爱，唯恐失去这个女人。但是，如果两个人长时间在一起，老板娘问这个问题，他就感觉这个问题非常滑稽。他看着旭日宾馆门口挂着的一只鹦鹉，鹦鹉会用当地的方言说一些吉利话。譬如说恭喜发财。也会用当地的方言骂人。

这只鹦鹉本来不是孟仲仁的,但是,在一起见的时间久了,竟也会有感情,后来不知是谁趁着老板娘在前台忙时不注意,就连鸟带笼子不顾鹦鹉的骂声提着跑了。偷鹦鹉的当时是一辆白车,附近做生意的邻居以为是朋友临时借走这只鹦鹉玩几天,就没有在意车牌,但是,能够听见那个男人在车后座上放鸟笼时鹦鹉的骂人声音。这只鹦鹉本来也和孟仲仁关系不大,然而,在它丢失以后,他也是会难过。难道他和老板娘就是这种感情吗?

以前那只鹦鹉被关在笼子里,孟仲仁感觉已经习惯了,也没有想到把它放走,回归野性的自由。鹦鹉在风中的笼子中摇摇摆摆,孟仲仁和它逗趣,也不感觉有多么有意思,只是没有更有意思的事情做罢了。但是,当那只鹦鹉被别人偷走,孟仲仁却不能忍受,他甚至感觉到"爱"那只鹦鹉了。

老板娘是一只筛子,从滨海回到这个小县城后,她曾经筛选过不少的男人,不知是那些被筛者太小,还是她的筛子的眼太大,这些人都没有留下来。可以说,虽然老板娘没有文化,但是,她的娇艳却可以弥补文化的不足。现在文化不是一种稀缺产品,而美貌却是。当然,她在滨海的阅历和眼界决定了她在这个小县城择偶的困难。什么样的男人她没有见过,一般男人她根本看不上。

孟仲仁感觉和老板娘是一对无可奈何的矛盾体。即使是两个人早晨在床上刚睁开眼睛,如果遇到不巧时,两个人的争吵斗志就会燃烧起来,这让两个人的战争从床上就开始了。

在两个人吵架时,老板娘就会说孟仲仁和她在一起没安好心。"你就是一只恐婚的可怜虫。没有结婚打算为什么要和我在一起?"她问。

孟仲仁也很不满,说:"你不是也把我当作备胎吗?别以为我不知道,你和我在一起闲着了吗?你和我在一起的时候,相亲多少次还没个数吗?别以为我不知道,我只是不愿意说。那个治痔疮的医生现在不和你联系了?"

老板娘半真半假地骂他:"你是哪壶不开提哪壶,你别用这种话说别人好不好,人家是自己开的医院,治疗痔疮只是个人爱好。人家开着豪车你有吗?人家住大别墅你有吗?别人不像你这么抠门,我的空调坏了,人家马上让家电商城给送了一个大品牌的,你不出钱,还不让要。又抠又酸就是你。"

孟仲仁说:"看来还是有感情啊,护得死死的,那你为什么不和他在一起?多般配啊,没事还能让他给你治痔疮,服务态度绝对好。比对你那个闺蜜还要好。人家治痔疮是赚钱,你这个医生朋友倒好,还要赔钱。你看一个年龄大的老太婆找他治疗会这么尽心吧?要不要收钱?他对所有的女性治痔疮都不要钱才算是博爱。他这是算啥,对漂亮的女人不要钱,不仅不要钱,还送手机和金项链。男的找他治痔疮能这么好吗?我家的三大爷痔疮多少年了都治不好,你这个朋友在我们县治痔疮是有名气。我让三大爷来,不要他买手机,医药费不收就可以了。"

老板娘说:"那让你三大爷先去做个变性手术,回炉另造一下,年轻个四十岁再说。"

孟仲仁说:"没有那个必要,我三大爷不像是你那个闺蜜那么傻,让人治疗痔疮治了五个多小时,私人治疗室连个护士都没有,被性骚扰了还不知道,还挺美的。如果不是她的女朋友在外面感觉事情不对,在治疗室外面用手机偷拍,她可能现在还是美滋滋的,以为享受了至尊级VIP服务。我发现你的闺蜜都是有一个共同特点,不对,是两个共同特点,一个就是长得都还不错,另外一个就是蠢。看来蠢货找蠢货,蠢货也会互相传染。"孟仲仁这时忽然狂笑起来,他为自己这么善于总结而自我佩服不已。

他说:"找这个痔疮医生治疗的只是你们这帮女人,我三大爷害羞,不像是你们那么开放,被摸了五个小时,一个手机和一条金项链就搞定了。幸亏这是私人医院，如果是公立医院的话，就这么一场，也得让这个痔疮医生收拾行李走人。"

老板娘抬起身子看着门外稀疏经过的人，外边的阳光穿过窗户，让她的身子发出炫目的白光。此时已经快到中午，由于宾馆是晚上比较忙，他们就躺在床上反复地争吵这个话题，像是两只狗在争夺一只球，但是，这只球却滑溜无比，你触碰一边，她就触碰另外一边。表面上是一只球，但是，真要抓的时候却变成了好几只球。表面上是一个问题，在这对男女朋友之间却可能变成好几个问题。

老板娘有些恼怒，用脚踢着孟仲仁的屁股说："我们就喜欢他治疗痔疮怎么办？我现在没有痔疮也找他治，气死你。"

孟仲仁也是嘴不饶人："你也别嚣张，你这个机会是你闺蜜让给你的，要不是她结婚有个几岁的儿子，还能轮到你。"

老板娘忽然真的有些生气："什么是她让给了我，是医生请我闺蜜吃饭，我作陪后，他就再也不和我闺蜜联系了。这说明我比闺蜜有魅力。你就是个呆货，身在福中不知福，别人都当作玉石，你当作鹅卵石。"

说到这里，老板娘又幽幽地说："如果医生没有老婆，我说不定还真的跟着他了。他是真的喜欢我，哪里像你，冷血动物一个。人家男人是越来越热，你倒是越来越冷。一开始追我的时候还有些热度，到了最后倒是成了我热脸贴个冷屁股。你是个骗子。"说到这里，她又开始否定自己，"还是不行，医生看起来太花花了。这种男人不可靠。遇到我闺蜜第一次就敢这么做，等嫁给他后，我老了怎么办？"然后，她又来了个否定之否定，"管他那么多了，跟谁不是跟，走到哪一步谁也不好确定。说不定医生和我一起变好了呢？一物降一物，卤水点豆腐。我在滨海时你三哥也不是很花花？和我在一起也变得好了。跟谁都比你这个呆瓜、冷血、抠门、假斯文强得多。"

孟仲仁说:"别我三哥三哥的,谁认识他是老几? 你怎么知道他不花花,有钱又帅,不花才怪。"

老板娘说:"花就花,反正我也不损失什么,都比你强,他们这些人都是大强,你就是小强,哎! 你却总是打不死。"

第十三章

两代人和一个人

一

　　小姨从南方那个城市离婚回到县城,一场不顺利的婚姻并未对她的容颜造成多大的折损。她依旧是这条街上最靓的女,甚至也照亮了那时整个陈旧的县城大街小巷。可以说,这次婚姻对她而言,像是一场夏天雨后所淋湿的街道,即使她离婚了,却比以前更加闪着光。离开这个县城多年后,小姨比未结婚前显得更有魅力。因为她去的那个南方城市,虽然当时以造假闻名于全国,但是,其时尚风气却是一个县城不能比的,而在那个城市生活的七八年间,那种真正的城市所塑造的气质,也是县城这种小地方塑造的气质不能相比的。她第一次结婚比较早,即使在离婚后,还只是二十七八岁的模样,这个时候没有了小姑娘的羞涩,却多了成熟女人的娇艳,这种美艳对成熟男人是巨大的杀伤。

　　那时小姨留着这个县城几乎没人留过的发型,只在电影中或者在过年逢大集的明星挂历中可以看到。县城的年轻女人也有想模仿的,但是,回家给男朋友或者老公一说,莫不被当头泼了一盆冷水:"就看你这个样子,还要留那么时髦的发型,你感觉发型配你吧。最好还是想着明天好好搬砖或者摆摊,别想得太美,想得太美不利于睡眠。"

小姨那时还喜欢穿鱼尾裙。那个时候整个县城都没有人真正见过穿鱼尾裙的女人,但是,小姨不管这些,总是像一条美人鱼那样在街上招摇。当然,县城的男女老少都不觉得是招摇,大家都一致认为小姨有资本招摇。只有她能招摇,别人那么招摇就不行。小姨不仅穿那些招摇的衣服漂亮,就是穿一身碧绿的旗袍也是漂亮。更让人瞠目结舌的是,她会用一种简单的方式创造出一种复杂的美,就是用一串朝天椒连成项链戴在如玉的脖颈上,这也带动了县城女人们模仿的高潮。在那个时候的县城,很多人都是在电影中看到演员,因此,小姨以一种虚幻想象的现实出现,不少人包括老人遇到都问小姨:"你是演员吧?"小姨抿嘴一笑说:"我不是演员,我以前就是丁字街北边山坡下那个村的。"

由于小姨嫁到南方那个造假城市后,她还经常晨练,以前做姑娘时练过的武术并没有因此荒废。有次密桃问小姨:"当年你是不是打过我以前的第一个姨父。"小姨咯咯地笑起来说:"是没少打,但是,后来看他赌成那个样子,就不打了,不是打不动了,也不是打不过了,是心累了。"

练过武术让小姨不仅有女人的妩媚,还有练过武术的女人的飒爽。即使是当时抢她包的小偷都不忍和她对打。当然,这是小偷后来被派出所抓到后的托词,无论是老板娘还是密桃都不这么认为。当时小姨离婚后手里有一笔钱,她住上了县城唯一的一个像样的小区,买了一台当时虽然不是唯一却也是花钱都很难买到的大彩电。她娇艳的外貌及体现出的富裕让她更容易成为小偷的目标。

小姨一打三的故事被老板娘和其他人传颂了很久,并一直流传到孟仲仁那里。那三个小偷都骑着当时马力很大的 250。诸位不要笑,凡是在那个时代生活过的人都知道,这种传奇摩托车的型号并不是骂人或者恶作剧,却是真的存在。但是,小姨却不管你是 250 还是二百五。她在被抢了包后并没有慌张。本来在深夜大街上一个年轻貌美的女人应该惊慌却没有惊慌，这就叫那三个抢包的小偷有些惊慌，更让他们惊慌的是小姨脱下了她那十公分的高跟鞋，一脚踢倒了一个，又用高跟鞋砸倒了一个，最后一个小偷在250摩托车上等同伙等得焦躁，发现两个战友都被小姨制服。这个小偷本来还不服气，还嘲笑同伙没有能耐，都是菜鸟，连一个女人都拿不下，还怎么吃这碗饭。然而，当他骑着250摩托车到小姨身边准备大显身手时，却被小姨先发制人，一脚踢倒在摩托车下，这下哥仨实现了平等，以后谁也没有嘲笑其他人的资本。

在这个县城，如果是一个女人离婚后，那么，再婚就会贬值至少百分之五十以上，但是，小姨就是小姨，她始终认为自己没有贬值，而且还升值了。这是因为你买白酒存的时间长了都好喝，都会升值，她也让造假城市的那个男人储存了七八年，升值也是必然的。密桃的大舅妈对这个小姑子说："你都多大年龄了，孩子都有了，离婚二进宫还谈情呀爱呀的，你不牙碜我都感觉到牙碜。"小姨说："你牙碜是因为你眼里就有沙子，眼里有沙子所以牙里就会有沙子。我自己有没有资格谈情说爱由我做主。"

那时她就是倪红灯得不到的女人。倪红灯当时初步摆脱了野蛮积累阶段，即使在夜里月光也会明亮地照在他的头顶。在白天，太阳那时对他都是正午的感觉。虽然倪红灯那时也有着粗壮的身躯，但是，却没有长出牛头梗一样的脖子。如果说一个人的颜值可以打分的话，他那时的相貌在自己的一生中绝对是最高分。但是，无论月亮或者阳光多照顾他，无论是他的威势惊人还是不惊人，小姨却始终都是他得不到的女人。

为了得到小姨，倪红灯给小姨买了当时最时髦的大哥大手机，但是，这都是小姨在南方造假城市用滥的东西。倪红灯还给小姨买了一条很粗重的金项链，对于一般的县城姑娘而言，绝对闪瞎她们的双眼。

但是,小姨喜欢的却是细而精致的银白项链。她还对倪红灯说,你这种假土豪连基本的审美都没有。倪红灯为了获得小姨的芳心,就找人借来小姨的身份证,并在他新买的一座别墅房产证上加上了小姨的名字,但是,这却不能让小姨对他的印象改变半分。大舅妈本来以为小姨还在待价而沽,就劝小姨不要要价太高,否则,过了这个村就没有那个店。男人和女人嘛,上了床熄了灯都没有什么两样。

小姨只是微微一笑说,我从来不是在要价,都是倪红灯自己在还价,我对他没有意思就是没有意思,就是把金山银山搬来也没有用。我是鹰赖不吃青蛙肉,就是倪红灯摸我的手一下,我都会起鸡皮疙瘩,这样两个人上床一辈子怎么能行?

当然,由于小姨当时已经结过一次婚,倪红灯和他父亲你大爷又是县里数一数二的人物,小姨家里人也有一些心动,就让小姨把倪红灯叫到家里看看,但是,和姥姥、姥爷对二姨夫第一次见面的一致通过不同,即使倪红灯的家境很好,在姥爷这里就产生了争议。

在很多年以前,姥爷的父亲也就是老板娘的曾外祖父就经常对子女说过,他一生的失败是从大儿子被绑架开始的。当然,在滨海的那场爆炸正式宣告了他人生事业的落幕。然而,大儿子被绑架后,连惊再吓死亡后,这是他的锥心之痛。如果仅仅是土匪绑架让他丧失了六百块银元,那也是没有办法的事情,最让他难以忍受的是自己的把兄弟,也就是倪红灯的曾祖父还串通土匪从他这里捞到了二百块银元。姥爷的父亲是一个很具有传统思想的人,他在一生中就和倪红灯的曾祖父一起拜过一场把兄弟,当时他认为把兄弟虽然不能像是关二爷和刘备、张飞那样同生死共患难,至少也不能坑把兄弟。因此,这件事让他多少年都念念不忘,也再没有和倪红灯的曾祖父来往过。即使在曾外祖父临终时也念叨这件事。一般一个人临终时都会原谅绝大多数人和事情,但是,老人在临终时不忘以前的怨恨,可以看出这怨恨的种子已经深扎在他的胸腔里面,并且他不想把这个带到坟墓中去。老人交代好自己的遗产后,就说了这么一句话:"如果老倪家想和我们家来往,就必须把当年的两百块银元还给我们,这是人命钱。"

因此,小姨的父亲把他父亲多年前临死遗言这段往事告诉了倪红灯。小姨的父亲算是半个巫医,巫医不仅能够治病,而且能够预测。小姨当时怀疑自己的父亲可能预测到倪红灯将来的下场不好,但是,却不知如何将他治好,因此,就不愿意把自己最喜爱的女儿嫁给倪家的后人。倪红灯在那里忙不迭地说:"这件事情他以前好像听自己的父亲你大爷说过,这都是老辈的事情了,和后人没有关系。我也不瞒着大爷您,我曾祖父真的拿过银元,不是二百块银元,只是一百块银元。这你放心,别说二百块银元,就是两千块银元我都给你。别墅我都给,银元能算什么?"

小姨的父亲说:"我要的银元是当年的那二百块银元,不能用其他的银元来顶,这你能找到吗?"

倪红灯这时还真的犯了难。他说:"人都不是当年的人了,都死了一两茬了,那些银元到底到了哪里,又没有在上面写名字,谁正好能找到以前的银元呢? 大爷你这不是难为我吗?"

小姨正好找个借口抽身,没想到还是她老爹英明,给她送上了一个离开的台阶。小姨就说:"找不到那也没有办法,说明我们两家成不了姻缘。其他别说是别墅,就是把故宫搬过来我也不会要你的。我的名字怎么加到那座别墅房产证上面的,你就怎么换下来,我也不收姓名使用费了。"

二

在密桃的记忆中,冬天似乎比其他季节更多,也来得更加频繁,特别是她爸因哮喘病从学校早退逐渐变重以后更是如此。好像是这个冬天还刚刚结束不久,下一个冬天又吹着号角大踏步地赶来了。

　　她不喜欢冬天,因为一想到冬天,就仿佛是和疾病、死亡联系在一起。一想到冬天,就想到了灰蒙蒙的天空中,寒冷的风扫荡而过,好多的鸟在天空连找个躲藏的地方也不能。西风将天上的鸟吹到地上,再将树叶吹得溃败,从地上吹到天上,反正是让它们都不得安生。

　　又是一年的冬天到了。由于在律所里也没有业务,密桃一个人坐在办公桌后面,在那里不知和谁在较劲。办公桌上写着"密律师"的牌子好像是由于风的原因,积了一层细细的尘土。当然,也可能是由于她业务不好,也没有心思去搞这些没有用的东西。特别是最近一段时间以来,由于没有业务,她似乎在精神状态上也出现了一些问题,总是以为别人在后面对她指手画脚。在律所办公时,那个涂了很多化妆品的前台行政好似对她来玩的朋友说:"这就是那个帮当事人倒忙的律师,看来她还是做警察好。"她的朋友也在那里好似偷笑。密桃能够听到她们嗑的瓜子壳嘈杂地落在地面上,她厌恶地皱了一下眉头。

　　但是,厌恶或者不满有什么办法呢? 这些律所的行政人员最是现实。在律所里,谁的案源多,谁的业务量大,谁为律所创收多,谁就是大爷。当那些能赚大钱的律师办理什么业务时,她们脸上的笑容最多,态度也最为殷勤。想到这里,密桃叹了一口气,暗想:"哪里不是如此呢? 哪里都是江湖,都是弱肉强食,谁让自己没有本事呢?"

　　前几天妈妈的老朋友刘姨来家里玩,一进门就大声地搓着手,扑腾着脚,喊着说:"好冷好冷。"密桃看了看外面,也没有下雪,不知为什么刘姨就像是踩雪的样子。刘姨接着说:"我们家都供应暖气了,你们连个炉子也舍不得生,这么会过,得发多大财啊。"

　　妈妈在旁边不好意思地说:"孩子爸有哮喘病,不敢生炉子,如果生炉子煤烟呛着,不多会就得去医院抢救。"

　　刘姨说:"那就买个有暖气的房子呗。最近由于银行放款,听说房价要涨，越不买越贵。你看我也没有什么钱，就是买了五套房。只要有点钱我就买房。我在买房这方面从来不畏手畏脚。你考虑越多，房价涨得就越快。就在我们这种鸟不拉屎的县城，如果不早下手，很多人连房子都买不起了。"

妈妈更加局促地说："钱凑不够啊。家里有一个老的吸钱的老虎，就是孩子他爸这个病秧子。还有一个小的吸钱的老虎，我小儿子上学也花不少钱。"

刘姨连连叹息说："哎，如果我有钱的话，一定会借给你们家，不过我的钱都压在房子上去了。"

刘姨的老公是在县里搞工程的老板。她年轻的时候有些姿色，老公还稀罕一些。后来生了两个孩子后，体重直线上升，老公对她的关注则是直线下降。因此，刘姨经常和老公闹得天翻地覆，时间长了，就有点抑郁。由于密桃妈妈会算命，就让刘姨在枕头底下放了七七四十九枚铜钱，到了午夜十二点，在院子中烧着六六三十六张黄纸，嘴里念念有词，一直用红旗子引着，到了丁字街北头的山下，再烧三十六张黄纸，这个仪式就算走完了。说也巧，按照密桃妈妈交代的这么一番折腾后，虽然刘姨的老公还是在外面搞一些花花事情，但是，刘姨的抑郁症却真的好了，因此，她就把密桃妈妈引为知己，经常来八卦一些事情。

这时刘姨又转过脸来看正在洗脸卸妆的密桃，说："闺女不是现在做律师了吗？现在做律师哪个不赚大钱。再说，法院那么好的单位，如果不赚大钱，谁会辞职。我有个表侄，律师做了几年后，简直让我不敢相信。据说比我老公包工程还要赚钱。整天也不忙，夹着个包就有人给送钱。我们县总共有五辆最好的车，我表侄就有一辆。"

密桃妈妈半是不满半是惭愧地说："赚什么钱，做律师是出头露面的事情，女孩子做律师不适合，也就是混个吃喝。哪像你表侄那样，还是男的做什么事都方便。"

刘姨说:"你这是对老姐妹低调。这叫作财不外露啊。呵呵。"她得意地笑了起来,不知是因为发现了真相而笑,还是对自己善于为尴尬聊天破局而笑。

密桃的爸爸在里屋吸氧,并没有出来打招呼。不知他是因为身体不舒服,还是因为不喜欢刘姨。不过,反正刘姨都习惯了,她还是肆意地让自己的大嗓门在这个房间里回荡。这时,密桃想:这可能不怨刘姨的老公在外面有外遇,一切事情都是有原因的。

是啊,人可能只是看到了结果,没有想到自己也是原因。

密桃的爸爸似乎多少年就是一直和冬天作着斗争。密桃也在暗暗地替爸爸使劲。她想着,如果过去这个冬天,可能父亲又会多活一段时间吧。以前爸爸也在冬天犯哮喘病,这属于常态,如果不犯病则极为不正常。但是,这几年犯病的频率越来越快,间隔时间越来越短。好像有无形的人在一步步逼近,很快就要破门而入了。

密桃的爸爸年龄并不大,他倒是对死亡看得不重。但是,他却怕像自己的母亲那样去死。密桃也不止一次听爸爸说:"你奶奶是硬憋死的。"多少年来,她都以为父亲的哮喘病是职业病,主要是粉笔末吃多了。但是,当她把爸爸的哮喘病和奶奶联系起来,她感觉爸爸这种病也可能是遗传。当然,老师的职业加重了病情。

奶奶是一个面目慈祥的白面皮老人,但是,死亡前长久的憋气让她脸上变成了铁青,可以看出是多么有力的疾病大手在她脸上留下的痕迹。密桃见过爷爷的死亡,是那种淡黄色的死亡,好像是脸上包着蜡一样。奶奶死亡后的脸上像是包着一层铁锈。奶奶的双手在空中停滞着,手已经成为干枯的枝条,但是,虚空中没有什么可以救她。这不仅让爸爸看到了哮喘病死亡的痛苦,也让密桃感觉到,即使是每个人都要最终死亡,都要回归到最初之处,但是,能够稍微舒服一点地死也是一种福气。密桃爷爷九十多岁死亡,只是病了五天,前三天吃一些稀粥,最后两天不再吃饭，就那么静静地死去了，一动不动，好像是那么长的岁月里耗尽了所有的力气。但是，过来参加丧礼的亲戚朋友都好像喜气洋洋地安慰爸爸说："老密，老爷子没有受罪，这是喜丧啊。"

三

密桃不会忘记自己的第一次。这可以有很多种理解。一位大作家这么说过：道学家看见淫，流言家看见宫闱秘事。律所女行政则看到了密桃第一次向律所里交的律师代理费用。当然，密桃的第一次代理只是收了八百块钱的费用，由于举报当事人又被交钱的老妇人要回去了。老妇人说幸亏自己心肠好，要不到政府去告她，她还得赔钱。也许老妇人说得没错。

因为和倪红灯的公司签订了法律顾问合同，那次收费是密桃做律师后真正第一次大额的收费。即使不是特别多，这已经足以让密桃感觉自己的眼睛从做律师一年多的黯淡中闪亮起来。当她去缴费时，她忽然感觉到自己是这个律所的一部分，而不像是以前看到的巨大船只外面挂着的水草一样。当律所行政问她交多少钱时，她的声音好像比平时大了不少，这不仅把自己吓了一跳，而且也让那个浮夸的女行政吓了一跳。"哇，密律师，看来你不做就是不做，要做就做大案子，倪老板的公司在我们县谁不知道，没有想到最终让你做法律顾问。我们律所的主任应当好好宣传一下。"女行政说。

密桃感觉比平时更加职业地在收费签字那一栏上签了字，说道："也不是什么多大的事情，有啥好宣传的，也许只是我的运气好，能坚持一年是一年，做不好可能明年就不让做了。"

女行政说："那可不好说，像是密律师这么优秀的美女，法院出来的，法律水平那么高，上哪里找去？"

虽然女行政可能只是随口一说，密桃却感觉背上被蚂蚁什么的昆虫的针刺了一下，却不知具体部位在哪里。

自从上次吃饭时倪红灯让她挨着坐，并且用皮鞋敲击她的高跟鞋，她就感觉，既然敲门了，那么就是想进门。虽然她接触的男人不多，但是，女人对男人的了解是天生的，无师自通，或者说这是一种女性的共通性的本能。

自从和倪红灯真正联系上以后，密桃就感觉自己面前忽然升起了无数个泡泡，这些泡泡越来越大，在阳光下慢慢上升，上面闪着各种耀眼的色彩。她见过烟花，在没有被点燃以前，就是普通的样子，被人密集地堆放在一起，静而没有生命。烟花的生命是从被点燃开始的。在被点燃之前，并不是说烟花不能在夜空中闪耀，而是没有机会闪耀。密桃也感觉自信起来，并不是说自己以前没有本领，只是没有被点燃的机会而已。

即使在夜里，夜色也不能挡住她的眼睛。她也感觉自己的面前辉煌起来。如同进入了倪红灯那座金碧辉煌的办公大楼。

那是密桃第一次进入倪红灯的真正的办公大楼。虽然她以前见过倪红灯几次，也一起吃过饭，但都是在相对休闲一点的场所。在密桃接到倪红灯助理的电话通知去签法律顾问合同时，即使密桃是在这个县城边上长大的，也没有进过这个传说中的本县第一豪华办公楼。

密桃进入大厅就好像开始了一场冒险。一楼大厅装饰得就像是超五星级的宾馆一样，挑高的高度超过了她能够想到的极限，上面的穹顶上闪烁着色彩金黄或者纯白的大灯。抬头上看，如同看到了天宫中悬挂的星辰。在这里，别说是密桃，就是比她地位更高，经多见广的人也会被这种气势所压制。而这正是倪红灯当时力排众议，宁愿牺牲居住面积也要求这种顶高的原因。

在一楼的值班前台那里，一位穿着职业装的年轻女工作人员问了一句："请问您和倪总约好了吗？"

如同怕被别人发现了没见过世面的窘态，密桃连忙说："是的，我是密律师，前几天你们公司给我打电话，让我过来签一个法律顾问合同。倪总让我去办公室找他。"

前台知道来的都是比较重要的客户或者朋友，就热情地把密桃引到电梯旁，一直陪着到了九楼一间巨大的房间前，敲门对里面的人说："倪总，密律师到了。"然后又如同一个优雅的机器人那样回到了一楼。

在这次签署合同中，密桃根据女人的经验或者直觉，加上上次倪红灯给她的暗示，她本来以为倪红灯会借着签订合同有所动作，但是，他却完全以老板和律师正常签订合同的方式走完了流程。一切都这么正常，密桃反而感觉不正常了。到这时，密桃忽然怀疑自己的判断了，难道倪红灯不是假装通过签法律顾问的形式来套住自己，难道真的是自己的法律能力获得了这份合同。哎，管他那么多呢，签到合同还是让密桃长长舒了一口气。

老板娘这段时间也感受到了姨妹密桃的变化。以前姨妹经常闲得无聊，没事就找她逛街，但是，买东西时却挑了又挑，选了又选，最后却只是享受了挑选的过程，气得专卖店的店员在那里牢骚不已。但是，女人总是爱美的，因此，姨妹总是撒娇一样对老板娘说："姐姐，你从滨海带回来那么多好东西，那么多的包，你没用的就送我一个呗。挑一个你不稀罕的，反正滨海姐夫都是给你买的大牌子，最差的我们县里的女人也很少有舍得买的。就是舍得买，在我们县甚至市里也买不到那种一线品牌。"

老板娘在那里笑着说："你也太抠门了吧，都是大律师了，还找我要包。再说我的包都是用过的了，如同女人一样，都是二手的了，你还想要？"

姨妹哈哈大笑说："姐姐就是几手的也有人要，十几手也没有任何问题，反正谁也不能做法医鉴定。"

老板娘说："哎哟,上学没有白上,学会讽刺我了,还是在求我要包呢。"

不过老板娘说归说,最后还是让姨妹打开自己塞得满满的衣柜,找几件以前在滨海买的衣服,其实就穿了几次。再到衣帽架上把自己不是特别喜欢的几个小包递给姨妹说:"这是最后一次,以后别来敲诈我了啊。"

密桃马上就说:"你是姐姐,好东西多,不敲诈你敲诈谁?再说我们的身材差不多,你的衣服就是为我买的。这是天意啊,没有办法,哈哈哈哈。"

不过,姨妹一段时间不再向老板娘要包和衣服,同时,在一起逛街时买东西再贵也不再眨眼。老板娘忽然对姨妹这种变化不适应起来。因为在整个亲戚之间,她只是读了五年的小学,但是,她在滨海的经历似乎可以让她弥补一下自己的内心缺憾,至少自己是这么认为的。虽然姨妹读书比自己好,但是,姨妹总是可怜巴巴地求着自己要这要那,这也会给她一种满足感。然而,自从姨妹和倪红灯签订了法律顾问合同开始,她好像什么也不缺了。当老板娘对孟仲仁说起这些时,她问:"你是不是感觉我姨妹傍上倪红灯这个大款了?"

孟仲仁说:"怎么了?人家向你要包要衣服时你说这说那,现在人家不要的时候你也说,是不是心理不正常啊?"

老板娘说:"你才心理不正常呐,我只是好奇,听我二姨说她最近买了一辆好车,看来是穷人乍富啦。不知欠我爸妈的钱这次要不要还。我姨妹从小就只是想着自己,有钱买车也不给姨父买套商品房,姨夫冬天有暖气还能多活几年。"

孟仲仁说:"人家有本事你就别嫉妒了,自己赚的钱想怎么花都行。"

老板娘话题又转回来了,她总是会把所有的问题转到孟仲仁没有钱上,这已经形成惯性了。她说:"就你是个穷酸,我长得也不比她差,人家都有人给买豪车了,你给我买了什么? 可能我姨妹还没跟别人多长时间。我跟你多长时间了,按照天算,你欠我多少钱了,几辆豪车都够买的了。"

在这个小县城里面,其实就如同住在一个大蜂窝里面,任何一处的风声其他地方都可能感受到,特别在亲戚之间更是如此。不仅老板娘感觉到姨妹找了大款,就是小姨也知道了姨妹和倪红灯之间的风言风语。在姨妹一次下班经过她的宾馆进去玩时,小姨一边腰上挂着孩子,一边打扫着卫生。晚上的客人马上就要入住了,她就喊姨妹帮一下手。锅里的水开了,里面煮了八宝粥,不搅一下容易溢出来,还容易糊锅。一边忙着,小姨一边看着密桃,她最近不仅衣着发生了很大的变化,而且发式也像是自己当年在县城里风光时那样,留着最时髦的发式,她不由暗自叹息,不知是为了自己,还是为了密桃。她试探着说:"密桃,听说你最近做律师做得不错,和倪红灯的公司签了大合同了?"

锅里的热气熏上来了,密桃感觉自己的妆有些弄花了,她有些着急,也不能生气,就茫然地搅动着锅说:"哪有什么大合同? 就是一年几万块钱。"

小姨看来却有着更深的好奇心,当然,这也是关心。她问:"听你妈说,你最近要买车了,还是县里律师中少见的豪车。你怎么忽然有这么多钱?"

密桃说:"这都是预支的钱,小姨你经历的事情那么多,应该能懂,就是没有提供法律服务,先预支一部分费用。做我们律师这行,都是这么做的,贷款买好车的律师多的是。人靠衣装马靠鞍,律师的法律水平到底怎么样,一般老百姓不知道。但是,开的是不是好车一般人都能看得出来。开好车就代表你能赚到钱,说明你业务能力强。如果没有一辆好车,人家不知怎么看你。"

小姨是什么人，她也知道密桃在和她绕弯子，就想："才几年的事情，这孩子就长大了，就知道和小姨耍心眼了。"但是，她还是耐下心来点拨一下。

"我们那个时候和你们这个时候不一样。那时候穷的很多，富的很少，穷富都是过日子。那个时候我也喜欢钱，却没有像是你们现在的姑娘那么喜欢钱。"小姨说。

密桃叹了一口气说："小姨，你那时候人都高尚，你找人都是找自己喜欢的，不一定是有钱的。但是，你那时候我姥爷得了像是我爸那么严重的哮喘病了吗？你嫂子也就是我舅妈是不是整天像是我嫂子那样在背后算计你？"

小姨一怔，她也知道密桃什么意思，便说："哎，我也知道你的难处，那时你姥爷身体很好，不要我操一点心，至于你舅和舅妈更不敢对我呲牙。我不吃他们的也不喝他们的，我们都是完全独立的，你舅和舅妈还得看着我的眼色行事。他们在北大街的门面不是我帮着置办起来的吗？现在涨钱涨了多少倍？不是我借钱给他们，他们当时买那个门面房就抓瞎了。"

四

对于男的对手，倪红灯感觉就像是杀猪。对方越是挣扎，他越能享受到刺激。不管猪叫的声音有多大，他一点也不会有什么同情心，而是会升起更大的征服欲。杀猪的满足在于猪的挣扎之中。

倪红灯现在已经是这个县的数一数二的大佬，真正的有钱有势。对于他看上眼的女人，他也改变了年轻时那种追女人的莽撞的做法。因为自己也不是当年的毛头小伙子了，那么乱冲乱撞，他也感觉没有意思。或者说，即使得手，也没有成就感。以他今天的地位，别说是在本县，就是找个外国女人也能找得到。不过他以前确实找过外国女人，可是没法沟通交流，人家即使爱上他的钱，却不能和一个会说话的哑巴过一辈子，结果新鲜劲过去后，他就拿出一笔钱给打发走了。

　　当密桃正式纳入倪红灯的视线时，特别是人少的时候，他就会想起少年时候捉鱼的情景。那是一种浑身修长的麦穗似的鱼，有着比同类其他鱼更长的鱼尾。在夏天河流两岸碧绿一片的时候，倪红灯那时的心情也是无比碧绿。那种淡金黄色的鱼就隐藏在不深的河流中的大石头下，偶尔游出来炫一下自己曼妙的身姿。阳光在河面上跑动着小小的金蛇，这种鱼浑身也好似发出金灿灿光芒的蛇一般。

　　对于这种鱼，它们有时大方，有时害羞，裸露的身体像是洁白的女人皮肤一样光滑。这种鱼还具有游动速度快的特点，因此，不是一般人可以抓到的。倪红灯少年时的经验是先慢慢地靠上去，装着不是在捕鱼，其实却是在捕鱼。抓这种鱼要用手悄悄围拢，堵住藏身在大石头下的鱼的所有逃脱道路。你的手应当具有迷惑性，不抓就是抓，抓就是不抓，两只手要像安抚一只将要被宰的猪的情绪那样温和。在鱼被麻痹之后，你身体的马达要突然启动，在思维上和力度上或者速度上都要超过那条鱼儿，这样才能达到满手滑润细腻的目的。因此，抓这种鱼的快乐不仅在于吃鱼，更在于抓鱼的过程。

　　和密桃签订法律顾问合同就是稳鱼。其实，对于倪红灯而言，别说在这个县城，就是在省城，什么样的律师找不到。在此时，倪红灯感觉自己像是少年时那样，小心翼翼地向着藏鱼的那块大石头摸去。在摸鱼之前，还会在石头周围放上一些香油拌过的麸子。但是，麸子不能太多，如同和密桃签订法律顾问费用不能太高，否则，就可能会把鱼吓跑，也不能太少，少了对鱼就没有诱惑力。

　　接着倪红灯又开始慢慢地堵住石头下的另外一个出口。此时，他能够感觉到那条鱼儿在石头下的喘息，在那里静静等待着倪红灯下一步的行动，以判断是否需要逃跑。河里的阳光被风所搅动，石头底下的鱼儿在那里摇摆着纤长的尾巴。倪红灯这时忽然想起了小姨。在那个碧绿的夏天,在县城东侧的那条大河堤上,成排的杨树撒下浓密的荫凉,小姨的鱼尾裙就在风中飘着,倪红灯很有抱住那条鱼尾的冲动,小姨也并未生气,身姿灵巧地躲过,鱼儿一样地游走了。可以说,这一幕是青年倪红灯少有的内心伤痛和遗憾。如果有机会,他无论如何还要再来一次。

无论是抓鱼还是抓人,都需要耐心。当他把一把车钥匙交给密桃时,能够直接感受到这个漂亮而健美的女律师的惊慌,然后是惊喜,同时又疑虑重重的心情。看到车钥匙上那著名的车标,密桃最初并不想要在县城律师中第六辆这种档次的好车。毕竟和倪红灯签订了律师顾问合同,这让两个人之间的交往顺畅了好多,也亲切了好多。倪红灯说:"这辆车你先开着,我不怕你跑了。如果你没钱还给我也不要紧,用你的律师费来顶,一年不行顶两年,两年不行顶五年,五年不行顶十年,十年不行顶一辈子。"说完后,他暧昧地哈哈大笑起来。他的眼神中充满了一步步捉鱼甚至戏耍鱼的热烈。虽然感觉前方好似埋伏着陷阱,但是,这毕竟是用自己将来的律师费预支的,想到这里,密桃也对站着跃跃欲试的倪红灯说:"倪总,你这么说我就放心了,我跑的话也不会赖你的车,我就先开着了。"其实密桃也不好糊弄,也是明白人,心里像是明镜似的。但是,对于倪红灯而言,无论如何,只要她接受了那辆车,就等于石头下的鱼儿的一个逃跑出口被封住了。

倪红灯到密桃家的简陋的房子里见过密桃的爸爸,可以说,密桃的爸爸在没有生病之前,或者说病没有这么重之前,他可能不会对倪红灯假以辞色。但是,疾病可以消磨一个人意志,死亡的威胁可以让一个勇士成为懦夫。密桃的爸爸已经没有力气来维持自己的尊严了。他不仅表现出了对倪红灯的超越常态的客气,而且达到了谦恭的程度。对于这个来客,他以前也听说过,以他的智商,也隐约猜到了这位大佬来的真正原因。

倪红灯说:"密校长啊,我也是密桃的朋友,她签了我们公司的法律顾问。今天巧了路过,听说你们家住在这里,就顺便过来看看。"说着话,司机将一大包营养品放到桌上,低着头说:"董事长,你们先谈,我到外面等。"

密校长其实已经早不是密校长了,但是,过了这么长时间有人喊密校长,他显然又被喊回了当校长时激情四射的年代。他说:"哎,我病了好多年了,以前家里情况比现在好多了,现在家里比较简陋,没有办法啊,让你见笑了。"

倪红灯说:"这有什么? 谁没有个三灾两难的,密桃为我们公司做法律顾问做得很好,你的事也是我们公司的事情,我们得想办法给你解决。"

密桃的爸爸说:"我的事情就不麻烦倪总了,我以前的学校对其他一些特殊药报销费用的事情都解决不了,我们事业单位这样,你也是办公司,也不容易,有这个心意我就心领了。"

倪红灯并没有马上搭话,对着外面的司机喊了一声:"小陈,你替我给市里呼吸科的吴主任打个电话,上次老爷子去找他也是你陪着去的,就说是我找的。告诉吴医生,我有个很近的亲戚有哮喘病要去治疗,要安排最好的病房。"

在小陈司机在那里拨打电话的时候,倪红灯说:"密校长,不是我高攀你做亲戚,这个吴主任医术水平高了架子就大,不说是我至近的亲戚,他就不会上心,你别在意。"

密桃爸爸的身体及长期的病痛折磨已经严重地消耗了他的自尊心,即使他嘴里咳嗽着连连说不用麻烦,但是,他的内心却诚实地默认了这种安排。

倪红灯又回到了当年夏天摸鱼的时候,那个时候他就知道耐心在捉那种鱼中的必要性。在一个石头下的漏洞堵住之后,他感觉到内心开始跳动起来。他知道自己又进了一步,那细腻光滑的肉体已经触手可及。那种心情就像是现在他送密桃房子时的心情差不多。他这时有些看不起自己,也有些好笑,为什么历练了那么多年,经历中外的女人也不少,还是会紧张。但是,这种紧张也是他需要的,他很享受这种过程,因为他已经很长时间没有紧张过了。

在临水煤矿前任法人也就是外地聘请过来的张宝峰被抓判刑后,按照常理,倪红灯应该生气才对,但是,他反而有些高兴。他是一个不按照常理出牌的人。

知道内情的人明白倪红灯为什么高兴,因为张宝峰被抓后,这个私自越界开采煤炭的罪名就定在他的身上。这是法律,虽然看不到法律身上长着钉子,但是,却比钉子更加坚定地能钉住一个人。一旦钉住,将几乎没有什么可能会改变,这等于为倪红灯替祸消灾了。最多张宝峰出狱后给他一部分钱安抚一下。钱他不缺,缺的就是他这个独一无二的人,至少他自己是这么认为的。

对于这套装修得超过密桃想象的商品房,是倪红灯在临水煤矿前任法人张宝峰被判刑后送给她的。密桃看过那套房子,不论是地板还是厨卫都是最好的品牌,地热也做得非常精细,她想,这么多年爸爸终于要过一个真正的暖冬了。

在公开的场合,倪红灯说这套房子是奖励给密桃律师的,因为她提前就建议由张宝峰等不重要的人担任临水煤矿法人。密桃知道这是倪红灯故意给自己一个借口。因为法律顾问为顾问单位出法律意见,本来就是正常工作的一部分。做好了是正常的,做不好则可能被顾问单位领导斥责,甚至下一年合同也很难再续签,不会有额外的奖励或者报酬。

倪红灯是一个聪明人,不是一般的聪明,这和密桃从本县社会上对他的评价还是不一样的。社会上很多人都认为倪红灯是一个打打杀杀的莽汉,但是,有武力的人不少,在这个县,在和平时期,那些混社会的老大能够安全走到现在的极少。这就是智力超越武力的价值所在。

那晚整个宽大的阳台就只有倪红灯和密桃两个人。现在两个人互相窥视着对方。由于倪红灯找过一个洋女人,两人一起在这个县里生活过一段时间。这在本地当时可是一个大新闻。不知那个洋女人是不习惯本地生活,还是不习惯倪红灯,最后就拿着一笔钱回国了。

但是,对于洋女人的洋习惯,倪红灯却保留了下来,他还专门让自己的厨师学了西餐的做法。今天晚上,这个洋习惯开始为中国的对象服务。

这是一个月光朦胧的夜晚,夜色越深,两个人的气氛越是朦胧。月光从树梢开始慢慢地上升,密桃的心也在不断地上升。在月光下,她看着小姨不屑一顾的倪红灯慢慢感觉也是挺顺眼的,至少很有安全感,如果被抱住的话更是如此。密桃想着,忽然脸上红起来,不知是由于法国红酒的作用,还是自己的心理作用。

倪红灯看着密桃默认地收下了那套房子,那一颦一笑,让他先是想起了小姨,又想起了那年捕鱼堵住石头下那个最后的大漏洞的情景。当然,还有一丝小的缝隙要堵住。让密桃没有想到的是,倪红灯到保险柜那里拿出了一个箱子,打开箱子后再打开一个绸缎的包裹,层层打开如同脱下一个女人的衣服,密桃这才发现倪红灯真是一个细心的人,一丝不乱。直到打开不知哪个年代的宣纸包裹的几摞银元。倪红灯说:"听说你曾外祖父留下了一个规矩,和你们家人交往或者做亲要把二百块银元还给你们,这二百块银元有我父亲的一百块,一个叫本的人送给我父亲一百块,现在完璧归赵,你看这种纸还是以前的老宣纸,一点没变,现在你收下吧,这样你曾外祖父就是活着也没有话说了。"

此时,密桃的眼睛完全被外面的月光的幻影所迷惑。这样的夜晚,这样暧昧的灯光,即使没有这些银元也是足以让人陶醉的了。

第十四章

窥视与被窥视

一

夏夜很晚了，在丁字街上，老板娘宾馆门口的那个"旭日宾馆"的招牌经过一天的忙碌，茫然地站在细雨中，上面点缀的几个小小的彩灯此时也变得有些困倦，在忽闪忽闪地眨着倦怠的眼睛。这里不是县城中心的繁华地带，灯火本来就稀少，此时更是车马声音稀疏，只有卖家庭保健用品的自动售货屋的招牌知道此时是自己的正式上班时间，以暧昧不明的红色灯光照着这雨中的街道，让近处显示出鱼鳞的色泽，远看就像是一条河流在闪着细微的光。

黑夜是一条蛇，它会引诱邪恶，并且用蛇的身子扭曲人正直的一面，用蛇的长度予以延伸，用蛇的舌头来舔舐，从而品尝到邪恶的滋味。

关键是蛇也会偷窥吗？在暗夜里它会看见不少男女在肆意释放着激情吗？当然，这些人有的是夫妻，有的是其他关系。但是，这一切与蛇无关，它只负责引诱。

从一座宾馆就可以看到整个世界。宾馆就是偷窥别人的一个合法的装置。一个人坐在宾馆大堂的前台,那扇宾馆的玻璃门就是偷窥的眼睛。通过这里,可以看见对面的几家商铺。对于那家卖棺材和祭奠香烛的,你可以看见一家几个儿子和儿媳妇因为公公死去用多少钱的棺材而窃窃私语,时而仰起脖子,露出显眼的青筋互相争吵。还可以看见那对卖酒的夫妻,附近熟悉的人都说那里是卖假牌子的酒,但是,还有一些乡下过来的人不了解内情,迟疑地站在卖酒的店铺门口,看着那对夫妻在那里唾沫乱飞,决定是否要在这里买酒。那家有一台卖性保健用品无人售货机的店铺,在白天这里是最冷清的时刻,它的阳光是从夜里开始升起。只有在夜里,才可以看见有人像是做贼似的进入,在里面鼓捣半天,兜里鼓鼓囊囊地出来。当然,也有人已经习惯这里的物件,直接买了放在手里,一边走着一边摆弄。在这家性保健品店里,过来光顾的以男性居多,当然,在夜深人静的时候,也有女子幽灵一样悄悄地进去,然后再悄悄地出去,毕竟这里是一个还算保守的地方。她的脚步几乎听不见一点声音,只是可以看见昏黄的路灯将她的影子拖成一把巨大的扫帚。

宾馆,更是一个偷窥别人的天然设施。宾馆是一个万花筒,在里面可以看见五光十色的景象。可以说,无论是前台的服务员,还是老板娘,只要有人进宾馆的那扇玻璃大门,在大门吱呀一声响以后,一双探照灯就刷地扫了过来。当然,这种窥视是你不得不接受的窥视。如果是男女两个人开房,通过登记房间的身份证以及开房间人的神情,老板娘就大约知道开房人之间的关系。如果是年龄小的,都穿着学生服,老板娘就知道哪些是家里管不了的少女,哪些是家里骄纵过度的男孩。当然,也有家教很好,却受到了爱情之毒的蛊惑,偷偷来吃了禁果。由于现在学生都住校,老师不敢管也不想管,结果就让这些少年学生打了擦边球,对家里说在学校,对学校说在家里。

在这座宾馆窥视无处不在。宾馆的玻璃大门直接就可以照亮来人的身份,不过此时进出的人还不至于被全部看穿。宾馆的窗户则把窥视深入了一层。通过窗户,在夜晚甚至是白天,你可能看到视线角度允许内的赤身裸体的人们。孟仲仁一直认为,即使宾馆存在一定的好处,也暗示了一种不怀好意的含义。其实,老板娘何尝不是窥视的装置呢?通过她,孟仲仁知道了多少人的隐私。

　　不过,对于老板娘而言,她也会成为被窥视的人。人们无不处于窥视与被窥视之中,无人能够幸免。不过是换了不同的窥视主体与被窥视主体而已。

　　一张床的大声叫喊出卖了老板娘和孟仲仁。这座宾馆本来还是有更好的房间和床,但是,老板娘是一个做生意的人,做生意的人方向很统一,全世界都是这样,那就是赚钱。因此,她和孟仲仁在宾馆里的临时房间的隔音效果并不好,床也属于那种平时受到压抑的床,当有人用力在上面碾压的时候,床就会吃力地叫喊。这也是可以理解的,孟仲仁和老板娘加在一起二百多斤的重量,还不好好躺着,这是让床愤愤不平叫喊的原因,哪里有压迫哪里就有反抗。

　　哪里有叫喊,哪里就可能有偷听叫喊的耳朵,哪里就可能有窥视的眼睛。当老板娘汗水淋漓地出门下楼到前台时,旁边房间的一个胖子一直开着门,只是穿着短裤,他低低的声音喊着:"过来一下,我找你有事情。"

　　这个胖子是一个公司的业务经理,在本地有业务时,经常就选择住在这个宾馆。其实,老板娘自己也知道,他办理业务的地方距离这里还是比较远的。之所以舍近求远,女人的本能告诉她是因为自己的原因。老板娘以为这个胖子要什么洗漱用品,就浅浅地走进门说:"什么事情,洗漱用品不够了吗?"

　　胖子说:"是床上用品不够了,急着呢。过来坐坐。"他拍打着床上。

　　老板娘一时有些没有反应过来,床上的东西不是全着吗?

胖子邪邪地笑着说:"是那种床上用品。"

老板娘啐了他一口,并没有生气:"你要找那种床上用品自己到外边找,我这里是正经宾馆,不做那种生意。"

胖子说:"我窥视你们好久了,你不是和隔壁那个也做了吗? 你和他一起多少钱? 我这里有钱,三千可以不? 五千可以不? 胖子在那里拿出厚厚的钱包。"

老板娘心里暗笑:这是一个土包子。不过还是没有生气。她说:"你出去找吧,那个是我男朋友,我和你什么关系? 你这人倒是挺会偷窥人。我这么一点小动作都被你看到了。"

二

在旭日宾馆的三楼,本在自己专门包下的一个房间里,眼光陡峭地看着对面二楼的房间,灯光把对面二楼房间里的墙壁照得雪白。当然,还有一个个更白的女子身体在里面走来走去。这是本地一家公司的宿舍。现在的女孩子也都大方,也可能没有经验,在大热天洗完澡后就赤身裸体地在那里吃着零食、洗着衣服,还有一个丰腴的年轻女子在那里不停地打着电话。

本忽然身体发胀起来,他又好像回到了那个无忧无虑的少年时代。是的,谁的少年时代都是值得怀念的,无论从事什么职业,都会在中年或者老年时看到那时血脉旺盛的根须。夏天的黑夜为少年时的本添加了黑色的眼镜,通过这副巨大眼镜的掩饰,他看到了夜色中的不同寻常的美妙之处。在那个无边无际的夏夜,他看到了村庄的碧绿瓜果长在月光透明的河边。在那些碧绿的瓜果身体上,有的长着圆圆的发着白光的甜瓜,有的长着长而白嫩的冬瓜。可以说,自从他有了独立经济能力之后,就没有少吃这些让人血脉沸腾的瓜。

忽然对面二楼房间里好像有人发现了本的偷窥,有的向暗处跑,也有人不知所措不知护哪里，然后就是一片骂声："臭流氓，眼也不瞎，偷看女人，你们家里没有女人吗？想偷看回家看。"接着又是更难听的骂声。本还是脸上带着讪讪的笑意，这种辱骂对于他而言，就当是开胃小菜了。他从小就是被骂大的，他的羞耻感对骂已经免疫，或许他的羞耻感早已经死了。但是，被发现后的真正打击是那间宿舍的姑娘们自此安装上了窗帘，真是要命的打击。

本一直认为自己是食肉动物，是鹰。直到他见了倪红灯之后，在气场上就被压倒了一截。但是，本在更为弱小的对象面前，他还是有着鹰的感觉。他知道面前的这些兔子或者鸡鸭鹅之类动物的害怕，会对他敬而远之。如果实在躲不开，或者低头走，那些孬一点的会掏出一支烟来，对他露出讨好的笑容。本也知道这些人在心里骂他。这不需要本的猜测，作为曾经是同村的人，就是孟仲仁也明情。在本不在的情况下，村里有人会用既恨又怕的语气骂他。不过这也无所谓，谁人背后不骂人，谁人背后不被人骂。本要的就是这种别人害怕的感觉。

本不仅对那些弱小的动物进行威慑，作为一只鹰，他还长着鹰的眼睛，会在弱小者不注意的地方进行窥视，对于女性的弱者他更是有特别的窥视心理。这种习惯从本小学刚刚毕业就开始了。要知道，他这个小学毕业可是费了大劲，除了一年级外，几乎级级都是蹲级才能过去。

他有鹰的眼睛，也有逐臭的鼻子，那时他对女生厕所特别钟爱。在那个周围一片丘陵起伏的中学石头墙外，阳光下的叶子闪亮着沙沙作响，一味地挥洒自己，对本的丑陋行径不去关心。因为这个世界太过烦心，杨树也有杨树的烦恼。即使是一棵杨树，谁也不愿意惹本这种无赖。

本的鹰眼在一面小镜子的帮助下更加闪亮。当然，这面小圆镜成为他的第三只鹰眼，这延伸了他的能力，成为他的物理学上的帮凶。本从来没有学过物理，但是，在他热爱的事情上，他无师自通地会利用物理原理来窥视厕所内的女生。本的这种热爱不知是不是来自遗传，就是他自己也不知道来自哪里。人的本性来路千奇百怪，谁能够了解自己的本性呢？即使是圣人也不能做到这一点，而本不是圣人，他只是一个有着鹰眼一样的小人。

本不仅是一只白天活动的鹰，在夜里他就变成了猫头鹰。他把少年的村庄夜晚变成了他窥视的狩猎场。他对年轻的女人如此，对老年人有时也不放过。他家隔壁住着两位七十多岁的老人。在夏天两个老人不知为什么突然有了兴致，反正是夜里也没有人注意，冲完凉后赤裸着身子在院子里乘凉，把两把方形的大凳子摆在一起温存。当然，主要不是大凳子在温存。没有料到被无赖本看个正着。因为老太婆年龄大了。可能有几句话听不清楚，反复问几次，老头子有点不高兴地说："你聋啊。"老太婆说："你说什么？不疼。"本当时听着差点笑岔了气。看也就罢了，关键是第二天他见到隔壁老头子时，还嬉皮笑脸地说："二爷爷，昨晚和二奶奶一起感觉怎么样，发现你真是不服老啊。二爷爷，你聋啊，不疼。"这样一来把老人气得一佛出世，二佛升天，羞得差点没有找到老鼠洞钻进去。

在本跟着倪红灯混以后，倪红灯对他也不错，专门给他安排了一间宿舍。于是，这只鹰又复活了，多年后从农村飞到了城里。以前的树林可以隐蔽他的身子，在县城的钢筋水泥树林里，更容易让他的窥视行为在灯火和夜色交织之间变得难以被发现。他的望远镜就架在窗户上，上边不知以前谁留下了一盆假花，即使这花是假的，却真实地掩盖了他用望远镜窥视的行迹。当然，这盆假花只是胁从犯，是被本绑架了，它本身没有掩盖偷窥的故意。本的这个望远镜在几个月的时间内，特别是在夜间，就像是站立在那里的一具神秘的武器，镜筒对着远方八楼一个房间的灯火朦胧之处。那里有一对年轻的情侣，男的高大英俊，女的高挑漂亮。本不由在心里骂了谁一句：果然是好马配好鞍。当然，本看到的不仅是男女之事，更看到了城市人是如何温柔地恋爱的。他想，难道这就是城市人的爱情吗？他也经历了不少女人，虽然都是女人，但是，他忽然感觉自己的经历就像是粗茶淡饭一样。难道城市里还真的有所谓的爱情存在吗？他忽然对这个问题产生了怀疑。

三

　　小泊自从进了倪红灯的公司以后，竟然和本走到一起去了。其实，这在表面上看不好理解，实际上也很好理解。小泊从小就是在一种无序的状态中长大的，他本性上不适应那种在循规蹈矩的家庭中长大的人。即使他也读过大专，但是，读书并不能改变本性，最多能够掩盖本性、修饰本性，让本性变得模糊难辨。而本也是在类似家庭环境中长大的人，这说明两个人本性上是契合的。小泊喜欢过一种散漫的生活，喜欢无序的人，这一点上和本是一致的。即使在文化上两个人差距较远。

　　同时，本以前也知道小泊和孟仲仁的关系，不过他可能是忘记了和孟仲仁的真正关系，因为这种人在年少的时候欺负的人多了，也就会把欺负当作生活的一部分。不过，不论是他忘记了还是故意伪装和孟仲仁之间的微妙关系，他对小泊说的可不是这么回事，他说："你大哥到我们村后，我就一直领着他，没有我的话，他那些年有的苦头吃了。"这让小泊内心对他也存在感激之情。

　　当然，本也是小泊看孟仲仁的一个窗户。可以说，在这个世界上，除了父母之外，这个同父异母的大哥就是他最亲近的人。但是，他却不了解大哥，大哥如同在半途中忽然跳进他的生活一样。他内心感激大哥，因为大哥本来可以不管他。两个人却总有一段距离，让他如同观看远山一样看着孟仲仁。大哥就在那里，这是无疑的，但是，到底山中有什么秘密？到底大哥帮助他时是怎么想的？这都是他内心想知道的事情。

对于倪红灯让本做法人的这个事情，本表现出了狂喜，这种人对于这样的诱惑是抵御不住的。别说是每个月白得薪水，同时还安排了一间可以住宿可以办公的大办公室，就是其他人不再叫那个令人厌烦的小名"本"，而是叫他"李总"，他也感觉值了。

但是，小泊听说倪红灯在自己的企业中从来不做法人，这是法律顾问教的招数，因为这可以在发生事故时最大限度地逃脱法律责任。有一次当小泊和他两个人在一起吃饭时，对本偷偷地谈到了自己的担心。本却很不以为意地说："这算啥，还有什么责任，就是有责任也不要紧，反正我是吃了今天不管明天的人。"

小泊说："你不知道，这几年在倪红灯的临水煤矿做法人的都没有好下场。远的不说，就是去年，那个叫张宝峰的，大家都叫他张总，其实什么也不是，就是个傀儡，也没有见过他签字，也没有见过他有什么权力，就是大家眼里的一个活宝。对了，听说陪着老板打牌倒是配合挺好，两个人搭对子打牌很少输过，在一起打麻将时也最会给倪红灯点炮。后来倪红灯让他做了法人，还回到老家村里好一顿吹嘘，村里的人都说宝峰有出息了，没有想到出息不到半年就进去了，听说是非法采矿罪。还不知到哪年能出来再陪老板打牌了。估计出来也不会给倪红灯点炮了。"

本用牙签剔着牙，这让他干瘦的脸上更是扭曲，他说："这种事情就是看运气，我这两年运气来了，运气来了谁都挡不住。小泊，老板让你负责安装整个公司的监控，管理计算机，听说还让你做什么工程师，你怎么说他的坏话啊。幸亏我们两个人的关系铁，还有你大哥的关系，其他人对我这么说的话，我早给老板报告了。告诉你也不要紧，我其实就是老板安插的密探，公司里谁有风吹草动对老板不利，老板安排我直接给他汇报，我就是大内密探。懂不？"说着，本嘿嘿地呲牙笑起来。

小泊连忙说："大哥,我这不是帮你吗? 其他人我说这个做什么,我就是怕你吃亏。"

本说："我也不是傻子,你帮我我还看不出来,你以后就别说了,我就当没听你说过这件事。"

其实,本认为自己是一步登天,虽然搭上了那一百块银元和关公的雕像。他想着又有点肉疼,转念一想:算了吧,舍不得孩子套不住狼。人家凭什么帮我,什么三世仁兄弟,一世仁兄弟都算不了什么。俗话说:仁兄弟,狗臭屁,仁来仁去假仁义。可能就是那个关公塑像显灵了。但是,如果不送给你大爷,关公能显灵吗? 他老人家那么忙,全世界都找他。关二爷帮助我,也算是我的运气到了。

但是,也有美中不足的地方,那就是本发现在他的办公室兼卧室的那间大房子里,倪红灯的公司给安装了监控。监控倒没有什么,关键是他用望远镜偷看对面俊男美女的事情可能会被曝光。如果在以前倒没有什么,不过现在他是公司法人,是有身份的人,如果传到公司内部,这个法人还怎么说得过去。

因此,他在一次倪红灯打牌赢了中间上厕所时,一溜小跑跟着,抽空对倪红灯说了这个问题。倪红灯听了后哈哈大笑:"兄弟,你还有什么怕看的,瘦得像个白骨精,看你不穿衣服估计都得瘆得慌,谁愿意看你?"

本赔着笑脸说："哥,我不是这个意思,只要你愿意看,不怕脏了你的眼睛,我就脱了让你看个够。我这个人有个习惯,看别人行,要是想着睡觉还是有眼睛盯着,就睡不着。偶尔几天行,时间长了也吃不消。我在县里东桥镇那边倒是有房子,也会回去住,不过有时候晚了嫌麻烦就不回去了。"

倪红灯提上裤子,显得有些不耐烦:"兄弟,我这也不是针对你,这是公司的规矩,只要是公司的房子,有人在里面都会有监控,我的办公室里也有。我怕公司的人破坏公物。"

本听到倪红灯这么说，看来整个公司都在倪红灯的眼皮底下，任何人不过是他动物园里的动物一样。不知为何他有了这个想法，因此，就不觉打了一个冷战，连忙打个哈哈掩饰："这个鬼天气，都立春这么长时间了，还是这么冷，再这么下去，这个地方就成了黑龙江省了。"

倪红灯看到这种情况，就缓和了一下说："要不这样吧兄弟，你自己到哪里找个宾馆，包个房间，就让公司出钱，行不？你看大哥对得起你吗？"

本听了以后千恩万谢："谢谢大哥，我就知道跟着你干错不了。"

小泊虽然负责倪红灯整个公司包括临水煤矿的监控安装，不过那都是大的监控设备，当他按照本的要求，从网站上买到微型监控设备后，还是对这种纽扣大的物体感觉到有些震惊。可以说，这种监控设备是自带诱惑的东西，它有着蛇一样的眼睛，特别是和它对视的时候，甚至能够看到这蛇眼一样摄像头的得意笑容：你们都被我控制了，都受到了我的诱惑，谁也跑不了。偷窥仿佛有种魔力，如同沼泽暗藏的深水一样，越是挣扎陷得越深。

当小泊把那个纽扣一样的东西嵌入到本租住宾馆房间墙上方的一个插座中时，他感觉到自己的心在怦怦直跳，仿佛是在进行犯罪。他定了定神想：本怎么说也是公司的法人，老板给他住处安个监控，防止别人进来破坏，这也没什么，这只是自己的本职工作而已，不过他感觉微型监控这个东西有些太邪门了。

在小泊安装监控后，本有种鹰的感觉，他没有认为自己是假借倪红灯的名义骗小泊，说是倪红灯让安装的。相反，他认为这是他作为公司法人应得的。在倪红灯安排的兼有住宿功能的办公室里，他感觉倪红灯就是熊，整日喘息着盯着他，他没有任何反手之力。在这里，他重新找到了鹰的感觉。

看来只有动力才能够激发人的智力,不仅小泊不知道安装这个微型监控器的真正目的,就是宾馆的那个漂亮妖娆的老板娘也不知道他安装了这个监控器。这是本的得意之处。以后,住在这间房间的人都在他的监控之下。他并未整日包下这间房间,只是住的时间较长而已。在他不住的时候,老板娘可以任意安排其他人进去住。这并不是本好说话,而是只有这样,那些在床上翻滚的洁白的公母兔子们才会落入他的鹰眼之中。

四

老板娘对孟仲仁说:"你弟弟来过了,我发现他比以前在我这里上班时胖了,也成熟了不少,看来还是社会锻炼人。"

孟仲仁说:"小泊到你宾馆这里来干什么?是不是来找我,还是来找你叙叙旧。"

老板娘说:"人家不像是你这么闲得慌,是那个刀条脸找他来,听说刀条脸还是你继父那个村里的,不知怎么和小泊现在也拧在一起了。那个刀条脸现在可神气了,还拿出了一张名片让我看,上面好像写着:临水煤矿法人代表。你看看别人,长成那个样子现在都出息了,你也跟着别人学学。"

孟仲仁说:"这好说,明天我也花十块钱到外面的打印社印一盒名片,上面一定要特别注明:联合国文化部部长。"

老板娘虽然没有多少文化,也知道孟仲仁又开始胡乱忽悠了,就说:"你就是只撇下一张嘴了,好比是煮熟的鸭子,就剩下嘴硬了。干啥啥不行,吃嘛嘛没够就是你。"

其实,孟仲仁有次也看到了本住在这家宾馆。他现在感觉好像被这个梦魇缠住了,他到哪里梦魇就跟到哪里。幸亏他和老板娘的房间住在四楼,可以通过另外一个步行楼梯的后门,走机电公司的老家属院出去，从而不被本看到，这让他还可以有所选择。

老板娘忽然想起一件事情，她对孟仲仁说："你说这个刀条脸多孬种啊，来住宿还不好好住，专门偷看女生宿舍。我的宾馆隔壁是新华超市的女营业员宿舍，他竟然经常偷看，还有什么好看的吗？女人不都长得一个样子吗？这个家伙就是无耻下流。"

不过，对于本这么执着于偷看女生，老板娘在好奇之余竟然有些小小的内心骚动。在滨海两年的夜间和无数人在网上赤裸相对的荒唐经历，让她一开始对偷窥并没有多少兴趣。但是，回到这个小城有几年了，她的那种见惯不怪的心理却又被这里琐碎的生活逐渐地吞噬了，她竟然也想要一些刺激让生活多一些激动，如同在平稳河流上丢下一块石子。

孟仲仁说："人和人不一样，这个人也没有多大的爱好，这就是他的爱好吧。"

"你这个没有出息的家伙，不知道偷看别人是违法的？"她说。

孟仲仁忽然半真半假地说："别说是那个人想偷看，我都想在宾馆房间里装个监控，也欣赏一下到底别的男的女的在床上是什么样子。"

老板娘有些当真："你别乱来啊，你去偷拍，出了问题我不负责，你眼贱想看自己负责。"

孟仲仁说："负责就负责，其实，这也没有什么。世上本无事，庸人自扰之。听说在外国有的海滩上，无论男女都赤身裸体，也没有什么。"

老板娘说："你就是个假斯文，人面兽心，装得好像是一个正人君子，其实比谁都骚情。这有什么好看的，都长得是一样的，谁都知道就是那点事，还能长出什么花来。"

孟仲仁说："这你就不懂了，你是老土，我这是做研究，叫作体验生活。这超过了你的理解范围。"

老板娘嘿嘿地嘲笑起来："什么？我是老土，我走的桥都比你走的路还多,吃的盐都比你吃米还多。你是井底蛤蟆,见过多大的天。我在滨海时什么没有见过,什么没有经历过。”

对于孟仲仁而言,老板娘还是一个巨大的窗口,通过这个窗口,可以让他知道超出其想象的另一种人生活的世界。应当说,这也是老板娘能够吸引他的地方之一。如果没有老板娘,他还真的认为老板娘经历过的那些匪夷所思之事都是小说家杜撰的,即使是小说家杜撰也不敢如此想象。

老板娘说:“在滨海,这不叫偷窥,这叫作明窥。你能够想象吗?当时别说这个小地方,就是全国甚至都没有网警,滨海就可以自由地互相看彼此的赤裸的床上隐私,这是一种有钱人的游戏。”

她这时得意地笑了起来,她找到了反击的机会,因为她的软肋是没有文化,而孟仲仁的软肋是没有见过世面,这也是两个人之间经常斗嘴的主题之一。可以说,如果没有这么一个主题,估计他们之间的话题会少很多。她说:“你真是一个土鳖子,这里还有什么,当年我在滨海和你三哥一起的时候,什么事情都是公开的。成千上万的人都赤裸地在网上,互相都可以看得到。”

孟仲仁说:“我是不知道,在这一点,我就是土鳖。”他知道不能反驳,也无法反驳。如果反驳的话,他就不知道另外一个永远被掩盖的绝大多数人都不知道的世界。

他问:“那你们又是怎么能进那个网站呢?”

老板娘说:“你三哥认识一个导演,他给了我们密码,我们就能进去。”

孟仲仁忽然感到浑身燥热了起来,他问:“你们真的是都不穿衣服互相看吗?”

也不知老板娘说的真假,她说:“别人都什么不穿,只有我披着白色的薄纱。”

孟仲仁问了一个不言自明的问题:"那个导演自己也是赤身裸体吗？他的老婆怎么会同意这样？他老婆是做什么工作的?"

老板娘说:"只要进入这个网站的人,都是夫妻或者男女朋友,至少是一男一女,都是赤身裸体的,没有例外。导演老婆和导演都吸毒,两个人一起吸毒都可以,什么不能做。不过她老婆身材是真的好,做模特的就是有资本。我的身材算是比较标准的了,她的身材比我还标准。"

孟仲仁怀疑地说:"很难相信一个男人允许自己的老婆裸体被那么多人看到,并且还做着活动。"

老板娘除了鄙夷还是鄙夷,她说:"说你没有见过世面你还嘴硬。这有什么奇怪的。这个导演还有不少情人,都是公开的。他老婆也不管,反正给她钱花就可以。她自己也在外面找情人。"

在孟仲仁眼中,不知为何闪现出上大学时读到的罗马皇帝尼禄荒淫作乐的场面。在宽敞宏伟的罗马宫殿内,数不清的身材曼妙的女人在翩翩起舞,她们或者是裸体,或者是披着薄纱。在点燃着巨大壁炉的火焰旁边,有身材高大的贵族和美貌的女郎在调情。尼禄皇帝就游走在众多男人和女人之间,他的手中的酒像是玳瑁的颜色,他的眼睛是天蓝的颜色,他的头发是金黄的颜色,他本身的色彩交织着整个辉煌大殿的色彩,让这里成为色彩统治的领土。

老板娘看着孟仲仁半晌无语,眼睛空洞,就知道他又开始神游了。她就扑哧一笑说:"喂喂,土鳖在想什么呢？做梦娶媳妇吧。有我一个还不够啊。"孟仲仁这才醒过来,他好似自言自语地说:"你们有钱人真会玩。"

孟仲仁对老板娘所说的话,既认为是真的,又不敢相信是真的。但是,他知道老板娘这个人,虽然也很贪财,却不说假话,她连和前男友之间的那么私密的事情都告诉他,像是这种与己无关的事情更不可能会隐瞒。再说,她又有什么编造的动机呢？她又不是作家,认识那么长时间,她是一个缺乏编造能力的人,光说真事都说不过来了,她又不需要靠编这个骗钱花。

五

倪红灯是杀完一头猪来找本的。猪的热血已经凝固了,但是,他杀猪的那股热血还未完全安定下来,这让他满面涌动着红色的光芒。

自从不亲自打打杀杀后,杀猪就成为他释放激情的重要方式。这是他的一种癖好,却不是他的职业。当然,他并不喜欢吃猪肉,不仅他不喜欢吃,就是他家的藏獒或者牛头梗也不喜欢吃猪肉,它们都喜欢吃牛肉。因此,倪红灯杀猪就是他的一项放松的娱乐方式。

这种癖好不知什么时候开始生根发芽的。有次一个山区老板请他吃全猪宴的时候,他感觉那头粗壮有力的猪在粗绳下冲撞不停,这分明就是在向他发出邀请:过来啊,过来杀我啊。于是倪红灯推开那个专门从外面请来的杀猪匠,说了一声:"让我来。"他就如同和那头猪是多年的仇人一样,用那柄长长的杀猪刀,毫不费力地插入猪的喉咙之处。当然,这是当时围观的其他人的看法,他并未感觉到自己在杀一个仇人,而是怀着一种热烈的激情在做一项事情,有种意气风发的感觉,却不完全是报复的感觉。当他按住喉咙已经出现一个刀口的猪时,他感觉到一种快意从猪的伤口处流出,这不是猪,而是一种使命,这种使命让它来成全倪红灯。只有到了猪抽搐着断气后,周围仿佛看呆的人才一齐喝彩:"好啊,倪总杀猪真是好把式。"

自从倪红灯杀猪成瘾后,其他人都知道他这个爱好,经常送一头猪让他来杀。当然,猪必须是本地的山地猪。倪红灯已经不知杀了多少头猪了,他知道,这种山地猪不仅吃起来不一样,有嚼劲,就是杀起来也是不一样。那种力量之大,那种在他手下身下力量的涌动,会让他有更多的激情。毕竟年龄越来越大,不像是年轻的时候激情那么旺盛,因此,杀猪也是他保持激情的一种方式。当然,女人也是。找女人他也喜欢找漂亮的,但是,只是漂亮不行,必须是健壮有力气的,只有这样,才能让他有征服的冲动。在按倒在身下的时候,才会让他获得更多的活力。

倪红灯感觉最近有股热气一直压抑在心头,这让他的心也躁动不安,心不停地对他说:弄死他,弄死他。因此,如果倪红灯不弄死他,他的心就不会得到平息。

对于针对他的煤矿和水库那两帮人闹事的事情,关键在于两个领头人。周二渔这个人好弄,没有什么文化,后面跟着闹事的几个也是泥腿子,没有文化就斗不过有文化的。现在不仅是比武力的时代,更是比智力的时代,周二渔这种人好收拾。

马万顺则不然。这个人有韧劲,还有一定的点子。并且他的背后是一个文化人马得水。有些文化人最不是东西,整天跟他玩阴的。马万顺和自己的临水煤矿的矛盾不可调和。因为无论如何他不想搬离自己的那座房子,那么,我倪红灯的煤矿也不可能因为他那座房子搬迁吧。想到这里,他的心里忽然发出一阵引诱的声音:弄死他。这个声音很长时间一直叫着。一开始在耳边,后来能够清楚地感觉到沿着喉管下行,最后停留在心的中央挥之不去。

马万顺死了,在这个县里,他不死不行。如果能后悔,马万顺一定会后悔那么晚还去煤矿和倪红灯的人谈判。都知道倪红灯心狠手辣,但是,那次谈判之前倪红灯说可以让步,让矿上的积水改道,不再排到那个积水湖中了。如果可以后悔,马万顺也不会那么大意那么晚一个人回家。如果可以后悔,他可能不会走过那个黑漆漆的煤矸石山下面,也就不会遇到那个从上面如同惊雷一样滚下的巨大煤矸石。

当时马万顺大脑中闪现出白光,在白光中,他好像听到了孙女那稚气的声音:"采菊东篱下,悠然见南山。"他想伸手抓住这白光,抓住这声音,但是,他的手太慢了,他的身子太重了,根本无法抓住那道白光,也难以抓住那稚气的声音。他的力气已经无法支撑沉重的肉体,他感觉天上的几个星星逐渐变得暗淡,这是他人生的最后一眼星星了。难道就不能明亮一点吗?

马万顺死了,有人好像还用煤灰专门把他身上撒黑,好像让他死了也无法清白。

在马万顺死后的第二天,倪红灯急匆匆地来到本租住的宾馆的房间。他没有带任何人。但是,即使是一个人,就算是到了其他更大的地方,他的那种凶悍的气势也会给人一种无形的威压。

可能是刚杀过猪的原因,倪红灯把这种杀气带到了本的房间内,本也似乎感受到了那种杀气。他对本说:"你也知道了吧,那个整天和我们作对的马万顺死了。"

这时倪红灯看本就是一头瘦而狡猾的猪,而本看倪红灯就是手持闪亮而有铁腥气杀猪刀的屠户。这间还算宽敞的宾馆房间忽然变成了猪圈,并且这间房间开始变得狭窄起来,从四周向本挤压。他有些张皇失措地说:"大哥,老板,这件事情和我有什么关系?"

"和你没有关系,昨天晚上你去哪里了?"倪红灯盯着本看,如同看着一只进入陷阱左冲右撞的猎物。倪红灯知道自己对本产生了压制心理,他也很满意自己能够产生这种心理。可以说,同样是一个人,在他年轻时,不仅别人感觉到他这方面的威势不行,就是他也感觉自己的威势还不足以达到不怒而威的程度。到底是哪里发生了变化? 是金钱吗? 还是众人的屈服让他的内心产生的压制感?

"我是去矿上了,这不是你安排的吗? 你说我是法人,得多关心一下矿上的事情。"本可能预感不妙,但是,还是像猎物那样躲闪着高悬在头顶的武器。

"你去矿上了不少人都知道,那个时间马万顺被人用煤矸石砸死了，大家也都知道，你让那么多人怎么想呢？"倪红灯还是不紧不慢地说，这种笃定的样子反而对本造成了更大的压抑。他忽然想起少年时期盗窃被公安穷追不舍的情景。

本的声音忽然大了起来："反正我没有杀马万顺，这点公安还查不清楚？"

"这就不是你说的算了，兄弟，这么明显的事情你都懂，公安难道还不懂？"倪红灯说。

倪红灯的杀气如山、如波涛一样向着本压过来，本显得手足无措。本忽然想到，以前以为自己挺狠，但是，这得看和谁比，和倪红灯比他就是一只家畜，倪红灯随便就可以处置他。一个不祥的念头如同闪电一样划过本的黑暗胸腔，本感觉到，面前的这个倪红灯可能一不小心就敢把他像猪一样杀了。本感觉自己的心脏都被压缩了，他忽然有些反胃，还是努力压住了。他唯唯诺诺地说："难道让我承认是杀人凶手？这太冤了吧。"

倪红灯有些鄙夷地看着本："我一个月花一万块钱雇你，给你配住房，配办公室，是无聊了养着你的是吧？你说自己对公司有什么用？在这个县你打听一下，不管你承不承认杀人，到时候都会有人让你承认。我看咱们是四世仁兄弟的份上，冲着这个才给你这个机会。如果你顶这一把，也就是去公安局自首一下，过不了多长时间就放出来了。我们给公安摆个迷魂阵。他们弄不清是不是你干的就得释放。再说，万一有事我顶着，我在这个县里的关系你不是不知道。等你出来后，你的房子车子妻子我全都负责。靠你这样子，几辈子也混不上这些了。这件事如果是一般的老农民赔钱就解决了，关键是马万顺的儿子马得水，他当了不少年中学校长，也有一些社会关系。没有人挡一把，这一关怕是过不去了。"这时倪红灯声音又缓和起来，如同催眠一样，但是，这种缓和比暴烈更让人害怕。

在倪红灯粗壮的身子下,本的瘦弱的身子好像被包裹到里面一样。本在那里瑟缩着,再也没有少年时那种霸道无耻的样子。

在看那个微型监控视频时,孟仲仁心里并没有对他感到可怜,而是感到一阵复仇的快感。孟仲仁感觉不是看的监控,而是倪红灯就在自己身边。他向着门看了一眼,门是紧闭着的。中午的阳光穿窗而过,纤细的灰尘在房间里形成一片幕布,从而使这种场景像是电影一样的迷幻。在宾馆门口,有人在那里忽然大声吵了起来,不知谁正在骂谁。

孟仲仁忽然感觉那骂声像是鞭子一样抽打着自己的脸。这是在骂自己吗?他感觉自己是在某种程度上辜负了小泊的信任。当孟仲仁问出小泊来宾馆的原因时,他也非常严肃地保证不去看本的宾馆房间的监控秘密。但是,内心的诱惑魔鬼一样攫住了他。当老板娘不在的时候,他通过断电的方式把监控视频拿出来看了。他一段一段地看,看到了他想看到的那些年轻而有活力的男女身体在床上翻江倒海。当然,更为可笑的是,一个好像是偷情的年龄不小的农村女人还挺会撒娇,奶子像是两个布袋一样。她的情人感觉也没有多少钱,在她反复地向情人索要后,情人只是给她花了几十元,为她买了一件上衣。当然,这个囊中羞涩的男人好像说自己没有结过婚,因此,看上去对这个发育过好的女人爱若珍宝。

更让他不安的是,他知道了倪红灯陷害本的秘密,却不敢或者不愿去揭发,这有畏惧倪红灯的原因,也有对倪家父子报恩的原因,他甚至因报复本获得了心理快感。他自我感觉是一个文化人,但是,他对待倪红灯及本的方式却和文化人的样子相反,这让他忽然感觉到有种耻辱的快感。

第十五章

山村上方建造寺庙

一

这个村庄不知存在多少年了，村庄的旁边有条河，村庄后面的山上有座庙，也不知废弃多少年了。因为这个村庄的人最多能活一百年左右，这些老去的人没有把历史叙述下来。没人记录下来，很多历史也就不是历史。幸亏有人在废弃寺庙的原址上发现了倒下的石碑，才知道这座寺庙至少建于元代。

这个村子叫作梦梓村。原本这个村子没有这么诗意的名字。但是，几十年前一个县里的领导到乡里考察，不知怎么起了雅兴，让司机开车到了这个群山重重叠叠包围的村子。那县领导也是饱读诗书之人，他才华横溢，写得一手好诗，练得一手龙飞凤舞的好字。那正是上午阳光辉映万物的时候，县领导站在村后面的山坡之上，看着山襁褓中的山村，有鸡鸣数声把石头围墙敲响，有薄雾渺渺在悠长的河流上飘荡，有河中野鸭如同飞箭一样轻盈掠过，有田畴中工蜂一样的农民在辛勤劳作。这位县领导不由诗兴大发，作了一首七言格律诗，并大赞说：

"听说这个村子叫作孟梓村,姓孟的都死绝了,还叫什么孟梓村,这么如诗如画的村子简直就像在梦幻中一样,就叫作梦梓村吧。"左右手下无不拍手称绝,自此到县里申请改名,这个村子就叫作梦梓村了。

山上废弃的寺庙原来叫作凌空寺。虽然这座寺庙并没有完全凌空,却也是建在半山陡峭山崖之上。不知是这座寺庙吸引来了远方的一个年轻和尚,还是远方的一个年轻和尚吸引了这座寺庙,反正是一寺一僧就见了面。当然,这时的寺庙还难以称得上是真正的寺庙,只是留下了当年建造寺庙的半山上的山洞,以及曾经繁盛一时的寺庙的底座基石。

一开始来的是一个年轻清秀的和尚,后来又来了一个年老面目普通的和尚。不知孰先孰后,反正这两个和尚后来就成为这座寺庙的和尚了。

村里的人最初都传言两个和尚不食人间烟火,只是喝山泉水就可以。这件事越传越神,竟然惊动了当地的政府过来调查,说查一下是不是什么封建迷信。后来才知道村民是以讹传讹,两位和尚其实是吃饭的,但是,由于刚来时条件不好,没有锅碗瓢盆,更没有生活用具。两个人最初只是从外地带来几十斤大米。他们就地取材,在山上的有窝的青石上把一些米倒进去,然后用石头把这些米捣碎。如果饿了,就用托钵舀来山泉水,用手指蘸水去蘸米的碎粒,一口山泉水一口大米的碎粒勉强填一下肚子。

由于只有两个和尚,其中一个还是年龄较大的,面对这整个废弃的寺庙遗址,并将其恢复,在村里的很多人看来,就如同蚂蚁撼大树。至少也相当于一个儿童和一头公牛的对决。但是,在没有看到最终的结果之前,对于一些人而言,还不知道谁是蚂蚁,谁是大树。或者谁是儿童,谁是公牛。

实际上,开始两个和尚在从山下向山上修路时,真的是如同蚂蚁一般一点点地啃的。这是两只有些近乎悲壮的蚂蚁，一只穿着灰色的僧袍，一只穿着黄色的僧袍，就那么整日地在太阳下风雨中雪霜里劳作着，甚至看烦了梦梓村的村民，也看烦了闻讯而来的附近村的甚至附近乡镇的村民。这些人纷纷议论，如果这两个和尚的力气用来种地，不知要打多少粮食。但是，农民看到的是粮食，县城的一些文化人却看到了其他不同的东西，有人称这个为价值，有人称这个为度化。这也许就是文化人和劳动人的不同之处。对于农民而言，两个和尚建造这座寺庙有什么用处呢？又不能吃也不能喝。他们看不到做这种无谓事情的未来。不过市里的一个作家却不这么认为，在这座寺庙还刚刚开始建的时候，他从远方开车见到了两个和尚，在一番攀谈之后，他就认为这座寺庙已经建成了，这是在他的心里建成的。并且专门为这座寺庙的建成写了一篇文章，还把它发表在当地的报纸上。

二

在小泊去外地寻找她妈妈老家和家人的时候，孟仲仁感觉不可思议。为什么他在荒山野岭的地方住宿不害怕。小泊后来告诉大哥，最初也是有些害怕。当他开始骑行经过山西一片大山的时候，由于那里防火查得比较严，就找了一个距离大路不远处的洼地露营。住在这里，可以看到大路上巡查的车辆经过，但是，巡查的人看不到这边。

这里大山的晚上真是宁静，仿佛静到能听见自己的心脏在胸腔中跳动，能够听见露水落在草叶上的声音，也能听见远处石头滚落到山涧的声音。只有在山区，才能看见天上那么密的星星，似乎才能听见巨大的山影落在这片露营地上的声音。

但是，小泊感觉周围实在是太静了，静得让人有些发毛。本来以为在这个安静的地方能够睡个好觉，毕竟骑行一天了，精力被永远看不到尽头的山路和不知疲倦的当头烈日耗尽了。但是，那晚不知为什么他无论怎么都睡不着。他辗转反侧,总是感觉四周有什么东西在窥测自己,或者有什么东西在等待自己,警告自己。没有办法,都到半夜了他还是收拾帐篷,赶到一个有人的村子庄头才能睡着。

在河南,他也曾住过中国著名的第一鬼村封门村。当然,他自己也不敢过去,直到他在封门村附近等到一个骑友大林,两个人一起才结伴前往。由于道路艰辛难走,他们几乎连扛带推把自行车弄到了封门村。在村口,就看到了那棵千年的老树,这里因为奇怪、灵异的传闻,已经成为了网红打卡地。那天不仅有他们两个,还有另外三个一伙的男子驴友。村里虽然荒废了几十年,但是,到处都是这几年间丢弃的垃圾。进到村子里,发现这个村子几乎被浓密的树淹没了,然而,并不是所有的草树都是绿的。在一些石头房屋的二楼,也可以看到干枯的草茎在风中抖动。

在村中央,推开一扇吱呀作响的大门,屋门是洞开着的,可以看见那张传说中的梨木太师椅,椅背已经有些干裂,积满了厚厚的尘土,如同老人的干瘦的臂膀在那里发出邀请:过来坐坐,过来坐坐。但是,这两伙人都互相推搡着,谁都不愿意过去坐。

在夜里,两伙人都想住下体验,却不敢住得距离彼此太远,就找了中间打通的两间房子住下,并且互相约定如果出现了紧急事情,就敲响不知什么时间留下的四处漏风的两个铁皮水桶。但是,在夜里,既没有听见有孩子的哭声,也没有听见有人在院子里洗衣服的声音,更没有看见有妇女诡异地对哪个人一笑,然后投入井中。当时小泊和大林在帐篷里紧挨着睡,两个人聊到几乎眼睛睁不开才睡着,却同时感觉到被人压住,既不能叫喊,也不能动弹,好不容易小泊挣扎着醒来。但是,身上却不是压着的大林,大林的身上也没有压着小泊,身上什么都没有。这是最为奇异的事情,一个人可以睡着了被梦魇所控制,为何两个人同时在同一个帐篷里被梦魇所控制?如果不是迷信的话,那么,是不是这里常年没人来往,空气中有什么麻痹人神经的东西,才让两个人如此。由于不远处的房屋就住着三个人,并且小泊和大林都是经常骑行野外露宿的人,也不怎么害怕,但是,却也没了睡意,一直到天亮才囫囵吞枣地睡了一觉。

小泊说以前骑行时,无论在无人的野外,还是在废弃的农宅、饭店、加油站、道班房中,都可以睡着,但是,睡不沉,也睡不香。每个人睡着了灵魂都会出现,如果灵魂出现看到四周无人守护,那么,就无法元神入窍,就无法灵肉一体进入安全的沉睡状态。

自从本被公安抓走后,小泊就更多地和孟仲仁在一起,小泊对孟仲仁有些敬畏。他和本的关系倒是非常融洽,敢于说任何话,荤素不忌。但是,本目前难以逃脱法律大手的追缉,等待他的将是司法程序的机器按部就班地将这个肉体进行切割研磨,最终送到岗楼、哨兵及铁丝网的监狱里去。只要进入了这个程序,就如同在洪水中被裹挟一样。孟仲仁小的时候有过经历洪水这种恐怖的经历,那种排山倒海的力量,不是人力所能克服,后来被冲入桥洞后好远才侥幸逃脱一死。

这几年来,每当孟仲仁心情烦闷,或者想集中精力写作时,就会到这个村子里来。在这片大山里面,因为山太多了,就不觉得有什么稀罕。这座山村的好处就是大小两个村庄之间有一条河流,河流给了村庄真正的灵气。河流太大不好,太大则感觉和这个山村不匹配。太小了也不行,太小了就没有河流的意思,会给人以奄奄一息的感觉。

现在是夏末秋初的时节,天气清爽而不寒冷。在北方,此时是万物最为茂盛的时刻。这如同人的一生中最知道美好却难以挽回逝去时光的时节,因此,会凭空多了不少感叹。不过这些感叹都是文人的,这里的农民已经逐渐进入了秋收的前期阶段,整天忙得连觉都不够睡,根本没有时间来感伤。

孟仲仁却不是如此。即使他也是农家出身,几乎做过农村的所有农活,不知是天性中就是如此,还是读书对他的熏陶,他已经感觉到这种生活只是亲切,但是,却阻挡不住地渐行渐远。

孟仲仁看着另外一个房间的小泊。在这山区,电视没有几个台,也没有其他的娱乐,小泊和藏族女朋友打完电话,早早就睡着了。因为两间房子中间打通了,当中留了一个门洞,没有门,即使没有看小泊,他也能感受到小泊对藏族姑娘的爱恋之情。感觉那位藏族姑娘汉话说得不怎么样,但是能够听懂,于是两个人电话交流中几乎都是小泊一人眉目含笑地在说,他也从来没有感觉到厌烦,并且总是有话说。他对自己可不是如此,想到这里,孟仲仁忽然有些好笑。更为搞笑的是,如果实在没有话说了,两个人就都停在那里,也不挂断电话,好像是在为彼此把脉,也好像是在听对方的心跳。

此时,孟仲仁看不到东屋睡着的小泊的脸,但能听到他均匀的呼吸。这么多年来,孟仲仁都有这种印象,男人只要结婚以后,两个男人的友谊几乎就不存在了,亲兄弟之间也是如此。即使两个人勉强让友谊活着,却也是不死不活的那种。但是,至少目前他和小泊那种贴心的感觉还在,这可能还得感谢小泊没有结婚。小泊对孟仲仁还有那种孩子对大人的依恋。不管那么多了,什么又是能够长久的呢,晚上的月亮也不是这样吗? 谁看过月亮永远是圆的了呢?

这是一个接近阴历十五的晚上,月亮从远处大村的上方升起,银盘一样,能够清晰地看到月亮里桂树的阴影。月亮初升的时候带有一点浅红色的光泽。随着月亮越来越高,整个村庄都沉浸在一片静谧之中。此时村庄里树木浓密,成片的玉米地就种在村里不盖房屋的地方,能看见薄雾从玉米棵的顶部缓缓流动。

农村人晚上都睡得早,孟仲仁一个人在村子里走着。村里都是砂石的路面,能够感觉到小小的突起对脚底的不明显的挤压。孟仲仁想着和老板娘之间的事情,如同这夜色一样晦暗不明。后来又想到本留在宾馆房间的监控视频，对老板娘不能说，因为这牵扯到她姨妹，县里人谁不知道她姨妹和倪红灯的关系。但是，到底要不要告诉小泊呢，他一个人也拿不定主意。因为这涉及到倪红灯和本两个人的身家性命，也涉及到孟仲仁自己的命运。尖刀原来是指向本的，如果事情泄露出去，那么，这把尖刀同样对倪红灯有着致命的威胁。他可能会为了保住自己，将这把刀转向孟仲仁。就这么边想边走了好久，孟仲仁才感觉这山村的温馨气氛将自己的忧虑冲淡了一些。抬头一看，月亮已经升到中天，还是那么圆润皎洁，不过那种浅红的色泽好像变成了银白，亮堂堂地照在整个山村之上。

三

几年前孟仲仁托人找到了这个村子，因为这里的一个村干部是他以前学生的父亲。学生现在已经大学毕业，就在市里一个公司上班。听说当年的老师现在进了文联，成了专业作家，学生很是高兴，就让父亲无论如何给老师安排一个合适的地方。

孟仲仁到这里，虽然对外人说是采风，说过来写一本长篇小说，这倒不是瞎话，但是，他主要是想从那万千的尘世之网中逃脱出来，也就是从那窒息的县城空气中逃离出来，从那充满油垢的人际关系中逃逸出来，让自己暂且享受一下久违的新鲜的村庄、土地、河流和山岭。否则，他自己可能会被抑郁的大手所控制。这不仅包括不想见倪红灯，也包括老板娘。即使有时可以短暂地不见他们，但是，在县城不大的范围内，又能躲到哪里去呢？

村干部给安排的这两间房屋是原来小村和大村没有合并前的小村村委大院，东邻那户有三间，那家人本来不是住在这里，原来建的房子给了儿子娶了媳妇，因此，就以较为低廉的价格买了这个小院落，老两口和女儿三人一起住。

这个大院中间只有一面矮墙隔断,矮墙并不寂寞,墙根长着南瓜,墙上挂着丝瓜。另外,墙上还爬满了秋芸豆,由于这种爬墙的蔬菜有着较长时间的花期,随时结下秋芸豆。因此,在秋天的这段时间里,从来都没有闲着。即使秋芸豆开的花小小的,但是,照样能够吸引蝴蝶在天气晴朗的时候上下翻飞。

孟仲仁站在矮墙的一边,看着紧挨着墙的邻家姑娘在那里绣着地毯。这位姑娘就坐在晨曦之中,阳光在她的脸上描龙画凤,让她的青春得以蓬勃展现。这更是让孟仲仁感叹:一切都过去了,这些美好都是别人的美好。如果在十几年前他还敢想象和这位姑娘发生一点什么,但是,现在却失去了想象的力气。为什么总是走快或者走慢一步? 他问自己。后来和这位姑娘慢慢熟悉了,孟仲仁知道她叫小灵。孟仲仁想起小灵这个名字,脑海中忽然传来一首歌曲:村里有个姑娘叫小芳,长得美丽又善良。他就问:"你为什么不叫小芳呢?"小灵先是迟疑了一下,马上明白了孟仲仁话里的意思,羞红着脸说:"名字都是父母从小起的,哪能乱改呢?"

孟仲仁在写作累的时候,有时会到墙的另一面看那几个女生绣地毯。这些地毯是用羊毛线一针一针地绣成,地毯上不仅横竖斜针有讲究,就是图案也有说法。绣花瓶,意思是平平安安。绣牡丹,意思是雍容富贵。绣猫蝶,意思是延年益寿。绣蝙蝠,意思是富贵常在。也有的绣梅花、兰花、竹子。也有的绣文字,什么"鹏程万里""出入平安"。这些有的卖给国内高档宾馆,有的卖给日本。没有想到日本人对中国文化这么热爱。由于客户要求高,需要花费不少人工,有的大一点的地毯一个月也不见得能绣好。如果是欧美客户,还会根据要求绣上外国文字,反正是让绣什么就绣什么,也不比绣花、绣图案更为复杂。

在孟仲仁过去看的时候,绣地毯的几个姑娘会偷偷看他一眼,笑着互相之间窃窃私语。一个姑娘低声地说:"这就是经常住在西院的作家呢,可以编电视剧的,有才气,还有钱。"另外一个就笑着说:"你看这么好就跟着他,等他到城里时打个包带着你。"这个马上就用手揪了她一下:"你才跟着他打包呢,不要脸。"眼看着就要打起来了。小灵连忙劝住说:"在干活呢。我们这批地毯月底要完工,完不成拿你们抵债。"

绣地毯的姑娘经常有好几个人,但是,孟仲仁总是喜欢站在小灵身边看。因为小灵身边好像有股青草的香气,也好像是栀子花的香气。小灵在那里有些羞涩,也不抬头,只是灵巧的手指在地毯上轻盈地移动。

孟仲仁看着小灵那阳光下饱满且有些透明的脸,风也很调皮,将她的头发吹到一边,她长长的手指委婉地拨回来。他会想,最可怕的是女生变成只是谈钱、满嘴脏话,难道小灵也会变成那样? 如果真都是如此,成长真是一件很悲哀的事情。

对于孟仲仁而言,很少有人像是和刚认识的一样一直保持最初美好的感觉。他认为人都是会伪装的,无论外表多么鲜艳,皮肤的表层都有着灰垢。

四

小灵喜欢看农村的嫁娶婚庆的场面。在孟仲仁的印象中,他在那个村子看过的几次迎娶或者送嫁的仪式中,都是那段时间内最好的日子,也往往都是天气最为晴朗,阳光最为灿烂的时候。难道农村婚嫁事先找人查日子真的有用? 孟仲仁也不知道具体的原因。

这个小村有小村子的好处,邻里关系都很融洽。如果有婚嫁的事情,村子里大部分人都要参加进去。那么多的人都是为了这个盛大的仪式而来,所有的光亮都为了那一刻而闪耀。在农村的迎娶送亲的队伍中,无论老少,都会穿上自己最满意的衣服,仿佛不仅是新人结婚,也是迎亲或者送亲的人的大事。这一天也不仅是新人的节日,也是整个村子的节日。

在那时，不仅是全村人的节日，也是吹喇叭匠人的节日。特别是领头吹奏的那个，无论是男的还是女的，必定是头仰得最高，看着蓝色的天空，几片席片一样大小的棉絮似的云在低头看着大地上这一队欢畅的人们。可能在云朵上也站着神仙，为人间的喜悦而颔首而笑。但是，这些婚嫁迎娶的人们似乎不会考虑天上的事情。人间是如此美好，他们先享受了再说。

在婚嫁队伍经过孟仲仁居住的大院子时，由于两个院子共用一个大门，可以看见小灵用她十八岁的眼睛痴痴地看着迎娶的队伍，看着被喜气所浸透的新人。众人在笑，她也抿嘴在笑。那穿着红灿灿喜衣的新娘也好像附体在她的身上，那个队伍似乎由于人多而产生了牵引力，把小灵的脚步不由得牵动向着街心走了几步。孟仲仁看到就会打趣她说："是不是等不及了，也想做新娘了。"小灵只是抿嘴偷乐。有时也会假装不高兴地回答说："我只是看看吧，什么等不及了。"

孟仲仁说："看着看着怕就看进去了，把魂看丢了，还得让你妈找人叫。"

小灵说："叫就叫，这有什么丢人，你难道不喜欢结婚？"

孟仲仁的心忽然沉了下去，他定了定神，免得小灵看出自己的心事。说实话，他只是看别人结婚的仪式热闹好玩。如果放在他的身上，就会感觉乏味无比。到底是谁在结婚？是别人结婚还是自己结婚。自己结婚的话为什么搞这种繁琐的仪式，难道结婚都是给别人看的？其实，别说是有这么复杂的结婚仪式，就是仅仅结婚就让他感觉到既恐惧又无聊。在小的时候，他不愿意和父母交流，父母也没有心情和他交流。长大后则是父母有些害怕和他交流。不知道父母当时结婚是什么样子，难道也是同样的喧哗一时，最后败落于贫穷的泥土中，凋零于争吵的洪流漩涡中。孟仲仁认为，结婚就是一种罪过，无论和谁都是如此。

　　这个村子不仅有来的，有娶妻的，也有永远离去的。对于那些死亡的，这里的人们也是非常重视。很多人劳苦一辈子，好像只有在死后的葬礼上才真正得到一次尊重。只要有儿女的，即使家庭条件一般，也尽量让丧礼办得体面一些。当然，村里的人都知道，这些不是给死人看的，而是给活人看的。和结婚相对应，丧礼也一般请喇叭。丧葬仪式往往进行一整天。从第一波人过来拜祭开始，喇叭就成了必不可少的角色。这样整天这个山村都在喇叭的震荡中度过。特别是各种平时好像彼此忘却的亲戚不知从哪里突然冒了出来，都过来祭拜，这也给了村里人一种特别的乐趣，甚至比婚礼还要有意思。在丧事专门的主持人的吆喝中，人们按照不同的分类结群进行祭拜，有舅家的亲戚，有姨家的亲戚，有姑家的亲戚，有亲家的亲戚，有不悲假悲的，有不哭假哭的。年老亲戚祭拜比较专业，年轻的亲戚往往会手忙脚乱，结果引起围观的人们一阵哄笑声，仿佛这不是丧礼，倒像是演戏。实际上，这确实是在演戏，这是给死者一生最后的一次表演。自此以后，各自告别，谁也不欠谁的。

　　小灵就在这些围观的人群中，她不仅对婚礼感兴趣，而且对葬礼也感兴趣。在她观看葬礼时，当看到那些不管真哭还是假哭的人，也会跟着抹眼泪。孟仲仁此时在震天的喇叭声中，也会和她说几句话。"结婚好看还是死人的葬礼好看？"他问。

　　小灵回答："不管是结婚还是死人都挺有意思的。不过人为什么要死呢？"她忽然提出这么一个充满哲学性难以回答的问题来。

　　孟仲仁说："死就是对生的惩罚。因为上天不想让人活得太快乐，就用死亡来惩罚。"

　　小灵疑惑地看了看孟仲仁："你们这些文化人就是会瞎忽悠人。谁来惩罚？我怎么没有看见。"

五

孟仲仁连续几年都到这个地方来写作一段时间。那个时候两个和尚就开始和他见过了。但是，即使见过很多次，却很长时间没有认识。对于这两个和尚而言，好像主动和其他人说话已经没有必要。他们眼中只有那条通往庙宇的山路，好像在那条路上埋着灵魂，只有找到才能灵肉一体。他们的心里好像只有将要重修的庙宇，仿佛只有修好这个凌空寺才能获得心里的喜乐。

孟仲仁不是一个好奇的人。在别人看到一件好像是稀奇的事情时，他一般不会感觉到惊异，也不会专门凑过去旁观。他只是在写作劳累时，带着小泊向着西方慢慢进发。哥俩一边谈着一边向前走，慢慢就经过了一座石桥。这座石桥是后来修建的，当时的遗迹只是留下了几个巨大的石墩，估计这桥也和凌空寺有关。过了这座石桥后，经过一片河滩，再向上有一个高坡。在那里，要经过一个水泥建的大平房，好像以前是一个简单的水利设施，上面写着：某某年德国援建，还有某某年某某县政府立。平房周围夏天被绿色的荒草荒树所包围着，秋冬天被枯黄草树包围着。但是，这个水利设施现在不使用了，一条干涸且处处是裂口的石渠如同受伤的蟒蛇，无力地绕着山腰弯曲地爬向远方。

除非是大的雨雪天气，孟仲仁和小泊几乎每次都会遇到两个和尚在那里忙碌着。两个和尚见到也没有特别的表示，好像无论是谁，或者无论是人或者动物，对他们都没有差别。

时间长了，孟仲仁就露出和村民一般的本性来了，他问："师傅，你多大年龄了，还要来这里建这座荒废的寺庙？"

年龄大点的和尚说："村里有人以前也问过我的年龄，我五十多，不过，村中有老大娘问我有七十了吗？"孟仲仁不由看了看年长师傅的脸，即使信佛让他的那张脸变得柔和，也可以看见皱褶中层层隐藏的沧桑。

并且这位年长的师傅是一个很早就败顶的人。感觉他以前是一个思考过多的人,而剃度则掩盖了这种真相。

孟仲仁接着问:"师傅,你们建造这座寺庙有什么用吗?"

年轻的和尚低头在那里专心地把山石道路整理得平整一些,好方便在上面加上石子涂上水泥。好像他的分工不是回答,而是修这条上山的道路。

年长的和尚反问:"那你为什么写作呢? 你在文联上班,如果不写作国家不发工资吗?"

孟仲仁说:"即使我一个字不写,照样也会发工资。因为我们都是国家拨款。我们单位还有人一辈子一篇文章不写,就是打牌在单位里首屈一指,却还是照样活得开开心心。我写作不是为了别的,就是把经历的、见到的、想到的记录下来,让自己在这个世上留下一点痕迹。"

年长的和尚说:"不论你是不是写作,是不是记录,在这个世界上,你只要说话,就会留下说话的痕迹。只要走路就会留下走路的痕迹。就算是呼吸,无形无色,一般人都看不到,同样也会留下痕迹。"

旁边的小泊一边帮着和水泥,一边若有所思地点着头,他似乎听懂了什么,但是,却又好像什么也没有听懂。

随着上山道路的慢慢修好,这座庙的重建终于有了一些眉目。在凌空寺原址进山门后的第一个院落,天王殿原来是依着右侧的一个巨大崖洞建的,在一些居士的帮助之下,在崖洞里临时搭建了两间房子,这也算是两个和尚在寺庙的居所了,以前他们都是在村里一个信佛的老婆婆家里住的。可能感觉建造寺庙有了眉目,两个和尚也显得更为高兴起来。在那间简陋的僧房内,孟仲仁向年老的僧人问了一个问题:"师傅,按照常理说现在全国那么多寺庙,你们到哪里挂单都可以,驻锡也可以,为什么一定要选择这个地方花费这么大的精力建造这座寺庙呢? 即使想重建,我们县里就有几处老的寺庙,毁坏的还没有这里厉害，你们在其他地方建不行吗？"

年老的和尚微微一笑说："我之所以在这里重建这座寺庙，因为这座寺庙叫作凌空寺。我要的是这个寺庙的'空'字。"

孟仲仁问："那这个'空'字有什么讲究吗？"

老和尚说："我们出家人最讲究'空'字，所谓的出家人四大皆空。《圆觉经》云：'和合为相，实同幻化。妄有六根，六根四大。中外合成，妄有缘气。于中聚集，似有缘相。假名为心。'这是说所有造化皆来自于'心'。这也是佛家所说的'一切唯心造'的原因。而四大皆空就在于要领悟心落在何处，真谛在于心就落在空处。"这时年轻和尚在那里合掌口念"阿弥陀佛"。小泊也在那里似有所悟。

孟仲仁还是不解地问："那我为什么做不到'空'呢？"

年长和尚微微叹息说："这是你内心执念太重。你就是当年的我，在我们之间有面镜子，可以互相照见彼此。这并不是说你现在的执念重，也不是说我当年就比你好。我当年执念比你还要重。"

老和尚讲着下面的故事：我也是一个农民家庭出身，在十八岁的时候，曾经以全县状元的身份考上了全国最好的大学。那时农村人即使考上中专，都会改变世代为农的命运，都是让全家欣喜若狂的事情。但是，我仍然没有满足，读完大学还想考上研究生、考上博士。

在我大学毕业后，又考上了全国最好的大学的硕士研究生，后来分配在全国最好的大学教书。我教的学生都是各地的高考状元，全国的人中龙凤，我仍然认为自己可以做得更好，还是不满足。在学校里我感觉不能突破时，我那时学会了气功的心法，就公开办班传授气功，并且很快就名满天下，很多亿万富豪都认我为师，我从此捞到了人生的第一桶金。这笔钱在那个时候对于大多数人而言简直就是天文数字。但是，我认为自己仍然可以向着更高层次突破。

我把这笔钱进行投资，钱最多的时候，那时都用存折，存折上的 1

后面的 0 都让我数得眼花缭乱。但是,我仍然想赚更多的钱。我认为凭借着自己的智力,即使成不了全国的首富,成为财富排行榜上的名人是大有可能。

后来,我在一周之内把这些钱赔光,妻子离婚,孩子随着妻子改嫁,我半生的辛劳所得一夜归零,但是,年龄却不能归零。自此我发现是执念之魔在控制着我。我风光的时候,不是我赢了,而是执念赢了。我入空门的时候,不是我输了,而是执念输了。

孟仲仁好似看到了一场音乐会的旋律从低处盘旋而上,直达高处,在高处能看见鲜花乱坠、烈火烹油,然后,这个旋律之脚慢慢停下来,最终归于无形。从惊心动魄到寂寞无人,看似很久,其实也就是一瞬。他定了定心神说:"师傅,我又该如何去做呢?"

年长的和尚说:"你只要存善念,行善事,但行好事莫问前程即可。不要以为没人看着你,在你的头顶之上,有眼睛在看着你,这会让你心怀敬畏。不要以为没人记录下来,在你的天空之上,有一支看不见的笔,无论是善事还是丑事,都会被如实记载。这其实和你如实记录经过的事情、见过的事情差不多。"

六

孟仲仁一直为小泊有些担忧。这种担忧不仅是同父异母的哥哥对弟弟的担忧,而是一种类似于父亲对儿子的担忧。但是,他又没有父亲的身份,只能眼睁睁地看着小泊向着他不愿意的地方而去。

小泊是爱他的疯子妈妈的。在他年龄小的时候,他知道妈妈精神不正常,也因为妈妈的精神不正常而鼓足勇气找到了孟仲仁。在这个时候,他还是相信只要找到了妈妈的老家和娘家的亲人,妈妈就会清醒过来,从而成为一个完整的妈妈。这样,他可以像别人一样在妈妈怀里撒娇,对妈妈诉说心事,甚至是妈妈像正常的妈妈那样管他、打他都愿意。在他长大之后,他又到全国各地去寻找妈妈的老家及亲人。在那个时候,随着他的年龄慢慢长大,他开始对当初的想法半信半疑,只是一股气支撑着他。这不仅是对能否找到妈妈的老家和家人半信半疑,而且是对找到妈妈的家人后能否让她清醒过来半信半疑。因此,他在到处寻找的时候,也并不是完全在找,也是释放一下自己,或者融化一下自己,他感觉自己的肉体和骨头僵硬了,需要到各地的阳光、风俗下慢慢化开。因为父亲不能帮助他,两个人之间的交流如同一只鸟对着一块鸟的化石。虽然看上去有些相似之处,但是,却是在两个世界。有时孟仲仁很怜惜小泊,就像是怜惜自己一样。他特别能理解小泊,因为他与小泊实际上没有什么区别,看到自己就能看见小泊。

虽然倪红灯本人是一个社会人,或者说是一个转型的或者修饰过的社会人。但是,他的公司已经部分脱去了主人的性质,开始向着公司本来发展的面目走去。换句话说,他的公司越来越正规。里面不仅有大学生,甚至部分高级技术职位还有研究生。但是,对于小泊而言,即使在同一间办公室,他们大多都是熟悉的陌生人。他是一只流浪的小野兽。这种流浪是童年给他带来的。和其他圈养的同事不同,他是野生的。这让他和他们格格不入,难以融到一起去。当然,小泊并不是没有尝试融合过,连孟仲仁也感觉到这种努力融合的纠结的声音。但是,他们毕竟不是一路人。

相反,不知什么原因,小泊和本却在短时间内迅速融合到了一起。这也可能是那种骨子里的性情起了作用。当然,这并不是说小泊多么顽劣,关键二人都是放养的牛羊。放养的牛羊只会找放养的牛羊。

小泊回去看妈妈的时候,他突然发现在很多时候自己不懂妈妈的语言和动作了。对于妈妈很多言行的意思,需要求助于爸爸,这让他恐慌不已。

他说:"妈妈,我去了好多的地方,到处找你的家人和老家。你知道西藏吗？那里有无边无际的雪,有牛羊遍地的草地和高耸入云的大山,那里有白塔、转经轮、玛尼堆、寺庙和住在里面的活佛。那里的人住着白墙、黑窗、屋顶挂着五颜六色经幡的房子。那里的人都人手一串佛珠,那里的人喜欢磕长头到西藏大庙求得保佑。"他又说:"爸爸,妈妈能听懂吗?"

　　妈妈只是看着小泊,眼神茫然,似笑非笑,不知是懂还是不懂。爸爸叹了口气说:"听你说这些,别说你妈妈了,就是我也有些听不懂。"

　　小泊接着说:"妈妈,我去了西藏有白河水的地方,那里河水比雪还要白。感觉那里就是你的家乡。我这次没有找到,下次一定要找到。"

　　妈妈还是不语,她似乎想用手摸一下小泊的手,但是,又有点不敢。妈妈说:"白河、白河……"父亲说:"你妈对这句话好像有点懂,但是,却不知道怎么来回答。"

　　小泊说:"妈妈,我去了一年四季树和草都绿的贵州。那里也有白色的河水。河水很清澈,白色是水流冲到石头上溅起的浪花。这里也有叫作白河村的地方,但是,我问了却不是你的老家。"

　　妈妈还是在那里不言不语,她似乎在上半生已说尽了一生所有的话。父亲唉声叹气地说:"你妈现在还不如以前了,我也慢慢没法知道她是什么意思了。"

七

　　孟仲仁经常去写作的那个梦梓村,其实不是真正的梦梓村,而是距离很近的一个较为大点村庄的儿子,那个大点的村庄才是真正的梦梓村。两个村子隔一条河流,但是,就是一条河流也将两个村庄人的气质进行了分割。大村的人更为圆滑,小村的人更为淳朴。大村的人住在东边,因此,照射到了最早的一缕晨光,一天被太阳照射的时间也更长,因此,长得更黑一些。小村的人在西边,更晚一点接受阳光的照耀,接受阳光照射的时间短一些,长得就稍微白一点。大村的人多,因此,更为强势一些。小村人少,先天就更为软弱一些。大村的人是爹,先出生,因此,抢占了稍微好点的资源。小村的人是儿子,晚出生,因此,得到的地方更为贫瘠。当然,两个村子的共同点都是穷,这一点从他们出去赶集和别人侃大山时的自我调侃中就可以看得出:我们那里穷得只剩下山了。我们值钱的东西就是一山的大石头。这是你们不能比的。

十年河东十年河西,当年对于这里的石头,村民可以随便拉来建造房屋,为猪建造猪圈,为牛打造牛棚。如果没有这些事情,给谁向家里拉石头谁都嫌重,谁没事拉这玩意,干农活都够辛苦的了。但是,这些石头不知什么时候忽然有了价格,不仅有了价格,还逐渐上涨。卖石头时,一开始用手粗略地指一下,那片地方的石头一共多少钱,后来一吨多少钱,再后来一斤多少钱。这么多年来,很多原本一文不值的东西都涨了。

这些石头值钱就会带来纷争。这是一个普遍定理,只要有人存在,这个定理就存在。由于小村的人从来没有在整个梦梓村当过村长的,人微言轻,就没有发言权。对于大村的历届村主任而言,以前在石头不值钱的时候,也没有竞争那么激烈过,一看石头可能要带来真金白银,村主任这个本来不值一文的农村官又开始吃香了。升值就会带来竞争,竞争就会带来杀机。前几年前任村主任和现任村主任就因为争夺这个含金量上升的职位发生了火拼。结果现任主任他爹杀了前任主任,现任主任和他爹都锒铛入狱,主任也干不成了。

本来这个距离县城挺远的地方,不会引起倪红灯的注意,但是,他是一个嗅觉敏感的人,能够闻到很远地方的钱的味道。在石头刚开始涨钱的时候,梦梓村的人还没有梦醒,还是像以往那样整日和土地做着斗争,倪红灯就开始在这里悄悄布局了。这包括通过关系联系到了大村的一个听自己话的人,通过关系运作让他当上了村主任。搞石头开采,没有当地人同意配合是行不通的。

但是,这个主任虽然家族在村里门户大,却属于烂泥扶不上墙的人物,才做村主任没有半年,就因为殴打他人进了监狱。等到换了村主任后,却属于另外一派。这一派和倪红灯支持的前主任有矛盾,因为自己一派的人被前主任打成重伤,这样,两派好似有了血海深仇一样,现任主任就和倪红灯井水不犯河水。当然,两派仇恨那么大,倪红灯也不能同时支持两派。同时支持两派就是得罪两派。

直到现任主任和他爹由于故意杀人进了监狱,虽然事出有因没有判死刑,但是,看来短时间也不可能出来了。倪红灯才重新布局,安排先前那一派的另外一个人上台。

这么大的一个布局,小泊在公司里面知道得算是比较晚了。但是,孟仲仁知道得比他还晚。就在一次周末小泊到梦梓小村陪他时,小泊忧心忡忡地对大哥说了这件事情。对于小泊而言,即使这件事情和他无关,但是,他却对这里产生了一定的感情。这里有山村的静谧,隔开城市的喧嚣,让他享受到了和大哥之间难得的温情。小泊说:"大哥,你听说了没有,倪红灯的公司最近要开采后面这座山,就是修凌空寺的那座山。上面的手续都批了,倪红灯和梦梓大村的关系也搞好了。"

孟仲仁也有些诧异,忽然回想起来说:"这我倒是不知道,不过前几天到梦梓大村的时候,看见那边在修路,我还以为这里终于被县里关心到了呢。"

小泊有些厌恶地说:"这个倪红灯也太贪了吧,这个县里只要赚钱的地方,就是藏在老鼠洞里他也能找到,鼻子比狗还灵敏。"

孟仲仁说:"这就是他能发财的原因。这个村里有那么多人,谁能想到可以大规模的开采石头?这就是人和人之间的差别。劳心者治人,劳力者治于人。"

小泊说:"这里的老百姓也不管,这样把山给开采了,现在可能一时快活,以后这里就是一片废地,子孙后代怎么办? 并且一开采就可能污染到那条河,这里井都是通到那条河的,喝水怎么办?"

孟仲仁半晌无言。他缓步走出房屋。看见月亮已经升到高天,把凌空寺所在的那座大山的巨大阴影投射在村外的空地上,黑黢黢的如同一头猛兽。风声越来越响,似乎夹杂着推土机向前推进的声音。仔细一听,又不是,还是风的声音。后来到底是风声还是推土机的声音也不再清楚了。

他独自一人在月光夜色中向着村外走去,背后,十一月的风声已经吹响。

第十六章

人是自己的监狱

一

人是命运的囚徒。什么叫作命运，命运就是你眼看着脖子上的绳子都打好了结，并且越来越紧，你却不由自主地把头凑进去。对抗命运就是逆天行事，只能是减缓命运巨石的碾压，让猝死变成缓慢的死亡，除此以外，没有其他区别。

小泊的妈妈淹死了，就是在老家村旁的那条河中。虽然那条河不小，但是，现在是枯水期，河水并不深，淹死小泊妈妈的那片水据说还不到她的腰深。没有人知道她是寻死还是不小心淹死了。那条河水并不白，由于最近几年有些污染，也并不清澈，但是，她好像等不及了，等不到那条白河水了。

小泊妈妈是夜里走的，她走的时候应该并不是疯癫的状态。她先把挡门棍在门里面依靠住门，然后用手从门缝中插进去，把挡门棍放正，顺手一带，门关上了，挡门棍也抵住了大门。这对于一个疯癫的女人来说难度不能算小。这种方式是小泊的父亲经常用的，他是在外面种地时,怕外面的人进到家里去偷什么东西,也是怕小泊的妈妈到处乱跑不好找。

孟仲仁在老家生活的几年有记忆的印象中,这条河每年夏天发洪水的时候都会带走一些人,也不多小泊的妈妈一个,至少村里的人都是这么认为的。对于村里人而言,死亡就像是收割庄稼,割了一茬,又会种下一茬。在被这条大河淹死的人中,有的不知冲到了哪里,有的还能打捞出来安葬,还能回家。但是,对于小泊的妈妈而言,到底哪里是她的家,至少她没有把生小泊的地方当作家。她被安葬在大河西边不远的山坡上,可能她永远难以回家了,可能她终于回家了。

以前小泊因为妈妈的疯病,感觉妈妈不是完整的,是半个妈妈,现在他连半个妈妈也没有了。他发现自己对妈妈的感情除了血缘以外,还有就是在保护妈妈的过程中产生的。对妈妈他付出了那么多,他是那么辛苦地建造一座高塔,现在这座塔彻底崩塌了,这种倒塌后力十足,高塔连接着的小泊受到了巨大的震动。

这件事情沉重地打击了小泊,让他的生活出现了巨大的断裂。妈妈是他人生中的重要精神依靠,现在这条精神的根断了。妈妈是他的精神母乳,现在他的精神被强制断奶了。

除了妈妈死去这件事震动了小泊的世界外,他和孟仲仁的关系也发生了一些微妙的变化。以前孟仲仁在他心目中是超过对父亲的感觉的。这不仅是亲情,而且还有敬重。虽然两个人最初没有任何交往,仅凭他和父亲在那种情况下去找过大哥,大哥也没有推辞。因为大哥帮他妈妈寻亲,甚至在外省还差点被传销团伙绑架。

但是,现在他和孟仲仁之间的镜子悄悄地有了裂痕,这种裂痕虽然不大,但是,再小的裂痕也是距离。

这件事情和本有关,更具体地说和小泊替本安装的微型监控器有关。当小泊在梦梓村和孟仲仁在一起时,孟仲仁想了很久,还是委婉地把小泊安装监控器的真正用途讲了，并且也异常谨慎地告诉他说："因为这个监控器是你安装的，为了怕给你惹麻烦，我就把它偷偷地卸下来了。这件事情也是让你长个心眼，无论是本还是倪红灯的话你都要两听着。并且千万不要对外人说这个事情，这是人命关天的事情。在我们这个县里，什么事情都不好说。"

虽然小泊在寻找妈妈的过程中见识到了很多东西，他感觉一下子成熟了十几岁。但是，那毕竟是一个人的江湖。即使在一个县城，这也是很多人的江湖。你的水系连着我的水系，你的根须交叉着我的根须。往往是牵一发而动全身。

小泊尽量小心翼翼地说："大哥，我不知道本以前怎么得罪的你。但是，无论你们以前有什么过节，这是关系到他一辈子的大事情，你得把那个视频拿出来，交给公安，只有这样才能洗清他的罪名。要不他这一辈子就毁了。"

孟仲仁忽然不知如何表达，他曾经是以语言为生的，做中学教师时说话就是他的职业，但是，此时却不知说什么才好。他为难地说："我也不想这样，你想过吗？别说倪红灯在这县里的势力，关键是你还在倪红灯公司里上班。如果我把视频交给公安以后，会对你造成什么后果？"

小泊说："我这里没有什么关系，反正是我在这个公司里已经干够了。你想到凌空寺的年长和尚说的那句话了吗？我可是在旁边听得一清二楚。但行好事莫问前程，如果不知道怎么办，你就行好事就行了。你就算行个好事，帮本一把。"

孟仲仁说："你还是个孩子，这件事情千头万绪，不是你说的那么简单。现在如果我把这件事报告给公安，这不是我一个人的事情，会牵涉到很多人。这得让我好好想想。"

孟仲仁心中忽然掠过老板娘姨妹密桃的影子。听老板娘说，虽然没有名分，密桃已经为倪红灯怀孕了，看肚子那个样子，没有几个月就生了。如果他去告发倪红灯，别说是其他人，就是老板娘那关也过不去。毕竟是亲三分向，就是密桃和老板娘的关系，也让这件事情无形中多了一份障碍。

小泊好像是妈妈的化身，妈妈一个人去河里让生命消逝。小泊也在妈妈埋葬后不久离开了。后来他只是留下最后一段信息给孟仲仁，大致的意思就是：妈妈走了，他再也不要替妈妈寻亲了。他感觉自己在这块地方的使命完成了。他一生中最美好的时光就是和大哥一起在梦梓村的那段时间。他感觉孟仲仁不仅是哥哥，而且像是父亲一样，甚至比父亲更亲，更能走进内心。但是，这一切都过去了。他和大哥一起去为凌空寺的和尚帮工时，也感觉非常的祥和，不知是和大哥一起的原因，还是接近佛法的原因。他先去西藏找一下央金，再考虑下一步怎么办。这里曾经是他的家，但是，这里并不是他永远的家。小泊也提到本的事情，他说本在他的面前经常说你的好话，看来他不是一个坏人，让大哥一定把那个监控视频交给公安机关，否则，可能本一辈子就要在监狱里度过了。最后，小泊还叮嘱孟仲仁要照顾一下父亲。他说自己答应父亲，等他老了后埋葬他的。现在感觉很是内疚，没有完成自己的诺言，希望大哥能够满足父亲的心愿，也满足他的心愿。

由于小泊走了以后再也没有回来，在小泊的妈妈烧五七纸时，孟仲仁感觉没人去坟地烧纸不好看，就专门回去了一次。在那个清冷的初春，他在褐色的土地尽头看到了一座凸起的坟墓，土还是新的，没有草木萌生。也看到了一个凸起的老人，孤零零地站在坟墓旁边，那是父亲。

不知是为小泊的妈妈死而伤心，还是为自己的将来而伤心。父亲老泪纵横地对他说："小泊养了那么大，现在跑了，虽然你小的时候就被你娘领走了，但是，我怎么说也是你爹，老的无过天无过，狗不嫌家贫，我老了你得管我。你不管我谁管我呢？"

孟仲仁此时不知什么感觉，既感觉可怜又感觉可悲，却不知为谁可怜，为谁可悲。他呆立在那里，看着风中摇摆不已的父亲，骷髅一般干瘦的父亲，好似看着一具在人间的行尸走肉。

二

人是自己的监狱。欲望是监狱围墙。欲望越高，监狱围墙就越高，就越难以越狱。

倪红灯的民间借贷公司被挤兑了。这在以前是不可想象的事情。在这个县里，大多数人都相信，他是唯一不要向银行借款，而银行每年都会赶上门借钱给他的人。倪红灯的借贷公司是他的吸金机器，这个县里不少人因为高利贷陷入这个巨大的机器中，只能听见他们无望地在机器旋转中尖叫，全身而退的很少。以他的能力，挤兑是让人匪夷所思的事情。不知是谁最先传递的信息，说是倪红灯不能兑现利息和存款了。这条消息如同病毒，先是从少数知情人士开始传播，再以波浪的形式向外圈滚动。先是从县城开始，再到乡镇、农村，倪红灯借贷公司所有的存款人都被这条病毒般的信息传染了，都带着各种形式的存款凭证，有车开车，有摩托开摩托，有自行车的骑自行车，没有自行车的步行，步行脚步不灵便的拄着拐杖，甚至是扶着小凳子，只要有能力行动的，所有的存款人都行动了起来。没有人振臂一呼，也没有人组织，好像是暗中有个大手在策划，大家纷纷到倪红灯的县城和各个乡镇的民间借贷公司及办事处取款。

倪红灯的民间借贷公司被挤兑，是因为被他自己涉嫌犯罪的消息挤兑了。倪红灯能够想到自己有一天可能出事，但是，他做梦也没有想到自己毁在一条狗的手里。当然，认识他的或者知道他的都没有想到，没有想到的就是奇迹，可以说他倒台于奇迹，这也不亏了。说他的命运是一条狗引发的血案，更为精确地说是一条藏獒引发的血案，最最精确地说是一条藏獒的女儿引发的血案。

倪红灯是一个执着的人,这么多年也一直验证了这一点。从他年轻时追求小姨不成,多少年后追求密桃就可以验证。他成功于执着,也因为执着而最后倒霉,这也是佛教中的执念之苦。当然,倪红灯不可能知道那么多,他是一个靠本能推动的人。其实,何止是倪红灯,现实中有几个不是靠本能推动的呢? 否则,这个人就是一个极为明智之人,甚至可以说是一个圣人。

倪红灯的最爱除了赌牌、杀猪之外,还有个爱好就是养藏獒。他的父亲你大爷喜欢养狼狗,特别是德国黑背。但是,对于倪红灯而言,从内心他对父亲养狼狗是不屑的,就是一个老头子在那里玩玩,不知道狗中的奥妙。当然,这都是个人爱好而已,没有一条放之四海而皆准的黄金规则。

在那几年养藏獒最为红火的时候,在邻省隔壁县有个人养了一条藏獒,那真是藏獒中的精品,藏獒中的战斗机。那条藏獒比一般藏獒高大一倍还多,长得是肩宽背厚,浑身闪着棕黑色的光泽。远看像头狮子,近看虽然不怎么叫,却有一种不怒而威的感觉,这和倪红灯本人的气质很是相似。但是,那个狗主也是一个有钱的玩家,无论出多少钱也不卖,说这只狗是他在西藏最偏远的地方的藏民家里找到的,这只藏獒据说是经常和熊和狼打斗都不吃亏,可以说是有熊狼之威。

但是,倪红灯却是无论怎么都想得到这条狗。无奈那狗主人看得严密。因此,他也只能望獒兴叹,叹息不已。这几年藏獒走了下坡路,由牛市进入了熊市,那头狮子一样的藏獒也死去了,不过留下了一个藏獒千金,无论在身材还是相貌方面都完美地继承了妈妈的优点。但是,倪红灯托人去问,那条狗的主人也是较上劲了,说这头藏獒是以前藏獒的女儿,以前的那头藏獒妈妈死了让他很伤心,作为怀念旧獒的情结,他也坚决不卖。当然,由于藏獒不如以前值钱,现在这条藏獒女儿看护得就不如以前严密,这让倪红灯找着机会。在一个月黑风高之夜,他连夜开车去偷这只藏獒。其实,以他这种亿万身家的老板,本来就是做坏事也不用自己亲自去做,因为他那么大的老板去偷狗让别人知道不好意思。也许他是因为长久不从事此道,怕技术生疏而练手,他竟然自己亲自开车去了。可以说,什么事情都是天赶地催,时也命也运也。

倪红灯盗窃藏獒计划是成功了,但是,由于隔壁这个县其实属于另外一个省,需要经过一个查得比较紧的收费站,收费站负责临检的公安发现一个长着牛头梗一样脖子粗壮的男人,开着豪华的越野车,车后座却拴着一头狮子般摇头晃脑咆哮的藏獒,感觉非常惊异,就让倪红灯下车检查。倪红灯说:"这只狗是我的,我晚上闲着没事,到邻省去遛弯,也让它长长见识。"

临检的公安说:"你说是你的,你下车,松开绳子,看看这只狗跟着你走吧?"

倪红灯无奈下车后,刚放开牵狗的绳头,那只藏獒在后座憋了一晚,现在已是怨气冲天,眼见绳头被放开,就张牙舞爪作势要扑向倪红灯咬他。因此,公安立马就看出了马脚,让倪红灯连车带人带狗到附近的派出所调查。

但是,在调查时遇到了问题,由于倪红灯怕偷狗的事情被本县的人知道了耻笑,这还不如说他杀人呢?就拒不交代自己的身份。查车辆又是无牌车辆。这也是密桃的建议,说你开车一般只是在本县开,不挂牌也没人敢查,如果挂车牌,万一哪天被别人执行,这辆车就很容易被执行走。

因为查不到倪红灯的身份,邻省隔壁县的公安就在网络上张贴了告示,按照惯例,上面写着如果有人知道这个人是谁,并且知道他还有其他罪行,请抓紧时间到公安局报告线索,奖金多少云云。

这本来是一个常规操作，没有想到决定了倪红灯的命运。如果在倪红灯的家所在的县甚至是市，倪红灯一出事，马上就有人帮忙运作。别说是一头藏獒，就是一头老虎估计也问题不大，反正现在倪红灯不缺钱。然而，这是在邻省隔壁县，这里都对倪红灯比较生疏，他的关系平常也不向这边运作，这就形成了关系网络的空白地带，而这个空白地带直接让倪红灯走下了神坛。

在倪红灯所在的县城，本来他的仇人就很多，加上这些年没有人举报，或者即使举报他，本县的不愿意过问，就把民怨压下来了。现在一看邻省隔壁县的公安被举报了，这种民怨就如同火山般爆发起来，不仅是最近这些年的事情，甚至是二十几年前的事情都翻了出来。火山在没有爆发之前感受不到威力，一旦爆发，地动山摇。别说是火山，就是山火，如果火势小的时候还好扑灭，一旦成为燎原之势，就再也难以扑灭。邻省一看抓了一条大鱼，省里市里都很重视，专门把他转到一个戒备森严的看守所。看守所的楼层一般不高，最多四层左右，倪红灯就被关押在四楼的一个单独的房间。

因为倪红灯从少年时就在江湖上讨生活，他那时就对自己的未来有个预期，出事也就是早晚的事情，这不是他那时特别睿智，而是周围的一茬一茬的江湖大哥们进去了多少，大浪淘沙似的。尽管不断地有后续的不良人士补充上来，但是，这些人和以前进去的人命运没有什么本质不同，除了长得有些差别。

倪红灯多少年就想到了这一天，但是这一天姗姗来迟。由于多少年他一直经营着，细心地用丝线编织着他的大网，多年前他就如同最大的那只蜘蛛那样，已经不去直接捕食猎物，而是静静地在暗处角落里看着，让那些更小的蜘蛛把猎物抓来供他享用。由于他的势力越来越大，生存的技术越来越娴熟，他都以为这一天不会来了，但是，该来的终究还是来了。

倪红灯站在那个狭小的窗子前,为了怕嫌犯自杀或者逃脱,看守所窗棂都是用胳膊粗的钢筋做的,即使是天神一般的力气,也难以掰开。时来天地皆同力,运去英雄不自由。倪红灯感觉这层数字也不吉利,在第四层。现在他用第四层的眼睛看着窗外的河堤,天气灰蒙蒙的,河堤上的人也很少。但是,他好像听见河里泛滥的洪水压制住鱼的跳跃。鱼再能跳跃,也很难跳到岸上来,这就是它们的宿命。在岸上,在薄雾中,一只鸟穿过网一样的柳树枝条在飞翔。那么多的柳树,那只鸟也难以彻底穿越柳丝之网。就是能够飞得更高又怎么样?何况灰蒙蒙的天空也是另外一张网,无论怎么飞行,都会落到网中。

那片由柳丝和灰蒙蒙的天空织成的网,怎么和看守所高墙上面的铁丝网那么像呢?两者到底谁模仿了谁,这种创意的设计者到底是谁?

即使隔得那么远,忽然,倪红灯好像听到了他的那座办公大楼在咯吱作响,好像是被哪个巨人用力撼动,也像是自己在挣脱自己。可以听见每一块砖石都在倾斜,每一块玻璃都慢慢露出裂缝,每一扇门窗都要倒塌。如同地震一样,这座大楼的倒塌并不是从一楼,而是从中间的部分,斜着横着出现不规则的裂缝,这些裂缝如同吼叫的大嘴,在那里大喊:让我出去,让我出去。

由于这座大楼和他的煤矿、别墅都是连在一片土地上的,他好像看见了煤矿井下的巷道壁开始龟裂,开始只是如同眼睛开的样子,后来则是如同牙齿分开的样子。巷道上面的顶木开始被拧得扭曲,最后扯着纤维被折断。然后是地下水涌上来了,很多工人在奔跑。但是,这些人奔跑的时候为什么还带着笑脸,是他倪红灯养活了这么一大帮人。反正没人再去考虑他的意见。不仅地下陷了,就是上边的高高井架也开始倾斜。这么一座煤矿,建设起来花费了那么多的工夫,毁弃崩塌的时候只用了很短的时间。

三

这条河流上游不远处有一座水库。在不是夏天雨多的时候，大多数的水无论是否愿意，都被禁锢在水库中了。很多人都在上面的水库钓鱼，看到他们，孟仲仁感觉到有些无聊，就像是那些人看他一样。他只是呆坐在岸边的一块大的鹅卵石上，看着一块块小的鹅卵石被水坐在身下。在不远处，有人用石头把河流圈起来，成为一个倒的"人"字形。在倒"人"字形的顶端部分，放了一个树枝编成的鱼篓，口子不大不小，鱼可以从这个鱼篓的入口进去，却难以从鱼篓的入口出去。此时一天的阳光，却看不见人，不知是谁设计放的这个鱼篓，如同不知谁在无名处为孟仲仁放了一个鱼篓一样，进去了就难以出来。孟仲仁自己也说："人都是鱼，在进去之前都以为自己是在水中游，其实是在命中游，也有一个看不见的鱼篓，进去就出不来了。"

老板娘在那里正听着今年最流行的音乐，她伸过手来，递过一个香蕉说："又犯病了是吧？你是你，鱼是鱼，鱼进鱼篓和你有什么关系，闲得蛋疼。"

听着她手里呼天叫地的音乐，孟仲仁有些心烦："你懂什么？就是一个吃货。"

老板娘说："你不知道吃能长这么大？"

老板娘看着前面那个距离自己几步远在行走的男人，在中午的阳光下，他的身下影子并不长。他用脚踩着影子，不知是有意还是无意地和她保持距离。说实话，在最初和他一起时，用不着孟仲仁主动和她保持距离，内心的骄傲让她不愿意和前面的男人走在一起。但是，女人都是柔软的动物，只要长时间在一起，身子都会柔软上去，都会愿意贴在男人的身边。这时，老板娘感觉两个人之间的形势发生了逆转。

在最初认识时，老板娘公开对孟仲仁说："她就是和滨海那几个帅气多金的男朋友在一起超过三天,也会感觉到厌倦。当然,对你也不例外。和你在一起两天就烦。"当然,孟仲仁却有不屈的性格。这是他的天生特长。和他在一起的女人都有这种感觉。这是一个外表柔和而内心坚硬的男人,不止一个女人对他说过,被他的表面现象骗了。没有想到他是内心那么强势的一个男人。女人和他在一起只有两条路,要么时间长了分手,要么是彻底屈服在他的面前,没有中间路线。

这些女人不知道,一般人的内心是用血肉长成的,他的心是用艰辛的岁月锻造而成的。

其实,在老板娘经历的男友中,都是一些典型的高富帅,这确实是她需要的。但是,无论什么菜吃多了,都想要换个口味。最初他认识孟仲仁,只是对孟仲仁好奇。正是这种好奇心害死了猫。一些东西可以尝试,但是,一些东西不能尝试。

孟仲仁穿着多重的外衣,很少有人能够将他的衣服剥下。老板娘却是其中之一。尽管她没法表达出来,却能够感受得到。女人都是敏感的动物,即使像是老板娘这种粗线条的女人也是如此。当然,这也是她和他发生亲密关系后才感觉到,这个男人虽然外表平静,但是,这只是平静的外衣而已,他内心里是个狂暴的人,而狂暴只有在情绪失控的时候才会体现,就像是平静的水面忽然刮起了大风。如同剥洋葱一样,越剥越是辛辣。幸亏老板娘是一个开朗的人,这就是没有多少文化的好处,她没有被文化拖到无尽的情绪忧郁的泥潭中。相反,孟仲仁则陷入得很深,那就是他的狂暴下面的悲苦。这是一个悲苦浸透的人,像是一件湿漉漉的衣服,一拧就会滴下水来。只要是对他稍有感情的女人都会怜悯,就像怜悯那种孤苦无依的小动物一样。而这种悲苦却是与老板娘小时候相通的,那就是两个人都没有得到父母之爱照耀的经历。这难道是两个人能在一起的根源吗?

四

孟仲仁看着老板娘,这个思维肤浅而社会经验丰富的女人。为什么他能和她走到这一步。这可能是因为他的生活实在是太苦了。对于遇到的每一个美好的东西,他都要去争。

生活实在是太漫长、太枯燥了。有时候孟仲仁会感谢老板娘。如果没有她的话,他的很多时间就是荒漠。看不到树木的绿色闪耀,听不见鸟的啁啾,他只是在一望无际的荆棘路上不停地行走。难道人活着就是为了行走吗?对于他而言,即使是那么微小的幸福都需要那么大的代价吗?

孟仲仁感觉自己就是一个吸食毒品的人。明知吸食毒品是危险的,但是,其中的快乐让他甘愿冒这险。或许他只是太过孤独了。他周围的人没有一个值得依靠,所有的亲人都在依靠他。他感觉被一个莫名的空洞吸食了,却看不见空洞在哪里,只是知道自己每天都在被扯着接近巨大空洞的洞口一点,他每天都是在挣扎。

老板娘可能丧失了获得孩子的能力。两个人都知道,但是,都不愿意说出,这个是横亘在两个人之间的障碍。

孟仲仁有时想着无论和谁一起过一辈子都可以。后来又想想,这和自己单独过一生有什么区别。年轻时那种喜欢很多人在一起的心情逐渐消退,他知道他能够独自面对孤独。无论和谁过没有什么不同。他不知为什么想起了小灵,这么美好的姑娘是不是也会变得让人失望啊。他感觉爱情是和年龄有关的,他不仅失去了恋爱的能力,而且也失去了幻想恋爱的能力。

不知为什么,即使和孟仲仁在一起的时候,老板娘也会经常相亲,家里人也会逼着她相亲。但是,好像是被谁施了魔法,她就是遇不到心中认为合适的人了。好像她的桃花已经在前些年彻底地开过了,现在是漫长的无花期。她经常说孟仲仁就是她的一个灾星,以前她的桃花那么旺。遇到孟仲仁后,当年满树的桃花就只剩下面前这朵半干不干的,还是一朵脑子傻乎乎的桃花。

如果老板娘能够找到合适的人选,即使她会伤心一周左右,第二周她也会和那个新找的男人开心地在一起。这是孟仲仁对老板娘的评估,他也当面说过。老板娘也没有否认,但是,只是将时间拖长了一些。她说:"我不会那么绝情的,有的男朋友可能一周都不用就忘记了,对于你,我们一起时间那么长了,你又傻得那么有特点,可能过一个月我才会彻底不想你了。一年后你再好我也不会对你有任何的想法,这是我和很多男朋友在一起的经验。"

孟仲仁说:"嗯,说明你对我还是不错的。我不知该怎么感谢你。"

老板娘笑着说:"这个好说,就给我买辆车做纪念。另外,在我结婚的时候你要去封一个大红包。"

孟仲仁说:"那我以什么名义封礼入账呢?"

老板娘说:"随便你了,你的年龄比我大不少,怎么说都行,说是我干爹也行。现在不都是流行干爹给干女儿送礼物吗?"

孟仲仁像是做了一个梦,他在梦中无限地从不知多高的高处坠落。他努力找一点可以抓住的地方,但是,梦中即使是自己都难以依靠。他又像是落在无边的深水中,周围的水草如同八爪鱼一样缠绕着自己,他努力去拨开,但是,却用不上力气。

这是一个可怜的男人,他的所有强势都是装出来的,都是为了保护他的柔软的内心。这颗心在寒风中吹得太久了。他不敢主动说出分手两个字。他是一个被动的人。这种被动有软弱的成分,也是一种保护自己的方式,类似于打太极拳那样,以静制动。

第十七章

落日宾馆

一

　　自从小泊不能再到梦梓村陪着自己开始,孟仲仁感觉秋天来得比以往几年更早一些,也冷得更快一些。秋天是从雨开始变冷的。孟仲仁坐在窗前,听着雨长一声,短一声地敲打着窗外的雨棚。透过雨水中的窗户,可以看见院子中稀稀落落地洒满了落叶,有黄色的,有半黄色的,也有红色的,不过这种红色并不是燃烧那样的红,倒像是木柴燃烧后的余烬那种的红色。这些树叶有的来自这个院子,也有的可能乘着风来的,来源不明,但是,归宿同一。雨捶打着这些落叶,有的在大的雨点中翻了个身,还有的跳动了起来,但是,这只是垂死挣扎而已。院子里的鹅因为穿着鹅绒大衣,还没有受到什么影响,间或在院子里能够折腾一下。几只母鸡显然没有这么保暖的外套,加上又被雨淋湿,就都跑回鸡窝里架起的木棍上站着,木然而无聊地看着雨幕在眼前纷纷飘动,成为典型的落汤鸡。院墙上的藤蔓已经落光了叶子,剩下的弯曲枝干在大风中随风舞动,好像乞丐穿着的破烂衣衫。越过院墙向外看去,最初的山显得清晰,如同国画中的浓墨,越远越淡,淡得如同云雾一样。孟仲仁看着看着,仿佛看到了自己隐藏在无名之处的隐晦不明的命运。

幸亏桌子上还摆了一本《宋词》,这书本来是装点门面从书摊上买来的盗版书,用来填充书架的数量。纸张也粗糙,不过幸好还算有点良心,没有错别字。没有想到,当他打开看这本书时,一眼看到的正是宋朝词人蒋捷的《虞美人·听雨》,即使大学文学课上他学过这首古词,但是,此时,他第一次真正理解了这首词的意味。

少年听雨歌楼上,红烛昏罗帐。

壮年听雨客舟中,江阔云低、断雁叫西风。

而今听雨僧庐下,鬓已星星也。

悲欢离合总无情,一任阶前、点滴到天明。

可以说,蒋捷这首写雨的词,超过所有词人笔下之雨。人生之雨和上天之雨交织,心中之雨和眼中之雨挥洒。一词三叹,九曲回肠。可以说,一个人不是被雨淋湿的,而是被命运淋湿的。

二

虽然孟仲仁口头答应了小泊照顾父亲的请求,无论怎样,父亲也是一个命运,不能选择,也不能替换。但是,孟仲仁还是不能心甘情愿、发自内心地去做这件事。他感觉被绑架了,被亲情所绑架,被环境所绑架,被道德所绑架。

孟仲仁对父亲是怀有怨恨的。儿子命运都是父亲命运的结果。在很多时候,父亲在自己的命运绳子上留下一个扣子,让儿子钻入即可。如果留下了是金银的绳扣,就会成为金银的项圈。如果留下纤维的绳扣,就是请君入瓮。因为血缘是没法选择的,进入了就会成为棋子。表面上你是弈棋人,实际上是棋子。有了不利的血缘,你选择了妻子也会直接和这相关,除非有大智慧者或者机缘巧合,否则难以摆脱。

自从通过小泊这条纽带和父亲联系上之后,这个老人也搭上了这条小船。父亲说:"我现在老了,你怎么说也是家里的老大,也是我儿子,我老了怎么也得管我吧。我平时也不要让你管,就是老了不能动了麻烦你。小泊的妈妈死了,小泊也不知去哪里了,你总不能让我在哪里死哪里扔吧。"

孟仲仁对父亲有些怜悯,却没有父子的感情,只是可怜他而已。如果是一个陌生人,孟仲仁可能会更可怜,对自己的父亲,反而可怜都打了折扣。特别是他这种主动要求自己负责的态度,更是让孟仲仁心堵。

孟仲仁说:"我以前跟着杀猪的继父那么可怜时,你们谁关心过我了。"

父亲说:"那是过去,没有办法,我也不想那么做。"

孟仲仁虽是嘴里这么说,但是,他知道如果父亲真的到了那一天,会有无形的道德枷锁把他捆绑住。这是内心的良心,朋友和同事的异样眼光,亲戚的非议,社会的评价,这些会合拢在一起,紧紧地掐住他的脖子,对他说:这是你的父亲,你就得管。

孟仲仁感觉自己从出生时就是一块石头,而不是一片羽毛,一生都是走在向下坠落之中。即使他努力了,但是,先天的重量限制了他。老板娘也是一块石头,敲一敲她周围,就可以听到坚硬的声音。她也努力了。不幸的是她遇到了孟仲仁,结果两块石头绑在一起更是加速坠落。

人从高空下坠,如果是一个人还有一些停滞的可能。但是,如果有人陪着一起下坠,那种速度就会势不可挡。

孟仲仁最初认为写书能够救自己。如同留下证据,万一出了什么事情,可以在这书中找到线索和证据。但是,书只会带来沉重的负担,写的书越多越厚,就越难以扛动。

他把自己的书一页页撕下，然后一张张叠起纸船。这种叠纸船的手法，并不复杂，但是，即使复杂又有什么作用。这些纸船毕竟是纸做的，至多能够坚持一下，很快就会被这滔滔河流的水弄湿，湿了就会慢慢下沉。这是谁也改变不了的趋势。

对于孟仲仁而言，自从读书开始，就不停地受到知识的污染，因此，他内心有种声音在喊：放开我，不要过那种虚伪的生活。老板娘可以粗俗地骂他，对他说下流的语言，他丝毫没感觉是触犯，反而感觉是放松。他对老板娘也是这样。如果他对其他知识女性这样的话，即使那个女人内心也不认为是多大的事情，但是，内心的知识却不这么认为，知识也需要维护自己的权威。相反，老板娘感觉他能够吸引她的地方，恰恰是因为他深受知识的污染。一个人身上的污泥，在另外一个人眼里可能就是治病的膏药。

最初，孟仲仁和老板娘在一起的时候，他感觉那么枯燥无味的日子忽然有了一些盐味。至少有那么几年，他认为是她拯救了那几年，让那几年不是和那几十年一样无趣。但是，后来他发现这不是拯救，而是上天设好的一个泥淖，虽然上边有着泡沫映照的早晨阳光，然而，实质上却是陷阱，只是打扮得更加具有迷惑性的陷阱而已。

人在世上都是孤独的漂流者。即使孟仲仁和老板娘没有共同语言，但是，她能听也是可以的，至少有个倾听的对象，也不管是否真能听得懂。可以说，越到后面，人的朋友越少，人的朋友随着年龄的增长，都是减法，很少有加法的。即使少年时有一些朋友，也在时间的风吹雨打中被消磨殆尽了。有的早早就独自先走了，有的因为一件事情甚至一句话就转眼成为陌路人。有的不是一个层次，你想和他成为朋友，他自己可能由于自卑不想。有的权钱占据上风，自成了一个圈子。你已经被划归为圈子以外的人了。

三

下午的时候,雨停了,竟然还能看见西方的夕阳,把太阳将要落下之地照得一片金黄。

孟仲仁痴痴地看着街道上的人群,如同在黑白电影中一样缓缓地走着。不知为什么,他想起了在梦梓村见到的送葬的队伍。送葬的时间不同于婚嫁,婚嫁都是在中午之前进行迎亲或者送亲,而送葬都是在傍晚或者黄昏时。这整整一条街都是在送走谁呢?

那个旭日宾馆的招牌还孤独地站在那里。这就是命运,自从人将这块木牌、铁皮和钉子、胶水、印刷字体结合在一起,就决定了它必定是孤独的。它只是站在那里,它的意向不是指向自己,而是把意向转移到其他事物身上,这是一种事物的宿命。宾馆是它的意义的最终表达者。

傍晚的大幕将要来临,这将让整个街道变得昏黄。忽然,不知是眼花还是街道昏黄的原因,孟仲仁竟然将那个旭日宾馆的招牌看成了"落日宾馆"。是的,在这个万物降落的时刻,用"落日宾馆"或许更能表达这种意思。

在一楼的前台那里,老板娘还在和经常来住宾馆的常客调笑着,这不能怪她。因为这个宾馆处于丁字街的街头,靠近山下,向北走几乎没有道路,交通比其他宾馆来说并不便利。同时,这座沿街建筑最初并不是为了建造宾馆而设计的,因此,门前没有停车场,这让开车住宿的顾客也不方便,幸亏老板娘和旁边的派出所比较熟悉,实在找不到停车地方的时候,就把车子停到派出所的大院子里。对于宾馆的内部设施而言,这个宾馆也谈不上豪华,也就是普普通通而已。那么,为什么这里住宿的顾客来往不绝,不是看着老板娘漂亮,搭讪胡扯也不生气才来的吗?那些回头客不是想着万一发生什么艳遇之类的事情才来的吗?这都是心知肚明的事情,老板娘也善于利用这一点。因此,附近更好的宾馆没有多少顾客,反而这边有很多车辆,而且都停到派出所里去了,那些宾馆就会嫉妒,但是,也没有办法。

他感觉所有的人都在虚假地活着,但又不得不虚假。如果所有的人都戴着面具生活,只有一个人坚决不戴,不是戴面具的是异类,而是不戴的这个是异类。

孟仲仁以前曾经在生气的时候骂老板娘傻子,那么,自己何尝不是傻子呢?如果说老板娘是没有文化的傻子,那么,自己就是有文化的傻子。如果说老板娘是在不知不觉间跳进了一个陷阱之中,那么,自己是在知道真相的情况下跳进了这个陷阱,谁最傻一目了然。

孟仲仁这段时间到宾馆时,不愿意和任何人说话,就是一个人躲到最高一层的阁楼里。

这是一间空旷的房屋,由于长时间没有人进来,蜘蛛已经在房间内四面八方布下了八卦的迷阵。从门上到梁上,然后在房屋的中间来上这么几道,有横的,也有斜的,更有上下的,让这个地方成为了昆虫的危机重重之处。对于昆虫而言,这就是宿命,除非有人把门打开,不管是无意还是有意把蛛网扯断,否则,这间房屋的昆虫都将是蜘蛛的盘中餐。虽然看不见蜘蛛在哪,但是,它就在那里,如同命运这猛兽一样虎视眈眈地蹲在阴暗之处,只要有合适的机会就会如老虎一样扑过来。

即使是倪红灯被抓了,如果让他把那个监控视频交给办案机关,这也是一种挑战。现在密桃已经和倪红灯有了孩子,这个孩子让她的心和倪红灯联系到一起,她正在紧锣密鼓地采取各种方法最大限度地减轻倪红灯的刑事责任。如果把监控视频交给公安,那么,他将直接和密桃成为敌人。而以自己和老板娘的虚弱的感情,很可能她会站在姨妹那边。这会使他四面受敌。当然,尽管小泊已经不在倪红灯的公司上班了,但是,倪红灯父子毕竟在他困难时提供过帮助,直接举报他也是一道心理难关。

他不知应当如何对待父亲。由于所有的亲人都离开了，只有孟仲仁算是一根最后的救命稻草。出于求生的本能，父亲无论如何都想抓住。他在每次孟仲仁去的时候，都说自己年轻时多么不容易，自己赚的钱都被母亲和孟仲仁花了。"反正你继父已经死了，你不孝顺我孝顺谁，你不管我别人也会看不起你。"父亲会这样说。其实，在那个极端困难的年代，可能父亲付出了劳动，但是，到底能够赚到什么钱，至少在他的记忆中是记不清了。何况在他有记忆以来和父亲一起的几年里，整天听到的就是因为没有钱而争吵、打骂。他如同一只小小的纸船，整日飘摇在父母战争汪洋中，没有感觉到一丝父爱。现在父亲老了，却把一副难以承担的担子压在自己肩头。

他不知如何对待母亲。母亲已经是一个老妇人，由于早年的艰辛，以及火气过旺，她本应该被这些艰辛的石磨磨平，被自己的火气所燃尽。但是，她仍然在辛苦地活着、愤怒地活着。她活得那么执着，孟仲仁都不好意思去打扰她。但是，她却会由于早年与自己前夫的恩怨去和他斤斤计较，都分开那么长时间了，这丝毫不能减少她对前夫的愤怒。每次当孟仲仁买一些东西去看父亲，母亲都会在那里恶毒地诅咒："这个老东西还不死。现在没有本事了吧，那个精神病女人也死了。以前不会来找我儿子，现在临到死了怕没人问了，怕没人埋了，再来找我儿子。自己的儿子去哪里了，自己养的儿子跑了吧，靠不住吧。要脸这个老东西别找我儿子啊，不是说自己埋自己吗？不是说哪里死了哪里埋吗？"母亲的这些怒火是如此旺盛，甚至神奇般地给她的生命带来了新的动力。

即使是父亲生病孟仲仁带他去看病，母亲知道后都会大发雷霆："你现在有本事了，能够自己赚钱了，我也管不了你。不过你去看他一次，我就去骂他一次，把这个老东西骂死，就不要坑别人了。"因为母亲已经是风烛残年了，如同一盏摇摇欲坠的灯火，忽明忽暗地在那里摇晃着，毕竟她年轻的时候吃了那么多的苦，如果让她把愤怒硬压下去，这些怒火估计都能把她燃烧。因此，孟仲仁也不敢经常去看父亲，一方面心里的关口没法完全过去，去看也是实在没法才去，或者说是看在小泊临走时的嘱托去看。另一方面，他也得照顾母亲的情绪，她已经没有多少时间过几天欢乐的日子了，因此，孟仲仁也不想让她太堵心，尽量哄着瞒着让她舒心一些。

他不知道为什么坐在这里，不知道为什么思考。他是人世间孤独的一片叶子，落下是必然，却不知如何落下。他想是否能够有一种奇迹，将他带到一个未知之地，彻底地摆脱这蛛网一样黏在身上的各种关系。

孟仲仁感觉一股血紧紧压在胸腔，他不知道这股血的性质，也不知道它的目的，只是感觉胸腔的大楼欲要崩塌，他得赶紧去修复。他迅速地走出去，以最快的速度开车奔向梦梓村，他必须尽快地赶往那里，在日落之前赶往那里。尽管什么时间到达似乎关系不大，但是，他就是在心里这么认为的。

等他气喘吁吁地跨过那座桥，经过那个德国援建工程的平房，再小跑爬上两个和尚修建的还有明显新意的山道。当他真正走进了还处于重建雏形状态的凌空寺，这时天边正是一抹残阳如血，一群乌鸦从下面的田野上空喊着号子在飞，也不知喊的什么内容。在山下的田地里，农民珍惜着最后的一丝阳光还在田里劳作。由于还没有完全黑下来，一老一少两个和尚还正在忙着建庙。因为不像是以往那样有小泊习惯性地陪在身边，孟仲仁心中孤苦，见了两位和尚也不知从何说起，只是简单地问："师傅现在建庙建到哪里了？"年长的和尚说："你最近还在写，还在记录吗？我们这里天王殿大致有些眉目了，现在正准备就着大雄殿原来的地基向上垒山墙。"

图书在版编目(CIP)数据

记录者/宋远升著. —上海：上海三联书店，2024.3
ISBN 978 - 7 - 5426 - 8303 - 8

Ⅰ.①记⋯　Ⅱ.①宋⋯　Ⅲ.①长篇小说－中国－当代
Ⅳ.①I247.5

中国国家版本馆 CIP 数据核字(2023)第 228448 号

记录者

著　　者 / 宋远升

责任编辑 / 董毓玭
装帧设计 / 一本好书
监　　制 / 姚　军
责任校对 / 王凌霄

出版发行 / 上海三联书店
　　　　　(200041)中国上海市静安区威海路 755 号 30 楼
邮　　箱 / sdxsanlian@sina.com
联系电话 / 编辑部：021 - 22895517
　　　　　发行部：021 - 22895559
印　　刷 / 上海颛辉印刷厂有限公司

版　　次 / 2024 年 3 月第 1 版
印　　次 / 2024 年 3 月第 1 次印刷
开　　本 / 890 mm × 1240 mm　1/32
字　　数 / 270 千字
印　　张 / 10.625
书　　号 / ISBN 978 - 7 - 5426 - 8303 - 8/I·1846
定　　价 / 78.00 元

敬启读者，如发现本书有印装质量问题，请与印刷厂联系 021 - 56152633